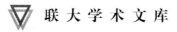

联大学术文库

中国现代文学转型的政治经济学维度

以《小说月报》上的广告为中心

李直飞 ◎ 著

中国社会科学出版社

图书在版编目（CIP）数据

中国现代文学转型的政治经济学维度：以《小说月报》上的广告为中心 /
李直飞著 . —北京：中国社会科学出版社，2018.1
ISBN 978 - 7 - 5203 - 1152 - 6

Ⅰ. ①中…　Ⅱ. ①李…　Ⅲ. ①中国文学—现代文学—文学研究
Ⅳ. ①I206.6

中国版本图书馆 CIP 数据核字 (2017) 第 244812 号

出 版 人	赵剑英
责任编辑	李炳青
责任校对	石春梅
责任印制	李寡寡

出　　版	中国社会科学出版社
社　　址	北京鼓楼西大街甲 158 号
邮　　编	100720
网　　址	http://www.csspw.cn
发 行 部	010 - 84083685
门 市 部	010 - 84029450
经　　销	新华书店及其他书店

印　　刷	北京明恒达印务有限公司
装　　订	廊坊市广阳区广增装订厂
版　　次	2018 年 1 月第 1 版
印　　次	2018 年 1 月第 1 次印刷

开　　本	710×1000　1/16
印　　张	20
插　　页	2
字　　数	318 千字
定　　价	85.00 元

目　录

绪　论

一　《小说月报》研究中的政治经济学视角

在中国现代文学史上，《小说月报》创造了从晚清到"五四"，又持续到整个 20 世纪 20 年代漫长而动荡的岁月，但始终坚持不断的文学期刊奇迹。在这一份期刊的背后，缠连着在风云激荡的岁月里旧文化与新文化的相互博弈、俗文学与雅文学的相互较量和文学作为商品与文学作为精神启蒙之间的复杂关系：它作为中国近现代出版业中实力最雄厚、影响最大、历史最悠久的民营出版机构——商务印书馆最主要的刊物之一，既延续着《绣像小说》的文化传统，也曾经是"鸳鸯蝴蝶派"的一个主要阵地，又是"五四"时期第一个重要的新文学社团——文学研究会的重镇。《小说月报》诞生和发展中的这些复杂关系，使《小说月报》在中国现代文学史上一直受到研究者的关注，也正因为复杂，使每一个时期的研究者的侧重点都不一样，《小说月报》在不同的研究者那里呈现出不同的面貌。

就在《小说月报》停刊之后的不久，曾经作为《小说月报》主编之一的茅盾就在《〈中国新文学大系·小说一集〉导言》里对《小说月报》的革新、革新之后的性质，以及革新在《小说月报》历史中的作用、革新之后的《小说月报》与文学研究会的关系等问题进行了追述：

> 民国十年（一九二一）一月，《小说月报》也革新了，特设"创作"一栏，"以俟佳篇"，然而那时候作者不过十数人，《小说月报》（十二卷）每期所登的创作，连散文在内，多亦不过六七

篇，少则仅得三四篇。而且那时候常有作品发表的作家亦不过冰心、叶绍钧、落花生、王统照等五六人。

如果我们将民国十年（一九二一）当作一条界线，那么，即使在《小说月报》的范围内，我们也就看见了那"界线"之后（民国十一年，《小说月报》十三卷），已经有些新的东西。①

茅盾在这里，明显地将前后期的《小说月报》做了一个明确的划分，将关注的重点直接放在了革新之后的《小说月报》之上，这种划分在很长时间内影响了后来研究者对《小说月报》的基本看法，在重要的文学史著作中，《小说月报》都是前后两段泾渭分明的。在20世纪50年代王瑶的《中国新文学史稿》中：

>……从这里可以看出他们反封建和反对艺术至上主义的态度。这篇由上述十二人署名的宣言发表在《小说月报》的十二卷一期上。《小说月报》是一个已经有了十一年历史的刊物，从第十二卷起，由沈雁冰（茅盾）编辑；在文学研究会的支持下，全部革新了。……《小说月报》是新文学运动以来第一个纯文学的杂志，一直出版到一九三二年"一二八"事件后停刊，在中国新文学史上发生过很大的影响。②

强调革新后的《小说月报》是反封建和反艺术至上的，暗含着对前期《小说月报》封建性的批判，正是沿着茅盾的分法，将《小说月报》的历史一刀两断。到了20世纪70年代唐弢等编著的《中国现代文学史》：

>这年一月，由郑振铎、沈雁冰、叶绍钧、许地山、王统照、耿济之、郭绍虞、周作人等发起的文学研究会，正式成立于北京。他

---

① 茅盾：《现代小说导论（一）——文学研究会诸作家》，《中国新文学大系》，上海良友公1936年版。

② 王瑶：《中国新文学史稿》，上海文艺出版社1982年版，第46页。

们把上海商务印书馆出版、经过革新、由沈雁冰接编的《小说月报》（自第十二卷第一号起）作为自己的会刊（至一九三一年十二月第二十二卷第十二号止，不计号外，共出一百三十二期）……该刊在十二卷一号的《改革宣言》中早就表示："同人以为写实主义（文学）在今日尚有切实介绍之必要；而同时非写实亦应当充其量输入，以为进一层之预备。"可以看出，后来在介绍外国文学方面，正是沿着这一方向来实践的。①

这里只字不提革新之前的《小说月报》，将革新后的《小说月报》视为文学研究会的"会刊"，点明了两者之间的紧密关系，同时将《小说月报》写实主义的倾向做了概括，重点强调了其对新文学的意义。到了 20 世纪 90 年代，《小说月报》在文学史的书写中则变为：

> 1921 年 1 月，中国现代文学史上的第一个文学社团文学研究会成立，茅盾接编了原来是"鸳鸯蝴蝶派"地盘的《小说月报》，并加以全面革新，成为文学研究会的代用机关刊物，《小说月报》全面革新后的第一期发表了周作人起草的《文学研究会成立宣言》和茅盾执笔的《小说月报·改革宣言》。这两个宣言分别申述成立了文学研究会的宗旨和《小说月报》的编辑方针……"为人生的艺术"可以说是文学研究会文艺思想的核心……《小说月报》在茅盾主编的两年间，就是按照这个"宣言"的精神工作的，提倡"为人生"的现实主义文学，发表了不少现实主义的理论和创作……②

前期《小说月报》被视为"鸳鸯蝴蝶派"的地盘一笔带过，在阐述《小说月报》与文学研究会的关系时，进一步将文学研究会"为人生"的写实主义倾向视为革新后《小说月报》的总体风格。在影响甚大的钱理群等编著的《中国现代文学三十年》里，《小说月报》被表

---

① 唐弢主编：《中国现代文学史》，人民文学出版社 1979 年版，第 54—60 页。
② 邵伯周著：《中国现代文学思潮研究》，学林出版社 1993 年版，第 102—104 页。

述为：

> 文学研究会于 1921 年 1 月在北京成立……他们将沈雁冰接编、经过革新的《小说月报》作为代用会刊，还陆续编印了《文学旬刊》及《诗》、《戏剧》月刊等刊物，出版了"文学研究会丛书"二百多种。文学研究会的宗旨是"研究介绍世界文学，整理中国旧文学，创造新文学"。针对社会上存在庸俗的"礼拜六派"等游戏文学，文学研究会宣称："将文艺当作高兴时的游戏或失意时的消遣的时候，现在已经过去了。我们相信文学是一种工作，而且又是于人生很且要的一种工作。"……因此注重文学的社会功能性，被看作是"为人生而艺术"的一派，或现实主义的一派。①
>
> 老牌的"鸳鸯蝴蝶"阵地《小说月报》自 1921 年 1 月（12 卷 1 号）起革新，改由茅盾完全执编，紧接着停刊数年的《礼拜六》在当年 3 月便复刊了，以表绝不示弱。旧派并且利用自己掌握的小报领地，用抄袭外国和性欲描写等两项"理由"来反击新文学。但图书市场较量的结果是《小说月报》到第 11 卷，采取对新旧文学两面讨好的策略（已先期由茅盾编"小说新潮栏"，占刊物的三分之一篇幅，其余仍载礼拜六派小说），销数却逐月下降，到 10 月号仅印了 2000 册。茅盾接编后的第一期即印了 5000 册，马上销完，商务印书馆各处纷纷打电话要求下期多发，于是第二期印了 7000，到 12 卷末一期已印到 10000。当然，新文学的胜利主要是在青年学生读者群中的胜利，在此时此后，都还不可能全部占领读书市场。而旧派小说在新文学的强大攻势下败退下来，失利后逐渐明白了自己的位置，被迫同新文学相区分，发挥所长去努力争取一般老派市民读者。旧派小说在越发向"下"，向"俗"发展的过程中，也艰难地试图加强自身的"现代性"。于是，中国现代文学雅俗分流、雅俗互渗的初步格局便形成了。②

---

① 钱理群等：《中国现代文学三十年》，北京大学出版社 1999 年版，第 16 页。
② 同上书，第 94 页。

在钱著里面,《小说月报》显示出了它的复杂性,表明它在成为文学研究会的代用会刊后,成了俗文学与雅文学竞争的主要阵地之一。

上述这些文学史的论述明显表现出两个特征:一是以 1921 年为界,将《小说月报》分成了前后两期,研究者对 1921 年以后的《小说月报》给予了重点关注,特别对茅盾的革新给予了浓墨重彩的描述,而对 1921 年以前的《小说月报》要么将其视为"鸳鸯蝴蝶派"的阵地一语带过或批判,要么不予提及。很长一段时间里,这种论述一直影响到我们对《小说月报》的基本看法;二是在将《小说月报》与文学研究会联系在一起的时候,往往将《小说月报》作为文学研究会的机关刊物或者代用会刊,进而将文学研究会"为人生"的写实主义倾向也视为《小说月报》的刊物风格,从而无限放大文学研究会对《小说月报》的影响,而商务书馆的商业背景对《小说月报》的影响被有意无意地忽略了。

这种对《小说月报》的研究到了 20 世纪 90 年代后期已经有所改变,我们又看到了《小说月报》不同的面貌。

(一)对《小说月报》进行历史性的考证,对《小说月报》的性质、地位重新认识。相对于文学史叙述的滞后性来说,这类研究带着重新发现《小说月报》真面目的目的,在占有详尽史料的基础上,拨开《小说月报》被长期遮蔽的部分,重点在对早期《小说月报》的重新发掘和《小说月报》革新时的历史细节的发现。对早期《小说月报》的重新发掘,努力寻找革新前的《小说月报》与革新后《小说月报》之间的关联,重新认识茅盾革新的意义和作用,可谓当前《小说月报》研究中最为引人注目的成果。从顾智敏的《〈小说月报〉不是"文学研究会"的机关刊物》(载 1983 年第 2 期《上海师范大学学报》)提出疑问开始,研究者就对先前对《小说月报》的定论开始发起挑战,董丽敏的研究论文《〈小说月报〉革新断裂还是拼合——重识商务印书馆和〈小说月报〉的关系》一文(载 2003 年第 10 期《社会科学》)突破了以往仅从文学研究会的角度出发研究《小说月报》一元思维,将商务印书馆出于商业考虑的因素纳入革新《小说月报》的研究视野里面,认为《小说月报》需要全面的革新,尽管当时有来自新文学一方的压力,但更有来自商务印书馆方面的出于商业利益的需要,正是商务印书馆出于盈利的需要导致了《小说月报》主编的更换。因而，茅盾改革《小说月报》，与其说是一次"文学革命"，是一种新文学对旧文学的"断裂"，还不如说是一场带有商务印书馆运营特色的商业"拼合"①。从这个角度出发，研究者们不断把目光转向历史纵深处，改版之前的《小说月报》的状况和意义被一点一点地挖掘出来：谢晓霞的几篇论文《论1921年〈小说月报〉的改革及其意义》（载2004年第4期《齐鲁学刊》）、《过渡时期的杂志：1910—1920年的〈小说月报〉》（载2002年第4期《宁夏大学学报》）、《1910—1920年〈小说月报〉作者群的文化心态》（载2004年第3期《深圳大学学报》）、《期待视野与读者的主动建构》（载2004年第2期《求索》）等，重新发现了改版前的《小说月报》，从1910—1920年《小说月报》的创刊始末、过渡时期作者群的文化心态以及读者的期待视野等多方面着手，力图对1910—1920年《小说月报》有一个较为真切的认识。2004年百花洲文艺出版社出版的柳珊的《在历史缝隙间挣扎——1910—1920年间的〈小说月报〉研究》一书，在其博士论文的基础上，集中探讨了革新前的《小说月报》里面刊载的文学理论、短篇小说、翻译小说等文本，在对其中的小说类型进行探讨之后提出了"民初文学"的概念，认为这是一个不可忽视的文学阶段，试图为其"鸳鸯蝴蝶派"刊物的定性进行翻案，将长期"被隐蔽"的《小说月报》前期纳入中国文学进程。同时研究者对《小说月报》革新时的各种历史细节也在不断地走向深入，比如，段从学的《〈小说月报〉改版旁证》（载2005年第3期《新文学史料》），"以改版后的第十二、十三两卷《小说月报》的销售数量为例，对茅盾的回忆进行必要的旁证，以期对现代文学研究中直接把人叙述当作历史叙事这种研究方法中包含着的问题有所揭示"②，重新阐释了"在解释茅盾被迫离开《小说月报》编辑之职时，除了考虑到商务印书馆内部的保守派方面的原因之外，茅盾自己因为《小说月报》的销路不佳而辞去编辑工作的可能性，更是必须考虑的因素"③，这些考证，

①　参见董丽敏《〈小说月报〉革新断裂还是拼合——重识商务印书馆和〈小说月报〉的关系》，《社会科学》2003年第10期。

②　段从学：《〈小说月报〉改版旁证》，《新文学史料》2005年第3期。

③　同上。

对于重新认识《小说月报》来说，是必不可少的。

　　（二）在《小说月报》影响力的研究方面，形成了几种主要的研究视角。第一是将《小说月报》本身作为一个实体存在的研究。在关注《小说月报》上的文本创作的同时，20世纪90年代以后的研究中开始关注《小说月报》本身，从《小说月报》的基本美术设计、文化身份、文化品格定位、《小说月报》在当时的地位以及这些对当时及对后来的文学运动和文学发展的影响等方面来进行研究。彭璐、曹向晖的《许敦谷〈小说月报〉装帧设计刍议（1921—1923）》（载《中国美术》2012年第1期）、王小环的《〈小说月报〉的风格特色》（载《新闻爱好者》2011年第14期）等，基于《小说月报》本身，从封面的装帧设计、插画选用、基本的风格特色对《小说月报》进行了阐述。第二是将《小说月报》与文学研究会、商务印书馆结合起来研究。谢晓霞的论文《商业与文化的同构：〈小说月报〉创刊的前前后后》（载2002年第4期的《中国现代文学研究丛刊》）"通过对商务成立以后经营状况的考察和各种期刊创刊前后商务业务背景的具体分析，认为，商务始终担当着双重角色：一方面是不得不时刻考虑到商业利润的企业经营者；另一方面，作为当时中国最大的民营出版机构，它又不得不自觉地担当起文化建设的使命，以一个文化建设者的身份周旋在上个世纪初的中国文化市场。文化人和生意人的双重身份决定了商务在出版策略选择上的双重立场，既照顾到企业的利润追求，又尽量不失自己的文化身份和文化品位。这不但影响到商务一系列出版物的选择和出版，而且也影响到商务一系列期刊的创刊及其办刊宗旨。《小说月报》以及在它前后创办的商务的各种期刊，都无不基于上述考虑，是商业和文化同构的产物"。① 从而开始了在《小说月报》的研究中引入商务印书馆的商业元素。第三是将《小说月报》纳入文学生产、传播、消费的链条中进行考察。《小说月报》的历任编辑作为沟通投资者、出版者、作者和读者一方，与《小说月报》以及《小说月报》上的创作有着密不可分的关系，编辑的文学观念和文学实践对作者和读者起到重要的引导作用，编

---

　　① 谢晓霞：《商业与文化的同构：〈小说月报〉创刊的前前后后》，《中国现代文学研究丛刊》2002年第4期。

辑是期刊杂志发生、存在的重要一环。于是,《小说月报》的编辑进入了研究者的研究视野里面。薛双芬的《从前期〈小说月报〉看王蕴章和恽铁樵编辑思想的不同》(载 2012 年第 6 期的《佳木斯教育学院学报》)、董瑾等人的论文《沈雁冰改革〈小说月报〉的编辑思想与编辑实践》(载 2006 年第 4 期的《编辑之友》)、李俊的《专职编辑"业余"学者——从〈小说月报〉(1923—1927)看郑振铎研究范式的独特之处》(载《编辑之友》2011 年第 11 期)等文分别论述了不同的编辑思想与《小说月报》风格倾向之间的关系。

(三)还有一类研究《小说月报》的也是影响很大的一种模式是将《小说月报》的研究与文化研究等结合起来,将《小说月报》纳入不同的文化研究领域中去考察。这类研究通常是找到一个研究的关键词,将《小说月报》的诸要素串联起来。从目前看来,主要有两种倾向,一是从都市文化的角度来考察《小说月报》;二是从现代性的角度来观照《小说月报》。邱培成的专著《描绘近代上海都市的一种方法:〈小说月报〉(1910—1920)与清末民初上海都市文化研究》(凤凰出版传媒集团,凤凰出版社 2011 年 6 月版)从上下两编分析《小说月报》与近代上海都市文化的关系。上编"《小说月报》与清末民初上海都市文化"从《小说月报》(1910—1920)的编辑理念、两任编辑和作家群、《小说月报》的思想倾向及其文化影响、《小说月报》的印刷出版与清末民初上海都市文化以及杂志、读者与都市文化间的互动等外部因素论述了《小说月报》与近代上海都市文化的关系;下编"小说作品与清末民初上海都市文化"从清末民初都市小说与上海大众文化、小说现代化与清代民初上海都市文化的现代化、小说作品所表现出的上海都市文化、小说作品中人物形象的文化内涵等期刊作品中具体体现出来的上海都市文化着手来研究《小说月报》。董丽敏《想象现代性(上)——重识沈雁冰与〈小说月报〉的关系》(载 2002 年第 2 期的《上海社会科学》)、《现代性的异响(下)——重识郑振铎与〈小说月报〉的关系》(载 2002 年第 1 期的《南京师范大学文学院学报》)、《〈小说月报〉1923:被遮蔽的另一种现代性建构——重识沈雁冰被郑振铎取代事件》(载 2002 年第 6 期的《当代作家评论》)等论文主要剖析了《小说月报》编辑沈雁冰被郑振铎取代的事件,并以此为突破口探讨了中国的现代性问题。作者认为，沈雁冰在编辑理念上，建构起了将文学纳入社会现代性进程的不发达国家"现代文学"理想；在编辑的行为上，沈雁冰以对"被压迫被损害民族文学"与"通信"这两个栏目的重视，企图落实"现代性"理想，但这种理想只是一种幻觉，它无法弥合不发达国家的现代性追求与西方式的现代性追求之间的裂缝。沈雁冰超前的现代性追求造成了《小说月报》读者群的流失是商务撤换他的根本原因。而其后，接替沈雁冰的郑振铎在文学自身的现代性追求与其对"现代"国家建构的功利性影响之间寻找到了一种平衡，他对"整理国故"与"诺贝尔文学奖介绍"的重视，对文学性与学术性的强调，表达了一种更含蓄和隐晦的现代性追求。郑振铎的这种追求是更符合刊物本身的长远发展的，因此商务调整主编的行为，实际上是商务立足于民间因而淡化其现实关怀色彩的独特现代性的一种流露；撤换主编行为的完成在某种意义上标志着《小说月报》真正完成了自己的革新过程，达成了前后期真正的衔接。① 这些论文后来结集成《想象现代性——革新时期的〈小说月报〉研究》（广西师范大学出版社 2006 年 8 月版）一书，对《小说月报》与现代性的关系做了一次集中的巡礼。

　　虽然还有一些研究无法纳入上述的概括当中，但以上归纳大致反映了《小说月报》研究的主要方面。与之前的研究相比，20 世纪 90 年代后期以来的《小说月报》研究可谓取得了突破性的进展，无论是在深度还是广度上，《小说月报》的研究都取得了前所未有的成就。但是，从上述的这些研究视角来看，我们也看到了一些缺陷，总的说来，这些研究还掺杂断裂性、破碎性和含混性。

　　第一，研究的断裂性是显而易见的，从当前《小说月报》的所有研究来看，研究者还是将《小说月报》分为前后两个时段来研究，从建构现代文学体系的目的出发，将革新后的《小说月报》作为新文学的组成部分来叙述，而将革新之前的《小说月报》作为旧文学的阵营忽略不计。因为叙述的是新文学史，革新之前的《小说月报》是旧文学阵营的一部分，自然可以不用叙述。即使是当前对革新之前的《小

---

① 韩彬：《二十世纪九十年代以来中国现代文学期刊杂志研究综述》，《德州学院学报》2004 年第 20 卷第 5 期。

说月报》有所重视，但依然是要么专门研究前期《小说月报》，要么只叙述后期《小说月报》，将前后《小说月报》贯串起来研究，审视中国现代文学史如何从旧文学一步步转换过来的研究依然没有。

第二，研究的破碎性是指在当前对《小说月报》的研究中，表面上看起来似乎涉及《小说月报》的方方面面，但研究的各个方面之间并没有形成统一的整体，也没有得到一个有机的观照。经常出现的情况是研究《小说月报》装帧设计的仅就设计说设计，从文学研究会的角度来研究《小说月报》的一般不旁涉商务印书馆的因素，对《小说月报》上刊发的作品研究一般也不会涉及《小说月报》本身等，这就导致了研究的片面化，无法对《小说月报》达成一个整体的看法。

第三，研究的含混性主要是指通过外在视角来关注《小说月报》的时候，往往为了突出某一个特性，从而将《小说月报》简化了。将《小说月报》纳入都市文化研究或者是现代性研究的范畴中去，要么是流于空泛，甚至滑向无关文学的研究方向上去，要么冒着简化的危险，将一切都归之于"现代性"，某些地方有牵强的嫌疑。本来文化或者现代性就是一个无法准确诠释的概念，将其用来统摄《小说月报》的研究，自然有考虑不周的时候，无法将影响《小说月报》的各方面因素加以全面整合，导致了研究的含混。

也许问题的关键还不仅仅于此，更重要的是关乎研究者的研究态度的，包括《小说月报》在内的大部分期刊的研究都存在着一些问题：

> 研究者对中国的历史经验研读较少，存在着某种盲目性，从而出现了对外国理论的照搬照抄，生吞活剥。在抗战文艺报刊研究中，类似的现象就有所发生。……故只有从本土文学的实际出发，抛弃面对西方文化的俯就心理，抛弃先入为主的主观预设，才能避免研究的泡沫化，使研究呈现出一种内在的张力。①

上述所提出来的问题都是包括《小说月报》在内的期刊研究所要面临的问题。不论是期刊研究理论的薄弱，对中国的历史经验研读较

---

① 刘增杰：《中国现代文学期刊研究的综合考察》，《河北学刊》2011 年第 6 期。

少，还是盲目照抄照搬外国的经验，都关乎研究者"主体性"的介入。我们在对文学期刊进行研究的时候，往往将期刊视为历史的"死物"，无法真正触摸历史与之对话，也无法与期刊建立起具有丰富联系的交流。如果将文学期刊的研究也视为文学研究的话，那么，文学研究无疑是一种研究者到研究对象之间的情感的投入、交流，这种情感的投入、交流是不能被视为"死物"的，它必须是一种活生生的对话关系。研究文学期刊，对文学期刊进行历史性的考证，用各种理论进行审视固然有其研究的合理性与必要性，可这只是文学期刊研究的一个方面，我们常常忽略了文学期刊后面存在着的人。文学期刊的诞生、发展并不是凭空出现，一份期刊后面集聚的是作者、编辑、出版家、读者等众多的群体，文学期刊风格的变化、内容的刊载、出版发行、阅读消费等背后都是这一群体的合力，研究文学期刊，便不能仅仅是就期刊论期刊，而必须关乎人，关乎在那种历史场景中，作家、出版家、读者的种种选择，是什么原因导致了他们做出那样的选择，在面临种种约束的时候，他们又是如何运用这些机制以及突破这些机制从而使一份期刊出现了那种面貌的。这样的研究无疑才是活的研究，也才能真正弄懂一份期刊的价值及其期刊背后一个群体独特的存在。这或许是包括《小说月报》在内的当前文学期刊研究中更值得突破的地方。

这意味着我们可以换一个角度来研究《小说月报》，这样一种角度应该是将《小说月报》置于当时的历史时空当中，还原当时的历史场景，将影响《小说月报》诞生、发展的各种因素一一加以考虑，弄清楚当时《小说月报》为什么会那样发展，其背后牵涉着哪些经济、政治、文化的因素，作者、编辑、读者又是如何参与其中而发挥作用的。这样一种视角无疑将摒弃阶级划分的偏见，也会暂时将"启蒙""现代性"等先入为主的概念搁置一边，它要求研究者与历史时空中的刊物对话，最重要的是与当时支撑刊物发展的作者、编辑、读者对话，在各种情形之下，看他们如何做出艰难的选择，如何突破当时的各种局限促使《小说月报》向前发展。我们相信，只有这样的研究，才是一种活生生的研究，对研究者或研究对象都是有裨益的。

正是基于此，本书在论述中借用了原本不属于文学研究领域内的"政治经济学"一词来概述这种研究视角，在经典马克思主义那里，政治经济学是一门专门研究关于生产关系的物质生产、交换和分配的一门学科。本书借用这个概念与马克思原意上使用这个概念的意义不尽相同，在本书的写作中，政治经济学专指从社会的政治、经济、法律、教育等方面来看外部因素是如何影响《小说月报》发展的一种研究思路。更确切地说，政治经济学在本书的论述中只是一种宽泛的描述，并不是一个严格意义上的概念，泛指一切影响《小说月报》发展的社会外部因素。这种研究思路看似属于外部研究，但它绝不仅仅关注外部，不仅仅是刻板的"决定"与"反映"的过程，各种因素之间不再是孤独地起着作用，我们更关注在种种历史限制之下，在各种因缘际会之下作家、编辑、读者的精神活动，以期获得与他们对话的可能。

我们相信这种研究是切实可行的，不仅仅是《小说月报》研究，在整个现代文学研究领域，对现代文学现存的各种阐释体系不满的声音一直存在，人们总是有着各种理由来指出现存阐释体系的种种不足，进化论将中国旧体文学形式抛于身后，阶级论将不符合主流意识形态之外的文学摒弃，启蒙论的线性思维掩盖了文学发展的丰富性，不是所有文学作品都具备启蒙的特质，现代性阐释运用西方的理论将中国现代文学裁剪为追求文学中现代性的有无，忽略了中国现代文学独特性和创造性，引起了"本土化"理论的反弹，这些声音在现代文学研究界总是不时地引起人们关注，在这种质疑的背后，不少人提出了我们是否应该回到历史现场，注意历史细节的丰富性问题，于是有了丁帆等人提出的"民国文学"概念，有了李怡等人提出的"民国机制"概念，并且做出了卓有成效的尝试，在这样一种呼声当中，本书的写作也就具有了一种现实意义。

二　为什么选择广告？

本书这里强调从政治经济学的视角来研究《小说月报》，意味着返回历史现场，在历史现场中建立起研究者与研究对象的丰富联系，厘清在各种机制的制约下，为什么会有那样的文学现象发生，为什么作家会做出那样的选择，进而回答中国现代文学为什么会如此发展。这一研究思路首先要求研究者有一种进入历史的姿态。而进入历史，就要从第一手研究资料入手，通过阅读这些原始的资料，将自己置身当时的历史时空中，感受历史，体验历史。

在这种不忽视文学内部研究的同时重视文学与外部社会关系的研究中，文学的生产和流通成为一个重点关注的领域。由于在古代社会向近现代社会的变迁过程中，物质条件、思想观念以及人们的阅读需求不同，现代文学的写作与传播跟古典文学相比发生了许多新的变化，这些变化的出现，与整个社会的大变动息息相关，以这些变化为研究视点，不仅可以透视出文学创作的风貌，也能看出社会其他关系是如何影响甚至是决定文学创作的，更重要的是，我们可以看出在当时的种种制约之下，作家是如何做出艰难选择的，而作家的这种选择又是如何影响着文学发展的。在古典文学向现代文学转换的过程中，在现代文学发展过程中，许多资料记录下了这一嬗变的艰难，而能较为原始、较为直观地反映这一转换过程的资料，其中之一就是广告。因此，从广告的角度来研究文学，也就具有了从其他研究视角来看的不可替代性。

（一）文学期刊广告能直接地还原文学生态场

从广告的角度来研究文学，选取那些有代表性的杂志上的广告来看当时文学发展的生态场是研究者进入历史现场的方式之一。因为广告是对当时社会生活最为直观的记录，是当时社会生活的活化石，透过文学杂志上的广告这一窗口，我们不难窥见当时人们的生活状态及心理渴求。期刊杂志上刊登的广告种类繁多，《小说月报》上的广告从大类上看便有以推销产品或服务以取得盈利的经济广告，有为传播教育、科学、艺术、卫生、体育等信息的文化广告，有其他如公告、启事、通令、通电、各类声明等社会广告。而从具体的小类来看，《小说月报》上的广告有从当时人们认为的奢侈品亨达利手表、和盛外国金银首饰，还有人们日常生活所用的双妹牌果子露、徐景明牙科等，有刺激当时人们物质消费欲望的自行车、旅馆，更多的是给人们带来精神享受的各类书籍。这些都构成了当时社会的文化景观，又都间接或直接地影响着当时文学的发展。经济广告能反映当时人们的经济活动，政治广告能反映一时的政治风云，而这些，都是文学赖以发展的社会大环境，是文学创作和流通的土壤，特别是近现代社会，文学对社会、对市场的依赖性越来越严重，在这种情况之下，通过研究政治、经济、文化的广告，能够从一个侧面帮我们厘清文学的发展在何种程度上受到其他社会关系的影响。

广告作为近现代市场形成中的产物，最早反映出来的就是其功利性、物质性的一面。它所有的活动都围绕着消费者进行，以刺激消费者的购买欲望为旨归。尽管商务印书馆以稳健保守著称，《小说月报》作为商务印书馆旗下的一份杂志，经营也在保持着赢利的前提下追求文化品位，但在广告的选择上，《小说月报》还是受近现代市场的影响，大量的经济广告还是以刺激人们的购买欲望为标准。比如《小说月报》第三卷第十号的一则广告：

双妹牌玫瑰香蜜

秋冬时风雨寒冻头面手足爆拆用此蜜涂之自然油润生香妇女开粉涂面其色娇艳可爱并与肉相食不至爆拆也如男人用皮皂洗面或剃头剃发后其面皮绉拆用此蜜涂之自然宽爽如常请为试之……①

这则广告在关心人的身体健康的同时，提倡一种爱美的文化，在向受众展示女性美和男性美当中推销着其产品，无形中刺激着受众的购买欲望。

随着《小说月报》销量的增长，这类广告越来越多地出现在《小说月报》的上，比如品牌名国金银首饰的广告：

金银珠宝制 为首饰礼品 最为世界所欢迎 本号精制各种 均仿照西国 新奇特别 久已驰名 各埠如蒙定造奖品银杯银牌等件 自必格外克己 并备各色样本 以便惠顾诸君阅看 特此广告②

用"仿照西国，新奇特别，久已驰名"来吸引消费者的眼球，刺

---

① 《小说月报》第三卷第十号"传奇"栏目后插广告。本书所引广告，除将原文繁体转为简体，竖排变为横排外，格式均与原文一致。全书同。

② 《小说月报》第五卷第五号"长篇小说"后广告。

激消费者的购买欲望。

再如新建振华旅馆的广告：

> 本馆自建楼厅四进共计客房一百数十间**厅堂轩敞院落宽大空气流通光线充足**器具精良饮食清洁铺陈华丽伺候周到电扇火炉无不齐备**喜庆宴会尤为合宜火车轮船均有招待**自开幕以来极蒙各界诸君咸称有宾至如归之乐本主人力求进步以答惠顾诸君之雅意兹将本馆房价列后……①

详细描绘旅馆的种种好处，给人极力希望身临其境的感觉，通过这些描绘，能看出当时上海人对舒适生活的追求和向往。

而实际上，放眼当时的整个上海，追求物质享受、追求奢侈性的消费已经成为普遍、持久、不可扭转的社会风气。上海自从19世纪40年代开埠之后，尤其是租界开辟之后，商业有了质的飞跃，逐渐取代广州成为最大的通商口岸，其商业的繁华程度在许多的著述里面都已经有了精彩的描绘。上海繁华的商业，制造出了许许多多因在开埠早期就通过从事商业活动谋求商业利益而富裕起来的富商大贾，而伴随着上海城市化进程的加快，上海这个地方也为一般的市民创造和提供了更多的工作机会和赢利机会，总体上而言，这些市民的经济收入较之以前已经有了很大的提高。而上海的繁华，又吸引了大量的周边移民以不同的目的涌入上海，至清末民初，上海已经成为拥有150多万人的大都市，成为远东第一大都市。这一切成就了上海奢侈性消费的基础。在崇尚消费的风气中，人们已经在不自觉中把消费同人生的快乐联系了在一起。当时流行于上海社会的"七耻四不耻"非常有代表性地说明了这一问题，七耻为："一耻衣服不华美，二耻不乘轿子，三耻狎身份较低的妓女，四耻吃价钱不贵的饭菜，五耻坐便宜的独轮车，六耻身无顶戴，七耻看戏坐价值最廉价的末座。"② 很显然，这被视为耻辱的七件事都是与消费能力的低下有关，充分地呈现了当时的社会氛围，表明人们开始以追求

---

① 《小说月报》第八卷第九号"谈屑"后广告。
② 海上看洋十九年客：《申江陋习》，《申报》1873年4月7日。

金钱和奢侈的享受为人生目标。与之相关的四不耻是："身价不清不为耻，品行不端不为耻，目不识丁不为耻，口不能文不为耻。"① "四不耻"的出现显然颠覆了传统的价值观，在传统社会里"身价不清""品行不端""目不识丁""口不能文"被视为耻辱的行为，到了19世纪的上海已不再是耻辱，只要是能够赚到钱，传统的道德修养被抛之脑后。这还是19世纪下半期的情况，到了20世纪初叶，这种状况有增无减，追求奢华，满足欲望享受尤为激烈。当时烟馆、妓院、茶楼、菜馆、咖啡馆、戏园、舞厅、电影院，甚至跑马场、跑狗场、弹子房、各国总会、俱乐部等的繁荣，有力地说明了当时奢侈性消费的普遍性和消费内容的丰富性。这种追求及时行乐、追求物质的奢侈欲望的价值观使得广告这种最具物质性的传媒恰如其分地承担了刺激大众物质享受的功能，通过大量的广告轰炸，炮制出无数的消费享乐神话，为欲望消费的合法性与合理性提供了依据。在这种追求物质欲望的潮流中，尽管商务印书馆秉承着"文化与实业"的理想，还是不免打上物质欲望的烙印。

　　与这种物质欲望并存的是政治上的变动。清末民初的社会是"三千年未有之变局"，这种政治的变迁反映在偏向于守旧的商务印书馆旗下的《小说月报》上，自然明目张胆的政治宣传很少，连反映社会时局的书籍广告都几乎没有，但通过一些边角处的广告，我们还是能够窥见当时的社会政治状况。

　　《小说月报》创刊于1910年，那时晚清政府正在进行着"新政改革"，商务印书馆作为一贯保持着"中立"态度的民营企业，《小说月报》并不对政治直接发表意见，综观《小说月报》上的广告，能知道晚清政治内容的一些情况的仅有：

　　　　本馆译印日本法规大全风行一时其价值不待赘述现当预备立宪时代法官考试文官考试逐渐举行研究政法者日益多则需用此书者自日益众②

---

　　① 海上看洋十九年客：《申江陋习》，《申报》1873年4月7日。
　　② 《小说月报》第一卷第一号"前封"。

　　通过这则本是为了商业"卖点"的广告，我们可以得知晚清预备立宪时法律科目成为热点，研究政法者日多，引进日本法规益多，表明关心国事者日多，可见晚清政治空气之一斑。

　　尽管持有守旧的态度，《小说月报》在辛亥革命之后仍然表现出了对革命的热情，表现出其进步的一面。辛亥革命刚刚爆发不久，《小说月报》便刊发了关于辛亥革命明信片的广告：

革命纪念明信片

　　革命军起义人人欲知其真相现觅得武汉照片数十幅特制成明信片以饷海内其中若起事诸首领之肖像民军出征之勇概（慨）清军焚烧之残暴民国旗之式样披图阅之情景逼真现出单色彩色各有数十种精印发售定卜阅者欢迎①

同时又不断征求关于辛亥革命的史料：

本社告白

　　本报自第四期起载有革命外史一种专记各省革命时之遗闻轶事凡为各报纸未经详载可资观感而有兴味者着之于海内宏达倘以此等材料见惠务祈详述事实之始末文字不必甚工只须达意一经采用当以本杂志奉酬倘亦爱读诸君所嘉许乎无任盼祷之至

小说月报社敬启②

　　这种又是制作革命明信片，又是征集辛亥革命史料的做法，固然有出于迎合当时读者求秘心态的做法，但也可见当时的对辛亥革命的欢迎甚至充满着期待的社会思潮。而在《小说月报》第二卷第十期和第三卷第一期封面彩画分别刊登了革命女军首领沈素贞和女侠秋瑾的照片，《小说月报》拥护辛亥革命的政治立场便不言而喻了，考虑到当时《小说月报》为文学界的"权威者"，我们就不难推断出当时人们对辛亥革

---

① 《小说月报》第二卷第九号"封底"。
② 《小说月报》第三卷第三号"新剧"后。

命的拥护。

通过《小说月报》的这些广告，我们能够生动具体地感受到当时的社会历史氛围，一方面，对物质欲望的追求刺激着人们的神经，人们在不断地追求着物质的消费，整个社会在这种物欲横流中滚滚前行；而在另一方面，政治变革不断，从晚清到民初，人们追求进步的思想要求越来越迫切。就在这种追求物质欲望的同时又不断地要求思想进步社会氛围里，中国文学也在发生着变化，我们看到在中国现代文学里面，出现了"鸳鸯蝴蝶派""海派"等反映社会光怪陆离的一面，也出现了"五四"、革命文学等追求社会变革的一面。中国现代文学之所以出现这样的变化，是当时的社会生态所决定的，有了这样的政治、经济生态，才有了当时的文学面貌，才有了后来的文学发展，而广告，为我们记录下了当时最原始的一幕，这些，都是研究文学不可缺少的环节。

（二）文学期刊广告能真实地反映文学生产的全过程

从文学生产的角度来看，文学期刊成为连接作家与读者的中介，特别是在近现代文学市场竞争变得越来越激烈的时候，作家、文学期刊、读者也越来越被紧密地连接在一起。而文学广告（这里所指的文学广告包括具有文学史价值与影响的重要的文学作品广告，翻译作品广告，文学评论、研究著作广告，文学期刊广告，文学社团广告，戏剧、电影演出广告，文学活动广告及其他形式的广告）又是作为作家与期刊联合面向读者展现作品的一种形式，同时连接着生产者、传播者与消费者三者，作为"文学生产""文学流通"与"文学消费"的交会点，因而显示出特殊的意义。

1. 在广告中，广告主一般都会将广告的目的、意图加以说明，文学广告能显示作者、译者或出版者的写作、翻译、出版意图，进而显示一定的文学发展趋向。作者、译者或出版者的写作、翻译、出版意图，在近现代文学市场中，可谓多样，有着政治意图、经济意图、启蒙意图或者其他意图，总的说来，一般表现为或为着启迪民智而写作、翻译、出版，或为了经济利益而写作、翻译、出版，更多的时候是两者兼而有之。而这些，在《小说月报》的文学广告中都有所表现。

这些启迪意图有时候给予直接说明，比如《小说月报》创刊时的

"编辑大意"广告就直接说出了《小说月报》"趋译名作，缀述旧闻，灌输新理，增进常识为宗旨"的启迪民智为其目的之一。更多的时候，作者启迪民智的写作、翻译意图并不是直接在广告语中予以说明，而是通过广告的内容让读者领会到的。比如小说《回头看》的广告：

> 是书借小说体裁发挥其社会主义叙一人用催眠术致睡不醒亦不死沉埋地下一百余年经人发掘而出一觉醒来另是一番景象其所记述当时国家政策人民工艺及社会一切情形异想天开虽欧美自号文明其程度亦尚不可几及试展读之恰如置身极乐世界①

在这里，尽管作者没有表明为什么写这部小说，然而，通读广告的内容，我们不难发现作者对理想社会的向往，激起读者对未来的想象，进而萌发出对科学的兴趣，这在20世纪初的中国社会，当"科学"与"民主"成为社会思潮时，这种激起读者对未来、对科学的向往显得尤其重要。

在近现代文学市场中，文学作品作为一种特殊的商品，当作家的写作更多是为了获取经济利益的时候，文学期刊上的广告表现出写作、翻译、出版为追求经济利益就显得很正常了。这可以从文学广告中大量强调文学作品的"卖点"可以看出来。比如《小说月报》对一系列白话小说的广告：

惟一无二之消夏品

> 夏日如年闲无事求所以愉悦性情增长闻见莫如小说本馆年来新出小说最多皆情事离奇趣味浓郁大足驱遣睡魔消磨炎暑兹特大减价为诸君消夏之助列目如下……②

这里，文学作品与其他消夏品一样为读者消夏而卖，可见在作者或出版者眼中，其列举的小说都是能满足读者胃口，希望读者像买其他消

---

① 《小说月报》第二卷第四号。
② 《小说月报》第二卷增刊。

夏品一样去购买这些小说从而为其获得经济效益就不言而喻了。

2. 文学广告还能将文学流通中的基本情况展示出来。文学流通在现代文学市场主要表现为杂志社的出版发行情况，反映着文学流通的广度和深度。许多关于文学期刊的广告为我们展示了当时文学期刊的流通的广度和深度。比如，在几乎在每一期的《小说月报》封底，我们都可见到《小说月报》各个地方的代理点和代派处，通过这些代理点和代派处，我们可以发现《小说月报》东西南北的发行点已经涵盖了全国的大部分范围，甚至连海外也有了多家发行点，由此可以看出当时《小说月报》流通范围之广。

有时候，与文学相关的广告还能告诉我们在文学流通的过程中所必要的一些具体情况：

定阅本杂志诸公鉴

启者本杂志总发行所及分售处每期杂志出版分寄时均按照诸公定阅时所开姓名缮写封面所有诸公为杂志发行事来函其函未署名务请仍照定阅时所开缮幸勿更改（如定阅时用别号来函勿另署大名等）庶敝处容易查明作覆以免调查为难因此延搁是所至祷①

商务印书馆　发行杂志处　谨启

这里的这则广告为我们展示出了当时《小说月报》流通过程中具体的细节，姓名登记、提醒订阅者注意已经跟当下的杂志社无异了。

3. 文学广告还能显示最初的文学接受，不仅表现了作者，特别是出版者对读者接受的一种预期，而且在一定意义上，文学广告都是简短的书评，可以在一定程度上反映读者的最初接受和市场状况。

在撰写文学广告时，编辑或作者心目当中都有一个预期读者，其撰写文学广告时总是面对着一定的受众，通过对他们所撰写的文学广告的分析，我们不难发现当时文学市场中读者的基本状况。比如与林纾翻译作品有关的广告，好多时候在广告的最前面都写着"林琴南先生译"的字样，这表明了读者对林纾翻译作品的认可，从而可以看出当时读者

---

① 《小说月报》第三卷第十一号。

的欣赏口味与阅读兴趣。而在早期《小说月报》关于文学作品的广告中，言情、侦探等通俗文学的广告占了绝大多数，我们也可以看出当时读者及其社会在情感解放之后的基本心态，看出当时文学市场是以通俗小说为主的这样一个基本情况。

当编辑或作者在撰写文学广告的时候，通常也就是一种对文学作品的欣赏，阅读着这些文学广告，我们通常能够看出撰写者对文学作品的评价，从而获得作品最初在文学市场中读者的反映情况。比如对《七星宝石》之介绍如下：

> 是书叙英国一博古家性极嗜奇专事搜罗古物尝入埃及魔谷中获一七星宝石石为古代女王棺中物女王有奇术虽死如生且具极大魔力能分解其肢体为极小部分夜入博古家之室戕害之既死复苏后又取女王尸置窟室中将实行试验俄而变作博古家及数从人竟死事颇诡诞不经或亦好奇嗜古者所喜读欤①

广告在用书中的传奇内容去吸引读者眼光的同时，又加了"事颇诡诞不经"的评价，足见撰写者在写广告时对作品的初步感受。

4. 有的文学广告还提供了文坛活动、文学创作、作家个人的许多信息，可以引发出文学背后的故事，揭示一些年度文学事件。比如《小说月报》第六卷第一期的一则广告：

本报启事

> 本社自辛亥年九月因交通阻碍出报较迟嗣又因遵用阳历之故遂以一月出十号致出报号数与月份参差不齐殊不多便兹出第五卷九号照常出版外其第十一十二三号赶排赶印一律于三年十二月内出完本报向例每卷自为起讫兹因赶排之故致馆外特约之稿惟能刻期蒇事只得顺延而下以故六卷一号中长篇两种仍接前号续排阅者鉴之
>
> 小说月报社谨启②

---

① 《小说月报》第一卷第四号。
② 《小说月报》第六卷第一号。

通过这则广告，我们不难看出，由于政治的因素，如何具体地影响到了文学杂志的发行，了解到这些背后的因由，我们更能感受到在当时的历史时空中，作家、杂志社、读者在文学事业上做出的艰苦努力。

这些专门为文学而制作的广告，活生生地反映着当时的文学动态。"以文学广告为中心"来研究文学，选择文学广告作为文学研究的基本材料，是因为文学广告本身就是历史的原始资料，它的会集具有"史料长编"的意义，而"史料长编"式的文学史结构方式一直是学术界的追求，也为这些年我们设想的"接近文学原生形态的文学史结构方式"提供了一种可能性。

（三）文学广告也是一种文体，本身具有文体史上的意义

文学广告也是一种文体，本身具有文体史上的意义。研究文学广告，本身就是对文学自身的一种研究。由于文学广告一方面具有一般广告那样对文学作品广而告之，激发读者购买欲望的作用；另一方面又是对文学作品的评价，是一种书评，但这种书评与一般的书评明显不同，这类书评一般专拣能够吸引读者眼球的内容进行发挥，又不宜太长，这就形成了一种既构成"卖点"又简短的文学创造，这种有着明显功利性的书评与完全属于欣赏性质的书评无疑有很大的区别。在文学广告这里，吸引读者眼球是第一位的，欣赏通常变成了第二位的了。更有甚者，文学广告为了吸引读者眼球，其所撰写的文字与作品的内容不相符合，那就已经不是欣赏，而变成纯粹的炒作了。

本书选择《小说月报》上的广告作为从政治经济学来研究现代文学的起点，除了这些广告与现代文学的发生、发展有着千丝万缕的联系之外，还因为从政治经济学的角度来研究文学，意味着要将影响文学的多方面因素综合起来考虑。既要考虑各种因素是如何从自身出发影响到文学发生、发展的，又要考虑这些因素综合起来使文学形成了什么样的文学，这当然不是各种因素的简单相加，而是各种因素之间相互制约又相互促进的结果，从而显示了从政治经济学的角度来把握文学的不易。政治经济学需要一种极为开阔的视野，而广告刚好适合这种视野的需要。这种"适合"至少表现几个方面：一是从广告活动来看，广告已

经不仅仅是经济营销活动。《小说月报》上的广告，从广告商品的选择、文本的撰写到刊登，其背后都有出于经济、政治、文化等方面的考虑。比如早期《小说月报》对通俗小说广告的刊登，后期对新文学作品广告的刊登，而从始至终对政治广告的某种规避，都显示出《小说月报》刊登广告的经济、政治、文化等多方面的考量，而刊登广告的这些考量，直接影响到《小说月报》的发展走向，进而影响到当时的文学市场格局。二是《小说月报》上的广告，本身就自成体系，在这里，经济、政治、法律、教育等可能影响文学的因素通过广告这种具体的形式呈现出来，广告所能反映的，几乎涉及商品经济社会的方方面面，可以说，广告文本所反映的社会内容，比文学文本所反映的要丰富得多，也直接得多。而文学广告上所反映出来的，不仅仅能将广告作为文学的一种，而且称得上当时社会的一个缩影，随便一则关于文学的广告，我们都能看到这种情况：

> 言情小说动辄近于诲淫导婚姻自由之说于吾国乃为近日男女关系决其横流良可慨也本书述一极贫爵邸却富女婚贫女阅尽艰难终成美满良缘种种阻力不期均为种种助力原著体物绘情纯用白描其负有盛名也固宜译笔亦能斟酌尽善①

从上述这则广告来看，我们不仅能看到广告文本作为一个文类的基本特征，而且从这则广告中也能看出处于思想观念剧烈转变期的人们，面对着婚姻自由袭来时的那种复杂心态。一是文学广告，本身就是文学、政治、经济多种因素的凝聚。二是广告的这种反映社会生活极广，其身上又散发出来的政治经济因子，表明广告是从政治经济学来分析文学的极佳载体。三是报纸杂志上文学广告的出现，本身也意味着从政治经济学的视野来看待文学。文学广告出现在文学被商品化的时候，文学被商品化，就意味着之前仅从文学本身来看待文学的单一视野被政治经济学的宽阔视野所代替了。在文学没有被商品化之前，文学往往很难与经济联系在一起，只是被视为一种个体行为，文学被商品化之后，文学不但与

---

① 《小说月报》第六卷第六号。

市场紧密相连，更被视为一种群体的产物，文学广告的出现，为人们提供了一个重新认识文学的视角，而这个视角，无疑就是政治经济学的视角。广告与政治经济学的这种天然契合，让通过广告从政治经济学的角度来分析文学比直接通过文学作品来分析文学具有更多的优势，从广告出发，我们既能看到影响文学的多种因素在广告中的凝聚，又能看到这些因素之间是如何相互制约的，如何共同形成一个合力影响到文学发展的，避免了直接从文学作品来分析时出现挂一漏万的情形。

三 广告与文学关系的研究现状

中国现代的广告观念无疑源自西方，西方广告研究无论是深度还是广度都要比国内精进得多。尽管如此，探讨广告与文学关系的论著在西方仍然不多，通常是将其作为广告与其他社会经济关系的分支进行一些粗略的描述。

反观中国方面，因为现代广告概念很晚才出现，过去部分研究近代报业发展历史的学者，虽然偶有论及广告的，但一般只将其作为次之又次的课题。比如1926年戈振公先生撰写的《中国报学史》（商务印书馆1927年版）是中国最早涉及广告的著作之一，但厚厚的一本著作，其中却只有第六章第三节介绍了广告的作用，对中国近现代广告的发展状况只进行了粗略的勾画，其简略性是显而易见的。到了20世纪80年代初，徐铸成的《报海旧闻》出版（上海人民出版社1981年版）一书，尽管作者身为资深的报人，其中也只有一篇文章专门谈及报纸广告和广告社的影响。之后有徐载平等人撰写的《清末四十年〈申报〉史料》（新华出版社1988年版），简略介绍了《申报》的广告业务，并谈及了广告的虚假性，并没有过多的阐释。在这些书籍里面对清末民初广告的谈论大多都是介绍性的泛泛而谈，包括方汉奇撰写的《中国近代报刊史》对广告也未展开论述，更不用说谈论文学与广告之间的关系了，可见中国对广告研究起步之晚。

从广告学学科的整体设置来看，很长一段时间里，广告的研究被附庸在新闻学与传播学里面，直到现在也大致如此。但广告学又不仅仅是与新闻学或传播学相关，从广告理论到广告实践，广告学涉及的领域多得令人咋舌：语言学、新闻学、传播学、社会学、公共关系学、美学、文学、统计学、物理学、化学、管理学、心理学、市场营销学……可以说，广告学是建立在多种学科相互交叉、文理学科相互渗透的基础上的，也正因为广告学涉及这么多的科目，广告学的研究必须与其他科目的研究相互借鉴，很大程度上，广告学的研究与实践就是建立其他学科研究与发展的基础上的。这么多学科交叉在一起，一是使得广告学成为一门新兴的学科，二是加大了广告学研究的困难度。广告学在中国的发展过程中，大致形成了理论广告学、历史广告学和实用广告学三大块。理论广告学主要是借助其他学科的研究成果，比如心理学、社会学、传播学、公共关系学等的基本原理，将这些基本原理与广告自身运行的基本原则及机制相结合，从而形成广告学自身的理论体系；在实用广告学方面，主要是探讨理论广告学运用的可能性和可行性，解决在广告实践中出现的问题，探寻广告运用的规律和相应的操作机制。从广告学当前的发展来看，中国广告学在理论广告学和实用广告学的研究上都取得了较高的成就。相比之下，历史广告学长期没有受到学者的关注，许多领域还属于盲点，这一方面是因为历史广告学既没有像理论广告学那样能够站在理论建构的前沿，也不像实用广告学那样能够解决实际操作中遇到的难题；另一方面是因为在人类历史的发展长河中，能作为广告来研究的材料实在太多，对这些材料进行整理、分析是一项异常困难的工作。由于如上原因，历史广告学的发展一直没有得到长足的进展。但是，历史广告学的重要性又是显而易见的，它一方面与一个时期内的社会、经济、文化息息相关；另一方面又对当前的广告活动具有借鉴意义。这些都表明历史广告学可开掘的空间之大。

而在中国广告发展史上，虽然现代广告形式出现在晚清，却是在民国时期才迎来其黄金时期。民国不仅是我国现代广告的肇始期，同时也是中国广告业发展的第一个高潮，大量的报刊、月份牌广告、路牌、灯箱等各种广告形式纷纷涌现，广告手段、广告技术不断更新。在这一阶段，中国不但出现了严格意义上的广告公司、行业组织及相关的广告自律文件，而且保留了大量的精彩的广告案例。相对于这些丰富多彩的广告景观，我们对它的研究却一直处于滞后状态。

20 世纪 90 年代以来，历史与现实拉开了距离，研究者们猛然发现，民国是一段充满着各种文化景观的重要岁月，在这个时期，传统中国在矛盾与希望的交织中缓慢向现代中国转型，一切都陈腐不堪，一切都又充满着希望，这是一个值得大书特书的时期，也是一个值得研究者细细品味的时期。于是，"民国热"开始出现，民国的社会经济文化逐渐受到越来越多研究者的关注。民国时期的广告就这样走进了研究者的视野。从当前对民国时期的广告研究状况来看，关注民国广告的研究者多了起来，不仅有专门的广告研究者，其他学科如社会学、历史学、民俗学等领域的研究者也开始涉足民国广告，关于民国广告研究的论文和著述大幅增加。香港三联书社 1994 年出版的《都会摩登——月份牌（1910—1930）》对月份牌广告做了从美术角度的欣赏，上海画报社1995 年出版了《老上海广告画册》，选取了多幅民国时期的上海广告进行直观展示，这两本著述都是史料性质的，还谈不上对民国广告的专门研究。真正对民国广告进行大规模研究是从 20 世纪 90 年代后期开始的，大约从 1998 年起，中国每年都会出版几本关于民国广告方面的书籍，从 2002 年之后，随着民国热在各个领域的出现，关于民国广告的研究论文明显多了起来，民国广告研究也逐渐成为广告史研究领域中的一个热点。尽管这些研究主要是从新闻学或者传播学的角度来进行的，但还是形成了以下一些模式。

第一，以广告史料为主，评述结合的专著。在史料的挖掘方面，这些专著着眼于民国广告史料的挖掘整理，许多论著直接面对最原始的广告史料，在占有大量史料的基础上，再进行系统性的归纳和分类。主要成果有：1998 年上海人民美术出版社出版陈超南和冯懿有的《老广告》、1999 年龙门书局出版梁京武和赵向标的《老广告》、2000 年上海画报出版社出版益斌主编的《老上海广告》、2001 年天津人民美术出版社出版由国庆的《老广告》、2002 年上海书店出版于学斌的《东北老招幌》、2004 年百花文艺出版社出版由国庆的《再见老广告》、2004 年学林出版社出版黄克伟和黄莹的《为世纪代言：中国近代广告》、2005 年东南大学出版社出版林升栋的《中国近现代经典广告创意评析——〈申报〉七十七年》等有关民国广告史料汇编性质的书籍。这类专著一般史料丰富，大多以图片的形式向读者展示了作者所收集到的广告作品原貌。这些研究一方面为我们提供了丰富的广告史料，为之后的研究奠定了良好的史料基础，却也在另一方面存在片面化、碎片化的问题，还淡不上系统性的研究。还有一类著作是中国广告史的专著或中国广告史的教材，在这些著作中，民国广告仅占其中部分篇幅。当前出版的主要有陈培爱的《中外广告史》（中国物价出版社 1997 年版）、赵琨的《中国广告史》（高等教育出版社 2005 年版）、赵琨的《中国近代广告文化》（吉林科学技术出版社 2001 年版）、苏士梅的《中国近现代商业广告史》（河南大学出版社 2006 年版）、秦琪文的《中国近代企业广告研究》（知识产权出版社 2010 年版）等，这些广告史论著大多是对中国广告历史有一个完整而简略的勾画，民国广告史只是其中的一部分章节，在论述民国广告史的时候，为了突出民国广告的整体特色，大部分都将民国广告置于社会经济的大背景下来审视，将广告视为反映当时社会生活的一个窗口，着重探讨广告的发展源流，探讨广告对人们经济社会生活各个方面的影响和在社会经济政治文化的影响下广告发展的不同形态。

第二，结合社会学、文化学、民俗学等其他学科知识，对民国广告现象中存在的某个具体问题进行深入探讨。这类研究主要表现在论文方面，由于这类研究具有交叉性质，研究人员不仅仅局限于广告专业本身，相关学科的研究者不断涌现。这种多学科交叉的情况，往往使研究者能够跳出广告专业本身的局限，将民国广告研究放到更大的文化视野中去考察。但同时，这些研究也带有不均衡性，研究者往往只重视与本学科相关的广告现象，忽略了对广告的整体把握。这种不均衡主要表现在对研究对象的集中上。综观这些研究，不论是学位论文还是期刊论文，研究者大多集中在著名报刊的广告研究和月份牌的广告研究上，特别是《申报》广告的研究，对于其他形式的广告却乏人问津。从总体上看，一些代表性的论文有：2004 年上海师范大学王儒年的博士论文《〈申报〉广告与上海市民的消费主义意识形态》主要是从物质消费的角度对 20 世纪二三十年代的《申报》广告进行透视，从而折射出当时上海的都市消费形态，该博士论文后来以《欲望的想象——1920—1930 年代〈申报〉广告的文化史研究》为名出版；2005 年南开大学秦其文的博士论文《近代中国企业的广告促销研究》，这篇论文在梳理了中国近代广告的发生和中国近代企业对广告的认识后，重点剖析了国货广告的民族情感认同和国货产品促销的基本原则，并对近代企业的广告形式创新和广告用语的语言艺术进行了详尽的探讨。论文很大程度上是对近代企业广告基本特征的总结，为后来的研究者提供了不少方便。

尽管当前学界对民国时期的广告研究成果较多，也较其他历史时段的广告研究更为深入，并且很多研究也开始从文化的角度来进行，但将文学与广告联系起来研究的论著并不多，对文学广告的论述大多是在描述整个广告史的过程中零星提及，比如秦其文的《中国近代企业广告研究》里面，谈及中国近代企业广告与国人生活方式的变迁里面谈到了广告推介了大量书籍；苏士梅的《中国近现代商业广告史》里面第十章：近现代的报纸广告；第十一章：近现代的杂志广告；第十五章：近现代的书籍广告；第十六章：近现代广告与传统文化等从不同的方面对书籍广告、文学广告有所涉猎，但因考察的时间跨度比较大，只进行了粗线条的勾勒。这类粗线条的介绍呈现出一种零散、收集原始材料居多的特点。

按照目前出版的论著和论文来看，近现代文学广告或者文学与广告关系的研究大致可分为几种。

一是与文学相关的广告史料的汇编：比如范用的《爱看书的广告》，叶圣陶、叶至善的《叶氏父子图书广告集》等，这类着眼于史料收集的研究，由于现代文学史上报纸期刊众多，广告又以短小零碎著称，内容异常丰富，现代文学史上的广告世界的浩如烟海，此项工作的进行仅仅是一个开始，现代文学广告史的汇编的完成还是一项任重而道远的任务。

二是对某一方面的广告进行概述：比如顾智敏的《切入对象本性——鲁迅和广告谈》（《鲁迅研究月刊》1995 年第 3 期）、王玉荣的《论鲁迅书刊广告的三大特色》（《河北大学学报》1999 年第 1 期）、范军的《巴金的图书广告》（《巴金研究》2006 年第 2 期）、孙文清的《中国现代作家的广告实践》（《新闻界》2008 年第 6 期）等将作家的写作与广告相互联系来进行考察，多半着眼于作家广告实践的经验叙述或着眼于作家创作广告的文字风格、总体特征等。这类研究一是注重作家写作广告的特色；二是有将文学广告作为一种新文体进行研究的倾向，由于文学广告的特殊性，与书评、与散文有着类似的地方，又有着迥异的地方，这些研究有着开启新文体研究的意义。

第三类著述性的研究是找到一个关键词，将散乱的广告统摄起来，形成一个有机的系统来进行研究，比如孙文清的《广告张爱玲——一个作家成长的市场经验》（中国传媒大学出版社 2009 年版），以张爱玲成长过程中的"包装推销"为主，全书分为七章：第一章，中国现代作家与广告；第二章，张爱玲作品中广告的使用；第三章，张爱玲作品中广告的广告史料价值；第四章，张爱玲作品中广告的文学价值；第五章，张爱玲作品中广告的社会文化价值；第六章，张爱玲作品中广告声称的原因；第七章，张爱玲创作广告式编码。该著对当下从广告的角度来研究文学提供了不少启示，对作品中的广告文本从多个方面进行精细的解读。按照这样的研究模式，现代文学广告无疑将另外具有一片广阔的天空。在中国现代文学研究史上，许多作家都与广告有染，从广告的宽泛定义来看，许多作品中存在着大量的广告文本，而这些文本，在过去的文学研究中是被忽视了的。

王儒年的《欲望的想象——1920—1930 年代〈申报〉广告的文化史研究》，以都市欲望、消费为主线来进行阐释广告。广告是随着都市经济的发展而产生发展起来的，广告的本身就是刺激消费者的消费欲望的，广告反映的就是都市的文化景观，广告天然地与都市、欲望连在一起，将广告放在都市文化的背景中来观照，就抓住了广告的核心。这类研究已经达到了相当的深度，并且彰显了作者的关注点，给予笔者相当大的启发，但这些研究的着眼点并不是专门的文学研究，而是将文学、文化融合为一体，广告与文学之间的关系图景勾勒得不是很清晰。

随着现代文学研究视野越来越开阔，广告在中国现代文学研究上的价值也越来越受到重视，出现了一些讨论文学广告研究价值的论文。在金宏宇的《中国现代文学的副文本》（《中国社会科学》2012 年第 6 期）中，将广告作为现代文学的副文本之一，认为现代文学的副文本在现代文学的建构中起着以下作用：第一，文学广告一般是作者、编辑或者相关人员即时书写的，是现代文学中重要的史料来源；第二，文学广告是进入正文的具有解释性质的门槛，名家所写的文学广告，往往就是对作品的精彩点评。第三，文学广告还在文学经典化过程中发挥着其他文本不可替代的作用。这篇论文从三个方面对文学广告等文学副文本在现代文学研究中的价值进行了详尽的探讨。彭林祥的《论新文学广告对文学传播的作用》（《湖南文理学院学报》第33卷第3期）从对作家、作品的介绍与宣传，扩大了作家和作品的影响；为文学期刊和书局带来了经济来源，使其能继续扩大声誉；提升了新文学读者的接受水平，稳固并增强了新文学的接受群体等三个方面阐述了新文学广告对新文学的影响。汤哲声的《论现代通俗文学、商业电影的广告及其市场运作》（《中国现代文学研究丛刊》2012年第7期）论述了现代通俗文学广告的繁荣，对通俗文学广告的运行机制、广告制作的手法等做了相当深入的探讨。这些在方法论意义上的探讨，为后来者的研究指明了方向，同时也表明广告与文学之间的关系的研究还是一块丰厚的沃土。

从总体上来看，目前广告与文学的研究还处于起步阶段，研究者大多还处于收集史料、放在文化领域进行宽泛的阐述，着眼于文学广告的文体与策略的讨论，并未做更大视野的开拓或结合具体的史料来进行更细致入微的阐释。

四 论题的创新点及面临的困难

基于前面所述，本书以《中国现代文学转型的政治经济学维度——以〈小说月报〉上的广告为中心》为题具有一定的开创性意义。就整体而言，本书希望在以下几方面有所突破。

1. 通过政治经济学的维度来研究文学，考察外部社会条件对文学生产流通的影响在目前的现代文学研究领域仍属于粗线条的研究，许多研究往往只是把政治经济文化作为文学产生的大背景给予简略介绍或者一句带过，真正去触摸历史，把握事实，看政治经济文化究竟在何种程度上影响或制约了文学发展的研究很少，本书希望在占有一定材料的基础上，用一种细致描述的方式，具体直观地展示出政治经济文化在古典文学在向现代文学转换的过程中，到底产生了什么影响。

2. 通过广告这一社会生活的"活化石"来研究政治经济文化，特别是从这个角度来关注文学的研究很少，研究成果多半处于收集史料的介绍性零碎粗浅阶段，本书希望通过将《小说月报》上的广告置于整个社会生活中，将其作为整个政治经济文化关系中的一个有机组成部分，深度挖掘广告所折射出的各种政治经济文化因素对文学的各种影响，为从广告的角度研究文学进行一次有益的尝试。

本书写作所面临的困难也是显而易见的，比如：

1. 本书名为《中国现代文学转型的政治经济学维度——以〈小说月报〉上的广告为中心》，但现代文学从古典文学转换过来呈现了什么样的特点，从作家作品来看是怎么转换过来的，这样的研究在现代文学研究上已经有许多的论文论著阐释过了，如果受到现有结论的影响，很容易写成用广告材料来诠释现有文学史的结论，这样的研究是没有多少意义的，因此，本书的写作必须从广告出发，特别是对那些影响重大的文学事件、作家的阐释，必须以历史事实为依据进行描述，避免受现有结论的影响，而对这些文学活动、作家、作品、刊物、社团的叙述和阐释的角度也要有别于一般文学史，不能用广告材料来诠释现有文学史的结论。

2. 本书从广告的角度来研究文学，"从广告出发"，这就意味着我们更需要关注文学的"生产"与"流通"，关注"语境"与"接受"；关注广告所揭示的"典型文学现象"；关注广告背后的"文化活动""文学事件""文人生活与交往"（比如作家自己所撰写的广告、有些书籍有广告却无书、有些广告为什么会被禁止刊登、广告里面的政治经济博弈的现象、用广告或不用广告的现象、有广告而无书的现象背后的"故事"、相关的稿费问题、盗版书问题，营销策略问题，等等）——这些都是以往的文学史所未涉及，也很难进入文学史视野的，而这些恰恰是本书论述的重点。在这方面，可以展现的余地还非常大，这就需要在翻阅报刊时，思想解放、开阔一点，善于思考发掘一些"新领域"。

3. 本书需要厘清一些逻辑关系：现代文学、广告、转型、政治经济学，选题本身就包含着多重合力，如果不注意它们之间的各种关系，平均用力，要么就会写成普通的广告研究，要么容易写成一般的文学概述，或者"四不像"论文，这就要求在写作过程中把握好各方面的逻辑关系，既要有横向的阐释，也要有纵向的论述。

五　需要论述的几个概念

在本书的写作过程中，有些概念需要着重厘清，否则容易产生似是而非的结论。

1. 政治经济学。这原本是马克思批判资本主义经济时的一种方法，现在已经发展成为一门专门研究产品的生产、交换和分配的一门学科。本书用的这个概念与马克思用的概念不尽相同，在本书的写作中，政治经济学专指从社会的政治、经济以及文化等外部条件来看文学的一种研究思路，即包含着看经济如何影响文学、看政治如何制约文学、看文化如何影响文学等方面的关系。

2. 文学杂志上的广告与文学广告。这两个概念所指的广告是很不一样的。文学杂志上的广告包括刊登在文学杂志上的所有广告，比如本书所用的《小说月报》上的广告，包括在《小说月报》每期上所刊登的所有广告，包括政治的、经济的、文化的以及其他类型的广告，当然也包括文学广告。文学广告则指广告当中那些跟文学创作或者是文学活动有关的广告（包括具有文学史价值与影响的重要的文学作品广告，翻译作品广告，文学评论、研究著作广告，文学期刊广告，文学社团广告，戏剧、电影演出广告，文学活动广告及其他），这些广告有可能刊登在文学杂志上，也有可能刊登在非文学杂志上。

3. 硬广告与软广告。在广告学理论上，硬软广告没有明确的定义，也没有明确的范围划分，更确切地说，硬广告与软广告的划分只是广告界常用的术语，还没有形成一个严格的理论区分，一般的理论著作也无严格说明。一般说来，硬广告是指直接对商品、服务等进行介绍的传统形式的广告，包括在报纸杂志、电台广播、户外、电视网络上所进行的动态或非动态的广告；而软广告一般则指纯文字性的广告，包括一些提升企业形象，促进销售的解释性文章，比如有深度的短文、新闻报道或者案例分析等。在本书的写作中，硬广告是指在《小说月报》中刊登在辟有专门广告版面上的广告，而软广告指在文学作品中宣传到的广告。一般情况下，本书所指的广告除了特殊说明之外都是指硬广告，也即在广告版面专门宣传的广告。

六　写作思路及各章节安排

本书以《小说月报》上的广告为视角，紧紧围绕着在现代文学的生成与转换过程中，政治、经济、文化的因素对作者、传播者、读者产生了怎样的影响，发生了怎样的作用这一中心论题，认真梳理《小说月报》上的政治、经济、文化的广告，分析政治—广告—文学、经济—广告—文学、法律—广告—文学、文化—广告—文学之间的复杂关系，力求对现代文学的发生有一个历史的、具体的认识。本书的写作采取纵横结合的方式，对选题里面的政治经济学维度的总述采取横断面的方式，将政治、经济、文化及其他分别论述，而对于"转型"则作为每一章、每一节的"隐线"蕴含在里面。通过每一个因素的分析，去看待现代文学转型的前后基本面貌。全书的大致结构如下。

第一章主要是对前后期《小说月报》上的广告的整体概览。

第二章主要以经济广告为窗口，分析在当时的历史时期内，经济因素是怎样影响着作家的创作的。

第三章在对《小说月报》上法律、政治广告分析的基础之上，思考法律、政治的因素是如何影响到作家的创作的。

第四章通过广告的视野来分析文学传播方式从古代向现代的转型。

第五章通过广告来透视文学读者是如何从古代向现代转型的。

第六章是站在广告作为一种独特文体的立场上分析文言广告向白话广告的转变，文学广告作为消费文化的一种和作为文学批评的一种各呈现出什么样的景观。

最后是本书的小结，全书认为中国古代文学向现代文学的转换是由多重因素决定的，既有经济政治因素的制约，也有各种文化氛围的营造，既影响着作家精神气质，也影响传播者、读者的各种状况，这些合力是如此的丰富，并且动态地影响着文学的转换，这些文学机制错综复杂地交织在一起，又因缘际会地促使着中国文学的前进。

第一章　杂志上的广告：《小说月报》上的广告概览

《小说月报》作为中国现代文学史上的一代名刊，其发展历程跨越了晚清与民国两个时期。在《小说月报》创刊与发展的过程中，正值中国近代向现代转型的复杂过程中，经济、政治、思想文化、法律、教育等各个领域都发生着前所未有的变化。而广告作为近代市场形成过程中的产物，其形式和内容都深深打上了时代变迁的烙印。因而，回顾《小说月报》上的广告，就不能不回到中国近现代转型的历史现场，考察当时的历史时空是如何影响了《小说月报》及其广告的发展。

第一节　《小说月报》创刊前后中国广告的发展

在《小说月报》创刊前的中国近代社会，自然经济已经逐步瓦解，商品市场正在逐渐的形成过程中，随着市场竞争的日趋激烈，广告作为一种商品促销的手段应运而生，中国人对广告的态度发生了很大的变化，对广告的功用日益重视，到《小说月报》创刊时，已经形成了一个较为完备的广告市场。

一　广告及广告观念在中国的传播

中国近现代广告从定义到观念都是从西方传进来的，但在西方，现代广告观念的形成也经历了一个渐进的过程。人们早期对"Advertising"一词的解释就多种多样。在广告发展之初，人们一般将广告视为一种跟一般的新闻报道相类似的、能对大众起到广而告之作用的传播手段。一个较为统一的看法是：广告是关于商品或服务的报道① （News about Product or Service）。广告在最初的发展阶段，还仅仅是一种宣传手段，人们还没有对其付费的概念。

1666 年 6 月 8 日《伦敦公报》上发布了一条消息："报道新闻事件是报纸的宗旨，书籍广告、出版广告、药品以及其他商品广告不属于报纸的正当事业。本报今后将不刊载与政府无关的广告。刊载广告的报纸将另行刊出，提供给广大的公众。"② 尽管这里明显地将新闻报道和广告做了区分，但将广告视为新闻报道的一种曾经在很长一段时间里主宰了西方人对广告的认识。

对现代西方社会影响最大的广告定义是 1948 年美国营销协会的定义委员会在征集公众意见的基础上，通过不断修改而形成的："广告是由可以确认的广告主，以任何方式付款，对其观念、商品或服务所作的非人员性的陈述和推广。"③ 这个定义指明了现代广告活动需要具备的一些因素：第一，要有可以确认的广告主，也就是要有广告商，解决的是谁打广告的问题；第二，广告是需要付费的，也就是说它属于一种商业行为，这就指明了现代广告一个很重要的特征：商业性；第三，广告是非人员性的，也就是说广告的传播不是依赖于人际关系来传播，解决的是广告如何进行的问题。

广告及广告观念在中国的形成，经历了一系列复杂的演变。我们从广告一词在中国的流变就能看出这种演变的复杂性。从广告"广而告之"的基本特征来看，中国很早就出现了广告的萌芽，这种萌芽甚至可以追溯到原始社会末期，比如手势的运用、烽火台的设立，实物陈列等等，但是，"广告"一词在中国的出现却很晚，古人习惯将类似于广告的这种宣传形式用"告白""告帖""声明""启事"等词语来代替。直到 20 世纪以前，中文当中还没有出现过"广告"一词。根据现代学者的考证，"广告"一词在中国的出现，经历了以下四个演变阶段④。

---

① 夏文蓉：《中外广告发展史》，南京大学出版社 2009 年版，第 2 页。
② 同上书，第 162 页。
③ 同上书，第 3 页。
④ 四个时期的划分来自文春英、李世琳、刘小晔、周杨、温晓薇《"广告"一词在近代中国的流变》，《当代传播》2011 年第 2 期。

第一，在 19 世纪中期，中国社会显然还与传统社会一样，近现代的资本还处在萌芽状态，纵观这个时候所发布的商业信息，一是所发布的商业信息量还很稀少，二是尽管有少量商业信息发布，其标题中也还看不到"广告"这类的字眼，商家发布商业信息时，使用的还是传统的"告白""声明""启"等词语，这些词语之间相互乱用，并没有一个统一的称谓。从词语的运用来看，此时的中国显然还属于一个传统的社会，近现代商业还处于萌芽状态，商业广告自然也仅仅是尚未形成的胚胎。

第二，到了 19 世纪中后期，从所发布的商业信息来看，"告白"一词从诸多的传统指代广告的词汇中脱颖而出，得到了商家的青睐，出现的次数越来越多，使用的频率远远高于其他类似的字眼。这个时候，近现代商业资本开始大增，不但外国人办的报刊里充斥着广告，中国人办的报刊里广告信息也随处可见。这表明，随着社会经济的发展，从西方传入进来的"广告"及广告观念，与其他术语及观念一样，已经开始被中国社会广泛使用。

第三，进入 20 世纪，随着中国商业资本的进一步发展，商业活动越来越频繁，广告作为商业的利器被越来越多的国人接受。在 20 世纪的头五年，"广告"一词正式出现。梁启超在日本横滨创办了《清议报》，1899 年刊出了用日文撰写的招揽广告的告白《记事扩张卜广告募集》，这是中国人自办刊物中第一次使用"广告"一词，但此时的"广告"尚属于日本外来语。1901 年 8 月 7 日的《申报》出现一则名为"鄂垣厚生福土庄广告"的广告信息：

> 鄂垣厚生福土庄广告武昌厚生福土号本主人亲临各庄拣选具正药土蒙四方诸君大加赏识兹又专采地道药材不惜工资督制冷笼提净各种烟膏（注：中略）以上各膏无不神效其余公广云南川等膏益极加工熬制凡士商赐顾者至武昌城司门口松草栈纸号后进便是①

这是在中国第一次出现"广告"一词。紧接着，1906 年，清朝廷

---

① 《申报》1901 年 8 月 7 日。

发行的《政治官报》上,《政治官报章程》中说:

> 如官办银行钱局工艺陈列各所铁路矿务各公司及经农工商部注册各实业均准送报代登广告酌照东西各国官报广告办理①

这从一定程度上表明了"广告"一词正式成为官方认可的概念。但"广告"这个词语的出现,并没有很快成为广告行业中的主流词汇,在 20 世纪前五年间,使用"广告"一词的商业信息在数量上仍不占主流,"告白""声明"等传统词语仍占优势,偶尔有政府机构或个人意见表达会使用"广告"一词,但采纳"广告"一词的绝大多数为商业机构。

第四,1910 年之后,确切地说应该是在 1906 年以后,在中国商业信息发布中,"广告"一词使用占据了主导地位,使用量大大超过其他词汇的使用量。"广告"一词经过几年的酝酿积累后,开始被中国社会广泛接受,并逐步取代了传统使用的"告白""声明"等词成为标准的统一的称谓。

概念的不断变迁的背后是观念的不断变化,也是人们对广告这种商业行为认识的不断深化。从对广告的接受、对广告作用的认识到具体的实践运用,现代广告观念在多重社会经济关系的影响下逐渐在中国生根。

从较早刊登广告的《申报》来看,尽管其创刊号有:

> 苏杭等处地方欲有刊告白者即向该卖报店司人说明某街坊某生理并须作速寄来该价另加一半为卖报人饭资②

在陈培爱的《中外广告史》中说:

> 这里的所谓"告白",就是广告。"卖报人"可算报馆广告代

---

① 金石:《"广告"一词考略》,《文史杂志》1993 年第 3 期。
② 《申报》1872 年 4 月 30 日。

理人，"饭资"即广告代理费。广告代理人开始只是跑跑腿，为报馆招揽业务，从中收取佣金。后来，报纸广告业务不断扩大，报馆纷纷设立广告部，代理人方逐渐演变为报馆广告部的雇员，以后又出现了专营广告制作业务的广告社和广告公司。①

这里不仅将该"告白"视为广告，而且明确指出中国当时已经出现了广告代理的萌芽。严格地说，这里的"告白"与现代意义上的商业广告并不是一回事，这时候人们心目中的广告覆盖的范畴要比现代商业广告所覆盖的范畴要广得多，在今天属于一般运用性质的信息发布比如某事的声明、找人的告示等在当时都属于"告白"性质的，在《申报》的创刊号上，有着表明报纸宗旨、办报方针的说明文章，在当时也算是"告白"，题目就叫"本馆告白"。这显然与我们今天所说的商业广告或者公益广告均不属同一性质。

现代广告观念在中国的形成，梁启超起着重要的作用。在梁启超之前，中国传统的广告（或者类似于广告的"告白""启事"等）基本还是指广而告之的广泛意义，人们观念中的广告还主要是指已经成为文本形态的广告，而没有将广告作为一个动态的概念来理解。也就是说广告在当时主要是指已经形成了文字的广告，广告策划、广告经营还没有被纳入人们的观念之中。到了梁启超旅游欧美实地考察之后，西方的广告观念逐渐传入：

托辣斯举凡一切竞争之冗费，可以节省也。竞争既剧，所恃以争胜者，不一其途。冗费自相缘而起，即如广告者，亦其一端也。西人商费，最重广告，其甚者或一年总支数中，广告费居十之一焉。此皆竞争所生之果也。此外尚有派员四处运动以求广销者，有添附无用之长物于售品内以引人入胜者（如售纸烟者，内附一洋画之类是也），自余类此者，更仆难数，岂有他哉？皆为竞耳。而此等耗费，势必亦必于物价内向购者而取偿。托辣斯立，则无谓之竞争，悉已芟除。此等冗费，半归节省，是直接而为制造家之利，亦

---

① 陈培爱：《中外广告史》，中国物价出版社 1997 年版，第 39 页。

间接而为消费者之利也。①

这里所指的广告明显地指向了商业活动中特有的广告。中国人广告的观念逐渐由广义向狭义转移。至此，广告在广义和狭义的范围内都被使用着，在 20 世纪 30 年代，高伯时在《广告浅说》里面依然将广告定义为："不论何种布告，凡是要深切地感化人的，统叫做广告。"② 值得考究的是，从梁启超的上述言论也代表了广告开始进入中国时的一种状况，将"广告"归为给消费者带来负担的"冗费"，这种认识让中国早期的企业不注意在报刊上登广告，直到在与外国企业激烈的竞争中才逐渐认识到广告的功用，之后形成了颇有声势的"国货运动"与外商相抗衡。

需要注意的是，在中国广告观念的发展中，广告逐渐不仅仅被视为商业促销的手段，更被看作一种文化宣传、政治宣传的手段之一。比如李文权 1912 年发表的《告白学》：

> （商人）处二十世纪商业上生存竞争之时代，可以左右全国使之日臻富强。商人之信用，有商人之手段，然后商业可以言发达，可以言商战。试观欧美之营业者，其告白一项，于资本中所占之额为最多。今日本亦研究广告术，以冀其商业之发达。盖未有无告白而能使商业进步者也。告白不良，商业不昌，商业不昌，国家斯亡。由是观之，谓告白为商业之精神可也，谓告白为商业之根本可也，谓告白为商战之主动力可也，即谓告白为世界文明之主动力亦无不可。③

因为"告白不良"而导致"商业不昌"，而"商业不昌"，则会出现"国家斯亡"，这种将广告不发达的后果提到惊人的高度的观念，使中国人对广告的认识从早期就带上了政治的烙印。1926 年，我国著名

---

① 梁启超：《二十世纪之巨灵托辣斯》，《饮冰室合集》第二册，中华书局 1989 年版，第 49 页。
② 高伯时：《广告浅说》，中华书局 1930 年版，第 2 页。
③ 李文权：《告白学》，《中国实业杂志》第 3 年（1912 年）第 2 期。

报学史专家戈公振先生在研究中国报学史的过程中，也提出了对于广告的看法："广告为商业发展之史乘，亦即文化进步之记录。人类生活，因科学之发明日趋于繁密美满，而广告即有促进人生与指导人生之功能。故广告不仅为工商界推销出品之一手段，实负有宣传文化与教育群众之使命也。"① 戈公振所强调的也是广告在作为人类商业行为的同时，也承担着各种社会文化功能。

从总体上来看，伴随着广告一词在中国的流变，中国人的广告观经历了从广义上的广而告之到狭义上的商业广告的转变，随着社会、经济、政治的发展，这一转变过程鲜明地打上了近现代中国特有的烙印，广告不仅仅是作为商品推销的手段之一，也成为承载着政治、文化宣传工具之一。这样一种与古代不相同的广告观，是广告在 20 世纪 30 年代能形成一个行业、在当下能形成一个学科的发展链条中不可缺少的一环。

广告及广告观念发展到今天，一直在广义和狭义两种范围内使用着，《中国广告年鉴》给广告下的定义是："通常分为广义和狭义两种。广义的广告是指广告本身、广告宣传和广告经营，它既包括有广告客户支付费用、通过利用各种媒介或形式来宣传商品、传递信息，也包括非经营性的各类广告、声明、启示等。狭义的广告系指广告宣传中的某一形式，如经济广告、文化广告、体育广告等。"② 在本书的写作里，为了方便研究，大体上采用广义的广告概念，包括启事、通告、简章、卷首语等都列入广告的范畴，但又有所限制，比如《小说月报》刊载的作品中所涉及的宣传类广告，一般不予以研究。

二　《小说月报》创刊时中国近代广告的发展概述

现代商业广告明显不同于古代的商品标记或者商品告白的地方，一个很重要的方面就是现代商业广告是一个商业动态行为，是一项有一定的组织、一定的目的，还有着后期的商业成效评估的行为。其构成是十分复杂的，一项广告活动要包含广告主体、广告客体、广告载体、广告

---

① 戈公振：《中国报学史》，生活·读书·新知三联书店 1955 年版，第 220 页。
② 《中国广告年鉴》，新华出版社 1988 年版，第 5 页。

内容、表现符号及其活动的目标，等等。这些要素间相互结合的背后，构成了现代广告必须与商品资本、消费文化相结合的特点。只有在社会商品经济发展到一定的程度时，消费文化逐渐形成，或者商业资本达到一定的水平之后，广告所需要的社会条件才能形成。而与这些商业活动相关的，是整个社会的全面进步。因此，从某种程度上看，广告在反映一个社会的商业活动的同时，也反映着一个社会的价值观念、意识形态乃至文化构成，这就在某种意义上决定了广告是反映社会的一面镜子或者是社会的活化石。

广告的上述特性，决定了现代广告只能在近现代消费社会才能产生和发展。而从载体上来看，报纸杂志等大众媒体的出现是广告繁荣的先决条件。报刊广告的出现成了近代广告发展的最显著的标志，但并不是一有报刊就出现了广告。许多论著都指出中国最早的报纸是"邸报"，创办于2000多年前的西汉①。西汉设郡，郡下设县。各郡甚至县在京城长安都设有驻京办事处，这个办事处就称作"邸"，派有常驻代表，他们的任务就是在皇帝和各郡首长之间做联络工作，定期把皇帝的谕旨、诏书、臣僚奏议等各方文书以及与宫廷大事有关的政治情报汇集，传送到各郡长官手中。这种资料汇编就成了"邸报"。自汉、唐、宋、元、明直到清代，"邸报"的名称虽屡有改变，但发行却一直没有中断过，其性质和内容也没有多大变化。但这种与商业无关的报纸，自然是谈不上在上面刊登广告的。

近代广告的出现在中国广告史上产生了深远的影响，尤其是报刊广告的出现成为中国广告业步入现代广告门槛的最显著的标志。报刊是中国近现代出现的最重要的广告媒介。这一媒介的出现使得中国的广告传播的承载空间极度扩大，广告传播形态多样化，传播内容丰富化，使中国的广告传播发生了质的飞跃。中国最早的报刊及广告都是在外国人手中发端的。1815年8月5日，英国传教士马礼逊和米怜在马六甲创办了《察世俗每月统记传》，这是外国人创办的第一家中文近代刊物。该刊刊登了米怜的"告帖"：

---

① 戈公振：《中国报学史》，台湾学生书局1983年版，第35页。

> 凡属呷地各方之唐人，愿读《察世俗》之书者，请每月初一、二、三等日打发来人到弟之寓所受之，若在葫芦、槟榔、安南、通罗、咖烟吧、廖里龙牙、丁几宜、单丹、万丹等处各地之唐人，有愿看此书者，请于船到呷地之时，或寄信与弟知道，或请船上的朋友来弟寓所自取，弟即均为奉收也。①

这是几乎是近代中文报刊中最早的广告了。该刊还刊登过招聘之类的广告，就在该刊的创刊号就刊载了一则《立义馆告帖》的广告：

> 愚已细想过教子弟之好处与不教子弟之恶处，所以今定呷地而立一义馆，请中华广、福两大省各兄台中，所有无力从师之子弟，来入敝馆从师学道成人。其延先生教授一切之事，及所有束金、书、纸、笔、墨、算盘等项，皆在弟费用。兹择于七月一日，在敝处开馆。理合将愚意写明，申告各仁兄，任凭将无力从师之子弟，送来进学。虽然是尔各父母者之福，愚亦得福焉。若肯不弃，而愿从者，请早带子弟先来面见叙谈，以便识认可也。②

这是一则为贫困学生提供免费学费的广告，算是中文杂志上最早的招生广告了。这些广告除了具有广而告之的广告功能之外，没有什么商业广告的性质可言。1823 年，米怜在巴达维亚创刊了《特选撮要每月统计传》，也刊登了少量的告帖。1833 年 8 月 1 日，《东西洋考每月统计传》在广州创刊，这是中国境内出版的第一份中文近代刊物，开始在刊物上刊登"行情物价表"之类的商业信息及商业广告，刊载了广州"省城洋商与各国远商相交买卖各货现时市价"，成为中国境内刊物刊登商业广告的滥觞。

鸦片战争以后，根据《南京条约》开放了五个对外通商口岸，外国廉价的商品不断涌入中国，这些商品覆盖了生活的方方面面。为了快

---

① 原刊 1815 年 8 月 5 日《察世俗每月统记传》第一期，转引自［新加坡］卓南生《中国近代报业发展史》，中国社会科学出版社 2002 年版，第 31 页。

② 同上。

速将这些商品销售出去，外国商人将西方的广告观也带到了中国，在各类报纸杂志上开始出现近现代商业意义上的广告。在 1853 年由英国人在香港创办的报刊《遐迩贯珍》上，其"布告篇"一栏上开始专门登载船期、商情和广告并开始收费：

> 五十字以下取钱一元五十字以上每字多取一先士 一次以后若帖再出则取如上数之半……①

这是我国最早的收费广告，也就是中国近代最早的广告。这个时候开始出现呼吁商家应该加强重视广告的文章，比如 1854 年出版的《遐迩贯珍》曾经出现过题为《遐迩贯珍小记》的论述：

> 西方之国扭卖招贴商家及货丝等皆借此而白其货物于众是以尽沾其利苟中华能效此法其获益必矣②

相类似的提倡对现代广告业在中国的发展起到了重要作用。到了 1861 年，上海第一家中文报纸《上海新报》创刊，在它的创刊词中将商业信息放在了政治军事信息之前，显示出强烈的商业味道。每一期的《上海新报》，占据大半版面的是广告内容，土地转让、房产买卖、产品运输、古董拍卖、洋行开业、轮船靠岸、鸦片价格，甚至某家少女走失爱狗一条也上了广告。这充分显示了这时候的广告经营开始多样化，中国的广告经营已经蓄势待发。

鸦片战争一方面使古老的中国承受着多重灾难，一方面也使外国先进的技术得以传播进来，刺激着中国人的心理。外国人在中国办刊不久，不少中国人也开始创办自己的报刊。首先在沿海城市萌芽，逐步向内地城市扩展。到了 19 世纪末 20 世纪初，中国人自己创办的报刊就多达 200 多种。受外商的启发，这些报刊一般都刊登广告。中国近现代的广告事业就发端于这些报刊。而从社会大环境来看，伴随着中国城市化

---

① 《遐迩贯珍》1854 年第 1 期。
② 同上书，第 12 期。

进程的加速，商业资本的增加，一个数量庞大的消费群体在市民阶层中形成，这些在城市化进程中形成的市民阶层，与传统中国市民有相当不同的消费观，他们倡导人生以享乐为主，追逐奢华。这个时候，广告在中国的出现，一方面与市民阶层的消费观念一拍即合，各大报刊的广告版面上充斥着各种各样的消费信息，从新派的歌舞样式到古老的商品交易、从大宗的外省交易到百货公司的商品价格都在为市民的生活提供着方便。而在另外一方面，各大报刊中的商品广告又极度刺激着人们的物质欲望，刺激着人们的消费，引导着人们花钱，活跃着经济的基本运行。中国近现代持续时间最长，影响也最大的一张报纸是 1872 年 4 月 30 日创刊的《申报》。这份报纸从创办开始就以营利为目的，广告经营是其重中之重，在它发行第一天的版面上就有多达 20 条的广告，头版头条说明报纸宗旨的内容就标以"告白"二字。随之而来的《本馆条例》，所谈论的大多都是与在报纸上刊登广告相关的注意事项。从出版的第二年开始，《申报》一半的版面已全部被广告所占，到了 1883 年 4 月广告量已经占了 60% 的版面，广告在版面上不断扩大面积的同时，广告的条数也出现连续上升的势头。① 《申报》能成为中国最富有代表性、经营最为成功的一份商业性报纸，与其强大的广告宣传不无关系。1893 年创刊的《新闻报》是一家以经济新闻为主要内容，以工商界为主要阅读对象的报纸，从一开始就重视经营，大力发展广告。1901 年 1 月 26 日《新闻报》载有《告白刊例》：

　　第一日每字取洋五厘第二日至第七日每字取洋三厘第八日起按日每字取洋二厘半长行告白以二百字起码短行告白以五十字起码多则十字递加论前告白第一日每字一分五厘第二日至第七日每字每日九厘第七日后每日每字七厘半一百字起码多则以五字递加②

从这则告白，分长短分日期收取广告费，表明了人们对广告经营已逐渐善加运用。特别是《新闻报》的广告面积近四分之三，而新闻是夹杂

---

① 苏士梅：《中国近现代商业广告史》，河南大学出版社 2006 年版，第 13 页。
② 《新闻报》1901 年 1 月 26 日。

在其中并不显眼，其广告已经很注重排版，标题、正文和插图相得益彰，这使广告从内容到形式都有了大幅度的提高。

早期外国人办的报刊广告业务主要服务于外商，中国商人则沿用老习惯从事商业活动，一时还不懂得利用报刊广告推销商品。甚至到了20世纪30年代，依然是："往者交通阻滞，报纸鲜少。偶有广告，亦只轮船进出、拍卖货物及寻人之类耳。然犹西人之广告居多。"① 当时就有人指出中国商人的几大缺陷，其中一大缺陷就是中国商人对于广告的运用毫无心得，认为中国商人没有看到广告的营销威力，不会向外商那样利用广告，因此许多中国商人将广告置之脑后，商业活动还完全属于个人的独自经营。这种情况随着中国民族工商业的迅猛发展逐渐发生变化，民族商业资本的迅速扩展、报刊在各个阶层的一天天普及以及传播载体日益多样化、传播技术日渐更新，广告作为销售商品的利器，在19世纪末已逐渐为一些开明的中国商人所接受，而且开始作为一种常见的商品促销方式被熟练运用到实践当中。当时广告的风行情形正如上海一首竹枝词所形容的那样："纷纷登报为招徕，何业何方择日开。只要价廉兼物美，一经上市便增财。"② 国人对广告的作用认识不断深入，"一纸风行，不胫而走。故报纸所到之区，即广告势力所及之地。且茶坊酒肆，每借报纸为谈料。消息所播，谁不洞知。永印脑筋，未易磨灭。非若他项广告之流行不远，传单之随手散佚也。是故新闻愈发达，广告之作用亦愈宏。"③ 在这种认识指导下，中国民族资本广告业逐步发展起来，并且形成了颇有声势的"国货运动"，借此与外商抗衡。

19世纪末20世纪初，除了专门以营利为目标的商业报纸之外，政治性的报纸也大幅刊登广告。晚清形形色色的政治派别纷纷登场，如洋务派、维新派、革命派以及清政府等所创办的报刊，虽然他们将报刊的功能定位于"舆论喉舌"，但因为广告关系到报刊的生存发展，特别是维新派与革命派，为了宣传国货，以与外商竞争，在他们所办的报刊上也不同程度地刊登商业广告。1898年3月谭嗣同与唐常才创办的《湘

---

① 戈公振：《中国报学史》，生活·读书·新知三联书店1955年版，第213页。
② 顾柄权编著：《上海洋场竹枝词》，上海书店1996年版，第181页。
③ 薛雨孙：《新闻纸与广告之关系》，《最近之五十年——申报馆五十周年纪念》，上海书店1987年版。

报》，先是出版附张，登载本省物价表，后又将上海、香港、汉口的行情物价"逐日编列为表，附之本省物价表之后"，并降低广告收费标准，免费刊登新办厂商、发明创造及福利性广告，其刊登的广告主要分为五类：文化、商业、医药、免费的福利性广告及其他广告①。《湘报》在戊戌变法期间还刊登了大量的文化类广告，说明了维新派非常重视以报馆为阵地，利用广告这种特殊方式来推动维新运动的发展。1900 年 1 月 5 日创办的《中国日报》是兴中会创办的第一份机关报，也是最早宣传资产阶级革命的报刊，其中也刊登了不少广告。如甲辰年正月十九日（1904 年 3 月 5 日）的头版皆为广告，登有屈臣氏大药房老铺、法国忌里末药局等商品广告，上面还刊有当时的报价："日报行情晨派，每逢礼拜停派。周年价银六元，每月价银六毫，闰月照加，常年五元。②"在革命派创办的白话报刊《安徽俗话报》上，也大量刊登广告。该报在章程中说："本报的本钱，全靠各处同乡捐助，如有关心乡谊的乡绅，捐钱帮助本报，凡指数过洋五元的，敬送本报一年，并将捐助诸公姓氏写在报后，作为收据。各项乡绅的告白，都可以代登，收价格外便宜，临时面议。"③ 乡绅的捐助、广告的收入，成了报刊资金的来源。

与纯粹的以营利为主的商业报刊不同，带有政治性色彩的报刊广告主要还是切合于"救亡图存""振兴中华"的主题，广告大多以宣传国货为主，非收费性广告也占了相当大的比例，比如《民报》的报纸广告内容多为代理、推广革命书刊和本报启事告白，这类非营利性的广告占了广告总数的 59%，而一般的商业广告仅占总数的 18%。《有所谓》是在 1905 年 6 月 4 日反美运动的高潮中创刊的，其在发刊词中就发表了《本报抵制美约非常要告》："本社凡于同胞有益之事，无不竭力提倡。于有损同胞之事，无不疾声警告！美人续行禁止华工之例，于吾国同胞关系甚大。本社亦国民一分子，奚肯放弃天职。特于是日起，至改约日至，凡代登广告，有关美货者，概不接刊，以示自行抵制。"④ 此

---

① 苏士梅：《中国近现代商业广告史》，河南大学出版社 2006 年版，第 32—34 页。

② 丁淦林：《中国新闻事业史》，高等教育出版社 2002 年版，第 116 页。

③ 《安徽俗话报》1904 年 3 月第 1 期。

④ 《有所谓》1905 年 6 月 4 日。

时，正值国家多事之秋，尽管商业气息浓厚的广告，亦不免打上政治的烙印。

但是，晚清时期采用现代广告方式做广告的大多数是西方商人，经营现代化媒体的也主要是西方人，其广告以洋货为主。尽管 19 世纪末期华人逐渐涉足报业等现代广告媒体，国货广告也逐渐增多，大有与洋人、洋货相抗衡之势，但直到民国时期国人才真正利用现代广告媒介与洋商抗衡，国货广告也才逐渐与洋商持平。这一时期的广告形式多出现在沿海口岸城市和内地的中心城市，占绝大多数的内地和中小城镇、广大乡村缺乏现代广告所需要的土壤，传统的吆喝叫卖、店铺招悬店招等广告形式依然占主导地位。尽管如此，近代报刊广告的出现成为一种新型的宣传力量，随着民族资本的增长以及民族资本与外来资本竞争的加剧，报刊广告成为中国近现代最有力的商业推销手段，将中国广告发展逐渐带入了现代时期。①

从这时期的广告类别来看，近代中国的广告呈现出两个明显的倾向。

第一是烟酒、化妆品类的奢侈品和药品的广告占大半，特别药品医疗类的广告比例最高。医疗广告在近代广告史上一直占主要地位，一度高达 42%。这充分显示了近现代中国民族资本在行业发展上处于畸形状态。而医药行业广告的增多，表明在该领域商家竞争激烈。外国资本进入中国，面对着中国庞大的消费人群，医疗作为最基本的生存要求，显然是一个高回报的行业。因此，外商凭借雄厚的经济实力，投资医疗行业无疑是获取厚利的捷径。这样，导致了外商与中商的激烈竞争，中药与西药开始竞争，而且到 19 世纪末 20 世纪初，西方文明的引入，使市民阶层的生活观念逐步发生转变，保健养生问题变得更加重要，反映到广告上，就是医疗保健广告的偏多。

第二是除了医疗保健广告之外，近代中国的文化教育类广告也较多。文化教育类广告的增多与当时的社会思潮和出版业的发展密不可分。近代印刷技术的发展——"石印"取代雕版，水运、陆路、铁路、电报等交通技术的进步，大众媒体的兴起，教育的不断革新等客观上为

①　苏士梅:《中国近现代商业广告史》，河南大学出版社 2006 年版，第 15 页。

出版业的兴盛准备了条件；而清末民初，官方对出版机构管理的松散，中国的出版业不再被外国垄断，官方出版机构、民间出版机构、外国教会出版机构都得到了发展。更重要的是，随着救亡运动的兴起，启迪民智成为越来越多人的共识，而要启迪民智，最重要的就是对西方书籍的译介，出于这种现实的需要，外国书籍被源源不断地翻译进来得到出版。这诸多方面原因的聚合，导致了中国当时文化教育的极大进步，反映到广告上，就是文化教育类广告的增多。

而从广告的形式来看，中国近代广告的形式已经丰富多样了。

第一，广告标题从无到有。不管是外国人办的报纸还是中国人办的报纸，早期中文报纸中的广告都存在大量没有标题的广告。比如《申报》创刊号上的一则广告：

启者本行常有夹板船往汉口等埠 船稳可以保险 倘贵客有货装者 请来面议可也 特此布闻

三月二十三日马立师洋行告白①

受众在看到类似广告的时候，需看从头到尾地看完广告才知道广告内容，这样一来，无疑给受众获取相关信息带来了难度，不利于吸引潜在的消费者。《申报》很快发现了这个缺点，于是从《申报》的第 2 期开始，所有的广告都加上了相关标题，如"夹板船"告帖、"马车店"告白、"信局"启事等。这样一来，一是方便消费者迅速搜寻目标广告；二是容易在潜在消费者的脑海中留下印象，有利于市场的拓展。

第二，注重广告的版式设计。除了注意给广告加上醒目的标题之外，清末民初的广告还开始注意广告版式的设计，比如早期的《申报》广告，无论是广告的标题还是广告的正文，都是相同的字体字号，广告内容在排列方面也无变化可言。到了 20 世纪初，凡是重要的地方都开始醒目地标出，比如招牌号、广告标题、产品的主要特点等都开始设计成不同的字体字号，并且开始注意横排与竖排的区别，既让广告容易被消费者记住，也醒目美观，富于变化。

---

① 《申报》1872 年 4 月 30 日创刊号。

第三，图画广告的出现。由于图画广告比文字广告复杂，早期的广告大多还是文字广告，后来才逐渐发展出图画广告，图文并茂。20 世纪初的广告，图画广告已经充斥于各大报纸杂志的广告栏里，其中既有各种美女男士的照片，也有成衣机的图画、香烟的图片、摄影机等生活器物的照片，图画广告的出现，使消费者对商品产生了最直接的印象。

从中国近代广告的发展来看，到《小说月报》创刊时，中国的广告业市场差不多已经开始起步，人们对广告作用的认识、广告手段的运用都达到了一定的程度，在这种情况下诞生的商务印书馆及其《小说月报》，其对广告的重视与运用就可想而知了。

第二节　商务印书馆的广告运营

在近代中国广告兴起的大潮中，商务印书馆作为中国近现代民营出版的巨擘，在运用广告宣传方面自然是紧跟时代潮流，不但很早就意识到了广告的重要性，而且在广告技巧的运用方面也显得得心应手。

一　商务印书馆对广告作用和重要性的认识

商务印书馆似乎很早就已经留意到广告的重要性。20 世纪初，当"广告"一词刚由日本传入中国时，商务印书馆便于 1902 年 1 月 4 日（光绪二十七年十一月二十五日）创刊了该馆出版的最早的杂志，也是我国研究国际问题的最早刊物——《外交报》，在《外交报》创刊号扉页即登"商务印书馆发行所新书广告"四条，其"目录"页还刊登了《告白价目表》。

此外，商务印书馆先后出版过多种杂志，广告是维持杂志收入的重要来源，故此商务一直力争其他商家作为它的广告客户。与此同时，商务印书馆旗下的多种杂志，成了商务印书馆刊登馆内商品广告的最佳载体，《绣像小说》《东方杂志》《妇女杂志》《教育杂志》《政法杂志》《儿童杂志》等都成了商务印书馆刊登广告的主力。其中《东方杂志》和《教育杂志》因出版时间较长，影响力较大，所以对商务印书馆的广告刊登来说最为重要。因为商务印书馆是一家文化出版企业，因此，书籍广告是商务印书馆最主要的广告产品。

至于近代最早有关现代广告的书籍——《广告须知》，也是由商务印书馆翻译出版的。《广告须知》第一章"近世商品披露法"提及：

> 广告者，现今商品最雄健之原动力也。近世实业竞争之进化品、发育品也，造成商务之大工程，其力量超出人类欲望之外者。……盖今之广告，确于商务上有一种创办力。[1]

此书作者虽非商务印书馆内人士，但商务印书馆愿意购入中文版权，将其引进到国内，表示它同意该书提倡的与广告作用有关的立场和观点。充分显示出商务印书馆对广告和宣传的重视。

最能说明商务印书馆对广告重视的，是其在杂志上说明的对广告的认识，比如商务印书馆刊登在《小说月报》上的广告：

商务印书馆广告
——论登书籍及杂志广告的利益（梅）

现在经营商业一天难似一天了因为从前营业的范围小目前营业的范围大从前营业只要货真价实隔了数年数十年自然声名日大生意日旺目前善于经商的利用种种方法不过一年半截他的声名及生意竟可胜过数百年老店唉这是什么缘故老实说他们大半得力在广告的势力罢了然而广告种类很多传单招贴街上发的贴（帖）的太觉杂乱实在有些惹厌注意的人甚少日报效力较大可惜是一时的不是永久的要等效力确实最能永久的广告莫如书籍及杂志即如敝馆的店名虽不敢说全国皆知但是全国识字的人总有大半数知道商务印书馆并承各界不弃常常赐顾一半是出于各界见爱一半却是敝馆常登书籍杂志广告有效的确实证据此种广告利益真是一言难尽就敝馆出版书籍而论有宜登广告的有不宜登广告的那些国民小学教科书销路虽大各界倘要来登载广告敝馆不敢奉命因小学生识字不多非但广告不能发生效力而且敝馆反蹈了欺谎的过失这是同人所深恶的所以敝馆出版书籍虽有三千余种却只选了历次试验销路最畅极有效力的书籍杂志二十

---

① 甘永龙编译：《广告须知》，商务印书馆 1927 年版，第 1 页。

种为登载广告无上利器扩充营业第一要籍各界要知道详细情形请写信到上海棋盘街商务印书馆营业部立即回复书名列下

　　上海指南　北京指南　西湖游览指南　中国旅行指南　上海商业名录

　　日用百科全书　新旧对照历本　袖珍日记　民国日记　学校日记

　　东方杂志　教育杂志　妇女杂志　学生杂志　少年杂志

　　英文杂志　英语周刊　小说月报　农学杂志　留美学生季刊①

在这则广告中，商务印书馆奉劝别人在它旗下的杂志上刊登广告，将在杂志上刊登广告的好处都说得一清二楚，这不仅仅是在奉劝别人，也是在总结商务印书馆自己的经验。

商务印书馆一早就已经注意到广告的作用和功能，似乎跟张元济的看法有莫大的关系。检索现存的资料，虽然没有发现张元济曾系统说过如何看待广告的有力证据。但从零碎的资料片段中，得悉他曾不止一次地提到有关书籍的宣传事务。例如：他每亲阅广告文本，并愿意尝试各种宣传办法。在新书出版之前，他就着手筹划推广办法，特别是进行图书征订，以增书籍的社会效应②；在教科书方面，自民国以后，因加入了竞争对手，张元济也留意到如何扩大宣传，增强自己的竞争力量。每次提及类似的话题，张元济所言甚简，但从他多次提到推广一点，足以说明他已有类似的概念，而且对宣传的作用已经了有一定的认识。③

正是基于对广告重要性的这种认识，商务印书馆的广告宣传发展迅速，翻开商务印出版的各类杂志，广告宣传都占有相当的篇幅。也正因为宣传的得力，"全国识字的人，总有大半数知道商务印书馆"，成为蜚声海内外的出版企业。

---

① 《小说月报》第十一卷第一号，原广告中均无书名号，此从原书。《小说月报》自第十一卷第十号开始有新式标点，前面均只有句读。

② 彭丹：《民国时期商务印书馆图书推广策略研究》，湖南师范大学 2012 年硕士论文。

③ 李家驹：《商务印书馆与近代知识文化的传播》，中文大学出版社 2007 年版，第177—178 页。

二　商务印书馆广告机构的设置

随着中国商人对广告的重要作用认识的提高，相应的广告机构也在各大企业开始成立，商务印书馆作为出版业中的佼佼者，必然要在广告方面设置相应的机构。就馆内的结构及体制而言，商务在建馆后不久，已经建立了专门负责推广的部门。开始时，推广部门并不独立，归于总务处之下（1915 年开始，之前隶属于编译所），称为"交通科"（下设广告股）。在 1919 年 12 月，商务管理层决定将原先附设在营业部的广告股取消，另设立独立的中国广告公司，专门负责对外广告事务，特别处理中国铁路沿线的广告经营。

商务印书馆的组织体制是借鉴西方企业的，所以各部门都有相应的英文名称相对。交通科取名"communication"，即有传播信息之意。到 1932 年"一·二八"事变之后，商务进行改组，成立总管理处，交通科改名为推广科，归入营业部。推广科的职工人数在全盛时期，达到 30 余人，下设调查、宣传和设计三股，各股分工明确，职掌具体。宣传股负责广告的制作事宜；调查股负责前期的读者调查工作，为广告宣传指引方向路线，增加广告宣传的针对性；设计股负责制订改进营业计划，为广告宣传提供计划方案。① 推广科的英文名称就是 promotion。戴景素指出，推广科的工作主要有以下几点：第一，负责馆内各种货品的推销设计；第二，调集馆内各项经营报告，筹拟改进之计划；第三，调查馆内营业有关的事项；第四，主办馆内营业上一切宣传事务；第五，办理关于馆内出版物外来刊登广告事项；第六，处理其他关于营业的推广事项。② "一·二八"事变之后，商务印书馆于 1936 年颁布了《商务印书馆规则汇编》，其中"营业部办事规则"一项详细记载了推广科的职责，内容与戴景素的记忆雷同，由此证明了商务推广部门的职掌，在民国初年几已定型。

从交通科到推广科，先后担任科长一职的有汪仲阁（诒年）、庄伯俞（俞）、张叔良（世鎏）三位先生。汪仲阁，清末著名报人汪康年之

---

① 吴永贵：《民国时期书业广告的组织与运作》，《编辑之友》2009 年第 5 期。
② 胡明宇：《预告、呈现、揭示》，苏州大学 2012 年博士论文。

弟;庄伯俞,曾久任商务编译所国文部主任,并曾出国考察;张叔良,曾任商务编译所英文部编辑、发行所西书部主任,并在报馆兼职。这三位先生都是馆内高级职员中的骨干,并了解国内外形势。从商务印书馆选派的这三位领导人选中,也可看出商务印书馆对推广宣传工作的重视程度。广告机构的设置,为广告活动的开展,提供了强有力的组织基础和人员保障。①

三　商务印书馆广告技巧的运用

商务印书馆不但对广告高度重视,还是运用广告技巧的高手。纵观商务印书馆的广告实践,表现出以下几个突出的特点。

(一)注意品牌与形象的塑造,在广告中确认"商务印书馆"。

在商务印书馆的众多报刊广告中,有一个共同的特点就是几乎每一则广告都将"商务印书馆"特别标明,令读者容易辨认。根据每一则广告内容的具体情况,"商务印书馆"五字可能出现在广告的顶部、中央,也会出现在左下或右下,有时候与书名或是产品名分割,有时候则连在一起,有时候是将这五个字特别放大,有时候是将这五个字采用不同的颜色特别标明。无论是什么样的处理方式,"商务印书馆"这五个字均醒目清晰,一目了然。商务印书馆在竞争者激烈的情况之下能保证欣欣向荣,具备明确的品牌意识,确认"商务印书馆"无疑是其中重要的一步。

(二)报纸广告与期刊广告的相互结合。商务印书馆所做的广告,一般都是报刊相结合,一般在商务印书馆旗下的杂志中刊登的广告,只要是重要的商品,在当时的各大报纸上都能找到。比如对《万有文库》的广告,我们同时可以在《申报》《新闻报》等各大报纸上看到,也能在商务印书馆发行的《教育杂志》《东方杂志》《图书馆学季刊》等多种杂志上看到。

(三)连续刊登广告的策略。商务印书馆极为留意如何在公众中增加产品本身的"曝光率"。比如教科书广告,开课前,商务印书馆不断刊登相关的教科书广告,开课时更是集中精力在广告上下功夫,通常要

---

① 吴永贵:《民国时期书业广告的组织与运作》,《编辑之友》2009年第5期。

在开课后再持续一段时间。"日出新书一种，更是天天都有广告"，是商务印书馆内制定的基本部署。①

（四）受众目标明确的广告宣传。在广告过程中，根据不同商品的特点，对消费者进行特别的选定，从而开展有针对性的广告宣传，是提高广告效果的有效方法。商务印书馆的主要产品为书籍，这本来就是受众目标较强的商品，商务印书馆在将这些书籍进行广告宣传时，又做了细化，比如说教科书和相关的配套用书，使用者主要是在校学生和老师，因此商务印书馆在广告的宣传时间上，便选择春秋开学前两个月。若认真分析商务印书馆的广告活动，就会发现其真称得上是目标明确，宣传到位。

（五）利用权威或名家刊登广告。名人效应在广告上的运用在中国古代广告中早已有之，进入近现代的商务印书馆自然深谙其道。在《东方杂志》《绣像小说》上，我们可以看到梁启超、林纾等当时的文化名人的身影。商务印书馆作为一家实力雄厚的企业，利用名人来做宣传对他们而言不费吹灰之力。

（六）广告宣传与销售进程相互配合。广告宣传从来都不是孤立的行为，往往都配合生产、销售等各方面协调进行，商务印书馆的广告活动明显表现出这一特点。据戴景素先生介绍，"对于一部准备作重点宣传的大书来说，商务印书馆一般都预先制定出一个初步的宣传方案，做统一的部署，以引领销售活动有条不紊地开展，另一方面则在部署进行中，随时了解各销售点（发行所、分支馆）的实际销售情况，以便相对原定计划进行调整，从而确保广告效果的切实有效。另外，商务印书馆的推广科在广告开展过程中，还注意集合出版环节各部门的力量，协同作战。以新书广告为例，宣传人员撰写广告文案，其最初的原始稿便来源于编译所，由编译所从著作人处取得，并送存到推广科保管。广告人员据之写作时，若遇到不够了解的内容，还可随时向编辑人员请教。广告稿件写好后，送交到印刷厂排版，写稿人与排版人便同在一张桌上工作，这样既便于随时作文字、版式上的改动，亦可节约排版与校对的时间。在向报馆发登广告时，推广科与栈务发货部门和发行售货部门更

---

① 戴景素：《商务印书馆前期的推广和宣传》，《出版史料》1987 年第 4 期。

是注意时间上的前后衔接，报端上一旦注销广告，门市上便有货源供应，不致发生脱节现象。推广部有了其他部门的密切配合，开展起宣传工作来，自然会左右逢源，得心应手了。"①

事实上，在《小说月报》创刊之前，商务印书馆已经有了大量的广告实践活动，积累了大量的广告经验，许多广告宣传已经显示出了娴熟的广告技巧，这些广告技巧，十分自然地运用到《小说月报》的广告宣传当中去了。

第三节　《小说月报》广告的基本特点

《小说月报》作为商务印书馆旗下的杂志，其上刊登的广告自然与商务印书馆总的广告刊登部署有着十分紧密的联系，但是《小说月报》作为一份文学期刊，刊登的广告又跟商务印书馆的其他期刊有所不同，为了能对《小说月报》上刊登的广告有一个大概的了解，本节依据《小说月报》不同的编辑变化，在每一个编辑任内各选取一期《小说月报》上刊登广告的具体情况以做对比，粗线条地勾勒出《小说月报》刊登广告的基本特点。

表 1－1　王蕴章第一次主编《小说月报》时的第一卷第一期广告②

广告商	广告内容	广告性质	其他
商务印书馆	南洋劝业会游记	书籍	
商务印书馆	原版《大清会典》《会典事例》《会典图》	书籍	
商务印书馆	《汉译日本法规大全》	书籍	
商务印书馆	《五彩精图方字》	书籍	
商务印书馆	《儿童教育书》、《童话》（孙毓修编）、《少年丛书》	书籍	
商务印书馆	《涵芬楼古今文钞》	书籍	
商务印书馆	世界新舆图、大清帝国全图、大清帝国总图、各省折图、各省挂图	地图	

---

① 戴景素：《商务印书馆前期的推广和宣传》，《出版史料》1987 年第 4 期。
② 原文中的广告均无标点，表中书名号均为笔者所加，全书同。

续表

广告商	广告内容	广告性质	其他
商务印书馆	师范讲习社开办广告	启事	
商务印书馆	《师范学校用讲义》	书籍	
商务印书馆	庚戌年《外交报》大加改良增刊二期	杂志	
商务印书馆	中国风景画、西湖风景画、学校游艺画、美术明信片、怀中记事册、交通必携	文化用品	
商务印书馆	林纾小说（该页共计 47 种）	书籍	
商务印书馆	《说部丛书》	书籍	
商务印书馆	《教育杂志》第二年第七期目录	杂志	
商务印书馆	《东方杂志》第七年第六期目录	杂志	
商务印书馆	《大清光绪新法令》《大清宣统新法令》《资政院院章》《咨议局章程》《宪法大纲》《府厅州县地方自治章程》《城镇乡地方自治章程》	书籍	
商务印书馆	《大清教育新法令》《日本教育法令》	书籍	
商务印书馆	美术明信片、怀中记事册、交通必携、广告价位表等	文化用品等	
商务印书馆	邮政票购书章程	章程	

表 1 - 2　恽铁樵主编《小说月报》时 1914 年第五卷第五号的广告

广告商	广告内容	广告性质	其他
利华英行	利华日光肥皂	日用品	
中国图书公司和记	国学扶轮社原版《香艳丛书》十八册	书籍	
亚东公司	中将汤	药品	
上海亨达利有限公司	亨达利手表	奢侈品	一页
商务印书馆	《学校游戏书》、学校成绩写真	文化用品	
商务印书馆	《单级教授讲义》	书籍	
商务印书馆	《东方杂志》十一卷一号二号目录	杂志	
商务印书馆	《政法杂志》第四卷一号二号目录	杂志	

续表

广告商	广告内容	广告性质	其他
商务印书馆	《教育杂志》第六卷第六号目录	杂志	
商务印书馆	《学生杂志》第一卷第二号目录	杂志	
商务印书馆	《新字典》《英华大辞典》	书籍	
商务印书馆	商务印书馆自制信笺信封发行（1）	文化用品	
商务印书馆	商务印书馆自制信笺信封发行（2）	文化用品	
商务印书馆	商务印书馆自制信笺信封发行（3）	文化用品	
商务印书馆	商务印书馆自制信笺信封发行（4）	文化用品	
商务印书馆	商务印书馆发行日用须知等	须知	
商务印书馆	《师范学校新教科书》	书籍	
和盛外国金银首饰号	和盛外国金银首饰号广告	首饰	
商务印书馆	《世界大事年表》	书籍	
商务印书馆	《关系战事图书》	书籍	
商务印书馆	五彩地图	地图	
商务印书馆	《英文会话》翻译、文牍丛书	书籍	
缄三庄蕴宽	癸丑涂月缄三庄蕴宽代定：介绍书画家	人物	
商务印书馆	最为新奇最有趣味之小本小说	书籍	
商务印书馆	商务印书馆印刷广告	启事	
商务印书馆	商务印书馆发行：体操用书、体操用具	文化用品	
商务印书馆	商务印书馆发行：《公文程序举例》《司法公文式例解》	书籍	
商务印书馆	上海商务印书馆谨启：林译小说丛书	书籍	
商务印书馆	上海商务印书馆谨启：旧小说	书籍	
商务印书馆	《小说月报》社投稿通告、广告价目表等	简章	
威廉士医药局	威廉士红色补丸	药品	

表1-3 王蕴章第二次主编《小说月报》，第十一卷第十二号广告

广告商	广告内容	广告性质	其他
《小说月报》	本月刊特别启事一	启事	
《小说月报》	本月刊特别启事二	启事	
《小说月报》	本月刊特别启事三	启事	二页
《小说月报》	本月刊特别启事四	启事	
《小说月报》	本月刊特别启事五	启事	
商务印书馆	商务印书馆出版：《新体写生水彩画》	绘画	
万国储蓄会	能力者金钱也 万国储蓄会启	储蓄	
英国圣海冷丕朕氏补丸驻华总经理处	上海江西路七号丕朕氏大药行披露	药品	一页
北京中华储蓄银行	特别奖励储蓄	储蓄	
上海华罗公司	威古龙丸	药品	
商务印书馆	商务印书馆发行言情小说：《玫瑰花》	书籍	半页
上海商务印书馆	上海商务印书馆发行《小楷心经》十四种	书籍	
国货马玉山糖果饼干公司	国货马玉山糖果饼干公司广告	食品	一页
上海贸勒洋行	美国芝加哥斯台恩总公司中国经理上海贸勒洋行、巴黎吊袜带、威廉修面皂	衣物、装饰	
贸勒洋行	固龄玉牙膏	日用品	一页
贸勒洋行	博士登补品	药品	
美国芝加哥高罗仑氏公司	鸡眼之消除法 加斯血药水独一无二	药品	
贸勒洋行	LAVOLHO 眼药水	药品	一页
商务印书馆	商务印书馆发行张子祥花卉镜屏	家居用品	
商务印书馆	商务印书馆发行《然脂余韵》	书籍	
贸勒洋行	LAVOL 拉福录 医治皮痒诸症	药品	一页
商务印书馆	世界最新地图、精制信笺信封	文化用品	
商务印书馆	《教育杂志》《学生杂志》《少年杂志》《英语周刊》目录	杂志	
商务印书馆	《东方杂志》《学艺杂志》要目	杂志	
商务印书馆	《世界丛书》	书籍	

续表

广告商	广告内容	广告性质	其他
《小说月报》	《小说月报》第十二卷第一号起刷新内容	杂志	
《妇女杂志》	民国十年《妇女杂志》刷新内容 减少定价广告	杂志	
《英文杂志》	《英文杂志》七卷一号大刷新	杂志	
商务印书馆	商务印书馆发售:新到大批美国照相器具	文化器材	
商务印书馆	上海商务印书馆中国独家经理美国斯宾塞芯片公司	文化器材	
唐拾义	专门治咳大医生唐拾义发明:久咳丸、哮喘丸等	药品	
商务印书馆	商务印书馆发行:《新法教科书》	书籍	
商务印书馆	商务印书馆精印:各种贺年卡片	文化用品	

表1-4 茅盾主编《小说月报》时期,1921年第十二卷第二号广告

广告商	广告内容	性质	其他
商务印书馆	创立廿五纪念:国语提倡赠送书券	文化	
商务印书馆	《中国名人大辞典》《中国医学大辞典》预约	书籍	
商务印书馆	《英华大辞典》	书籍	
商务印书馆	《妇女杂志》《小说月报》内容刷新 减低价格广告	杂志	
商务印书馆	各种贺年卡	文化	
商务印书馆	新到大批美国照相器材	器材	
商务印书馆	美国斯宾塞芯片公司造显微镜	器材	
商务印书馆	美国精制信笺信封	文化	
商务印书馆	沪游诸君注意:《上海指南》	书籍	
万国储蓄会	宁为鸡口:储蓄会储蓄	银行	
丕联氏大药行	丕联氏补丸 黄种补王	药品	
大昌烟公司	请吸中国烟叶	烟草	
华罗公司	威古龙丸	药品	
北京中华储蓄银行	特别奖励储蓄	银行	
罗仑氏公司	扫除鸡眼与各种硬皮之患,请试加斯血药水	药品	
商务印书馆	《侨踪萍合记》	书籍	1/4 页

续表

广告商	广告内容	性质	其他
贸勒洋行	Lavolho 赖和罔药水	药品	1 页
商务印书馆	乾隆淳化阁帖	书帖	
贸勒洋行	威廉修面膏、Lavolho 赖和罔药水	日用	
商务印书馆	《东方杂志》《学生杂志》要目	杂志	
《司法公报》发行所	《司法例规》第一次补编出版广告、《实用司法法令辑要》	书籍	
商务印书馆	《教育杂志》《学生杂志》《妇女杂志》《少年杂志》要目	杂志	
商务印书馆	《英文杂志》《英语周刊》《太平洋杂志》《北京大学月刊》	杂志	
商务印书馆	最新编辑《新法教科书》全国适用		
商务印书馆	《新体国语教科书》《共和国教科书》《复式单级教科书》《实用教科书》《单级教科书》《女子教科书》	书籍	
商务印书馆	《中学师范共和国教科书》	书籍	
商务印书馆	上海涵芬楼收买旧书:《童子军用书》《中华六法》《模范军人》《文艺丛刻》《古今格言》	书籍	
商务印书馆	敬告通函诸君、广告价目表	简章	
威廉士医药局	威廉士大医生红色补丸	医药	

表 1-5　郑振铎主编《小说月报》1923 年第十四卷第十号广告

广告商	广告内容	性质	其他
《小说月报》	请读第十五卷《小说月报》	杂志	
商务印书馆	《近代诗钞》特价出售	古文	
《小说月报》	第 1—6 号小说目录	杂志作品	
《东方杂志》	《东方杂志》二十周年纪念征文启事	杂志征文	
《妇女杂志》	第九卷第十一号配偶选择号出版	杂志	
《小说月报》	《小说月报》第十五卷号外中国文学研究号征文启事	杂志征文	

续表

广告商	广告内容	性质	其他
威廉士医药局	小孩药片	药品	一页
威廉士医药局	清导丸	药品	
汉弥登英行	加斯血药水	药品	
商务印书馆	各种贺年卡片	卡片	
文学研究会	文学研究会丛书出版预告	书籍	半页
商务印书馆	《通俗医书》	书籍	一页
汉弥登英行	拉福录	药品	
商务印书馆	《秦汉演义》	书籍	
商务印书馆	礼券	礼券	
《司法公报》	《司法公报》广告定价表	杂志	
A. STEIN & COMPANY	巴黎吊袜带	体育用品	一页
商务印书馆	《近世短篇小说》	书籍	
文学研究会	文学研究会丛书出版预告	书籍	半页
商务印书馆	《民铎杂志》《学生杂志》《英文杂志》《学艺杂志》目录	杂志	
《东方杂志》	《东方杂志》15—18 目录	杂志	
商务印书馆	《太平洋杂志》《国学丛刊》《史地学报》《科学杂志》目录	杂志	
商务印书馆	商务印书馆函授学社添设商业科	学校	
Commercial press	《实验学物理初等》	书籍	
Commercial press	《现代之胜利者》	书籍	
文学研究会	文学研究会出版关于太戈尔的书	书籍	半页
商务印书馆	新书 11 种	书籍	
商务印书馆	新书 17 种	书籍	
文学研究会	文学研究会出版之周刊《文学》	杂志	

表1-6　　　　叶圣陶主编《小说月报》第十九卷第一号广告

广告商	广告内容	性质	其他
商务印书馆	燕京胜迹	图画书籍	
商务印书馆	综合英汉大辞典发售预约	书籍	
威廉士医药局	红色清导丸	药品	
霍杰士洋行	好立克麦精牛乳粉	药品	
棕榄公司	棕榄香皂	日用品	
上海礼和洋行光学部	千里镜、天文镜等光学器材	光学器材	
商务印书馆	自来水笔、照相器材、各式风琴、体育用品等	文化用品	一页
《司法公报》	《司法公报》广告定价表	杂志	
必素定公司	牙膏	药品	
开明书店	开明书店三大杂志《文学周报》《新女性》《一般》书目	杂志	
中国南洋兄弟烟草公司	白金龙香烟	烟草	
商务印书馆	《小说月报》第十七卷号外《中国文学研究》	杂志	
商务印书馆	《教育杂志》二十卷特出"职业指导专号"预告	杂志	
商务印书馆	重印《四部丛刊》续售预约	书籍	
商务印书馆	《中初教科书》	书籍	
商务印书馆	《新学制高级中学教科书》	书籍	
商务印书馆	《中外新游记》等7种	书籍	
商务印书馆	《新学制小学教科书》	书籍	
商务印书馆	思想史、学术史系列书籍：哲学、文艺、政法、经济、社会学、教育学、美学等41种	书籍	
商务印书馆	财政学专书：《民国财政论》等14种	书籍	
商务印书馆	小说、戏剧等系列书	书籍	
商务印书馆	应用尺牍、名人尺牍	书籍	
春野书店	介绍《贡献》旬刊	杂志	
商务印书馆	《妇女杂志》《学生杂志》《教育杂志》《少年杂志》书目	杂志	
商务印书馆	英文短篇小说及名剧	书籍	
商务印书馆	十七年份各大杂志特别启事：《英文杂志》《小说世界》等14种	杂志	

续表

广告商	广告内容	性质	其他
商务印书馆	读者迁改地址、杂志查询等启事	启事	
《小说月报》	投稿简章、广告定价等	简章	
威廉士医药局	威廉士红色补丸	药品	

表 1-7   《小说月报》最后一卷广告，1931 年第二十二卷第四期

广告商	广告内容	性质	其他
华嘉洋行	华福麦乳精	药品	1 页
商务印书馆	商务印书馆附设函授学社	学校	
商务印书馆	严译名著丛刊	书籍	
商务印书馆	《地质矿物学大辞典》	书籍	
威廉士医药局	婴孩药片、红色补丸	药品	
棕榄公司	棕榄香皂	日用品	
怡昌洋行	帕克自来水笔	文化用品	
比素定	比素定牙膏	日用品	
The Talcum Puff Company	散花牌爽身粉	日用品	
霍杰士洋行	好立克麦精牛乳粉	药品	
柯达公司	黄匣柯达软片	文化用品	
商务印书馆	《英汉模范字典》《古文集子》	书籍	1 页
霍杰士洋行	丹琪点唇胭脂	日用品	
商务印书馆	《俾斯麦》	书籍	
《小说月报》	本刊次号（五月号）要目	杂志	半页
商务印书馆	尚志学会丛书：《佛学研究》《大孔雀经药叉名录舆地考》；《国学小丛书》：《中国文学论略》《稷下派之研究》《周公》	书籍	
商务印书馆	国立音乐专科学校丛书	书籍	
中国书店	介绍《清人杂剧初集》	书籍	
商务印书馆	《中国文学概论》《作诗法讲话》《公牍通论》	书籍	
商务印书馆	《中国语文学书》	书籍	

续表

广告商	广告内容	性质	其他
商务印书馆	《市政丛书》	书籍	
商务印书馆	新书:《群众》《阿丽女郎》《饭后哲学》	书籍	
《小说月报》	投稿简章等	简章	
威廉士医药局	红色补丸	药品	

从上述几个表中，我们不难发现《小说月报》的广告内容、种类大致有新书书目、新出版物介绍、征订、征稿、宣传文具仪器、函授学校招生、特价推销、药品、旅社等商品销售等项。

从广告商来看，《小说月报》上的广告商绝大部分都是商务印书馆。这充分显示了商务印书馆所办的杂志有作为商务本身最佳广告宣传的目的，商务印书馆在自办的杂志上投放广告，既省钱又能达到最佳效果。从广告的内容和性质来看，《小说月报》上的广告绝大部分都属于书籍和文化用品广告，充分表明商务印书馆作为一家文化企业，在保证经济利益的前提下，还肩负着传播文化的责任。根据统计可知，商务书馆以刊登教科书、教材类的广告最多。教科书广告的百分比虽有逐年下降的趋势，但其他书籍的广告却有所增加，此消彼长。这并不意味着教科书的重要性有所下降，而是说明商务适用于促销的产品种类在不断增加。现代广告是有意识的商业行为，刊登广告的商品，往往是制造商认为最重要的促销产品。教科书是当时最大的书籍市场，对商务经营极为重要，加上教科书竞争激烈，故此有教科书广告书目占多数①，实属意料中。在1910—1927年，商务一共出版了6种教科书:《共和国教科书》（1912年）、《单级教科书》（1913年）、《实用教科书》（1916年）、《新法教科书》（1920年）、《新学制教科书》（1923年）、《新撰教科书》（1924年）。特别是每年春（2月至3月）、秋（9月至10月）两季开课前夕，商务更是几乎每天都刊登教科书广告，招揽学校教师及学生采用。值得注意的是，当新学期开始，学校选定用书以后，商务有

---

① 彭丹:《民国时期商务印书馆图书推广策略研究》，湖南师范大学2012年硕士学位论文。

关教科书的广告立即减少，甚至完全停止①，代之以其他产品。换句话说，当广告已经失去应有的作用和功效的时候，便无须借助广告宣传了。② 除了教科书广告之外，书籍广告中，各类小说也占了一定的份额，这跟《小说月报》以小说为主，兼顾其他的综合性杂志的倾向有关。在早期的小说广告中，主要以林译小说和通俗小说为主，而在后期，新文学的作品占据了主要位置，人们的文学消费也随着时代变迁而发生变化。

如果将商务印书馆发行的其他杂志以及商务印书馆以外的杂志刊登的广告做一个对比的话，我们更能掌握当时整个市场刊登广告的一些情况。这里以1917年为例，分别选取与《小说月报》同是商务印书馆发行的《妇女杂志》和群益书社发行的《新青年》各选一期的广告为例，看看当时整个杂志市场刊登广告的一些基本情况。

表1-8 《小说月报》1917年第八卷第九号广告

广告商	广告内容	广告性质	其他
商务印书馆	商务印书馆发行：《清代故事之大类书》《清稗类钞》廉价预约	书籍	
商务印书馆	今日维护共和 当注重共和教育 采用《共和国教科》	书籍	
商务印书馆	林琴南先生译言情小说：《迦因小传》《玉雪留痕》《洪罕女郎传》《红礁画桨录》《西奴林娜小传》《剑底鸳鸯》《玑司刺虎记》《西利亚郡主别传》	书籍	
商务印书馆	商务印书馆发行袖珍小说（20种）：茶余酒后之好消遣 舟车旅行之良伴侣	书籍	
商务印书馆	商务印书馆新智识丛书6种	书籍	
商务印书馆	商务印书馆发行四大特价书	书籍	
商务印书馆	崇明童松君先生著商务印书馆发行《益智图》	书籍	
商务印书馆	商务印书馆发行：中国名胜照片	图画	
商务印书馆	商务印书馆发行 侦探小说16种	书籍	
商务印书馆	商务印书馆三大征集：征集地理教材、理科教材、国文成绩	启事	

---

① 彭丹：《民国时期商务印书馆图书推广策略研究》，湖南师范大学2012年硕士论文。

② 李家驹：《商务印书馆与近代知识文化的传播》，香港中文大学出版社2007年版，第182—183页。

续表

广告商	广告内容	广告性质	其他
商务印书馆	商务印书馆发行：《汉释英文杂记》《英文造句教科书》《自修英文读本》《英语周刊》汇编	书籍	
商务印书馆	教育部审定褒奖商务印书馆通俗教育图书	书籍	
商务印书馆	商务印书馆发行：精美绝伦之妙品 名人书画	书画	
商务印书馆	商务印书馆附设函授学社英文选科开办广告	启事	
商务印书馆	商务印书馆出版：教育部审定《中学校师范学校用民国新教科书》	书籍	
商务印书馆	商务印书馆发行：《说部丛书》第三集第二次发行预约	书籍	
小说月报社	《蓬门书肩录》小说已经出版特此广告（铁）	书籍	
振华旅馆	旅行上海者注意 上海四马路广西口路口 新建振华旅馆	旅馆	
司法公报	《司法公报》创刊广告	杂志	
商务印书馆	商务印书馆发行：《新体师范讲义》第六期目次	书籍	
商务印书馆	商务印书馆发行、教育部审定《中学共和国教科书》	书籍	
商务印书馆	商务印书馆发行：八月份各种杂志出版	杂志	
商务印书馆	商务印书馆发行、教育部审定《师范学校新教科书》	书籍	
商务印书馆	商务印书馆发行：《文艺丛刻》9种	书籍	
商务印书馆	商务印书馆发行名人书画扇	书画	
商务印书馆	商务印书馆谨启：请读英文小说	书籍	
商务印书馆	广告价目表	简章	
韦廉士医药局	红色补丸广告	药品	

表 1－9　　　　　　《妇女杂志》1917 年第三卷第一号广告

广告商	广告内容	性质	其他
《英文杂志》	《英文杂志》第三卷新年大增刊出版	杂志	
《科学》	《科学》第三卷第一期年会号目录	杂志	

续表

广告商	广告内容	性质	其他
商务印书馆	革新的算术书：《国民学校新体算术教科（授）书》	书籍	
商务印书馆	《英语周刊》广告	杂志	
商务印书馆	女子必读之书：女子修身教科书等十余种	书籍	
中国图书公司和记发行	《小说海》第三卷大进步	杂志	
商务印书馆	教员必备：《共和国新国文教案》	书籍	
商务印书馆	文学家之宝筏：《评注诸子菁华录》	书籍	
鸳湖寄生	《梦之研究》：小儿科治疗之一法　科学上新奇之说法	书籍	1 / 4
商务印书馆	《教育杂志》第九卷第一号要目预告	杂志	
商务印书馆	《东方杂志》第十三卷第十二号要目	杂志	
商务印书馆	名人书画第一集	书画	
商务印书馆	蔡元培《石头记索隐》出版预告	书籍	
商务印书馆	勤学者有奖：函授学校英文科奖励优秀学员启事	启事	
商务印书馆	《小说月报》八卷广告	杂志	
《妇女杂志》	儿童益智画猜谜、悬赏募集等	文化	
商务印书馆	《涵芬楼秘籍》第一集	书籍	
商务印书馆	学生玩具、学校奖品	文化用品	
商务印书馆	《学生杂志》四卷预告	杂志	
和记图书	《国文成语词典》	书籍	
商务印书馆	梁任公《盾鼻集》、广告价目	文化	
威廉士医药局	红色补丸	药品	

表 1 - 10　　　　　　**《新青年》1917 年第二卷第五号广告**

广告商	广告内容	性质	其他
群益书社	《英汉双解词典》	书籍	
群益书社	《微分积分学纲要》《实用微分积分学》	书籍	
群益书社	《最新英文典》	书籍	
群益书社	《汉释英文选》《汉英文学因缘》	书籍	

广告商	广告内容	性质	其他
群益书社	《英汉词典》	书籍	
群益书社	群益书社理科书类	书籍	
群益书社	《最近预算决算论》《各国预算制度论》	书籍	重复广告
群益书社	《最近预算决算论》《各国预算制度论》	书籍	
群益书社	《经学史讲义》	书籍	
群益书社	《经济学大意》	书籍	2／3
群益书社	《中学英汉新字典》	书籍	1／2
群益书社	《法律经济词典》《货币论》《社会经济学》	书籍	
群益书社	《美国民主政治大纲》《美国公民学》	书籍	
群益书社	《英字方笺》《纳氏英文讲义》	书籍	
群益书社	群益书社理科书类：《最新化学教科书》等5种	书籍	
群益书社	商业簿记	书籍	
群益书社	《经济学大意》	书籍	
群益书社	《中英会话词典》《和汉熟语字典》	书籍	
群益书社	投稿简章	简章	

通过上述三份杂志刊登广告的比较，在广告商方面，《妇女杂志》与《小说月报》一样，同样是商务印书馆的投放的广告占了绝对多数，而《新青年》的广告商全部都是群益书社，这显然显示了当时出版社通过办杂志来宣传自己的产品的倾向。《妇女杂志》《小说月报》宣传商务印书馆的产品，《新青年》宣传群益书社的产品，各家出版社旗下的杂志各为其主地宣传自身的产品，但《妇女杂志》与《小说月报》除了宣传商务印书馆的产品之外，还兼带宣传其他广告商的产品，而《新青年》还仅仅是宣传群益书社的产品，这其中的原因很可能是当时商务印书馆的名气比群益书社大，作为出版界的巨擘，商务印书馆招揽到其他广告商的产品自然比群益书社容易得多；从广告内容及性质来看，《妇女杂志》与《小说月报》宣传的内容要比《新青年》丰富一些，《新青年》宣传的都可归为书籍一类，《妇女杂志》与《小说月

报》除了一般的书籍之外，还有杂志的宣传，比如《妇女杂志》上对《小说月报》和《小说海》的宣传，还有药品、旅馆、书画等的宣传。再从深处考虑，《妇女杂志》与《小说月报》的书籍宣传大多属于文科，而《新青年》对书籍的宣传包含理科及政法类，比如对《微分积分学纲要》《实用微分积分学》《最近预算决算论》《各国预算制度论》等的广告，这充分显示了在 1917 年《新青年》对科学的重视，而《小说月报》《妇女杂志》在这方面明显慢了半拍。就是《妇女杂志》上的广告与《小说月报》上刊登的广告也大不一样。《小说月报》上有对林译小说等的广告，而《妇女杂志》则没有，这表明商务印书馆在杂志上做广告是分门别类的。

第二章　广告分析中的经济与现代作家转型

中国作家从古代向现代转型无疑是一个复杂而曲折的过程，这不仅仅牵涉作家思想观念的转换，更涉及社会经济条件的变迁，于是，在面对新的社会经济条件发生变化的时候，有些作家很自然地适应了新的社会潮流，有的作家在转型过程中却显得颇为艰难，在各种社会机制的制约之下，通过广告这一窗口，我们能看到作家转型的艰难背影。

第一节　物欲与物欲的想象

广告的主要作用就是诱导消费者购物，是刺激人们对物的占有欲望，它的出现本身就是物质生产达到一定阶段的表现。中国进入近现代社会以后，小农经济瓦解，商品经济的初步建立导致了广告的出现。那么，当中国近代社会出现广告的时候，中国的物质生产达到了一个什么程度呢？我们从中国近代的商业资本的增长中可窥见一斑。

1840 年鸦片战争后，外国资本开始进入中国市场，在中国从沿海一带到内地逐步设立工厂，这些都是中国近现代工业的发端。1843—1894 年，外国在华一共设立了 191 个工业企业，投资额近 2000 万元，投资领域遍布船舶修造、出口加工、印刷、食品加工、水、电、煤气、火柴、服皂、制药、造纸、木材、玻璃、水泥等行业①。洋务运动开始

---

① 徐建生：《中国近代工业·经济史论》，《民族工业发展史话》，社会科学文献出版社 2011 年版。

之后，清政府经营工业。1861—1894 年，清政府一共经营了 21 家军用工厂（包括一家船厂），军用工业是非商品生产企业，与社会经济发展的联系不甚密切，但它促进了 19 世纪 70 年代民用工业的兴起。到 1894 年甲午战争前夕，由中国人自办的工业企业大致有：船舶机器修造厂 27 家，机器缲丝厂约 113 家，机器棉纺织厂 8 家，其他轻工业工厂 47 家，共约 195 家。以上近代民族工业的创办，标志着中国资本主义生产方式的逐步确立。甲午战争后，民族矛盾日趋激化，抵制外货，设厂自救的呼声遍及全国。1895—1913 年，中国近代民族工业进入初步发展时期，并且在 1896—1898 年和 1905—1908 年出现了两次投资工业的热潮。这 19 年中，国内新创办的、资本在 1 万元以上的工厂共有 468 家，平均每年增设 24.6 家，新投资总额达 9822 万元，平均每年新投资为 516.9 万元[①]。在中国民族工业稍见发展的时节，外资在华工业凭借特权有了更为迅速的增长。据统计，这一时期中，外国在华设立的资本在 10 万元以上的工厂共达 104 家（其中以外国资本为主中外合办的有 18 家），资本额 4952 万元，为甲午战争前 50 年间投资总额的 5 倍以上。所以，在这段时间里，与外国在华工业投资激增速度相比较，民族工业仍处于劣势地位。1914 年，发生了第一次世界大战。战争的主要参加者英、德、法等帝国主义国家转入战时经济，放松了对远东市场的追逐。中国民族工业遂获得一个发展时机，1914—1919 年，新开设资本在 1 万元以上的工业企业（包括矿场）共 379 家，资本额 8580 万元，平均每年开设 63 家，新投资 1430 万元。据 1920 年的统计，新设工厂的单位资本额 10 万—100 万元的约占当时工厂总数的 36%，而 1914 年则只占 11%，可见发展的速度和规模都超过了第一次世界大战前 19 年间所达到的水平[②]。

且不论从鸦片战争到五四运动前期中国民族资本的发展如何受到外国资本的压迫而曲折发展，单就规模上来说，从鸦片战争以后到五四运动时，中国的民族资本与外国涌入中国的资本有一个量的激增是毋庸置

[①] 徐建生：《中国近代工业·经济史论》，《民族工业发展史话》，社会科学文献出版社 2011 年版。

[②] 同上。

疑的。虽然这些资本的激增大部分不是流入生活用品所需的行业中去，但是投入生活所需的行业资本无疑比以前增多了，加之外国商品的涌入，中国的生活类商品比以前得到了很大的增长。从汽车、相机到日常的牙膏牙刷、香烟等，各种各样满足人们日常生活的商品正日益走进平常人的生活。数量巨大的生活用品在越来越方便地满足人们的生活需求的同时，也不断地刺激着人们的物质欲望，甚至改变着人们旧有的价值观。可以说，到了近现代，中国人的物质欲望得到了前所未有的释放。广告表现的就是人们对物质欲望的想象，那么，《小说月报》上的广告是如何激起人们的物欲的呢？

一　《小说月报》上物质消费品广告

相对于精神消费品如书籍广告或其他文化广告来说，《小说月报》上的物质消费品广告数量并不占优势，每期有一条到十几条不等，有的时候甚至没有，比如《小说月报》创刊的前几期就没有物质消费的广告，到了1911年第七期才出现了一则威廉士医药局的药品广告，之后才逐渐出现了亨达利手表、双妹牌洗发水等广告，1914年第五卷第五期有5条，1920年第十一卷第十二期有8条，1931年的第二十二卷第四期有11条已经算是很多的了。《小说月报》在物欲初开的年代能够保持较少的物质消费品广告，除了有这类消费品广告商对广告的认识之外，更重要的是跟《小说月报》所坚持的文化路线有关。只要看一下《小说月报》上对这些物质消费品所做的具体广告便可知道《小说月报》对这类广告的态度。

药品广告：

威廉士医药局

北京耆年君脑筋衰残头痛健忘服威廉士大医生红色补丸而获全（痊）愈

北京官界极赞威廉士大医生红色补丸之功更胜参茸

花翎三品衔北京陆军部优先补用郎中理学家耆年君函云　余十余年来专心用功汉文及格致理化等学以致脑筋衰残脑虚头痛作事健忘后服威廉士大医生红色补丸顿觉脑力强健思机灵敏身体大获裨益

是丸之功非参茸诸品所可比拟也（中画大头男人像一幅）

威廉士大医生红色补丸中国各处药局凡经售西药者均有出售如疑假冒可直向上海四川路八十四号威廉士医生药局中国总发行函购或向重庆白象街分行函购亦可 价银每一瓶大洋一元五角每六瓶大洋八元远近邮费一律免计（画威廉士大医生红色补丸 切须细认真样）①

洗发水广告：

华产之修饰用品 双妹牌各种理发用品

双妹牌玫瑰香蜜 秋冬时风雨寒冻头面手足爆拆用此蜜涂之自然油润生香妇女开粉涂面其色娇艳可爱并与肉相食不至爆拆也如男人用皮皂洗面或剃头剃发后其面皮绉拆用此蜜涂之自然宽爽如常请为试之 大瓶二角 小瓶一角四 安庄每瓶四角 玫瑰润面爆拆香羔大盒二角半 小盒一角半

扫身粉盒 此粉乃泰西各国男女及小孩日用必需之品且有名人医士考验许为最合卫生之香粉小儿胎毒火疮每由污秽触发其症甚顽宜用此粉常时搽之则皮肤爽洁垢秽自除热痱多生皮肤痕痒甚至汗渍手足蓬间烂痛等症若常以此粉多搽患处无不痊愈且男妇老幼常用之扫身涂面能令肌肤柔软洁体留香且此粉滑腻而爽功用无匹谓予不信盍当试焉 每包价银一角 球盒粉盒四角②

肥皂广告：

利华日光肥皂

用头顶上肥皂 请试一回便知其妙买者注意谨防假冒可省许多功夫③

---

① 《小说月报》第二卷第七号。
② 《小说月报》第三卷第十号。
③ 《小说月报》第五卷第五号。

香烟广告：

白金龙

装潢华美 品质超群 烟中领袖 国货明星

南洋兄弟烟草公司出品①

胭脂管的广告：

丹琪点唇胭脂管 颜色天然而持久

　　丹琪点唇胭脂管，色彩神秘，初点似无颜色，顷刻脂色显现，非常艳丽，可观而不可觉。

　　丹琪脂色，能与个人皮色吻合，点后不现痕迹，不遗油渍，点涂一次，终日存在，而且华润温柔，天然持久。②

食品广告：

华福麦乳精

欲强身 饮此精 冲饮便 功效灵③

　　作为一份承载着文化传播任务的文学期刊，《小说月报》这种对欲望的描述显然与专门以营利为主的商业报刊显示出不同来，比如《申报》的食品广告：

冠生园结汁牛肉、果汁牛肉，食之美味快乐，吃了又想吃。④

　　与《申报》这则直接刺激人食欲的广告相比，《小说月报》无疑要含蓄得多，不论是药品的广告、洗发水、香皂、香烟的广告，还是

---

① 《小说月报》第十九卷第十号。
② 《小说月报》第二十二卷第四号。
③ 同上。
④ 《申报》1923 年 5 月 8 日。

食品的广告，《小说月报》上的广告都没有表现出赤裸裸的物质欲望，它只是老老实实地将商品的各种特性、状态描绘在受众眼前。透过这些描述，一件件物质消费品又可以鲜活地呈现在读者眼前，刺激着人的各种官能，从而激起一种购买的欲望。其实在所有的广告里面，举凡同人们衣食住行有关的商品和服务类广告，无不包含着官能享受的话语。所有的广告都关心着你身体的舒服、健康；所有的广告都在努力为你提供各种官能刺激和满足；所有的广告都在告诉你，你的幸福快乐、你的人生意义就存在于各种官能的满足之中。① 尽管《小说月报》作为一家严肃的大刊，在语气上表现得稳重得多，劝服人的欲望消费包含在一处处看似提倡美、提倡健康、提倡上进的文字中，但在这里，《小说月报》的广告依然通过它所展现的一幅幅享乐的场景，供受众去憧憬和追求，广告为受众提供的，正是一套享乐主义的人生观。②

二　文学作品里面的欲望想象

尽管《小说月报》一再通过广告的各种手法掩饰其对受众欲望刺激的通俗，但其刊载作品里面显示出来的这种对欲望的想象却毫无遗留地展示出来了。

程瞻庐的《奢》，小说通过一位妻子之口写出新学堂异常的奢靡：

某校崇尚华靡，殊难为讳。吾前往参观，才入校门，而麝兰气已刺鼻观，如过香粉之肆。比抵教室，女教员曳纨绮之衣，登坛授课。方拈白垩，向黑板瑟瑟作书。吾本注视黑板，而光线两条由女教员指间透露，直眩吾目，吾乃移其视线，以注射教员之指，则钻戒一双，方作作吐奇芒也。吾入他教室，所见亦类是，意颇怪之。比出，适与卖花佣相邂近，篮中所贮花朵，娇艳悦目。虽经采撷，犹盎然有生意，叩其捧花何往，则曰："花为校中小姐所订购。"

---

① 吕佳：《〈申报〉广告设计风格演变探析》，苏州大学2009年硕士学位论文。
② 王儒年：《〈申报〉广告与上海市民的消费主义意识形态》，2004年上海师范大学博士学位论文。

吾曰："小姐读书忙，有暇购花朵耶？"卖花佣笑曰："长年主顾，全在校中，小姐不购花，吾将饿死矣。"吾笑而颔之。……校中送开会通告书至，附以场券二，厚如卡片，四周饰以金缘。余私讶小学循例开会，何铺张至是！……自某姓女来媵，岸然以新人物自命。偶一摇唇，则平等自由诸名词，歌溢而出，其视尊长，蔑如也。一切服用，力反昔日朴实耐劳之家训。饮馔偶薄。则曰："韭酸菜苦，是不合于卫生者也。"其撤去之衣服偶粗，则曰："钗荆裙布，是适形其为野蛮者也。"其更易之，日用什物偶质朴，则曰："椎轮大辂，非所宜于物质文明之世者也。"其屏绝之。于是三日一游园，五日一宴客，任意挥霍，无所顾忌。①

《香囊记》记载：

生与母之乘汽车也，盖先抵沪读，拟复由沪乘印赴杭。舍舟而陆，实有两种因缘，一则春申浦上，小作沟留，十里洋场之繁华景象，藉可一览吸收。二则汽车，安便而速，非若轮舟之须越宿乃达，故决意绕道吴淞，且豁眼界。②

《小学生旅行》所见所闻：

此时正是上灯时候，海国春当门悬一盏镁精灯，光自如月，又圆又亮，其余楼上楼下的电灯。晶莹闪烁，仿佛明星一般。化欧没见过这种局面，暗忖一家吃食馆子，什么装潢到如此田地，难道算西洋人吃菜的地方，替西洋人摆架子吗？③

在上述例证中，尽管作家对此持有一种批判的立场，可又掩饰不住对物质、金钱的向往。从物质欲望的膨胀中不难看出，人们早已突破了

---

① 《小说月报》第八卷第九号。原文无标点，标点为笔者所加，全书同。
② 《小说月报》第二卷第一号。
③ 《小说月报》第二卷第二号。

传统的生活方式，商业社会的濡染，让人们过于功利，甚至为了金钱而不择手段。这还是《小说月报》这种较为严肃的报刊所表现出来的，在一些完全市场化的作家那里，对物质、金钱赤裸裸的崇拜已到了无可复加的地步：

> 卫运同做了几天军需长，官瘾已深，知道时下惟有做官的容易赚钱。从前入了国民党便有议员总长的希望，现在国民党一败涂地，势力都在北洋派手中，若要做官，惟有走他们的脚路。不过我与这班人素不相识，脚路怎走得上？想了几天，忽然被他想出一条终南捷径来。暗想二次革命失败后，北军在上海设了许多秘密侦探机关部，专门捕捉党人。我从前在司令部办事的时候，党人面貌熟识的很多，何不投往那边？充一个眼线。党人捉得愈多，我的功劳也愈大。将来或能升为侦探长，做官就容易了。
>
> 星干笑道："老实告诉你，你要投敬我们稽查处，必须先拿一个党人为进见之礼，以后每月至少也得捉一两个进来，方能报销。但党人也不是白捉的，政府出有极重赏格，头号党人一千元，二号党人六百元，三号党人三百元。照你所说那个陈光裕，只可算是二号党人，拿住之后政府发下六百元赏银，你我对分也有三百元可得。而且你一进来就立此大功，便可升为一等稽查员，每月薪俸银五十两。你想有这般大的利益，为着顾全朋友这点小事，轻轻丢掉岂不可惜？"
>
> 仪芙道："那有何妨？朋友是朋友，洋钱是洋钱。有利可图，贩卖朋友未尝不是一桩交易。"①

这种对物质、对金钱的崇拜，必然带来对享乐主义的崇尚，在现代大众传媒的催化下，在广告之中不断透露出来，不断地影响着市民生活、消费观念和行为方式。物质商品在不断地刺激着人们的欲望，在这种情形之下，作家是如何对物质欲望做出反应的呢？

---

① 海上说梦人：《歇浦潮》，上海古籍出版社1991年版，第643、644、658页。

第二节　经济制约下的作家

——以林纾为案例的分析

《小说月报》第六卷第六号，刊有两则关于林译小说的广告：

最近出版 完全华商 商务印书馆发行

新译义侠小说 义黑 林纾译 洋装一册 定价二角

书中主人翁为一黑奴女也于英国西方殖民地某岛猝遇民变一家人逃难相失黑奴挈其主家之一子一女间关跋涉而至纽约仰给于苦工者六年流离颠沛极人世所难堪卒能坚持到底厥后无意中其主人忽互相值竟得骨肉团聚而黑奴以劳瘁已甚负担才弛竟长眠矣以一不识不知之黑种妇人而能任重致远如此视程婴存赵尤奇谲之曰义畴日不宜译者以渊雅之笔状沉痛之情其事其文都成神品尤为得未曾有

新译侦探小说：风雌罗刹 林纾译 洋装一册 定价三角半

书中言俄皇游历欧洲虚无党人乘时起事一时风起云涌荆轲聂政之徒无虑数十百倍而当中主要多贵族名媛以金枝玉叶之尊行燕市狗屠之事尤为骇人听闻与之对垒者为皇家侦探于行在复壁发见机关玫瑰花茎侦之毒药如公输之善攻墨子之善御诙奇诡谲匪夷所思译笔之佳更不待赘新译小说中之良著也

这是两则很值得玩味的广告，写得很精致，能看出这是典型的文人写作的广告。语言精练简洁，带有极强的情感感染力，单从广告本身来看，既有突出重点的内容，也带有常见的广告宣传语，这无疑是极为高妙的。它跟一般的商业广告相比也大异其趣。首先，这是用文言写成的为文言翻译的外国小说所做的广告。与其他商品广告相比，我们便可清楚地感觉到书籍作为一种消费品，既有与其他商品一样的消费性，也存在着与其他商品不一样的地方。比如第二卷第五号前封后插的广告：

屈臣氏大药房

EUMINTOL

AIDED BY

Tooth Brush Drill

Cleanses and Sterilizes the Mouth，Sweetens the Breath

And Prevents Tooth Decay

$ 1.00 Per Bottle

优名塔牙水

优名塔为最近新发明之牙水于漱口时敷于牙刷上擦之其功效如下

——能使口中洁净

——能使呼吸清香

——永免蛀牙之患

价目每瓶一元 屈臣氏大药房启①

这一则广告就是放到当下也不觉得陈旧，中英文均有，近乎口语的白话。如果将文学作品也视为一种消费品，那么同为从外国引进的商品，林译小说无疑跟优名塔牙水具备同样的性质，它们都在寻求最吸引消费者的地方。在优名塔牙水的广告里，英文显示了它从外国进口的高档次，口语化的中文则让它贴近普通大众，这无疑是一则很成功的广告。林译小说广告与优名塔牙水的广告一相比，一个文言冗长，情感煽动藏在字里行间；另一个中英皆备，短小明晰，贴近大众。这是两则不同风格的广告，一个将情感共鸣作为卖点，另一个将实用作为卖点。

其次，跟同时期林译小说的其他广告相比，这两则广告也有着不一样的地方。刊登在该时期《小说月报》上的其他林译小说的广告，许多仅仅提供书名，比如第六卷第六号的广告：

商务印书馆发行 说部丛书

第三集第一次发售预约合计一百万字 分订二十五册 定价六元

---

① 《小说月报》第二卷第五号。

　　五角 阴历八月预约全部只收四元
　　　　第一编林译《亨利第六遗事》一册 二角五分
　　　　第二编《冰蘖余生记》二册 五角
　　　　第三编林译《情窝》二册 六角
　　　　第四编《海天情孽》一册 一角八分
　　　　第五编林译《香钩情眼》二册 六角
　　　　第六编《名优遇盗记》一册 二角
　　　　第七编林译《奇女格露枝小传》一册 二角
　　　　第八编《大荒归客记》二册 四角
　　　　第九编《真爱情》一册 二角五分
　　　　（以上九种业已出版）

　　这些仅提供书名的广告，卖点往往要么是书名，要么是奔着作者来；也有一些给出简介的，不过这些简介大多寥寥数语，非常简洁，比如第二卷第六号上的广告：

　　　　林译小说 五十种九十七册 零售三十七元余 全部定价十六元
　　　　风行海内 脍炙人口 有志文学 尤宜速购

　　这些简介性的广告基本不涉及文本内容，基本属于套语，对读者构成的吸引力很小，购买者应多半是林译小说的老读者。而上述林译小说的这两则广告不但对小说内容用文言给予详细的介绍，而且在陈述之间，广告者的强烈的思想情感得以完全呈现出来，完全就是一篇书评。如果与林译小说的其他广告对照，联系林纾作品的一贯风格，很让人怀疑这两则广告是否是出自林纾之手。并且，相对于林译小说的其他广告，这两则广告用了许多中国历史典故，"程婴存赵""燕市狗屠""公输之善攻，墨子之善御"等，广告中用短语来做宣传的极多，但用历史典故的不多，原因在于用短语做广告不但易于诵记，而且能增强趣味性。但历史典故不一样，历史典故的背后往往是历史事件，如果不是对历史有较深的解读，很容易形成误读，而误读很容易造成消费者与广告商原初意义之间的背离，从而不利于宣传。

　　这则广告同时刊登在商务印书馆旗下的另一份杂志《妇女杂志》第一卷第七号上，两相对比，如果考虑到《妇女杂志》的读者群体，这两则广告就很耐人寻味了。据1916—1917年曾在商务印书馆编译所担任学徒的谢菊曾的回忆："《妇女杂志》创刊于一九一五年，供中学以上程度的女学生和家庭妇女阅读。"① 也就是说《妇女杂志》的读者主要来自女学生和家庭妇女，而民国初年的女子教育刚刚兴起，1912年，全国中学数量为373所，学生数为52100人②，而在这些学生数中，女学生数量远不到一半，家庭妇女相对于女学生来说，能看书的更少，在这些女学生和家庭妇女当中，能看到《妇女杂志》的，更是少之又少。女子教育在民国初年处于相当落后的水平，许多以妇女为读者群的杂志为了能更多地争取到读者，纷纷由文言办报转为白话办报，比如裘毓芳主办的《官话女学报》，中国女学会主办的《女学报》，秋瑾、马伯平主办的《中国女报》等，而从整体来看，从清末到民初（1897—1918），共计有白话报170余种，白话报几乎无省不有③。杂志采用白话文，相应地，广告也大半采用白话文。其实，《妇女杂志》《小说月报》上的许多广告也是白话文广告，为的就是争取到更大的消费群体。很典型的就是《小说月报》在第六卷第六号上论说栏目之后插入的一则广告：

　　演义丛书 **伊索寓言演义** 孙毓修编 定价三角
　　演义小说最足动人本馆今取中外小说中之引喻设义辞理俱足可为人心世道之助者以**极有趣味之白话演成之**兹先成**伊索寓言演义**一种伊索寓言作于上古希腊之世至今流传不衰欧美诸国莫不奉为经典以其词约理博无智无愚钻研不尽所以江河万古不能废也今取是本演成白话**每则略加短评**以资发挥**插图百有余幅**读之于**德育智育裨益匪浅**

　　在这则广告里，广告者明显将白话作为一大卖点。这从一个侧面表

---

　　① 谢菊曾：《十里洋场的侧影》，花城出版社1983年版，第38页。
　　② 朱汉国、杨群等：《中华民国史》志四，第五册，四川出版集团四川人民出版社2006年版，第156页。
　　③ 徐松荣：《维新派与近代报刊》，山西古籍出版社1998年版，第190页。

明了当时白话文广告比文言文广告更能吸引消费者。

从扩大消费群体的因素来看，林译小说的这两则广告采用文言写就，其中夹杂大量的历史典故就显得有些与时代"格格不入"。当时的女子，能读懂文言的很少，能正确知道历史典故的更少，也就是说，林译小说的这两则广告所能达到的广告效果其实是很有限的。《妇女杂志》作为商务印书馆之下的一家大型期刊，对广告的经营不可能不重视，也不可能不讲求经营的经济效益。实际上，《妇女杂志》的创刊从一开始就受某种经济利益的驱使。民国肇造，随着整个社会思想的大变动，介绍各类新潮、进步思想的书刊都容易成为畅销书，因此，各地出版商抓住商机，以办新派杂志为时髦，而其中更以沪上出版商为甚，上海成了中国新思想传播的中心。但民国初期的政治极为不稳定，随着袁世凯的复辟，倡导尊孔尊经的复古思想与先进思想背道而驰，于是有压制进步刊物的"癸丑报灾"发生，新潮思想的传播受挫。报灾后，办报人人人自危。相比之下，妇女杂志其内容多以宣扬女子自强、男女平等及女子议政等，其言辞不是很偏激，较少有政治风险，因此许多报馆都转办妇女报纸。于是在数年间，《妇女时报》（有正书局 1911 年发行）、《女子世界》（中华图书馆 1914 年发行）、《中华妇女界》（中华书局 1915 年发行）等纷纷兴起。商务印书馆也在 1915 年推出《妇女杂志》以抢占市场。在这样背景下诞生的一家杂志，为什么会刊登林纾的看起来不能带来经济利益的小说广告呢？从《妇女杂志》广告的整体来看，文化书籍类的广告占了大半部分，比如《妇女杂志》的第二卷第三号，正文有 121 页，有 25 页广告，其中除了五洲大药房、济生堂大药房、明明眼镜公司、屈臣氏大药房、威廉士大医生红色补丸各有一则广告之外，其余均为书籍广告。也就是说，文化广告的收入是当时《妇女杂志》广告收入的主要来源。并且这两则广告附在小说栏目里面，单独成页，没有在其中夹杂其他的广告，纸质比其他页的纸质要好，淡蓝色，配有两幅精美插图，几十年过去了，与其他发黄的页面相比，这一页广告仍令人赏心悦目，也可见该期的《妇女杂志》对这两则广告的重视。

回到这两则广告的内容本身。通读这两则广告，我们不难发现林纾所译的这两本书，《义黑》宣扬的是女子的忠义，《风雌罗刹》宣传的则是侠义。这些主题，在林译小说的前半期已经屡见不鲜，甚至在林译小说中占了大多数。许多林纾的研究者已经注意到，以1912年林纾翻译完《离恨天》为界，林纾的翻译可以分为前后两期，后期的译作，仍不外是团结御辱、保种救国，发展工商业，孝友忠信等主题，在前期的翻译中都出现过①。比起他前期的翻译，林纾后期的翻译水准已经大大下降，"后期翻译所产生的印象是，一个困倦的老人机械地以疲乏的手指驱使着退了锋的秃笔，要达到'一时千言'的指标。他对所译的作品不再欣赏，也不甚感觉兴趣，除非是博取稿费的兴趣。换句话说，这种翻译只是林纾的'造币厂'承应的一项买卖；形式上是把外文作品转变为中文作品，而实质上是把外国货色转变为中国货币。"②但就是这种掉了水准的翻译，在"五四"之前一直都还是畅销书，其中的原因，跟杂志社对其的大力宣传不无关系。

再看当时的《妇女杂志》。《妇女杂志》作为当时商务印书馆旗下的一本杂志，背后有着资金雄厚的商务印书馆撑腰，但该杂志早期的销量一直不大好。其主要原因在于该杂志早期所坚持的"贤妻良母性"的办刊方针。该刊早期的主笔王蕴章为光绪时代的举人，对闺秀诗词颇有研究，是"中学为主、西学为用"的"鸳鸯蝴蝶派"主要作家之一。作为一个过渡时期的人物，加之当时复古的风气，王蕴章在操持《妇女杂志》的时候，就将该刊取向定为"贤妻良母"。《妇女杂志》创刊的时候曾经刊发过好几篇"发刊辞"，其中一篇则提出："应时世之需要，佐女学之进行，开通风气交换知识，其于妇女界为司晨之钟、徇路之铎；其于杂志界为藏智之库，馈贫之粮，所谓沉沉黑幕中放一线曙光者。此物此志，抑余有进者，吾国坤教失修，女子能读书识字者实占少算，主持言论诸彦，尤宜体察国民程度，饫以相当之知识，文字务求浅显，持论不必过高，以适社会。至诙谐嘲笑之作，奇丽香艳之文，伐性泪情，长恶败德，当然在摒弃之列。"③"《妇女杂志》初创时欲以培养女学为女子争权利的基础，其次则在讨论有益家庭生活改善的实用知

---

① 孔庆茂：《林纾传》，团结出版社1998年版，第180页。
② 钱锺书：《林纾的翻译》，收《中国近代文学论文集·小说卷》，中国社会科学出版社1983年版，第654页。
③ 张芳芸：《发刊辞四》，《妇女杂志》第一卷第一号，1915年1月15日，第4—5页。

识，造就贤妻良母。""该刊早期的宗旨趋重于提倡女学及实用，意在以女学培养具备科学文化知识的贤妻良母，摆脱过去专事倚赖的女性角色，成就具有独立生活能力的人，以其所学的知识负起为人女，为人妻，为人母的职务。"① 王蕴章的这种取向被"五四"以后取代他的章锡琛概括为："提倡三从四德，专讲烹饪缝纫。"② 按照这样的要求，林纾所译的《义黑》和《风雌罗刹》所宣传的女子忠义和狭义刚好与《妇女杂志》的取向吻合，与当时的编辑王蕴章的欣赏口味一致，加之林纾与商务印书馆此时已经有了多年的合作，林译小说的广告上《妇女杂志》自然是情理中事。更重要的是，借助林纾的名望，能为杂志带来更多的销量与经济利益。

　　1915 年的林纾，已 64 岁，通过 1899 年翻译的《茶花女遗事》获得了极大的成功，严复曾经评价说："可怜一卷《茶花女》，断尽支那荡子肠。"随着林译小说在全国引起的极大反响，林纾不啻成了清末民初的文化名人。是名人就能带来效应，不光是文化的影响，还包括经济上的效益。名人的影响力在商家看来就是商机，"'粉丝'通过消费与其挚爱对象相关的商品，为品牌带来高额利润。这是'粉丝'们的重复消费形成的超强生产力"。"明星名人广告的'粉丝'营销功能是倍增消费者的最佳利器"，"明星名人广告的'粉丝'营销功能还能提升品牌防御风险的能力"③。名人能带来这么多的好处，很快，林纾便被商务印书馆招至旗下。林纾作为名人，能为商务印书馆旗下的杂志带来销量，特别是当时销量一般的《妇女杂志》，《妇女杂志》在"五四"以前销量每月仅在两三千份，直到"五四"以后改革了，销量才陡然升至每月万份以上。在销量平平的情况之下，《妇女杂志》亟须名人来为其维持销量。虽然不能准确地计算出林纾的广告对《妇女杂志》的销量到底带来多大的影响，但是通过林纾与《小说月报》之间的关系，我们不难发现其对商务印书馆旗下杂志的影响。以《小说月报》为例，

---

　　① 周叙琪：《一九一〇—一九二〇年代都会女性生活风貌——以〈妇女杂志〉为分析实例》，收《国立台湾大学文史丛刊（100）》，台湾大学出版委员会 1996 年版，第 47、52 页。

　　② 刘慧英：《被遮蔽的妇女浮出历史叙述——简述初期的〈妇女杂志〉》，《上海文学》2006 年第 3 期。

　　③ 饶德江、程明等：《广告心理学》，武汉大学出版社 2008 年版，第 261—262 页。

平均起来，几乎每期的《小说月报》都有一篇甚至两篇林译小说。《小说月报》不但大量刊登，还在醒目的位置为林译小说的单行本做广告。如第四卷第一期的目录后就是林琴南译言情小说《迦茵小传》《红礁画桨录》《洪罕女郎传》《玉雪留痕》的广告；第四卷第八期的广告仍为"林琴南先生译最有趣味之小说"；直到第十卷第七期，还在为其做广告。这样的双重轰炸，无疑为质量大不如前的后期林译小说提供了强大的舆论支持，难怪1915年后还有很多读者不解"林译小说质量下降实情，仍然希望看到林纾的翻译作品，甚至为看不到而问询编辑部"。① 可以说，林纾利用当时的身份地位，肯定为商务印书馆旗下的杂志留住了一部分读者。

同样，对林纾来说，与杂志社之间的这种合作，也使其名利双收。查询林译小说目录，我们发现林纾翻译的小说绝大多数均由商务印书馆出版。据现有资料统计，林纾在商务印书馆出版的译著共140多种，其中用文言文翻译的西方小说约100种，② 据郑逸梅等回忆说，林译小说稿费特别优厚。当时一般的稿费每千字二至三圆，林译小说的稿酬，则以千字六圆计算，而且是译出一部便收购一部的。这也难怪老友陈衍曾与林纾开玩笑，说他的书房是造币厂，一动就来钱。③ 在这样一种空气里，文学家与杂志社之间自然是相得益彰了。于是，文人与杂志社之间的"文学经济"便形成了。

与《小说月报》同为商务印书馆下的杂志，《妇女杂志》不会不熟谙利用林纾为自己做广告的机会，在《妇女杂志》上，依然可以看到作家中林纾书籍的广告是最多的。其实《妇女杂志》从创刊开始就很熟练地运用名人效应来为自己扩大销量。据谢菊曾的回忆：《妇女杂志》延留美回来的无锡朱胡彬夏女士为主编，创刊号出版之时，在各大报大登广告，对朱胡彬夏极尽吹捧能事。实际她只是相当于挂名，从

① 成昭伟，刘杰辉：《"赞助人"视角下"林译小说"研究——商务印书馆个案分析》，《重庆大学学报》2009年第15卷第5期。

② 东尔：《林纾与商务印书馆》，《商务印书馆90年》，商务印书馆1987年版，第527页。

③ 郑逸梅：《林译小说的损失》，《中国近代文学史论文集》，中国社会科学出版社1983年版，第688页。

未到过编译所一次，一切均由王蕴章负责编辑，并每期用她名义写一论文，刊在卷首。王蕴章每月必登朱胡彬夏之门，代馆中面致薪资一百元，同时征求她一下对于编辑方面的意见，此亦不过虚应故事而已。过了一两年，即由王蕴章正式出面主编，不再借重她了。① "《妇女杂志》之所以起用胡彬夏，从该刊的宗旨来看，是为了将发刊宗旨现身于读者的眼前，同时也为期待于胡彬夏能带来的宣传效果。"② 这一点在《妇女杂志》自己刊登的广告上也能看出，《妇女杂志》第一卷第十二号卷首广告云：

　　　　美国惠尔斯来大学校学士 无锡朱胡彬夏女士编辑**妇女杂志大改良**广告

　　　　本杂志发行以来大受社会欢迎甫及一年销路日广今特意加奋勉于第二卷第一号起改良体例分为社说学艺门家政门记述门中外大事记国文范作文苑小说杂俎余兴十门敦请**朱胡彬夏女士主任编辑**女士籍隶无锡先留学日本东京女子实践学校旋改赴美国入胡桃山女校继入惠尔斯来大学校专习文学史学哲学等科先后七年得**学士学位**后又在康奈尔大学参考女学诸书实地调查数月并奉教育部委任为万国幼儿幸福研究会委员赴华盛顿代表与会在本国历在吴江同里丽则女学校及浦东中学校担任教务学问经验两臻其胜今出其所学饷我国人以女界明星放报章异彩**凡研究科学文艺**之士皆宜**各手一编**固不仅为女界说法而**女界阅之**自更觉其**亲切有味**爱读诸君知必有先见为快者特此布告伏惟

　　　　　　　　公鉴　商务印书馆妇女杂志社谨启

　　这则广告详细介绍了朱胡彬夏的学习经历，其中不乏大力称赞之

---

① 谢菊曾：《十里洋场的侧影》，花城出版社 1983 年版，第 38 页。

② 见［韩国］陈姃湲《〈妇女杂志〉（1915—1931）十七年简史——〈妇女杂志〉何以名为妇女》一文，作者还作注补充："在 1915 年前后，胡彬夏曾发表文章于其他多种妇女刊物，但是 1916 年担任《妇女杂志》的主编以后，不再投稿于其他同一类刊物。这也从旁支持，商务印书馆起用胡彬夏，是为了吸引其他妇女刊物的读者"，参见胡彬夏《美国胡桃山女塾之校长》，《女子杂志》第一卷第一期（1915 年 1 月）。

语，期待其为杂志带来新的局面之情溢于言表。具有这样背景的《妇女杂志》在利用林纾这种名人达到宣传目的的时候，自然是得心应手，一方面《妇女杂志》利用林纾来维持或扩大原本为数不多的销量，同时林纾也能得到不菲的报酬，在双方都能得到利益的情况下，文人与杂志社之间形成了心照不宣的"文学经济"。

不仅仅林纾与《妇女杂志》《小说月报》之间存在这样的关系，从《小说月报》的其他广告中，我们也可以看出作家与文学杂志之间的这种"文学经济"已非常普遍，该杂志第六卷第六号，名著栏目的广告：

商务印书馆出版 梁启超著 **欧洲战役史论** 前编已出 定价七角

梁任公先生文章之价值举国所共知**论史之文尤其特长**前此如意大利建国三杰等篇读者殆无不**神飞肉跃**今兹战役因果纠纷形式诡异**非先生妙笔**孰能传之本馆当战事初起即请先生编纂此书幸承许可而**先生极郑重其事**搜集材料结构章法几经斟酌致避嚣郊外竭全力以成之本馆敢信**无论何人一读此书必不能释卷**非终篇不肯休盖先生之文本有一种魔力此篇又其精心结撰之作故**趣味洋溢感人极深也**人生今日适地球上有此空前之热闹戏剧**苟不留心观听自问亦觉辜负**然非先知脚本大意则亦何能领略苟无先生此书则吾辈真如聋如瞆耳且**先生费数月之力熔铸数十种参考书**以成斯篇吾辈但费**数点钟一读**则事势了如指掌天下便宜之事何以过此况先生之文虽极雄奇**又极通俗**凡商**界**及**小学生人人可解**本馆为灌输国民常识起见谨普劝**全国人各手一编**诸君读后方信本馆之言非诞也

[注意] 卷首有先生手写诗一首即此书成后自题者**诗格之雄深书法之遒美与本书可称三杰**学士大夫当益以先睹为快也

广告在极力抬高梁启超的同时，也在无形中为杂志做了宣传。

首先，文学家与杂志社间的这种"文学经济"的形成是必然的，特别是清末民初，在清政府废除科举制度以后，广大的科举试子入仕无门，被逼纷纷依靠市场卖文为生，不管是做报人还是做专职作家，都必须遵循市场规则。而文人要得到市场的认可，就必须有广大读者的支持和热捧，成为畅销作家方才能立稳脚跟。在成为畅销作家之前，杂志社的作用不可忽视，报纸杂志的宣传与否往往决定一个作家的成败。其次，成名的作家也能推动杂志社的经济利益，特别是那些刚成立的杂志社，在尚未有名声，市场份额极小，资金不够雄厚的情况下，能否拉到广告对其影响甚大，甚至关系到杂志社的生死存亡。由此可以推测，文学家与杂志社之间的这种"文学经济"是普遍存在的，而且成了整个文学市场的常态。这样的状态一直延续到当下，扩大到整个广告市场，小到一双鞋，大到一辆汽车，如今名人的广告效应已成为司空见惯的现象，几乎每一种商品都有名人广告存在。

广告利用名人效应来吸引众多的消费者，这样做的基础一方面是消费者对名人的信任，另一方面是生产商利用名人来对自己生产商品良好品质做证明。生产商、广告商、消费者在文学市场里变成了作家、出版家和读者，在这三者的互动之间，如果作家真的有精品出现，对其的宣传就能推动整个文学的良性发展。当然也存在纯粹为了商业利益的炒作，在广告文化中，"粉丝"总存在着"崇拜偶像，追求明星"的心理，存在着"从众模仿，追赶潮流，冲动消费"的行为特征①，在文学市场里，出版社就会抓住读者盲从于名人效应的消费心理进行宣传，这种炒作使得文学家与杂志社互用名声去获取利益，在一个不够成熟的阅读市场里，抓住消费者冲动消费的心理，它能够获得一时之利，这样一来，出现读者一旦看不到林纾作品而去编辑部询问就显得极为自然了。但从长远看来，这种行为对文学家、杂志社甚至整个文学市场都是有害无益的。

第三节　从"经济转型"到"心态转型"：传统作家 转型的尴尬

每一种社会现象的形成都不是孤立的，文学亦然，特别是中国文学从古典向现代的大转变，更是与其他社会关系发生着千丝万缕的联系。研究文学，离不开当时的各种环境，但当我们在进行文学研究时，政治、经济等与文学相关的外部因素往往被置于文学现象的背景之下，一

---

① 饶德江、程明等：《广告心理学》，武汉大学出版社 2008 年版，第 263 页。

且进入文学的内部研究时，政治、经济（特别是经济）就往往有被忽视的可能。这样的研究方式，导致文学研究的某种"生硬"与割裂。体现在对现代文学初期的研究，研究者往往看到的是当时现代文学兴起时的那种夺目的光环和对从西方引进的各种思想的好奇，研究分析时偏重于社会思想，而对当时人们在各种社会关系中的感受往往会忽略，特别是对那些后来逐渐被边缘化的人物更是如此。本书认为，政治、经济等各种社会因素不仅仅是文学现象发生的背景，同时，这些因素也直接参与了文学现象的构成，正是这些因素的参与，才使当时的人对当时的社会有了最真切的感受。

相对于社会的其他方面的变动来说，文学的转型在表面上看起来不是那么的激烈，但是文学的转型更能直指人的内心，对个体带来的影响比社会的其他方面更为深广，同时文学的转型受制于政治、经济、文化等诸多方面，与其他方面错综复杂的关系让文学转型的每一方面都充满了艰巨性。当我们从一个更为广泛的角度回望中国文学从古典向现代转型的那一段历史，思考古代与现代的区别、文学与其他社会关系的关系，便不难发现中国文学从古典向现代的嬗变是一条充满了荆棘的道路。在这条道路上，充满了传统与现代的交融、东方与西方的碰撞，同时政治的、经济的大变动又随时影响着文学的走向，使现代文学每走一步都举步维艰。这种艰难性，深刻地体现在当时的作者身上，不仅体现在他们的创作当中，更体现在他们与社会的诸多关系之中。基于以上理由，本书从考察《小说月报》早期的作者群出发，认真梳理他们与当时的政治经济的关系，希冀从中理出一条当时文学艰难转换的粗略线索。

《小说月报》1910年7月的创刊号卷首有一则通告：

征文通告

现——身说——法幻云烟于笔端涌华严于弹指小说之功伟矣同人闻见无多搜辑有限尚祈海内大雅匡其不逮时惠 鸿篇体则著译兼收庄谐并录庶入邓林之选片羽皆珍一经沧海之搜遗珠无憾率布简章伏希 亮詧。

——本报各门皆可投稿短篇小说尤所欢迎

——来稿务祈缮写清楚并乞将姓名住址详细开示以便通讯

——如系译稿请将原书一同掷下以便核对

——中选者当分四等酬谢甲等每千字酬银五元乙等每千字酬银四元丙等每千字酬银三元丁等每千字酬银二元

——来稿不合者立即退还

——入荷惠寄诗词杂著以及游记随笔异闻轶事之作本报一经登载当酌赠本报若干册以答 雅意惟原稿概不退还①

这则通告被认为是"中国期刊史上第一份稿酬条例"②，并且"可看作近代小说稿费制度确立的标志"③。这则通告将稿酬的分类、怎样计算稿酬、哪些项目必须写明白等都表达得清清楚楚，与当下的稿酬制度相差无几。而从这则通告的措辞来看，编辑对作者不乏谦卑尊敬之意。这样的通告《小说月报》每期都有，只是中间偶有调整，比如第一年第五期换为：

——本报各门皆可投稿短篇小说尤所欢迎

——来稿务祈缮写清楚并乞将姓名住址详细开示以便通讯

——如系译稿请将原书一同掷下以便核对

——中选者当分五等酬谢甲等每千字五元乙等每千字四元丙等每千字三元丁等每千字二元戊等每千字一元

——来稿不合者立即退还惟卷帙过少者恕不奉璧

——如有将诗词杂著游记随笔以及美人摄影风景写真惠寄者本社无任感级一经采用当酌赠本报若干册以答雅意惟原稿概不退还④

对比创刊号的那则通告，这则通告将酬谢由四等增加成了五等，这

---

① 《小说月报》第一卷第一号。

② 李曙豪：《现代稿酬制度的建立与对发表权的保护》，《出版发行研究》2003 年第 5 期。

③ 叶中强：《稿费、版税制度的建立与近现代文人的生成》，《上海大学学报》2006 年 9 月第 13 卷第 5 期。

④ 《小说月报》第一卷第五号。

样一来，拉拢了作者，扩大了作者阵容。到了第二年第一期，则变成了：

本社通告

——本报各门皆可投稿短篇小说尤所欢迎

——来稿务祈缮写清楚并乞将姓名住址及欲得何种酬报详细开示以便通讯

——如系译稿请将原书一同掷下以便核对

——中选者当分五等酬谢甲等每千字五元乙等每千字四元丙等每千字三元丁等每千字二元戊等每千字一元

——来稿不合者除长篇立即退还外其余短篇小说及各种杂稿概不奉璧

——如有将诗词杂著游记随笔以及美人摄影风景写真惠寄者本社无任感级一经采用当酌赠本报若干册以答雅意惟原稿概不退还①

与前两则通告相比，这则通告无疑更详细，增加了作者须将欲得何种报酬详细开示，同时将长篇之外的其他稿件均不退还。《小说月报》第二年全年刊登的通告都与这则通告只字无差，作为一个惯例保留了下来。

纵观这几则通告，从创刊号的第一则对作者充满卑谦的口气，第一年第五期想要扩大作者阵容，到第二年第一期要作者将报酬开示，要作者待价而沽，后面这两则通告与第一期的征文通告相比，最大的不同在于增加了"欲得何种酬报"及将第一则的当分四等酬谢变成了分五等酬谢。可以说这两个增加的内容都是对作者相当有利的，一是作家可以估计自己作品的价值；二是《小说月报》分明是想扩大自己的作者阵容，这从一个侧面表明了当时《小说月报》小说的库存量是不够的，特别是每则通告的开头都点明"短篇小说尤所欢迎"，表明了《小说月报》对短篇小说的渴求。以后连续的小说征文也表明了《小说月报》库存不足的事实：

---

① 《小说月报》第二卷第一号。

《小说月报》1912 年第三卷第十二号：

本社特别广告

本社所出《小说月报》已阅三载发行以来颇蒙各界欢迎迩来销数日增每期达一万以上同人欣幸之余益加奋勉兹从四卷一号起凡长篇小说每四期作一结束短篇每期四篇以上情节则择其最离奇而最有趣味者材料则特别丰富文字力求妩媚文言白话兼擅其长读者鉴之

本社谨启

征求短篇小说

本社现在需用短篇倘蒙海内文坛惠教曷胜欣幸谨拟章程如下（一）每篇字数一千至八千为率（二）誊写稿纸每半页十六行每行四十二字（三）稿尾请注明姓名住址（四）酬赠照普通投稿章程格外从优（五）投稿如不合用即行寄还合用之稿由本社酌定酬赠通告投稿人如不见允原稿奉璧

本社谨启①

《小说月报》1918 年第九卷第二号：

本社通告

——本社欢迎短篇投稿不论文言白话译文新著一经登录从丰酬报

——自本期起每期刊印关于美术之稿一二重以唤起美感教育

——本卷第一号所刊登之玉鱼缘传奇俟针师记传奇登完后再行续登

——自本期起扩充材料每期短篇小说必在十篇以上②

这些通告都表明《小说月报》稿量不足，特别是短篇小说需求量

---

① 《小说月报》第三卷第十二号。
② 《小说月报》第九卷第二号。

大。那么，《小说月报》作为当时的一个大型的文学刊物，为什么会出现稿量不足呢？是酬谢不够，作者不愿意写稿吗？从上面《小说月报》第一期所拟的稿酬条款我们就可以看出，从创刊开始，《小说月报》便进行商业化运作，将作者与市场挂钩。

表 2 - 1　　《小说月报》第一年小说作者创作的基本状况

期数	题目	作者	字数	体裁
第一期	钻石案	王蕴章	约4400	短篇小说
	碧玉环	王蕴章	约2900	短篇小说
	双雄较剑录（1—6）	林纾、陈家麟译	20000	长篇小说
	合欢草（1—7）	听涛、朱炳勋译	20000	长篇小说
第二期	化外土	朱炳勋	约650	短篇小说
	凌波影	湘屏	约2400	短篇小说
	双雄较剑录（7—12）	林纾、陈家麟译	20000	长篇小说
	合欢草（8—13）	听涛、朱炳勋译	约12000	长篇小说
第三期	周郎怨	松风	约1100	短篇小说
	支那旅行记		约2500	短篇小说
	双雄较剑录（13—16）	林纾、陈家麟译	约18000	长篇小说
	合欢草（14—17）	听涛、朱炳勋译	约10500	长篇小说
	剑绮缘（1—5）	宣樊	近12000	长篇小说
第四期	明珠宝剑		约4000	短篇小说
	双雄较剑录（17—21）	林纾、陈家麟译	约19000	长篇小说
	合欢草（18—21）	听涛、朱炳勋译	约12000	长篇小说
	剑绮缘（6—8）（完）	宣樊	约4000	长篇小说
第五期	桃李鸳鸯记	觉民译	约4000	短篇小说
	堕溷花	指严	约3700	短篇小说
	双雄较剑录（22—26）（完）	林纾、陈家麟译	约15000	长篇小说
	合欢草（22—23）（完）	听涛、朱炳勋译	约4000	长篇小说

续表

期数	题目	作者	字数	体裁
第六期	不如醉	潘树声、叶誠译	约3700	短篇小说
	卖花声	啸天生意译	约4000	短篇小说
	三家村	指严	约3700	短篇小说
	美人局	朱炳勋	约3700	短篇小说
	自治地方（1—7）	刍狗	——	短篇小说

现在难以确定《小说月报》当时衡量四等酬谢的标准，何种小说为甲等，何种小说为丁等，但是从《小说月报》创刊时自己给自己的广告来看：

编辑大意

——本馆旧有绣像小说之刊欢迎一时嗣响遽寂用广前例辑成是报匪曰丹稗黄说滥觞虞初庶几撮壤涓流贡诸社会

——本报以趁译名作缀述旧闻灌输新理增进常识为宗旨

——本报各种小说皆敦请名士分门担任材料丰富趣味酝深其体裁则长篇短篇文言白话著作翻译无美不收其内容则侦探言情政治历史科学社会各种皆备末更附以译丛杂纂笔记文苑新智识传奇改良新剧诸门类广说部之范围助报余之采撷每期限于篇幅虽不能一一登载至少必在八种以上

——本报卷首插图数页选择綦严不尚俗艳专取名人书画以及风景古迹足以唤起特别之观念者

——本报月出一册每册以八十页至一百页为率装订华美刷印精良字数约在六万左右

——本报月出一册每册售银一角五分外埠加邮费二分预定全年银一元五角邮费二角四分遇闰照加①

---

① 《小说月报》第一卷第一号。

上面《小说月报》所说的各种小说皆"敦请名士"，这大致是可以成立的。王蕴章是《小说月报》的主编；林纾自 1899 年翻译《茶花女遗事》后在文坛走俏一时，成为商务印书馆各杂志的特邀作家；宣樊即林白水，1901 年即出任《杭州白话报》的主笔，他先后与宋教仁、孙中山结识，1910 年正在宣扬孙中山及其领导的革命；指严即许指严，南社社员，清末执教于上海南洋公学，文坛名家李定夷、赵苕狂等皆为其高足，1910 年的时候正受商务印书馆之聘，编写中学国文、历史等教科书，兼教该馆练习生；潘树声当时为如皋师范学校校长。以上这几位，均为当时有一定声望，有一定社会地位的人，其他无从考证的人，依照商务印书馆的名望，早期的《小说月报》又正处于树立品牌时期，另外的那几位也似乎可以断定是一时的名流。他们的文章，自然不会列为最末的丁等，以乙等酬谢来算：王蕴章两篇短篇约 7000 字，可得稿酬 28 元（以下均指银元）；听涛、朱炳勋合译《合欢草》，连载五期，约 6 万字，可得稿酬 240 元；宣樊的《剑绮缘》约 16000 字，可得稿酬 64 元；林纾的稿费是每千字以 6 元计算的，除了第六期没有，每一期几乎都有 1.5 万到 2 万字，光《小说月报》的稿费每个月就将近 120 元，按照陈明远的算法，折合 1995 年的人民币 6000 元，合 2010 年人民币 12000 元，其余短篇小说，均在 5000 字以下，稿酬为 4 元到 20 元不等。

表 2-2　　1911 年《小说月报》第二年小说作者创作的基本情况

期数	题目	作者	字数	体裁
第一期	香囊记	指严	约 5700	短篇小说
	狱卒泪	怅盦	约 4000	短篇小说
	汽车盗	陆仁灼	约 4400	短篇小说
	卖药童	卓呆	约 3700	短篇小说
	薄幸郎（1—4）	林纾、陈家麟	约 12500	长篇小说
	自治地方（完）	刍狗	约 15500	长篇小说
第二期	毒龙小史	怅盦	约 4700	短篇小说
	一日三迁	长佛	约 1000	短篇小说
	佛无灵	抱真	约 2400	短篇小说

续表

期数	题目	作者	字数	体裁
	薄幸郎（5—8）	林纾、陈家麟译	约 10000	长篇小说
	劫花小影（1—4）	心石、况猓	约 11000	长篇小说
	小学生旅行（1—2）	亚东一郎	约 12100	长篇小说
第三期	探囊新术	怅盦	约 2350	短篇小说
	百合魔	泣红	约 4400	短篇小说
	薄幸郎（9—11）	林纾、陈家麟	约 10500	长篇小说
	劫花小影（5—8）	心石、况猓	约 13400	长篇小说
	小学生旅行（3—4）	亚东一郎	约 14400	长篇小说
第四期	采苹别传	指严	约 4400	短篇小说
	霜钟怨	南溟	约 2000	短篇小说
	程大可		约 3000	短篇小说
	薄幸郎（12—15）	林纾、陈家麟	约 8700	长篇小说
	劫花小影（9—12）	心石、况猓	约 12000	长篇小说
	小学生旅行（5—6）	亚东一郎	约 13000	长篇小说
第五期	三风记小说之——巫风记	不才	约 5000	短篇小说
	碧血花	非吾	约 2000	短篇小说
	二十世纪之新审判	水心	约 2700	短篇小说
	薄幸郎（16—21）	林纾、陈家麟	约 8700	长篇小说
	劫花小影（13—16）	心石、况猓	约 13700	长篇小说
	小学生旅行（7—8）（完）	亚东一郎	约 13000	长篇小说
第六期	三风记小说之——巫风记二	不才	约 5300	短篇小说
	三人冢	负剑生	约 4700	短篇小说
	胭脂雪	玉田赵绂章	约 5370	短篇小说
	薄幸郎（22—27）	林纾、陈家麟	约 9700	长篇小说
	劫花小影（17—20）	心石、况猓	约 14400	长篇小说
	醒游地狱记（1—3）	不才	约 9400	长篇小说
临时增刊	秦吉了	怅盦	约 5400	短篇小说
	侦探女	惨绿	约 2700	短篇小说

续表

期数	题目	作者	字数	体裁
	赛鹦儿	鹃红	约 2300	短篇小说
	孤星怨	泣红	约 2600	短篇小说
	一百五十三岁之长病大仙	朱树人	约 4000	短篇小说（白话）
	绿窗残泪	指严	约 12000	长篇小说
	葫芦旅行记	卓呆	约 6000	长篇小说（白话）
第七期	三风记小说之——巫风记三	不才	约 6000	短篇小说
	莲嬢小史	前度	约 2350	短篇小说
	不疯人院	东侠、啸侯同译	约 4000	短篇小说
	薄幸郎（28—32）	林纾、陈家麟	约 8700	长篇小说
	劫花小影（21—24）	心石、况夔	约 13400	长篇小说
	醒游地狱记（4—5）	不才	约 6000	长篇小说
第八期	榜人女	指严	约 5700	短篇小说
	情天红线记	凤雏	约 5900	短篇小说
	风流犬子	朱树人	约 6000	短篇小说
	薄幸郎（33—35）	林纾、陈家麟	约 7700	长篇小说
	劫花小影（25—28）	心石、况夔	约 9700	长篇小说
	醒游地狱记（6—7）	不才	约 9700	长篇小说
第九期	棋缘小记	指严	约 2300	短篇小说
	退卒语	蛮儿	约 2000	短篇小说
	土窟余生	朱树人	约 5700	短篇小说
	薄幸郎（36—39）	林纾、陈家麟	约 8400	长篇小说
	劫花小影（29—32）（完）	心石、况夔	约 9700	长篇小说
	醒游地狱记（8—9）	不才	约 12000	长篇小说
第十期	火花斧	共谊	约 1500	短篇小说
	掠卖惨史	指严	约 5700	短篇小说
	病后之观念	朱树人	约 5700	短篇小说
	薄幸郎（40—42）	林纾、陈家麟	约 7700	长篇小说
	十字碑（侯官汪剑虹）	况梅	约 5000	长篇小说
	醒游地狱记（完）	不才	约 15000	长篇小说

续表

期数	题目	作者	字数	体裁
第十一期	冤禽语	恨人	约4700	短篇小说
	掠卖惨史二	指严	约3700	短篇小说
	呜呼	双影	约4000	短篇小说
	薄幸郎（43—45）	林纾、陈家麟	约7700	长篇小说
	死后	卓呆	约6400	长篇小说
	十字碑（侯官汪剑虹）	心月	约6400	长篇小说
第十二期	地理教习	傲（铁）	约1000	短篇小说
	欧蓼乳瓶	铁樵	约2300	短篇小说
	陈生别传	静铨	约3700	短篇小说
	薄幸郎（46—48）	林纾、陈家麟	约9000	长篇小说
	死后	卓呆	约6400	长篇小说
	福尔摩斯侦探案	甘作霖	约13700	长篇小说

　　跟第一年相比，林译小说在本年每期的刊载量有所减少，每期在1万字左右，甚至有几期不足1万字，但这并不意味着林纾在该年的收入减少，事实上，此时的林纾已是商务印书馆的持股人之一，又在京师大学堂上课，收入只高不低。其余经常写稿的人：指严（不才亦为指严）本年在《小说月报》共计约10万字，每千字按4元计，可得酬银400元左右；怅盒约2万字，按每千字4元，可得80元左右；卓呆（即徐卓呆）计约2.5万字，可得酬银100元左右，徐卓呆在该年《小说月报》的"新剧介绍"栏目发表了大量的剧作，相对于剧作而言，他在该年发表的小说只能算是很少的一部分，小说酬谢自然也只是在《小说月报》上一小部分而已；心石、况猤两人该年在《小说月报》约10万字，可得酬银400元左右；（按，笔者怀疑况猤、况梅、猤、心月均为王蕴章。在《小说月报》第二年第8期指严的《榜人女》后，插入《然脂余艳》一则：熊芝露女史工诗，其已见国朝闺秀集中者不具录，近见其在母家时与某女史作合卺之戏，赋催妆三绝句云：铃阁生春喜欲狂，几回握管赋催妆。风流绝胜黄崇嘏，竟敢吹箫引凤凰。不羡箫郎紫

玉箫，妆成弄玉似花娇。丁宁嘱咐卿卿道，留取双蛾待我描。高烧银烛待昏黄，手折梅花照晚妆。此夕银河无鹊渡，天孙切莫怨牛郎。放诞风流令人想见三五少年时闺中韵事。闺秀共词者当推长洲级兰李氏生香馆集，为最近从他书中得其小令数阕，为郭频伽灵芬馆诗话中所未载者。笙清篁脆如鸟中子规，自是天地间愁种真可娣视，易安断肠一集不足道也。暮春感赋卖花声云：眉影控帘钉，花补苔痕。满身香雾嫩寒侵，怨人杜鹃声裹血，独自愁吟。玉笛撇离情，衃长红心，月钩空吊美人魂，怜尔为花犹命薄，何况侬今。蝶恋花云：记得黄昏眈静坐。宠柳娇花，春恨吟难妥。珠箔飘灯风婀娜。四围碧浪春痕簸。谱就红盐兰烛堕。击碎珊瑚，唱彻谁人和。提起闲愁无一可。泪丝弹瘦缃桃朵。秋夜书怀菩萨蛮云：冰轮碾破遥空碧。砧声敲冷相思夕。望断雁来天。潇湘烟水寒。玲珑花里月。知否人间别。一样去年秋。如何几样愁。其后署名：况梅。《然脂余韵》为王蕴章所作，而这篇从口气、情调均与《然脂余韵》相合，在报刊未连载之初，《然脂余韵》很可能为《然脂余艳》，况梅也即王蕴章。这还需要详细考证。如若属实，则该年所刊《十字碑》也为王蕴章所作，其所刊作品为更多。但现在的研究资料均未提此点。）朱树人本年在《小说月报》发表文章上共计 1.5 万字左右，可得酬银 60 元；亚东一郎为 4.2 万字左右，可得酬银 170 元左右；其余作家如铁樵（恽铁樵）、傲（铁）（胡适）、泣红（周瘦鹃）、甘作霖等人，多为短篇，多在 3000—1 万字，酬银当为 12 元到 40 元。

　　这些当然不是一个作家的全部收入。据考证，王蕴章时任《小说月报》主编，当时大学生毕业在商务印书馆当职员起点月薪是 30 银圆，此后惯例每年增加 10 元；而据包天笑回忆，1912 年他在商务编译所半天工作（每日下午 1—5 点，星期日休息），担任小学图文教科书的编辑，月薪是 40 银圆。王蕴章与包天笑同为南社社员，"民国前后，南社社员纷纷云集上海，把持了上海的各大报刊阵地，如《时报》为包天笑；《申报》为王钝根、陈蝶仙、周瘦鹃；《民权报》为徐枕亚、徐天啸等；社员之间声气相应，互相推荐提携，几乎扫荡了上海所有报纸。柳亚子曾经很得意地开玩笑说：'请看今日之域中，竟是南社的天下。'我很怀疑王蕴章之所以能进商务印书馆编《小说月报》，也是这些南社社员把持上海报刊界的结果。"① 按照这种估计，同为南社社员，王蕴章又是主编，又是全天工作，月薪应该比包天笑的 40 银圆高，或者是两倍还不止；同时，戈公振在《中国报学史 1912—1927 年》中有记述："总编辑亦称为主笔，为编辑部之领袖……总编辑常兼司社论，其月薪约在 150 圆至 300 圆之间。"② 按照这个算法，王蕴章在作为《小说月报》主编期间，月薪不会低于 150 元；而林纾除了据郑逸梅等回忆中所说的："林译小说稿费特别优厚。当时一般的稿费每千字二至三圆，林译小说的稿酬，则以千字六圆计算，而且是译出一部便收购一部的。这也难怪老友陈衍曾与林纾开玩笑，说他的书房是造币厂，一动就来钱。"③ 之外，林译的许多小说，既发表又出版，在书籍的稿酬方面，商务印书馆有比较灵活的规定，其标准视著者的知名度、学识水平、书稿质量和发行量等各个方面情况而定。比如梁启超的《中国历史研究法》等书的版税为 40%，这当然是最高的。④ 对照梁、林两人在商务印书馆的发表待遇，林纾的版税也大致在 40%。这样一来，林纾十几年间的稿酬收入高达 20 万银元以上（合 2009 年人民币 2000 万以上)⑤ 就不足为奇了。朱炳勋是商务印编译所的成员，宣樊、许指严、周瘦鹃等还是其他报刊的编辑，朱树人曾编《蒙学读本》，收入自然也不菲。而其他的几位，由于写小说只是作为兼职，稿酬只是业余收入的一部分，经济来源自然不全靠此。

　　而上海在 1910 年左右一般人的生活水平，民国著名记者包天笑在其自传《钏影楼回忆录》中说，1906 年他到上海租房子，开始在帕克路、白克路（现南京西路、凤阳路）找，连找几天都无结果，后来他发现一张招租，说在北面一点的爱文义路（现北京西路）胜业里一幢石库门有空房。贴招租的房东当时讲清住一间厢房，每月房租 7 元。当时上海一家大面粉厂的工人，一个月的收入也不过 7—10 元，而包天笑当时在《时报》任编辑，

---

　　① 柳珊：《1910—1920 年的〈小说月报〉是"鸳鸯蝴蝶派"的刊物吗?》，《中国现代文学研究丛刊》2000 年第 3 期。

　　② 戈公振：《中国报·学史》，生活·读书·新知三联书店 1955 年版，第 244 页。

　　③ 郑逸梅：《林译小说的损失》，收《中国近代文学史论文集》，中国社会科学出版社 1983 年版，第 688 页。

　　④ 陈明远：《文化人的经济生活》，陕西人民出版社 2010 年版，第 78 页。

　　⑤ 同上。

每月薪水 80 元。按照这个标准，上述的许多作家都远远高于 7—10 元这个标准，也就是说，小说家创作小说的收入在当时并不低。

按照陈明远的算法，上海市民在 1927 年的一般生活水平为每月 66 元，扣除物价上涨的因素，1910 年的一元约合 1927 年的 6 角 8 分 9 厘，66 元约合 1910 年的 96 元，这样的家庭收入在上海市约占 4%，这样的日常生活费大约是贫民家庭的两倍，也是当时上海一般知识阶层的经济状况。按照这样的标准，对比《小说月报》给出的稿酬标准，一个专门靠在《小说月报》上发表小说的作家，每月写 1.2 万字左右即可保持在上海的"小康"水平，进入 4% 的少数人行列，并且这样不算太难，1902—1916 年，创办的文艺期刊计有 57 种，[①] 对比当时知识分子的人数，作家当时的投稿应该还不算太难。

一方面是小说家能写稿费维持一种比较舒适的生活，另一方面是杂志社缺乏小说稿件，于是一个有趣的问题就此产生：当时的小说家为什么不愿意给杂志社写小说？也许这个问题的解决还得回到作家本身。这里有必要考查下上述各位作家的背景，除去不可考人员，可考的人有：

王蕴章：光绪二十八年（1902）中副榜举人；

林纾：光绪八年（1882）举人；

宣樊：曾任养正书塾讲席；

指严：南社社员，出身仕宦之家；

朱炳勋：商务印书馆编译所成员；

徐卓呆：七岁丧父，曾赴日留学；

朱树人：曾在无锡三等公学堂就学，编有《蒙学读本》，为中国人第一本自编教材；

胡适：曾多年在家塾读书，1910 年在春在华童公学教国文；

恽铁樵：出身小官吏家庭，1911 年，应商务印书馆张菊生先生聘请，任商务印书馆编译；

周瘦鹃：1895 年 6 月 30 日出生于上海一个小职员家庭。6 岁时父亲病故。

从上述这些作家来看，他们中后来有的成为新文学的领袖，有的抱

---

① 《中国现代出版史料》丁编（下），中华书局 1957 年版。

着文言文不放，有的彻底将文学市场化，成为鸳鸯蝴蝶派，也有的中途改行；仅从这些作家来看，他们大都与传统的封建社会有着深厚的联系，在如何对待小说方面，无疑受到传统的深刻影响。这一点，从上述《小说月报》第一期的征文通告就可以看出来：

> 现——身说——法幻云烟于笔端涌华严于弹指小说之功伟矣①

按照编辑的大意，小说之功仅在于现身说法，"幻云烟于笔端，涌华严于弹指"，再对照另外一则广告，则《小说月报》当时对小说的心态就可一览无遗。

宣统三年闰月《小说月报》临时增刊的封底广告：

惟一无二之消夏品

> 夏日如年闲无事求所以愉悦性情增长闻见莫如小说本馆年来新出小说最多皆情事离奇趣味浓郁大足驱遣睡魔消磨炎暑兹特大减价为诸君消夏之助列目如下……②

在这里小说成为了驱遣睡魔的消夏品，与中国传统的"饰小说以干县令，其于大达亦远矣"的观点相差无几。这些观点也许代表着当时一般文人的观点，从那么多小说作家除了有名的几位，要么不署名，要么署别号就可以看出来。此时距梁启超1902年发起"小说界革命"已有8年，而相当的文人对小说仍不在意，从一个侧面也可见证"小说界革命"的艰难。

由于当时对小说这一体裁的这种认识，当时文人一方面从骨子里鄙视小说，另一方面却又不得不借助写小说来赚钱过活。1905年的科举考试停止，当时《谕立停科举以广学校》如此写道：

> 兹据该督等奏称科举不停，民间相率观望，推广学堂必先停科

---

① 《小说月报》第一卷第一号。
② 《小说月报》第二卷闰月增刊。

举等语，所陈不无为见。着即自丙午科为始，所有乡会试一律停止，各省岁科考试亦即停止。其以前之举贡生员，分别量予出路，及其余各条，均着照所请办理。

旧学应举之寒儒，宜筹出路也：文士失职，生计顿蹙，除年壮才敏者入师范学堂外。其不能为师范生者，贤而安分，则困穷可悯。其不肖而无赖者，或至为非生事，亦甚可忧。①

正是"生计顿蹙"，在学校当教员或者从事文化方面的创作就成为当时文人的去处。而稿酬制度的新起，1910 年《大清著作权律》的颁布：

第五条 著作权归著作者终身有之；又著作者身故，得由其承继人继续至三十年。

第六条 数人共同之著作，其著作权归数人共同终身有之，又死后得由各承继人继续至三十年。

第七条 著作者身故后，承继人将其遗著发行者，著作权得专有至三十年。

第三十三条 凡既经呈报注册给照之著作，他人不得翻印仿制，及用各种假冒方法，以侵损其著作权。

第四十条 凡假冒他人之著作，科以四十元以上四百元以下之罚金；知情代为出售者，罚与假冒同。

第四十一条 因假冒而侵损他人之著作权时，除照前条科罚外，应将被损者所失之利益，责令假冒者赔偿，将印本刻版及专供假冒使用之器具，没收入官②。

这部法律的颁布，为作家卖文谋生提供了合法的依据。于是为各种杂志写作，为作家失去入仕之道后谋生提供了去处。也就是说文人由科举考试时代的入仕由国家提供俸禄转变成了靠卖文为生，近代中国文人

---

① 《光绪政要》第二十七册，转引自《中国近代教育史资料》，舒新城编，人民教育出版社 1979 年版。

② 《大清著作权律》，收周林、李明山主编《中国版权史研究文献》，方正出版社 1999 年版，第 89 页。

出现了"经济"转型，如果我们对比一下清朝前中期文人的出身，则能更清晰地看到这一点。从大清成立到鸦片战争爆发这段约二百年的文学历史中，出现的 124 位有影响力的作家里面，进士出身的有 52 人，举人出身的有 18 人，仅这两项就占整个作家比例的近 60%，见表 2-3①：

表 2-3　　　　　进士出身的作家（52 人）

姓名	生卒年	进士年份
钱谦益	1582—1644	万历三十八年（1610）一甲三名进士
吴伟业	1609—1671	崇祯四年（1632）进士
方以智	1611—1671	崇祯十三年（1640）进士
彭孙遹	1631—1700	顺治十六年（1659）进士
周亮工	1612—1672	崇祯十三年（1640）进士
宋琬	1614—1674	顺治四年（1647）进士
龚鼎孳	1615—1673	崇祯七年（1634）进士
施闰章	1618—1683	顺治六年（1649）进士
汪琬	1624—1690	顺治十二年（1655）进士
叶燮	1627—1703	康熙九年（1670）进士
姜宸英	1628—1699	康熙三十六年（1697）70 岁始成进士
王士禛	1634—1711	顺治十五年（1658）戊戌科进士
曹贞吉	1634—？	康熙三年（1663）进士
查慎行	1650—1727	康熙四十二年（1703）进士
戴名世	1653—1713	康熙二十六年（1687）进士
纳兰性德	1654—1685	康熙十五年（1676）进士
赵执信	1662—1744	康熙十九年（1680）进士
方苞	1668—1749	康熙四十五年（1706）考取进士第四名
沈德潜	1673—1769	乾隆四年（1739）成进士
郑燮	1693—1765	乾隆元年（1736）进士
袁枚	1716—1797	乾隆四年（1739）进士
卢文弨	1717—1795	乾隆十七年（1752）一甲三名进士
高鹗	不详	乾隆六十年（1795）进士

---

① 表 2-3、表 2-4 的编制参照栾梅健《二十世纪中国文学发生论》的数据，广西师范大学出版社 2006 年版。

续表

姓名	生卒年	进士年份
纪昀	1724—1805	乾隆十九年（1754）进士
王昶	1724—1806	乾隆十九年（1754）进士
蒋士铨	1725—1785	乾隆二十二年（1757）进士
赵翼	1727—1814	乾隆二十六年（1761）进士
毕沅	1730—1797	乾隆二十五年（1760）进士，廷试第一
姚鼐	1731—1815	乾隆二十八年（1763）中进士
翁方纲	1733—1818	乾隆十七年（1752）进士
李调元	1734—？	乾隆二十八年（1763）进士
章学诚	1738—1801	乾隆四十三年（1778）进士
洪亮吉	1746—1809	乾隆五十五年（1790）进士
张惠言	1761—1802	嘉庆四年（1799）进士
张问陶	1764—1849	乾隆五十五年（1790）进士
阮元	1764—1849	乾隆五十四年（1789）进士
梁章钜	1775—1849	嘉庆年间（1802）成进士
张维屏	1780—1859	道光二年（1822）进士
周济	1781—1839	嘉庆十年（1805）进士
林则徐	1785—1850	嘉庆十六年（1811）进士
梅曾亮	1786—1856	道光二年（1822）进士
龚自珍	1792—1841	道光九年（1829）进士
赵庆禧	1792—1847	道光进士
魏源	1794—1857	道光二十四年（1844）进士
何绍基	1799—1873	道光十六年（1836）进士
冯桂芬	1809—1874	道光二十年（1840）进士
刘熙载	1813—1881	道光二十四年（1844）进士
郭嵩焘	1818—1891	道光二十七年（1847）进士
俞樾	1821—1906	清道光三十年（1850）进士
张景祈	1827—？	道光进士
李慈铭	1830—1895	光绪六年（1880）进士
吴汝纶	1840—1903	同治四年（1865）进士

表 2 - 4　　　　　　　　　举人出身的作家（18 人）

姓名	生卒年	中举年份
阎尔梅	1603—1679	崇祯三年（1631）举人
吴兆骞	1631—1684	顺治十四年（1657）举人
顾贞观	1637—1714	康熙五年（1666）举人
厉鹗	1692—1752	康熙五十九年（1720）举人
恽敬	1757—1817	乾隆四十八年（1782）举人
舒位	1765—1815	乾隆五十三年（1787）举人
沈钦韩	1775—1831	嘉庆十二年（1807）举人
俞正燮	1775—1840	道光元年（1821）举人
管同	1780—1831	道光五年（1825）举人
项鸿祚	1798—1835	道光十二年（1832）举人
姚燮	1805—1864	道光十四年（1834）举人
吴敏树	1805—1873	道光十二年（1832）举人
郑珍	1806—1864	道光十七年（1836）举人
陈沣	1810—1882	道光十二年（1832）举人
莫友芝	1811—1871	道光十一年（1831）举人
张裕钊	1823—1894	道光二十六年（1846）举人
谭献	1832—1901	同治六年（1867）举人
王闿运	1832—1916	咸丰七年（1857）举人

　　在科举时代，举人已经具备做官的资格。从表 2 - 3、表 2 - 4 可以看出，在前清的社会体系中，文学家多由为官者担当。文人的经济来源由国家给予保证，但是，废除科举以后，国家不再保障文人的经济来源，于是，文人只好自谋出路，当教师、办期刊杂志，为期刊杂志写作刚好填补了国家不给予文人生活保障的空缺。中国文人不得不开始由国家保障到个人自谋出路的"经济转型"。对于广大文人来说，这种转型是被迫的，也是无奈的，但又是必须的。科举制度的废除，伴随而来的就是知识阶层地位的急剧下降，特别是政治地位的下降，文人的被边缘

化。在科举取士的时代，一旦考上了科举，文人就为国家统治阶级的一员，成为人上人，而科举废除之后，文人一下子成为与农工商同等地位的社会边缘人，甚至还没有农工商的地位高。山西举人刘大鹏发现许多读书人因此失馆，又"无他业可为，竟有仰屋而叹无米为炊者"，他不禁慨叹道："嗟乎！士为四民之首，坐失其业，谋生无术，生当此时，将如之何？"文人当时的失望、落魄及担忧，都在他的日记里有记载：

> 下诏停止科考，士心散涣，有子弟者皆不作读书想，别图他业，以使子弟为之，世变至此，殊可畏惧。（1905 年 10 月 15 日）

> 甫晓起来心若死灰，看得眼前一切，均属空虚，无一可以垂之永久，惟所积之德庶可与天地相终始。但德不易积，非有实在功夫则不能也。日来凡出门，见人皆言科考停止，大不便于天下，而学堂成效未有验，则世道人心不知迁流何所，再阅数年又将变得何如，有可忧可惧之端。（1905 年 10 月 17 日）

> 昨日在县，同人皆言科考一废，吾辈生路已绝，欲图他业以谋生，则又无业可托，将如之何？吾邑学堂业立三年，而诸生月课尚未曾废，乃于本月停止，而寒酸无生路矣。事已至此，无可挽回。（1905 年 10 月 23 日）

> 凡守孔孟之道不为新学蛊惑而迁移者，时人皆目之为顽固党也。顽谓梗顽不化，固谓固而不通，党谓若辈众多不能舍旧从新，世道变迁至于如此，良可浩叹。科考一停，士皆殴入学堂从事西学，而词章之学无人讲求，再十年后恐无操笔为文之人矣，安望文风之蒸蒸日上哉！天意茫茫，令人难测。（1905 年 11 月 2 日）

> 科考一停，同人之失馆者纷如，谋生无路，奈之何哉！（1905 年 11 月 3 日）

> 近来读书一事人皆视之甚轻，凡有子弟者亦不慎择贤师而从之，所从之师不贤而亦不改从，即欲子弟之克底于成，夫岂能之乎？今之学堂，所教者西学为要，能外国语言文字者，即为上等人才，至五经四书并置不讲，则人心何以正，天下何以安，而大局将有不堪设想者矣。（1906 年 3 月 15 日）

> 去日，在东阳镇遇诸旧友借舌耕为生者，因新政之行，多致失

馆无他业可为，竟有仰屋而叹无米为炊者。嗟乎！士为四民之首，坐失其业，谋生无术，生当此时，将如之何？出门遇友，无一不有世道之忧，而号为维新者，举欣欣然有喜色而相告曰："旧制变更如此，其要天下之治，不日可望，诸君何必忧心殷殷乎？"（1906年3月19日）①

这种状况使这批从传统科举中走出来的文人处于一种尴尬的状态之中，一方面耻于卖文为生，另一方面却又不得不靠卖文为生，特别是小说创作者，一方面从心里轻视小说，另一方面却又不得不靠小说来维持生计。这种与科举时代的强烈对比，对文人造成的内心震动之大可想而知，而当时文人的"心态转型"之艰难也由此可见一斑。面对着这种状态，文人究竟如何反应呢？

通过上述《小说月报》的作家群我们不难发现，那一群作家后来产生了分化，大致分化为三类：第一类是坚守着传统，期望延续传统的；第二类是通过海外留学，对传统文学进行反思的；第三类是放弃古代文人清高，彻底将文学市场化，卖文赚钱的。

第一类作家以林纾、王蕴章、许指严等人为代表，这一类作家受中国传统的影响比较深，对中国传统的文化雅致的一面较为欣赏，于是重视文言，轻视白话。在王蕴章 1910—1911 年主编的《小说月报》里，虽然编辑申明文白兼收，但整整 18 期的杂志，标明是白话小说的仅有一篇。这一群体坚守着传统的学而优则仕的观念，一旦有机会，就会想办法重走仕途，王蕴章在 1913 年辞去《小说月报》主编一职而去国民临时政府任职，许指严在民国年间担任民国政府财政部机要秘书就是基于这种心态。这个群体在当时占了很大的比重，《小说月报》在创立之初便成为当时全国的文艺期刊的权威以及林译小说在当时的风行证实了这一群体的人数可观。凭着传统文言的良好功底，这一群体在清末民初的文化市场里找到一份养家糊口的职位不会很难，基本上没有经济上的后顾之忧，这使得他们在报纸杂志上继续他们的文化理想，坚守自己的人生立场。并且在这一群体里，年龄越大，对传统的坚守越牢固，从林

①　刘大鹏：《退想斋日记》，乔志强标注，山西人民出版社 1990 年版。

纾、严复等后来签名支持将孔教立为国教，与《新青年》诸作家的论战中可见传统对他们影响之深。随着历史的变迁，这一群体所坚守的理想越来越不合时宜，于是，这个群体逐渐淡出人们的视野，他们所坚持的文化理想也就仅存在于个人的心中。

第二类以胡适等人为代表的群体，这一群体接受西方思想比较早，在经历了欧风美雨洗礼之后再反观传统，进而提出文学改良的主张，但这一部分人身上也带着传统的印记，对比一下同在《新青年》上发表的胡适《文学改良刍议》和陈独秀的《文学革命论》我们就不难发现胡适身上所带有的传统文人的烙印。这一类作家后来成了新文学的代表。

第三类是以周瘦鹃、徐卓呆等人为代表的群体。仔细分析这类作家的背景时我们可以发现，这一类作家大多出自底层，徐卓呆七岁丧父，周瘦鹃六岁丧父，自幼生活就比较贫困，因此在某种程度上比上述两类作家更现实，也更具有经济上的紧迫感，但同时也能及时脱离传统的影响。因此，在面临着坚守文学传统还是放弃文学传统的选择时，他们很快就选择了适应现代的文学市场，贴近市民世俗，利用文学去谋取生活。鸳鸯蝴蝶派、礼拜六乃至海派的形成，大抵都与这一心态有关。这一群体在将文学市场化的过程中，一味地迎合大众口味，对文学缺乏一种现代性的反思，这也许是通俗文学期刊很早就适应市场化，很早就运用白话，而人们却没有把它们视为现代文学的一个原因。正如陈思和所言："新文学的效果和特点，其实并在于是否使用一般意义上的白话，因为晚清民初的一般传媒和创作已经通用了白话语体，这在古代白话创作方面就有传统；而新文学之所以'新'，在于现代人的意识开始冲击传统文人的替天行道或者是才子佳人的意识形态，而语体的欧化正是这种新意识形态的载体，使人们在陌生的语体里感受到陌生的感情世界和陌生的心理世界。"[1]　这可以从一个侧面回答人们提出的为什么新文学要从 1917 年开始的疑问。

以上三类作家长时期活动在中国 20 世纪上半叶的文学世界里。他

---

[1]　陈思和：《一份填补空白的研究报告》，柳珊《在历史缝隙间挣扎——1910—1920 年间的〈小说月报〉研究·序》，百花洲文艺出版社 2004 年版。

们之间的此消彼长，相互影响，丰富着中国现代文学的图景。通过以上分析，我们不难发现，无论是哪一类作家的形成，其背后都有着这样那样的政治、经济因素，正是这些政治、经济因素推动着作者不断地形成自己的文学观念，进而决定着现代文学的格局。从某种程度上来说，现代文学是在政治的影响下，在经济的催化中转型的，尽管在这个转型的过程带着几分艰涩。

第四节　经济与革新时期的《小说月报》作家

前期的《小说月报》历经王蕴章、恽铁樵两任编辑，被视为旧文学的代表，1921 年茅盾主编《小说月报》，对其进行了全面革新，由此拉开了前后《小说月报》之间的距离。前期《小说月报》于 1920 年在王蕴章手上终结，后期《小说月报》1921 年在茅盾手上展开，将 1920 年《小说月报》后几期的广告与 1921 年《小说月报》前几期的广告进行对照也是一件非常有趣的事。

表 2 - 5　　　　1920 年《小说月报》第十一卷第十二号广告

广告商	广告内容	广告性质	其他
《小说月报》	本月刊特别启事一	启事	
《小说月报》	本月刊特别启事二	启事	
《小说月报》	本月刊特别启事三	启事	2 页
《小说月报》	本月刊特别启事四	启事	
《小说月报》	本月刊特别启事五	启事	
商务印书馆	商务印书馆出版 新体写生水彩画	绘画	
万国储蓄会	能力者金钱也 万国储蓄会启	储蓄	
英国圣海冷丕朕氏补丸驻华总经理处	上海江西路七号丕朕氏大药行披露	药品	1 页
北京中华储蓄银行	特别奖励储蓄	储蓄	
上海华罗公司	威古龙丸	药品	
商务印书馆	商务印书馆发行言情小说《玫瑰花》	书籍	半页

续表

广告商	广告内容	广告性质	其他
商务印书馆	上海商务印书馆发行《小楷心经》十四种	书籍	
国货马玉山糖果饼干公司	国货马玉山糖果饼干公司广告	食品	1 页
上海贸勒洋行	美国芝加哥斯台恩总公司中国经理上海贸勒洋行 巴黎吊袜带 威廉修面皂	衣物、装饰	
贸勒洋行	固龄玉牙膏	日用品	1 页
贸勒洋行	博士登补品	药品	
美国芝加哥高罗仑氏公司	鸡眼之消除法 加斯血药水独一无二	药品	
贸勒洋行	LAVOLHO 眼药水	药品	1 页
商务印书馆	商务印书馆发行 张子祥花卉镜屏	家居用品	
商务印书馆	商务印书馆发行《然脂余韵》	书籍	
贸勒洋行	LAVOL 拉福录 医治皮痒诸症	药品	1 页
商务印书馆	世界最新地图、精制信笺信封	文化用品	
商务印书馆	《教育杂志》《学生杂志》《少年杂志》《英语周刊》目录	杂志	
商务印书馆	《东方杂志》《学艺杂志》要目	杂志	
商务印书馆	世界丛书	书籍	
《小说月报》	《小说月报》自第十二卷第一号起刷新内容	杂志	
《妇女杂志》	民国十年《妇女杂志》刷新内容、减少定价广告	杂志	
《英文杂志》	《英文杂志》第七卷第一号大刷新	杂志	
商务印书馆	商务印书馆发售：新到大批美国照相器具	文化器材	
商务印书馆	上海商务印书馆中国独家经理美国斯宾塞芯片公司	文化器材	
唐拾义	专门治咳大医生唐拾义发明：久咳丸、哮喘丸	药品	
商务印书馆	商务印书馆发行：《新法教科书》	书籍	
商务印书馆	商务印书馆精印：各种贺年卡片	文化用品	

表 2 - 6　　　　　　　　　　1921 年第十二卷第一号主要广告

广告商	广告内容	性质	其他
上海大昌烟公司	请吸中国烟叶：烟丝最细嫩、气味最芬芳、价目最便宜、各界最欢迎之双婴孩牌好香烟	烟草	
丕朕氏大药行	丕朕氏补丸 清洁血液之补剂	药业	
北京中华储蓄银行	特别奖励储蓄	银行	1 页
上海贸勒洋行	巴黎吊袜带：用巴黎吊袜带者日多，物质优胜故耳	衣物	
美国芝加高罗仑氏公司	加斯血药水其妙入神	医药	
贸勒洋行	固龄玉牙膏	日用	
上海华罗公司	威古龙丸	药品	
新华储蓄银行	公共储金	银行	1 页
贸勒洋行	新式修面皂	日用	
贸勒洋行	Lavolho 赖和冏药水	药品	1 页
吴昌硕花卉画册	商务印书馆发行：《吴昌硕花卉画册》	文化用品	
美国迭生公司	运动用品远东总经理商务印书馆通告	文化用品	
中华第一针织厂	菊花牌丝光	衣物	1 页
贸勒洋行	Lavolho 赖和冏约水	药品	
《司法公报》发行所	《司法例规》第一次补编出版广告	书籍	1 页
《司法公报》发行所	《实用司法法令辑要》	书籍	
商务印书馆	美国精制信笺信封	文用	
商务印书馆	《教育杂志》《学生杂志》《妇女杂志》《少年杂志》要目	杂志	
商务印书馆	《英文杂志》《太平洋杂志》《英语周刊》《北京大学月刊》要目	杂志	
商务印书馆	函授学校英文科招生广告	教育	

表 2 - 7　　　　　《小说月报》第十二卷第二号广告

广告商	广告内容	性质	其他
商务印书馆	创立念五纪念：国语提倡赠送书券	文化	
商务印书馆	《中国名人大辞典》《中国医学大辞典》预约	书籍	
商务印书馆	《英华大辞典》	书籍	
商务印书馆	《妇女杂志》《小说月报》内容刷新 减低价格广告	杂志	
商务印书馆	各种贺年卡	文化	
商务印书馆	新到大批美国照相器材	器材	
商务印书馆	美国斯宾塞芯片公司造显微镜	器材	
商务印书馆	美国精制信笺信封	文化	
商务印书馆	沪游诸君注意：《上海指南》	书籍	
万国储蓄会	宁为鸡口：储蓄会储蓄	银行	
丕朕氏大药行	丕朕氏补丸 黄种补王	药品	
大昌烟公司	请吸中国烟叶	烟草	
华罗公司	威古龙丸	药品	
北京中华储蓄银行	特别奖励储蓄	银行	
罗仑氏公司	扫除鸡眼与各种硬皮之患，请试加斯血药水	药品	
商务印书馆	《侨踪萍合记》	书籍	1/4 页
贸勒洋行	Lavolho 赖和罔药水	药品	1 页
商务印书馆	乾隆淳化阁帖	书帖	
贸勒洋行	威廉修面膏、Lavolho 赖和罔药水	日用	
商务印书馆	《东方杂志》《学生杂志》要目	杂志	
《司法公报》发行所	《司法例规》第一次补编出版广告、《实用司法法令辑要》	书籍	
商务印书馆	《教育杂志》《学生杂志》《妇女杂志》《少年杂志》要目	杂志	

广告商	广告内容	性质	其他
商务印书馆	《英文杂志》《英语周刊》《太平洋杂志》《北京大学月刊》	杂志	
商务印书馆	最新编辑《新法教科书》全国适用		
商务印书馆	《新体国语教科书》《共和国教科书》《复式单级教科书》《实用教科书》《单级教科书》《女子教科书》	书籍	
商务印书馆	《中学师范共和国教科书》	书籍	
商务印书馆	上海涵芬楼收买旧书：《童子军用书》《中华六法》《模范军人》《文艺丛刻》《古今格言》	书籍	
商务印书馆	敬告通函诸君、广告价目表	简章	
威廉士医药局	威廉士大医生红色补丸	医药	

纵观这两期广告，不难发现，茅盾革新后的《小说月报》在刊登广告方面与革新之前几乎差不多，刊登的广告商、广告内容都一样。这很好地说明了《小说月报》的广告运营和内容编辑有可能是分开来运作的，两边并不完全产生交集，《小说月报》在革新方面主要是内容方面的革新，其他方面的变化不大。如果考虑到当时期刊的收入主要来自广告收入的话，那么，茅盾的《小说月报》革新，涉及的只是《小说月报》的文化方面，商业方面则依旧如常。从一个侧面表明了商务印书馆之所以革新《小说月报》，很大程度上是出于商业考虑的。

如果站在商务印书馆的立场上来看待《小说月报》的革新的话，它的商业方面的企图对于革新《小说月报》时候发表"革新宣言"的诸位作家来说，无疑有某种程度的悖违，在《小说月报》第十二卷第一期，茅盾将《小说月报》表达了新文学作家的一个倾向：

（一）同人以为研究文学哲理介绍文学流派虽为刻不容缓之事，而移译西欧名著使读者得见某派面目之一斑，不起空中楼阁之憾尤为重要；故材料之分配将偏于（三）（四）两门，居过半有强。

（二）同人以为今日谭革新文学非徒事模仿西洋而已，实将创造中国之新文艺，对世界尽贡献之责任，夫将欲取远大之规模尽贡献之责任，则预备研究，愈久愈博愈广，结果愈佳，即不论如何相反之主义咸有研究之必要。故对于为艺术的艺术与为人生的艺术，两无所袒。必将忠实介绍，以为研究之材料。

（三）写实主义的文学，最近已见衰歇之象，就世界观之立点言之，似以不应多为介绍；然就国内文学界情形言之，则写实主义之真精神与写实主义之真杰作实未尝有其一二，故同人以为写实主义在今日尚有切实介绍之必要；而同时非写实主义的文学亦应充其量输入，以为进一层之预备。

（四）西洋文艺之兴盖与文学上之批评主义（Criticism）相辅而进，批评主义在文艺上有极大之威权，能左右一时代之文艺思想。新进文家初发表其创作，老批评家持批评主义以相绳，初无丝毫之容情，一言之毁誉，舆论翕然从之；如是，故能相互激励而不至于至善。我国素无所谓批评主义，月旦既无不易之标准，故好恶多成于一人之私见；"必先有批评家，然后有真文学家"，此亦为同人坚信之一端；同人不敏，将先介绍西洋之批评主义以为之导。然同人固皆极尊重自由的创造精神者也，虽力愿提倡批评主义，而不愿为主义之奴隶，并不愿国人皆奉西洋之批评主义为天经地义，而改杀自由创造之精神。

（五）同人等深信一国之文艺为一国国民性之反映，亦惟能表见国民性之文艺能有真价值，能在世界的文学中占一席地。对于此点，亦愿尽提倡之责任。

（六）中国旧有文学不仅在过去时代有相当之地位而已，即对于将来亦有几分之贡献，此则同人所敢确信者，故愿发表治旧文学者研究所得之见，俾得与国人相讨论。惟平常诗赋等项，恕不能收。①

---

① 《小说月报》第十二卷第一期。

　　从这份"革新宣言"里的"刻不容缓""责任""国民性反映""贡献"等词语，我们不难看出《小说月报》的新文学作家们改变文坛现状的理想与抱负，这种理想与抱负很明显地与功利拉开了一定的距离。于是，在商业利益与文化理想之间，必然产生冲突。实际上，这种商业利益与文化上的冲突在革新后的《小说月报》上表现得越来越严重，对商务印书馆来说，如果张元济时代的商务印书馆还将商务印书馆作为一家文化传播企业来运作，承担着文化传播的某种自觉性，在经营策略上还表现为商业与文化并重，那么，到张元济离开了商务印书馆，王云五主持商务印书馆的时候，商务正在悄悄地将自己的经营重点转到市场方面，而对文化的效应显然就没有那么看重了。① 这一点可以在胡愈之的回忆里得到佐证：

　　　　原来商务固然也是私人经营的，但到底像个文化事业；原来的资本固然也是由剥削的，但却还有一定的进步性。而王云五却完全以一种营利的目的来办商务，订了许多荒唐的制度。②

　　而商务印书馆的实际做法就是《小说世界》的创刊。《小说世界》的出现无疑是一种市场化的需要，实际上是为了收拢为革新后的《小说月报》所排斥的鸳鸯蝴蝶派文人的创作。③ 章锡琛的回忆对比做了最好的注解：

　　　　革新后的《小说月报》由沈雁冰主编……但不久为了与鸳鸯蝴蝶派斗争，著文抨击，激起了他们的"公愤"，联名对商务投了"哀的美敦书"。当时上海各小报编辑权都操在这批马路文人手中，他们以在报上造谣讹诈为专业，商务当局怕同他们闹翻，只得把新

---

　　① 董丽敏：《〈小说月报〉1923：被遮蔽的另一种现代性建构——重识沈雁冰被郑振铎取代事件》，《当代作家评论》2002 年第 11 期。
　　② 胡愈之：《回忆商务印书馆》，《商务印书馆九十五年》，商务印书馆 1992 年版，第125 页。
　　③ 董丽敏：《〈小说月报〉1923：被遮蔽的另一种现代性建构——重识沈雁冰被郑振铎取代事件》，《当代作家评论》2002 年第 11 期。

主编调到国文部，该请郑振铎编辑。为了笼络这批文人，专事收容他们的稿件，另创《小说世界》半月刊，由王云五的私人叶劲风编辑。①

这是一段颇值得玩味的话，一是《小说月报》的主编沈雁冰与鸳鸯蝴蝶派发生冲突；二是商务印书馆不愿得罪鸳鸯蝴蝶派，撤去沈雁冰的主编职务；三是创立《小说世界》以笼络鸳鸯蝴蝶派。

茅盾等文学研究会的作家与鸳鸯蝴蝶派的作家之间由于所持的立场不同而发生论争是必然的，一方追求文学的游戏化、娱乐化，另一方视文学为改造人生、改造社会的工具，必然导致两者之间的水火不容。问题是仅仅由于这次论争，商务印书馆不愿与鸳鸯蝴蝶派闹翻而将沈雁冰的《小说月报》主编撤下，并为迎合鸳鸯蝴蝶派而创刊了《小说世界》，明显反映了商务印书馆对鸳鸯蝴蝶派的倚重，更可能的是对茅盾当时编辑《小说月报》的某种不认同。

如果说商务印书馆此时的经营策略是偏向商业利益方面，那么商务印书馆对《小说月报》的不满更多可能在于《小说月报》的读者市场与销量上。"尽管从表面上看，革新后的《小说月报》高达10000份的印数，似乎表明了《小说月报》所追求的现代文学观念得到了读者的认同，其实更可以说，在《小说月报》辉煌的印数后，起决定作用的，恐怕还是落后的、通俗的、反现代性的阅读趣味以及革新后的《小说月报》对此作出的相当隐蔽的认同与调整。尽管如此，辉煌的印数并没有掩盖住编辑者与读者之间事实上存在的断裂与冲突。"②

革新后的《小说月报》遭到旧文学读者不满属意料之中，在《小说月报》革新之后，众多的习惯了旧文学的读者均已表示出了反对，这里仅看一例：

两年以来，商务印书馆的老班不知受了什么鬼使神差的驱策，

① 章锡琛：《漫谈商务印书馆》，《商务印书馆九十年》，商务印书馆1987年版。

② 董丽敏：《〈小说月报〉1923：被遮蔽的另一种现代性建构——重识沈雁冰被郑振铎取代事件》，《当代作家评论》2002年第11期。

夜梦中也想不到的，大讲特讲起新潮来。东一个丛书应酬这一方面的阔人，西一个丛书又应酬那一方面的阔人，这样的丛书便出了七八种。杂志呢？虽然内容并不比从前如何革新，但从形式上看，文体是用今语了，标点符号又加上了，似乎不是没有渐次革新的意思。

　　最古怪的莫如《小说月报》，从十二卷一号起，与从前简直画成两截，乌烟瘴气的小说家与商务印书馆几乎断绝了关系，《小说月报》所介绍的只是近世东西洋的文艺作品，创作的也大都出于近世东西洋文艺思潮影响的作家。①

这估计能代表大多数习惯了旧小说阅读口味的读者看法。《小说月报》在旧式读者那里不受欢迎，更为奇怪的是，在新文学读者那里也有不满的声音。胡适和鲁迅都曾对《小说月报》提出过意见。胡适在1921年7月的日记中就记载了他对革新后的《小说月报》的看法：

　　我昨日读《小说月报》第七期的论创作诸文，颇有点意见，故与振铎及雁冰谈此事。我劝他们要慎重，不可滥收。创作不是空泛的滥作，须有经验作底子。我又劝雁冰不可滥唱什么"新浪漫主义"。现代西洋的新浪漫主义的文学所以能立脚，全靠经过一番写实主义的手段，故不致堕落到空虚的坏处。如美特林克，如辛兀，都是极能运用写实主义方法的人，不过他们的意境高，故能免去自然主义的病境。②

在这里，胡适提到了对革新后《小说月报》的两个不满，一是创作过滥；二是不切实际地提倡新浪漫主义。也就在茅盾大力革新《小说月报》之际，鲁迅对其编辑态度就提出了批评：

---

① 东枝：《小说世界》，芮和师、范伯群等编《鸳鸯蝴蝶派文学资料》，福建人民出版社1984年版，第854页。

② 《胡适的日记》，中华书局1985年版。

> 他们的翻译，似专注意于最新之书，所以略早出版的莱芒托夫……之类，便无人留意，也是维新得太过之故。①

> 雁冰他们太骛新了。②

鲁迅说茅盾他们革新《小说月报》太过，这大概是事实，读者普遍感觉到革新后的《小说月报》高深莫测，令人难懂：

> 曾有数友谓如今《月报》虽不能说高深，然已不是对于西洋文学一无研究者所能看懂；譬如一篇论文，讲到某文学家某文学派，使读者全然不知什么人是某文学家，什么是某文派，则无论如何愿意之人不能不弃书长叹；而中国现在不知所谓派……以及某某某某文学之阅《小说月报》者，必在数千之多也。③

> 据实说，《小说月报》读者一千人中至少有九百人不欲看论文（他们来信骂的也骂论文，说不能供他们消遣了）。④

于是，从上述看来，革新后的《小说月报》似乎处于一个新旧不讨好的尴尬局面当中，而这样一种局面，与以往所宣传的革新之后《小说月报》"第一期印了五千册，马上销完，各处分馆来电要求下期多发，于是第二期印了七千册、到第一卷末期，已印一万册"⑤ 的辉煌不大相符，而据有的研究者考证，"综合上述各方面的情形，如果改版之前的《小说月报》真如茅盾所说的那样，仅印二千册的话，改版后的《小说月报》第十二卷的销量，应该不会超过二千份，第十三卷则进一步有所下降"，⑥ 也就是说，《小说月报》的销量并不像所宣传的

---

① 1921 年 8 月 6 日致周作人信。
② 1921 年 8 月 25 日致周作人信。
③ 《沈雁冰（茅盾）同志书信十六封》，《鲁迅研究动态》1981 年 4 月。
④ 同上。
⑤ 茅盾：《革新〈小说月报〉的前后》，《新文学史料》1979 年第 3 期。
⑥ 段从学：《〈小说月报〉改版旁证》，《新文学史料》2005 年第 3 期。

那样辉煌。而《小说月报》中的广告似乎也表明了这一点：

　　刷新内容　　减低价格

　　妇女杂志　　小说月报

　　本馆出版之妇女杂志、小说月报久承各界欢迎，兹特于十年份起大加刷新，同时并将价格酌量减少，借酬爱读诸君之厚意，兹特列表于左：①

册数	每月一册	半年六册	每年十二册
旧价	三角	一元六角	三元
新价	二角	一元一角	二元

　　站在商务印书馆的市场化商业利益来看，文学研究会也好，鸳鸯蝴蝶派也好，革新后的《小说月报》也好，《小说世界》也好，抛开这些文化立场上的差异，只要能够占领市场，只要能够赢利，其实是没有什么本质区别的。于是，在革新时期的《小说月报》销量不被看好的时候，商务印书馆为了利益最大化，创刊《小说世界》就不足为奇了。

　　商务印书馆的这样一种经营策略，导致革新后的《小说月报》在新旧读者群中都不太受欢迎，无疑给革新后的《小说月报》坚持视文学为改造人生理想的新文学编辑及作家带来了巨大的压力。茅盾对比发过牢骚：

　　《小说月报》出了八期，一点好影响没有，却引起了特别的意外的反动，发生许多对于个人的无谓的攻击，最想来好笑的是因为第一号出后有两家报纸来称赞而引起同是一般的工人的嫉妒；我是自私心极重的，本来今年揽了这劳什子，没有充分的时间念书，难过得很，又加上这些乌子夹搭的事，对于现在手头的事件觉得很无

————————

① 《小说月报》第十二卷第二号。

意味了。我这里已提出辞职，到年底为止，明年不管。①

　　尽管存在巨大的压力，革新后的《小说月报》并没有完全倒向市场，从茅盾等新文学作家坚持新文学作品的刊载，坚持为人生而创作的理念和大规模有计划地翻译外国文学作品，我们就不难看出革新后的《小说月报》作家群和编辑，其实不是立足于商务印书馆的商业利益，而是立足于新文学自身的启蒙立场。我们在革新之后的《小说月报》中可以看到，就在当时鸳鸯蝴蝶派迎合市场复刊之后，在《小说月报》第十四卷第九号上，小说《家风》的作者悢工依然不受酬谢（该篇在文末标明"不受酬"）②，《小说月报》依然没有刊登当时在读者市场上大受欢迎的"言情""侦探"等小说的广告，还一个劲儿地向读者推荐新文学刊物：

介绍文学研究会出版之《**文学**》

　　我们这个亲爱的小兄弟她的篇幅虽少，内容却十分充实，可算是短小精悍的一位新文学运动的前锋，现在中国文坛里，美的论文极少，而在《文学》里，这种文字几乎每期都有，如《读者的话》，如其《我是个读者》，《诗歌之力》等，都是很富于诗趣的论文。现在中国的文艺杂志多低头努力于创作，不批评不讨论，而在《文学》里则批评讨论的文字极多，而其论调又是站在时代之前的，现在的出版物，与世界多很隔膜，而在《文学》里，则记述世界现代文坛消息的文字极多，使我们时时得接近于时代的潮流，她所发表的创作，也很严慎。她的代派处：是上海及各省商务印书馆北京大学出版部，上海亚东图书馆，她的预定处是：上海宝山路宝兴西里九号，她的定价是全年一元，半年五角邮费在内，每张二分。③

---

① 《沈雁冰（茅盾）同志书信十六封》，《鲁迅研究动态》1981 年 4 月。
② 《小说月报》第十四卷第九号。
③ 同上。

　　这一切，都表明茅盾等文学研究会的新文学作家对文学市场化、商业化的不妥协，从长远看来，正是这批新文学作家坚持新文学的立场，对外在的经济压力绝不妥协的奋斗精神，最终为新文学赢得了独立的发展空间，为新文学的发展做出了不可替代的贡献。

　　如果说清末民初的作家在向现代文学转型的过程中还存在着尴尬的心态，那么到了《小说月报》的革新时期，现代作家群的这种尴尬则一扫而空。现代作家在追求经济保障的同时，也将现代文学向多方面展开。在革新时期的《小说月报》作家群身上，我们看到现代作家在与经济产生这样那样纠葛的同时，并没有完全沦入一切"以经济为中心"的市场法则中去，现代作家始终坚守着"文学为人生"的信念，最终使现代文学自信而成功地走出了一条新路。

第三章　从对广告的分析来看法律、政治与现代文学转型

广告作为反映社会生活的一个窗口，反映出来的不仅仅是当时人们的经济生活，其中更是人们各种思想观念的交织，而中国从古代进入现代，各种观念急剧变化，其中，外力的因素起了很大作用。首先受到冲击的就是传统的价值观，它很明显地体现在对权利与义务的追求上。这种对权利与义务的重新定位，必然引起政治与法律的变更。于是，在那些夹杂着传统价值观崩溃气息的岁月里，政治、法律变革的影子时刻震撼着中国人的心。而文学，作为时代最敏感的神经，不可能不对此做出反应。由古代士大夫转型过来的近现代文学家，在背负着中国传统价值观的同时，是如何面对新的价值观的建构的？在政治、法律急剧变动的大时代里，他们又是如何选择自己的命运的？这些情况，通过《小说月报》的广告都或隐或显地带给我们一些信息，借《小说月报》上那些与文学相关的广告，我们可以看出作家在政治、法律变动的关头是如何做出选择的，并能由此推测出选择背后的原因。

第一节　权利观念的演变与中国现代文学的发生
——以所有权为中心的考察

当救亡图存成为中国近现代社会发展的主线时，无论是康梁领导的"维新派"还是孙中山领导的"革命派"，甚至是后来的中国共产党，都敏锐地意识到，中国要摆脱亡国亡种的危险，只有进行政治体制改革，而政治体制改革的第一步就是法律变革，除了从宪法上确立社会制

度之外，民法、商法等各部门法律都必须建立健全。于是，从晚清开始，面对日益腐朽的传统政治和日益紧逼的西方压迫，"变法"成了社会思想精英们头脑里的关键词。正如费正清所说："在我们新大陆，我们帮助产生近代世界，而近代世界却是强加给中国人的，中国人不得不咽下去。"① 从始至终，中国的各种改革都是在尾随着西方进行的，西方的各种观念被相继引进过来，伴随而来的，是各类翻译外国作品的书籍越来越多，这其中，法律书籍占了相当大的比重。现在很难确认当时中国人到底翻译了多少部外国的法律书籍，但是，我们从当时的报纸杂志的广告上，也可推测出当时翻译法律书籍之兴盛。

一　从《小说月报》广告看清末民初法律的兴盛

从《小说月报》的前几期来看，法律广告在整个期刊的广告中是占了相当的比重的。比如第一卷 第一期的《小说月报》共有 22 页广告，其中有关法律书籍的广告占了 4 页，其中包括：

商务印书馆出版图书：《钦定大清会典》《会典事例》《会典图》（原版 缩版）《汉译日本法规大全》《大清光绪新法令》《大清宣统新法令》《资政院院章》《咨议局章程》《宪法大纲》《府厅州县地方自治章程》《城镇乡地方自治章程》《大清教育新法令》《日本教育法令》。

在以后的《小说月报》中，关于法律书籍的广告几乎期期都有，多则数页，少则一则，有时候还为法律用书作大规模的专门广告，比如第二年第四期，该期除了刊有"商务印书馆印行：原版钦定大清会典＼会典事例＼会典图　四百两　缩版钦定大清会典＼会典事例　二十五元 大字钦定大清会典　五元"的广告外，还专门刊登了法政学堂教科用书广告，我们可以从中看出当时人们在法律方面关注的焦点。

法政学堂教科用书一览表（上）：

---

① 费正清：《中国人民的中央王国与美国》，转引自柯文《在传统与现代性之间》，雷颐等译，江苏人民出版社 1994 年版，第 131 页。

法院编制法		行政法						比较宪法及宪法大纲					法学通论					科目
法院编制法释义 王七森编	法院编制法讲义 日本陈承泽编	地方自治精义 日本水野炼太郎著 王季常译	自治论 谢冰译	欧洲大陆市政论 美国埃尔巴德著 胡尔霖译	日本府县制郡制要义 日本小和伸著 陆辅译	行政法各论 日本清水澄著 金泯澜译	行政法泛论 日本清水澄著 金泯澜译	日本宪法讲义 日本伊藤博文著	宪法研究书 日本富冈康郎著 吴奥譲译	国法学讲义 日本美丰部达吉著 金泯澜译	比较国法学 日本末冈精一原著	国法学 日本笕克彦讲 陈时夏述	日本法制要旨 日本工藤重义著 陆辅译	法意（七册）法国孟德斯鸠著 严复译	法制经济通论 日本户水宽人原著 何谲时等译	新编法学通论 孟森编	法学通论 日本织田万著 刘崇佑译	书名
二角五分	二角五分	二角	七角	一元四角	六角	六角	一元二角五分	三角	一元	一元	七角	一元	一元	三元九角	二元四角	二角五分	一元七角	价目
去年冬间学部奏定改订法政学堂新章科目较繁用书较多兹特谨遵部章将本馆各书先就法律一门按科分配列成上表其余政治门及经济门中科目相同者即可通用其不同者本馆各有适用之书另详本馆新出之图书汇报欲阅者函索即寄																		附注

法政学堂教科用书一览表（中）：

刑事诉讼法	破产法	商法					民法						大清刑律		科目
刑事诉讼法 日本松室致著 陈夏译	破产法 日本加藤正治著 金泯澜译	海商法 日本松本波一郎著 郑钊译	手形法 日本松本波一郎著 郑钊译	商法论 商行为 日本松本波一郎著 秦瑞玠译	会社法 日本松本波一郎著 秦瑞玠译	总则 日本松本波一郎著 秦瑞玠译	民法原则 日本富井政章著 陈海超译	相续法 日本梅谦次郎著 金泯澜译	亲族法 日本梅谦次郎著 陈荣译	民法要义 债券 日本梅谦次郎著 孟森译	物权法 日本梅谦次郎著 陈承泽译	总则 日本梅谦次郎著 孟森译	大清刑律讲义	大清现行刑律二册	书名
详见法学名著	近刊	以上合订三册均刊入法学名著中法学名著十二册定价十四元预约八元					二元	以上五册均刊入法学名著中法学名著共十二册定价十四元预约八元					近刊	三元	价目
去年冬间学部奏定改订法政学堂新章科目较繁用书较多兹特谨遵部章将本馆各书先就法律一门按科分配列成上表其余政治门及经济门中科目相同者即可通用其不同者本馆各有适用之书另详本馆新出之图书汇报欲阅者函索即寄。															附注

法政学堂教科用书一览表（下）：

监狱学	论理学			经济学原论				日本法制史		国际私法	国际公法		民事诉讼法	科目
日本监狱详解 本时弥田照著吴译	论理学纲要 日本十时弥著田照吴译	论理学	名学浅说 英国耶方斯著严复译	理财学新义	理财学精义	计学教科书昊若译	经济学概论 美伊里著熊崇熙译	日本明治法制史 日青亏浦吾著	日本预备立宪之过去事实林均志编译	国际私法 三田良山著李俌译	中国于国际公法论 马德润著	平时战时国际公法 日本村午中原陈夏译	民事诉讼法论纲（二册）日本木三高丰原陈夏译	书名
四角五分	四角五分	一角五分	六角	二角五分	四角	一元	一元八角	九角五分	二角五分	近刊	二角	近刊	详见法学名著	价目
去年冬间学部奏定改订法政学堂新章科目较繁用书较多兹特谨遵部章将本馆各书先就法律一门按科分配列成上表其余政治门及经济门中科目相同者即可通用其不同者本馆各有适用之书另详本馆新出之图书汇报欲阅者函索即寄														附注

上述关于法政学堂教科用书的广告又见于本年的第二期、第三期等的《小说月报》上，连续大量地刊登法律的广告，可见当时人们对研究法律的兴趣。同时，商务印书馆还专门办有《法政杂志》专刊，并在《小说月报》第二年第三期上刊登广告说：

法政杂志

国家实行立宪政治之期益迫凡吾社会必有多数人能知立宪政治之精神方能收立宪政治之善果本社同人特发刊杂志宗旨在研究法律政治现象参证学理以促进群治而尤注重法律方面之研究以期合法治精神计杂志分类如左

（一）社说　凡论说皆依据学理按切国情以公平浅显之词发表意见或介绍名家学说加以论断以备当事者采择其一家一党之言及空泛偏宕之词无关学理者皆所不取

（二）资料　凡东西政法家学说海内名家论著其确有心得足为

研究之资料者及特别记载调查等件无不广为辑译

（三）杂纂 凡中外关于政法之著述如讲演判例批词时评史传笔记答问等均随时选录

（四）专件 凡奏折公牍法律草案议案等择其证引繁博议论明通或足备参考者全录原文其已经颁布之法令已另有专书非特别重要及与本杂志社说有对照处不再全录

（五）记事 凡关于立法上事件及行政事件之有关系者分为世界之部本国之部随时记录

（六）凡可备法政家参考之件择要附录

以上六类每期不必皆备，每类页数亦不限定

本杂志月出一册，全年十二册，每册约九十页，五六万言，定价及邮费广告办法如左表。

发行处上海商务印书馆及各省分馆①

上述广告表明了清末法学、政治学的兴旺。这种政治学、法学的热潮一直延续到民国。《小说月报》第二年第八期的广告中，仍然刊登了商务印书馆辛亥年七月出版新书目表里的《国际私法》《日本六法全书》；法政学堂教科用书表（法律部分）共登法律书籍15种等法律广告。

从上述相关的法律广告可以看出，清末民初介绍的法律书籍既有调节国家与公民之间、政府与社会之间的各种关系，以维护公共利益即"公益"为主要目的公法，比如宪法及行政法等；也有调整私人之间的民商事关系即平等主体之间的财产关系和人身关系，以保护个人或私人利益为依归的私法，比如民法和商法等。不管是对公法还是私法的介绍引进，都表明了中国法律意识的逐渐增强，而法律意识的增强，背后隐藏着的都是人们法律观念产生的变化，这种变化，最明显的表现就是对传统社会中的权利与义务关系的重新认识。不管是对政治权利的诉求，还是对个人人身财产权的呼吁，中国近代的权利观念与之前相比都产生了转变。而私有财产权利观念的演进可以说是其他权利观念演进的基

---

① 《小说月报》第二卷第三号。

础，因为相比之下，参政权、选举权等政治权力，显然不是"民"所最急需的，因为人要解决最基本的问题，首先是生存问题，所以财产权成为民权中最基本的权利。通过中国私有财产权利观念的演进可以透视出中国人现代权利观念是如何形成的，从而认识到这些权利观念是如何进一步影响着文学发展的。

二　中国私有财产权的演进

中国清末民初对法律的热情，一改传统对待法律的态度。在中国传统社会里法律占有一个什么样的地位呢？从法律史家的观点来看：

> 田涛：我再补充一点，在中国传统的社会里，正统和主流思想对法律书籍是如何看待的呢？我们这里可以举一个典型的例子，中国古代的很多重要作品，被集中在一个较大的文库中，这就是《四库全书》。这个四库全书的采集是代表当时帝王观点的。中国古代有那么多的书籍，四库全书不可能一网打尽，因此对取舍要做出一个基本的准则，对主要的书籍要做出评估，也就不能回避对法律书籍的评价，所以我们认为《四库全书》对法律书籍的评价，代表了中国皇权政治对法学作品的主流态度。
>
> 在《四库全书》主编之一的纪晓岚评价法律书籍时所说这些法律书籍历来为"盛世所不取，也为治者所不弃"，大意是说这些书价值不高，但治理国家时又不能没有它，所以四库全书中只收录了《唐律疏议》和《大清律例》，而对众多的法律书籍，也仅选择两三部存目而已，从中可以看出中国正统思想对法律书籍的基本态度。①

这一段话很直观地为我们描述了在中国传统社会里，法律并不是很受重视。实际上，中国的传统社会，不是一个主要依靠法律来调解的社会，而主要靠宗法伦理来调节社会秩序。尽管在先秦出现了诸子百家争

---

① 何勤华、贺卫方、田涛：《法律文化三人谈》，北京大学出版社 2010 年版，第 120 页。

鸣的现象，尽管大秦帝国是以法家思想为主导建立起来的，但从汉代"独尊儒术"开始，中国已经进入了以儒家为主导思想的时代。中国人为什么会选择儒家思想？对这个问题的深层追溯很容易让我们回顾先民们赖以生存的方式以及长久以来所形成的思维模式，进而推演到自然环境的影响上去。这种分析方式有导致"环境决定论"的倾向，但是我们在承认一种文化模式形成是在多种因素（比如自然、人文、社会等）相互作用的前提下，又得承认在人类社会形成的早期，由于生产力水平的底下，人类如果不迁就自然环境，恐怕就很难繁衍下去，地理环境的限制，确实决定了人类文化模式最初的起点。

　　环境对中国文化的影响，特别是对中国传统法律文化的影响，至少有两个方面是值得重视的。一方面，比起西方国家来说，中国的先民可谓比较幸运，地处温带和亚热带地区，长江黄河流域降水丰沛，使得他们较早地选择了河水流域定居下来。在这些地区，平原较多，气候适宜，可以使人们较早地摆脱采集和狩猎的生活方式，进入以农业为本，以土地为生的生活。这种以农耕为主的生活方式使得人们收获稳定，能够维持较大群体的，但同时也使人们的活动范围在地域上有较大限制，大范围区域间的接触机会变少了，形成了许多孤立的社会小群体。这个小群体在外界看来是孤立的，然而在其内部却是"熟悉的"，"乡土社会在地方性的限制下成了生于斯、死于斯的社会。常态的生活是终老是乡。假如在一个村子里的人都是这样的话，在人和人的关系上也就发生了一种特色，每个孩子都是在人家眼中看着长大的，在孩子眼里周围的人也是从小就看惯的。这是一个'熟悉'的社会，没有陌生人的社会"。① 在这样一种社会里，人们遵从着传统的礼法与习俗，成文法律成了次要的了。"但是在乡土社会的礼治秩序中做人，如果不知道'礼'，就成了撒野，没有规矩，简直是个道德问题，不是个好人。一个负责地方秩序的父母官，维持礼治秩序的理想手段是教化，而不是折狱。如果有非要打官司不可，那必然是因为有人破坏了传统的规矩。"② 在这种乡土性质的社会里，人们把整个村落看作一个整体，认为相互之

---

① 费孝通：《乡土中国与生育制度》，北京大学出版社 1998 年，第 9 页。
② 同上书，第 54 页。

间应该顺应天时，行善事，讲和谐，否则会有报应。如果发生打架斗殴、地基房宅争执等，便会有村族的权威（通常是辈分较高、年龄较大、品行较好的人）来调解，乡民们一致认为如果去打官司，一则反映了他们的人缘较差，出了事没有人肯帮忙；二则他们子孙还要在这块土地上生存，如果发生诉讼争执双方要记仇，而且要记几辈的仇。这种以农为本的村民生活的不流动性，是造成规避法律的一个原因。①

　　中国文化模式的形成与环境相关的另一个因素是权威的形成。就中国的生存环境而言，在有温热水量充沛的条件的同时，由于河水经过疏松的黄土地带，经常会有泛滥的危险，因气候条件的影响，又经常出现旱灾或者是洪涝灾害。在中国早期，黄河中下游和长江流域的气候变化率很大，仅就雨量来看，据竺可桢先生统计，欧洲各地雨量平均变率仅为12.5%，即使以气候恶劣著称的西伯利亚，也仅是欧洲的2倍，即25%，而黄河中下游地区竟高达35%，3倍于欧洲。按照气象学通例，当雨量平均变率为25%时，农作物即受损害，达到40%时则颗粒无收。这样的气候使得水灾旱灾频频发生②。再则，与中国农耕文明相邻的是边疆少数民族的游牧文明，农耕文明经常面临着游牧文明的侵略。这样，出于这种大规模治水和解决洪涝旱灾的需要，同时也出于对边疆少数民族入侵防御的需要，中国形成了超时代的政治上的统一。"按理说来，有一个最好坐落于上游的中央集权，又有威望动员所有的资源，也能指挥有关的人众，才可以在黄河经常的威胁之下，给予应有的安全。当周王不能达成这种任务时，环境上即产生极大的压力，务使中枢权力再度出现。所以中国的团结出于自然力量的驱使。"③ 在面对巨大的困难需要人们团结起来去面对，需认真组织和精心策划时，领导才能便显得格外重要，当这一切集中在一个人身上或者是某一个小群体之上时，集权便不可避免地发生，以一个国家范围来说，高度集权的中央政府便易于诞生。"易于耕种的纤细黄土、能带来丰沛雨量的季候风，和时而润泽大地、时而泛滥成灾的黄河，是影响中国命运的三大因素。它们直

---

① 李雨峰：《权利是如何实现的》，法律出版社2009年版，第32—33页。
② 刘广明：《宗法中国》，上海三联书店1993年版，第4页。
③ 黄仁宇：《中国大历史》，生活·读书·新知三联书店1997年版，第26页。

接或间接地促使中国要采取中央集权式的、农业形态的官职体系。而纷扰的战国能为秦所统一，无疑的，它们也是幕后的重要功臣。"①

中国传统社会的这些特点，寻求稳定和集权，决定了儒家文化对其有极强的适应性。其实在中国社会面临大转型时期，相信许多的思想理论都曾经被尝试过。比如秦帝国时的法家思想，汉帝国初年的道家思想，可都如昙花一现，没有被统治者吸纳为正式的治国思想。而儒家思想不一样，自汉代确立了"独尊儒术"之后的几千年，儒学都是表面上的治国之道，其间不断地被强化、改造去适应政权体制的需要，宋初赵普有言"半部论语治天下"，可见统治者对其的认可。中国乡土社会稳定的特点，带来的就是对秩序和对"以和为贵"的追求，儒家思想讲伦常、讲尊卑、讲忠孝、讲贵贱有别、讲忠恕，刚好适应了这块对稳定、对秩序追求的土壤。对于统治阶层而言，儒家的"君君臣臣父父子子"理论正是其所需要的。相比之下，道家主张"无名""无为而治"，不利于统治者的管理；墨家主张"兼爱""非攻"，重平等，尚节俭，对专制集权尤为不利；而法家主张"所谓一刑者，刑无等级，自卿相、将军以至大夫、庶人有不从王令，犯国禁，乱上制者，罪死不赦"②，这种不分贵贱，以同一性的行为规范——法来作为治国工具，刚好与儒家相反，也不利于统治。当然，儒家思想在诸子百家争鸣中之所以取胜，原因是极为复杂的，但是，儒家思想更适宜中国这种以乡土为本位的社会，这一点是可以肯定的。

当历代统治者把儒家思想作为治国之道时，儒家对中国便产生了持久而深远的影响，其政治、经济、社会文化莫不打上其烙印。与法家提倡以法治国不同，儒家主张的是以礼治国，"子曰：为政以德，譬如北辰，居其所而众星共之"，③ 是儒家的治国理想。"道之以政，齐之以刑，民免而无耻，道之以德，齐之以礼，有耻且格"，④ 是儒家与法家的重大区别。儒家在汉武帝时被"独尊"之后，基于其基本的治国理念，法治便一直处于受支配的地位，以后的历朝历代，主要靠儒家的礼

---

① 黄仁宇：《中国大历史》，生活·读书·新知三联书店1997年版，第26页。
② 《商君书·赏刑第十七》。
③ 《论语·为政》。
④ 同上。

法、道德伦理、宗法制度来调节社会，并且在其后的漫长岁月里，中国的法律也开始了儒家化，儒家的思想被渗透进法律中，即所谓以礼入法。①这一转变，使得中国在治国上与西方出现了分野，中国以礼治国，辅之以法，导致了中国社会到处讲究尊卑、阶级、名分；而在古希腊，尽管雨水较多，但多为山区和丘陵，土地贫瘠不适于农作物的耕种与生长，人们难以维持自给自足的生活，为了活命，不得不进行交换，进而形成了发达的商业，在这种以交换为主的社会形态的基础上，人们杂居而繁衍出一套平等的人际关系。② 更重要的，东西方的这种生活方式差异，导致了中国传统社会里对个人而言只有义务的承担，而很少有权利，形成义务本位社会，西方则形成了权利本位社会。

　　在儒家文化占主导地位的传统社会里，个人只承担义务，其权利几乎被完全遮掩了。在传统的伦理家庭里，儒家提倡"孝"道，在这种"孝"道之下，个人的一切权利完全属于家庭、宗族、家族，相对于子而言，父对子拥有着财产独占权、人身支配权和婚姻决策权。在这样的父权社会里，子的财产拥有权是被剥夺的：

　　　　孝子不服暗，不登危，惧辱亲也。父母存，不许友以死。不有私财。③

　　　　父母在不敢有其身，不敢私其财。④

　　　　子妇无私货，无私畜，无私器，不敢私假，不敢私与。⑤

　　这种规定在儒家形成早期或许只是一种道德上的规范，并没有成为一种人人都必须遵守的行为准则，但是儒法调和，以礼入法之后，这种规则便以法律的形式被实行。历代的法律对于同居卑幼不得家长的许可而私自擅用家财，皆有刑事处分，按照所动用的价值而决定惩罚的轻

---

　　① 关于这方面的详细论述可见瞿同祖的《中国法律之儒家化》，载《国立北京大学五十周年纪念论文集》文学院第四种，北京大学出版部 1948 年版。

　　② 李雨峰：《权利是如何实现的》，法律出版社 2009 年版，第 25 页。

　　③ 《礼记·曲礼》。

　　④ 《礼记·坊记》。

　　⑤ 《礼记·内则》。

重，在唐代：

> 诸同居卑幼，私辄用财者，十疋笞十，十疋加一等，罪止杖一百。即同居应分，不均平者，计所侵，坐赃论减三等。①
>
> 诸祖父母、父母在，而子孙别籍、异财者，徒三年。别籍、异财不相须，下条准此。
>
> 诸居父母丧，生子及兄弟别籍、异财者，徒一年。

宋承唐制，宋《刑统》对"卑幼私用财"的处罚与唐律相同。明代处罚有所减轻：

> 凡祖父母父母在、而子孙别立户籍、分异财产者、杖一百（须祖父母父母亲告乃坐）。若居父母丧、而兄弟别立户籍、分异财产者、杖八十（须期亲以上尊长亲告乃坐）。
>
> 凡同居卑幼、不由尊长、私擅用本家财物者，二十贯笞二十。每二十贯加一等，罪止杖一百。若同居尊长、应分家财不均平者，罪亦如之。②

清代：

> 凡祖父母父母在子孙别立户籍分异财产者杖一百［须祖父母父母亲告乃坐］。
>
> 居父母丧而兄弟别立户籍分异财产者杖八十［须期亲以上尊长亲告乃坐或奉遗命不在此律］。
>
> 凡同居卑幼不由尊长私擅用本家财物者十两笞二十每十两加一等罪止杖一百。

---

① 《户婚》，《唐律疏议》卷十一，以下两条同。（唐）长孙无忌等，中华书局，1983 年版。

② 《户律》，《明律例》卷四，引自《明代律例汇编》，（台湾）中央研究院，1979 年版，第 235 页。

若同居尊长应分家财不均平者罪亦如之。①

并且，儒法结合以后，家长有极大的权力支配儿女的身体。元明清的法律都规定，除了故杀并无违逆子孙之外，子孙有殴骂不孝的行为，被父母杀死，是可以免罪的。即使非理杀死也可得无罪。而且还有一点可注意的是父母如果以不孝罪名呈控，请求将子处死，政府也不会拒绝。②借"孝"的名义，在这种严密的家庭伦理与法律的双重控制之下，相对于父权来说，儿子的个人权利几乎被完全剥夺，只剩下要尽的义务，在人身自由权都岌岌可危之时，更别提私人财产的拥有权了。儿子尚且如此，遑论妇女的权利。

由孝而忠，从家庭、宗族、家族到国家，中国古代是沿着由家而国的途径进入阶级社会的，因此宗法血缘关系对于中国社会的许多方面都产生了重要的影响，尤其是宗法与政治的高度结合，造成了国家一体、亲贵合一的特有体制。家是国的缩微，国是家的放大。国家的组成、政治结构与国家活动，都以血缘与政治的二重原则为依据。进入封建社会以后，家国一体的政治体制虽然解体和转型，但整个封建时代都以家庭为社会的基本构成单位，国家认同族长、家长自主的治家之权。③君主成了最大的家长，个人在家庭里讲求孝道，听从父母；在国家里讲究忠义，听从皇权。而中国古代权力与法律的关系是权力支配法律，法律服从权力，整个儒家伦理与封建法律都是围绕着集权而进行的。于是，在几千年的中国历朝历代的法律里面，我们看到的都是加强君主权力的条款，而对君主毫无制约。即便是主张以法律来规范社会的法家那里，说的也只是"所谓一刑者，刑无等级。自卿相将军以至大夫庶人，有不从王令，犯国禁，乱上制者，罪死不赦"，这里"刑无等级"的对象也只是自卿相起，并未对君主作出要求。在传统社会里，君主垄断了所有的经济大权，最主要的生产资料——土地，以及劳动者，采取国有实际上是王有的形式，所谓"溥天之下，莫非王土；率土之滨，莫非王

---

① （清）阿桂等纂：《户律》，《大清律例》卷八，中华书局 2015 年版。
② 瞿同祖：《中国法律与中国社会》，中华书局 1981 年版，第 8—10 页。
③ 张晋潘：《中国法律的传统与近代转型》，法律出版社 1997 年版，第 113 页。

臣"，世上最主要的物——土地和人，都归皇帝所有，皇帝既拥有了对臣民的最高统治权，同时也就拥有了任意处置权。①

在这种家国一体政治体制的严密控制之下，从礼法、制度及其现实可能性上，中国传统中的私人财产权的合法性都被取消了，法律只规定了个人对社会应尽的义务，并没有规定个人从社会中获得的权利。中国法律的注重刑法，具体表现在：比如对于民事行为的处理，要么不作任何规定（例如契约行为），要么以刑法加以调整（例如对于财产权、继承、婚姻）。保护个人或团体的利益——尤其是经济方面的利益——免受其他个人或团体的损害，并不是法律的主要任务；而对于受到国家损害的个人或团体的利益，法律则根本不予保护。真正与法律有关系的，只是那些道德上或典礼仪式中的不当行为，或者，是那些在中国人看来对整个社会秩序具有破坏作用的犯罪行为。② 因此，无论从哪个角度考察，中国的传统法律条文和法律观念中，都没有蕴含"权利"的概念。"平等权利的主体"难以发生在法律生活中，即使是最讲等价交换的买卖、债务契约，也难免受到当事人身份等级和重义轻利观念的影响。③

自从儒家提出的一整套伦理观念与法家相结合之后，封建皇权及等级制度的观念便在中国几千年的封建社会中根深蒂固，人们几乎从未对法律的公正性、公平性、合理性产生过怀疑，从未谋求过从法的源头上去实现法律的平等，也从未产生过真正要使每一个人都平等地享有法律规定的权利，同时又尽法律规定的义务的观念。私有财产权理论的出现与形成跟个人的自我主体意识以及法律对个人主体资格的承认与尊重程度密切相关。对于没有平等、自由等自我主体意识的人来说，不可能也没必要存在"观念"上的权利理论，因为他们本身就缺乏争取权利的观念和进取精神。而在一个不承认个人主体性的社会，必然不会产生"观念"上的权利理论，无论有着多么丰富、完善的财产、契约等"实在"的权利制度。在人的主体资格得不到尊重和认可时，他的所有财

---

① 张晋潘：《中国法律的传统与近代转型》，法律出版社1997年版，第104—107页。

② ［美］D. 布迪 、C. 莫里斯著：《中华帝国的法律》，朱勇译，江苏人民出版社1995年8月版，第2页。

③ 郑秦：《中国法制史》，台湾文津出版社1998年版，第4页。

产权利、契约权利都是不牢固、不可预期的。① 上面所说的私人财产拥有权利都是针对物权所说的，在具体的物的所有权得不到保障的时候，其无形的精神财产权更是被置之于法律与伦理之外。

而纵观世界近代，各国宪法都把财产权问题作为其宪政的基石之一。罗马私法中规定的三项基本立法原则，民事权利平等、契约自由与神圣和私有财产神圣不可侵犯，成了西方后世立法的基础。② 1789 年 8 月法国《人权宣言》第 17 条庄严宣布："财产是神圣不可侵犯的权利，除非当合法认定的公共需要所显然必需时，且在公平而预先赔偿的条件下，任何人的财产不得受到剥夺。"《人权宣言》发表以来，把保护私人财产所有权规定于宪法之中，至今已有 200 多年历史。此后，很多国家的宪法都对私有财产及私人所有权进行了规定。例如，1791 年《美国宪法》第 5 条修正案规定："未经正当法律程序不得剥夺任何人的生命、自由或财产。""凡是私有财产非有公正的补偿，不得收归公有。"该宪法第 14 条修正案规定："各州不得未经正当法律程序即行剥夺任何人的生命、自由或财产。"中国人引进西方的法律，西方的法律观念也随之而来，私有财产权观念的增强就成为其最为重要的一方面。

鸦片战争后的中国社会一直处于动荡、抗争与不安中，而私人财产所有权显然需要在一个稳定、平和的环境中实现。个人权利在面对民族危急时刻，必舍小利而求大全，因此与私人所有权有关的制度与立法必然受到一定程度的影响。尽管这样，随着外国法律著作的引进，外国法律观念无疑要冲击中国传统的法律观念，反思中国传统中的个人权利自然成为其中重要的观念之一，中国个人财产所有权意识在不断地觉醒。在 1907 年翻译完成的《新译日本法规大全》中，译者已开始使用"所有权"这样的民事法律术语。在民初的辞典中对于"所有权"的解释如下："所有权，谓于不抵触法律及他人权利之范围内，最能自由处置其物之权利也。如吾有一书，吾有处置之权利，抛弃之可也，损坏之亦可，最能处置自由者。然如抛弃而投之路上，则警察必干涉之，是谓抵

---

① 彭诚信：《"观念权利"在古代中国的缺失——从文化根源的比较视角论私权的产生基础》，《环球法律评论》2004 年秋季号。

② 韦森：《欧洲近现代历史上宪政民主政制的生成、建构与演进》，《法制与社会发展》2007 年第 5 期。

触法律。又或投人脸上，则人有身体权，亦所不许，是谓抵触他人权利。自非然者，则可以自由处置也。"至 1917 年出版的《民律释义》一书，对《大清民律草案》中的"所有权"的解释为："何谓所有权，可别性质上及作用上之规定观察说明之。其自性质上之观察者，则谓所有权者，总括的支配物之权利也。盖所有权以外之物权，不过行使其一方之权利而止，而无支配权之可言。惟所有权则有完全之支配权。若自其作用上观察之，则所有权者，于不抵触法令及他人权利之范围内，有自由使用收益处分之权利，此种权利，盖自罗马法以来，无不包入于所有权之内容。是为所有权之所独具之能力，而决非其他物权之所能望其项背者也。夫所有权之于物权中为最重要者，且亦易兹纷议者。然其大致则不外对不动产及动产设定之耳。"① 这些都显示出中国人权利观念的极大进步，追求个人财产权的合法性逐渐成为人们的共识。

而 1911 年，清政府在外国民法的影响下，制定了《大清民律草案》，这是中国历史上第一部民法典草案，在中国第一次将私人拥有财产权写入了法律，私人财产权得到了国家的认可，使现代的私人财产所有权制度的确立看到了希望。《大清民律草案》中，第三编"物权"第二章为"所有权"，分四节，第一节为通则，第二节为不动产所有权，第三节为动产所有权，第四节为共有，从第 983 条始至第 1068 条，共有 86 个条文。在第一节通则中首先确立了所有权绝对原则，即草案第 983 条规定："所有人于法令之限制内，得自由使用、收益、处分其所有物。"第 984 条第 1 款规定："所有人于其所有物，得排除他人之干涉。"由此可知，《大清民律草案》在我国近代民事立法上第一次确立了所有权绝对原则。②

《中华民国临时约法》于 1912 年 3 月 8 日在南京参议院全票通过、3 月 1 日孙中山于《临时政府公报》上公布。《临时约法》规定："中华民国人民一律平等，无种族、阶级、宗教之区别。"又规定："人民之家宅，非依法律，不得侵入或搜索。"尤其明确规定"人民有保有财

---

① 韩冰：《中国近代民法原则研究》，中国政法大学 2007 年博士学位论文。
② 韩冰：《论近代中国民法变迁中的所有权绝对原则》，《河北法学》2011 年 1 月，第 29 卷第 1 期。

产及营业之自由"，从而确认了保护私有财产的原则。在颁布实施《临时约法》的同时，与个人财产权的宪法保护相对应，南京临时政府颁布了一系列关于保障人权、财产权的规定。最主要的是内务部发布的《保护人民财产令》，它宣称临时政府以保护人民财产为急务，规定"凡人民财产房屋，除经正式裁判充公者外，勿得查封"。① 这一系列法令法规的颁布，使中国真正进入近现代意义上的个人财产权的宪法保护。

随着个人财产权在物权上得到法律的保护，精神财产的保护也得到了重视。《大清著作权律》于 1910 年颁布昭示着个人的精神创造得到了国家认可和保护，尽管在当时实现这一目标还有着这样那样的羁绊，但至少在形式上、观念上为精神创造提供了可能性。进入民国之后，这些观念性的东西正式转化为一种制度性的保障，个人财产权的保护与言论自由、争取民主一起成为国人的追求，更成为知识分子一直奋斗的目标之一。

三　权利观念的兴起与中国现代文学的发生

随着近现代人们对个人财产所有权维护意识增强而来的是现代民主自由意识的发端。在人的各种社会关系中，经济关系是最为重要的一种关系，因为经济关系决定了人们最基本的生存和发展问题，当生存都成问题时，遑论其他权利的追寻了。而在诸多的经济关系中，财产所有权成为重中之重，它解决的是财产归谁所有的问题，这直接关系到个体在社会中的地位和权利分配问题。从某种意义上可以说，对个人财产权的追寻是其他权利获得的基础。只有个人财产权获得了保障，即解决了最基本的生存和发展的问题，才能进一步要求其他的权利。在现代民主自由的发展过程中，形成了这样一个最基本的观念：民主是与私人财产权的获得紧密联系在一起的，没有了私人财产权的获得，是不可能保障民主的。在传统的专制社会里，独裁之所以出现，最主要的一点就是独裁者取得了财产拥有权，使其能够在一定程度上掌控其他人生存和发展的基本需要，进而才能形成对别人政治、思想的控制。而丧失了财产所有权的一方，个人自治能力受到限制，在最基本的权力关系上受制于人，

---

① 参见贾晖《简论中国近代个人财产权的宪法保护》，中国政法大学 2004 年硕士论文。

个人价值和人格尊严是不可能得到保障的。

在这里，个人的基本财产所有权与自由联系在了一起。只有当人有了对基本的个人正当财产权利时，才能有进一步的对其他经济、政治权利的追求，进而才会产生出民主、平等的观念。在中国近代权利观念的形成中，不少有志之士已经注意到财产权是民权中最基本的权利，严复在他的《社会通诠》中说道："惟彼族不然，其所求者，大抵皆一地一业之便利，而可以世守者，故民权之成，亦以渐耳。上有所诺于民而不可食，有所约于民而不可负。食且负，民得据所守而责之，此民权之所以成也。"其"所谓一地一业之便利可以世守者"指的主要是财产权，有了财产权，民权才得以渐渐形成。由个人到群体，由群体到国家，在追寻个人所有权的基础上，先驱们将个人所有权扩大到了国家所有权，提出了作为国民的基本权利。梁启超的《新民说》提出了较为系统的"国民学说"。何为国民？梁启超认为"国民者，以国为人民之公产之称也。……以一国之民，治一国之事，定一国之法，谋一国之利，捍一国之患，其民不可得而侮，其国不可得而亡，是之谓国民。"[1]"以国为人民的公产"，显示出的是建立在财产所有权基础之上的对民主权利的要求。到了陈天华那里，生命财产权与其他权利成为新国民的基本权利之一。他在《国民必读》中将国民的权利概括为八项："一、政治参与权；二、租税承诺权；三、预算决算权；四、外交参议权；五、生命财产权；六、地方自治权；七、言论自由权；八、结会自由权。"[2] 这对传统的权利观是颠覆性的，这种变化，昭示着的是对传统的批判，对新的国民性的期待。我们在陈天华那里看到了一个完全不同于传统的新国民形象。从一定程度上讲，中国近现代政治的追求就是对国民权利的追求，中国近现代以民主政治为目标的国家体制构想，其根本的原则便是对公民权利的保障。[3] 我们看到，在清末民初，对个人权利的追求与国民性的探讨已经达到了一定的程度。而"五四"现代文学正是在这种历史文化氛围中产生的。

---

① 袁兵喜：《论近代民权思想产生的历史机缘》，《求索》2011 年第 8 期。
② 陈天华：《陈天华集》，湖南人民出版社 1982 年版。
③ 李怡：《辛亥革命与中国文学的"民国机制"》，《郑州大学学报》（哲学社会科学版）2011 年第 9 期。

　　中国现代文学的发生正是在提倡个人权利与个性主义上与古典文学发生了分野。中国文学向来以"言志""载道"为其文学传统，注重兴观群怨、讽谏美刺等文学的教化功能，关注天下苍生，展现"先天下之忧而忧，后天下之乐而乐"的胸襟是文学的主题，而很少表现作为个体的人的独特的生命体验。但是，自近现代以来，这种状况开始转变。随着中西文化的交流与碰撞，西方的入侵带来的不仅仅是飞机大炮和民族的屈辱，同时也带给了中国以全新的观念，对自我的反思与认识，从而开始重视人的价值。特别是"五四"以来，表现个人一度成为文学的主题。

　　"五四"新文学的先驱们极力张扬的正是个人作为国民的基本权利与责任意识。发表在《新青年》的诸多论文中，陈独秀、吴虞、高一涵、蔡元培、胡适、蒋梦麟、李大钊等人要么从权利与责任的关系，要么从实用主义角度，要么从国家宪政民主制度的实现等立场出发，大力抨击封建制度下个人权利的泯灭，从财产到人身自由的不得实现，从而对个人自由、人人平等、政治民主、财产自由、婚姻自由、思想与言论自由、宗教信仰自由、出版集会自由等各方面国民的基本权利进行了阐述和剖析，号召人们积极打破束缚人们思想和行为的封建纲常伦理制度。在这种号召之下，中国近现代以来，也许没有哪一个时段能再像"五四"那样对个性、对自由如此崇拜了，这种观念转变之快，之彻底，乃至与传统产生了某种程度的"断裂"，导致略有些保守的人根本无法接受，不断地抱怨着新的价值观对旧有体系的冲击，这种情况在婚姻自由上表现得尤其突出，比如当时《小说月报》上的广告：

　　　　　　　　新译**娜兰小传** 洋装二册 定价八角
　　　　言情小说动辄近于诲淫导婚姻自由之说于吾国乃为近日男女关系决其横流良可慨也本书述一极贫爵邸却富女婚贫女阅尽艰难终成美满良缘种种阻力不期均为种种助力原著体物绘情纯用白描其负有盛名也固宜译笔亦能斟酌尽善①

----

① 《小说月报》第六卷第六号。

在介绍新书之前，不忘对当前的婚姻自由状况感慨一番，可见当时新思想在守旧者心中引起的震动。

但是，感慨归感慨，新的价值观还是汹涌而来。就在"五四"时期，吴虞大声疾呼："到了如今，我们应该觉悟：我们不是为君主而生的！不是为圣贤而生的！也不是为纲常礼教而生的！"① 这是一个全面反传统的个人形象，其中的个性主义与自由意识跃然纸上。陈独秀号召人们"破坏君权，求政治之解放也；否认教权，求宗教之解放也；均产说兴，求经济之解放也；女子参政运动，求男权之解放也"，② 这种以个人本位主义来代替传统家族本位主义的新的价值观，强调的是挣脱了各种桎梏的个人权利与个性自由。胡适提出"智能的个性"，认为传统人的生命都献给了儒家的各种伦理关系，那是一种愚行，新时代的个人应该用科学、用理性去充实自己的生命，发挥出人作为智性的一面。在教育方面，蔡元培、蒋梦麟等认为教育应该以个人为主，教育应该培养起人的个性，而不是泯灭个性。在"五四"时期，尽管各种学说、思想纷纷被引进中国，各种理论派别之间分歧甚大，但在强调人的个性自由、个人价值和个人尊严、主张国民享有独立的权利方面则是相同的，几千年的封建礼教的桎梏一经打破，人的解放蓬勃而起，个人权利被提高到了至高无上的地位，整个中国洋溢着青春气息。

这种对民主自由的追求，反映到国家制度建设的层面，我们便看到了当孙中山为首的资产阶级建立起民国政府的时候，《中华民国临时约法》的目标便是以保障人民的基本权利为出发点。从文学与社会机制的关系来看：

> 只有在一个公民权利被充分保障的社会里，知识分子的精神创造才可能获得根本的尊重，在一个追寻个人权利意识普遍成为共识的社会里，新的感受、思考、写作与传播的社会环境的出现，这是

---

① 赵清、郑城编：《吴虞集》，四川人民出版社1985年版，第171页。
② 陈独秀：《敬告青年》，《青年杂志》，1915年9月15日。

中国文学进入崭新的"现代百年"的基础。晚清出现萌芽，民国建立的现代民主国家体制的设计从政治与法律的层面上保证了人的基本权利受到尊重，以国家宪法形式出现的庄严承诺，极大地唤醒了知识分子的维权意识，是他们的主动维权，最终为自己开辟了比较广阔的言论空间。就是在政党、社团开始参与国家政治的过程中，报纸杂志广泛评论时事。民国法律在"法理"上对民权的保护，以及近代以后中国逐渐形成的出版传媒的民营体制格局，都不断扩大着这些出版限制的缝隙。最终，在五四时期，我们看到的是一个言论自由得到了基本实现的宽松的舆论环境，它为五四新文化运动的开展创造了十分有利的条件。从"五四"开始构制的思想的自由与多元，营造了民国文化的基本面。①

正因为有了这种对个人权利的提倡，有了这样对个人权利保护的基本机制，我们看到，在现代文学里面，"个人"得到了前所未有的崇拜，"个人"成了现代文学作家笔下描写的主要内容。从历史中走来的"个人"就这样得到了文学的青睐，个人也第一次得到如此张扬而充足的表现。提倡个人的权利和个人主义，成为"五四"时期新文学运动的主要目标。在"五四"文学中，"个人的解放"始终是一个中心议题，以至于在描述"五四"文学时，人们首先想到的就是"个人"。在《中国新文学大系·散文二集·导言》中郁达夫提出："五四运动的最大的成功，第一要算'个人'的发见。从前的人是为君而存在，为道而存在，为父母而存在的，现在的人才晓得为自我而存在了。"② 周作人也将五四新文学的最主要的内容界定为"人的文学"："一、这文学是人性的；不是兽性的，也不是神性的。二、这文学是人类的，也是个人的；却不是种族的，国家的，乡土及家族的。"③ 茅盾则认为："人的发见，即发展个性，即个人主义，成为'五四'时期新文学运动的主要目标；当

---

① 李怡：《"五四"与现代文学"民国机制"的形成》，《郑州大学学报》2009 年第 4 期。

② 郁达夫：《中国新文学大系·散文二集·导言》，上海文艺出版社 1981 年，第 5 页。

③ 罗晓静：《关于中国现代个人观念发生研究的几点思考》，《学术周刊》2006 年第 10 期。

时的文学批评和创作都是有意识的或下意识的向着这个目标。……个人
主义成为文艺创作的主要态度和过程，正是理所必然。而'五四'新
文学运动的历史的意义，亦即在此。"① 在这些关于个人的文学理论的
提倡之下，郭沫若的笔下的"个人"以一种毁灭一切、创造一切的大
无畏的气概出现了，郁达夫笔下的"个人"恢复了人的常态，交织着
灵与肉冲突的个人甚至表现出了病态的一面，冰心笔下的"个人"以
爱与美的方式倾注到人心中，让读者第一次感受到人性原来是如此的温
暖……正是建立在这种"个人"基础上的生命体验，让我们看到了现
代文学的蓬勃的生命力，就连一向平实冷静的《小说月报》，在这种热
潮中，也禁不住吟咏，从它短短的卷头语中就可见一斑：

> 　　伟大的作品是从作者的灵和心产生的，著者将自己放那书一页
> 一页上面，这一页一页的书，都具有他的生命，都浸润着他的
> 个性。
> 　　个人的经验是一切真的文学的基础。
> 　　一本真实伟大的著作的标准就在他所叙说的是新鲜原创的东
> 西，而且是用新鲜的独特的方法将他们叙说出的。②
> 　　如果诗人的热情，希望与恐怖，如果诗人的胜利与他的悲泣，
> 不和民众相呼应，那末，他怎能超越伟大呢？
> 　　　　　　　　　　　　——Lowell，Commemortion Ode. ③
> 　　岁月如庞大的褐色的牛，践踏过这个世界，上帝是牧人，在他
> 们后面驱策着，而我则被他们走过的足踏碎了。
> 　　　　　　　　　　　　　　　　　　　　——威廉·夏芝④

　　这些富有生命力的句子，让我们在看腻了古代文学对风花雪月的赞
赏和近现代过渡时期沉沦于"黑幕"与"情色"之后，终于有了人的

---

① 罗晓静：《关于中国现代个人观念发生研究的几点思考》，《学术周刊》2006 年第 10
期。
② 《小说月报》第十四卷第五号。
③ 《小说月报》第十四卷第七号。
④ 《小说月报》第十四卷第十二号。

发现，有了全新的生命体验，而这些，刚好是现代文学发展的坚实基础。

以个人所有权为基点，我们看到权利观念的演变是如此深刻而又长远地影响着文学的发展，从观念的演变到机制的保障，从文学理论的建构到具体作家笔下"个人"的不断涌现，无不打上权利观念的烙印。从这个意义上说，现代文学的诞生，就是在挣脱传统权利观念的基础上，重新树立起新的权利观念才得以实现的。

第二节　法律制约下的文学
——《大清著作权律》在现代文学转型中的作用

一　从两则广告谈起

光绪十三年（1887）七月初六日的《申报》刊载了一则广告：

申明即请天南遁叟赐览

　　昨读《声明〈后聊斋志异图说·初集〉告白》一则，令人歉愧之心，固不禁油然自生。是书确系尊著，今特不惜工本重为摹印。本拟预先陈明，只缘向未识荆，不敢造次。因思文章为天下之公器，而大著尤中外所钦佩。辱蒙下询，谨此奉闻，并代声明。如不以不告自取为责，则幸甚矣。此复。

味闲庐主谨启①

1913 年，《小说月报》第四卷第五号刊载广告：

许指严启事

　　《帐下美人》篇（即《庸言报》十六期中之《青娥血泪》）确系本人撰著（"弹华""更生"均指严别号）客岁，曾以副本寄京友余君青萍绍介求售久未售出始送《小说月报》社即蒙登录而余

---

　　①　光绪十三年七月初六日《申报》，转自陈大康《中国近代小说史料——〈申报〉小说史料编年》（三），《文学遗产》2013 年第 1 期。

君旋病故未及收回原稿。兹忽于《庸言报》第十六期"小说"栏目中注销想余君已经送入该社而未及关照之故因两方面著作权之名誉攸关，用特宣告舛错事由一切责任均归撰稿本人承担与两方面主任无涉

许指严谨曰①

这两则广告一则涉及盗版问题，一则涉及一稿多投的问题，两起事件都是著作权的归属问题。尽管如此，两位当事人不同的态度却耐人寻味。对于"昧闲庐主"而言，登报声明是为自己的盗版行为寻找理由，颇有些"盗版有理"的架势，而许指严则是因为自己的行为而带来的著作权纠纷道歉。两者态度的鲜明转变，背后隐藏着的是对著作权观念的不同态度。在"昧闲庐主"的时代，"昧闲庐主"显然也意识到自己盗版别人的著作是不对的，但是，尽管如此，"昧闲庐主"却依然"盗版无悔"，究其原因，是当时尽管形成了作者的著作权利观念，却依然没有一种法律制度来对其进行有效制约，当一种观念形成之后，必然要形成一种"坚实"的东西来保障其实现。在通常情况下，这种"坚实"的东西一般就是法律、法规、章程等制度性的因素。在著作权领域，落实在现实当中，就是著作权法的颁布、推行。在清末民初，也就表现为《大清著作权律》的颁布。

考察上述两则广告发布的时间中，我们不难发现，从"昧闲庐主"到许指严，正是中国现代权利观念与传统发生激烈碰撞的阶段，晚清的革新和民国的建立，都使人们对各方面的权利观念产生了新的看法，在著作权领域，作家们越来越认识到保护自己著作权的重要性。就是在这个时期，1910年7月创刊的《小说月报》发布了按照作品质量分等级领取酬劳的稿酬条例，紧接着，1910年10月，《大清著作权律》颁布，如果我们注意到当时《小说月报》在商务印书馆支持下巨大的影响力，注意到当时文人卖文为生成为一种常见的现象，以及晚清政府在草拟《大清著作权律》时的社会影响力，那么，从《大清著作权律》的法律颁布到《小说月报》刊登稿酬条例具体的实施，就能明显感觉到人们

---

① 《小说月报》第四卷第五号。

对著作权保护认识的提高，作家、杂志社已经能很好地运用著作权来维护自己的名誉与利益了。这样，许指严为维护著作权而主动站出来道歉就不足为奇了。

　　尽管很难考证许指严当时的著作权律的观念有多少是受到《大清著作权律》的影响，但是从中我们并不难感受到法律对文学关系的规约。可以想见的是，中国近现代的法律体系是在从无到有的基础上发展起来的，是在与传统的中国古典法律出现了某种"断裂"，借鉴了西方的法律精神建立起来的，在那个充满了矛盾纠结的时代，法律体系建立的背景、建立的目的、最终的功用对传统社会都是一种巨大的冲撞，这种冲撞是中国从旧的时代走向新的时代的阵痛，对其他方面的影响都有可能是革命性的。当时的法律与文学的关系正是这样一种关系，尽管从表面上看来，与文学相关的法律并不多，也没有出现一部专门针对文学的法律，即使是像《大清著作权律》这样的法律，直接涉及文学本体的内容几乎没有，法律与文学的关系，更多的是一种外在的制度性的规约，正是这种制度性的规约，给文学的发展带来了革命性的变动。在清末民初一系列法律的建构规约下，文学从作者、读者、传播都发生了前所未有的变化。《大清著作权律》在促进现代知识分子的形成、规范文学市场秩序，以及在探讨文学史上的法律与文学之间的关系方面，是其他方面的因素难以替代的。

二　现代知识分子形成中的《大清著作权律》

　　《大清著作权律》旨在保护作者和出版者的利益，尽管存在这样那样被后人诟病的不足，但从它的具体条文来看，比如第一条"凡称著作物而专有重制之利益者，曰著作权"；第五条"著作权归著作者终身有之"；"又著作者身故，得由其承继人继续至三十年[①]"等，《大清著作权利》还是从形式上实现了保护作者和出版者权益不受侵害的这一基本功能。如果我们考虑到清末民初在《大清著作权律》保护之下形成的稿酬制度在中国是第一次，而《大清著作权律》是在清政府于1905年宣告停止科举考试五年之后的1910年颁布的。这两件事情的发

---

① 周林、李明山：《中国版权史研究文献》，中国方正出版社1999年版，第89页。

生，都与当时的读书人息息相关，甚至彻底改变了中国读书人的命运，这种改变，首先从作家经济地位的变化开始。在从隋唐到清朝一千多年的时间里，通过科举取士这一途径，中国古代作家多是入仕者，这只要对中国古代作家稍作统计就知道，比如从大清成立到鸦片战争爆发期间出现的 124 位有影响力的作家中，进士出身的有 52 人，举人出身的有 18 人，仅这两项就站整个作家比例的近 60%①。也就是说古代的作家的第一身份是官僚，然后才是作家。既然是入仕者，他们的经济来源就主要靠国家的俸禄。在古代，作家通过科举考试成为国家统治阶层的一员之后，国家为他们解决了经济后顾之忧；而到了 1905 年科举制度废除之后，作家进入国家政治层面的希望大减，国家也不再为他们的经济生活负责。于是，作家生计面临问题。随着报纸杂志等大众媒体的兴起，成为杂志撰稿人或编辑谋取稿酬变成了科举废除后生计无望的读书人最好的去处之一。而《大清著作权律》的颁布，通过国家法律的形式宣告了读书人卖文换取经济收入的合法性，扫除了以往读书人"耻于言利"的传统。这样，作家从古代依靠国家提供俸禄的士大夫转变成了依靠出卖自己智力获得经济收入的知识分子，尽管这种经济来源相对于由国家提供的俸禄而言显得较少且不稳定，并且对于深受传统影响的作家来说显得尤为尴尬。如果从作家或者是出版者的角度来看，这些《大清著作权律》的法律条文保证他们卖文来获取利润无疑对他们是有利的，然而，如果我们将其放入清末民初的历史当中去看，对作者和出版者而言是带有一些苦涩意味的，一方面，他们在传统的影响下认为卖文为生是可耻的；另一方面却又不得不依靠卖文为生，但对于当时走投无路的读书人来说，能够通过撰稿或编辑获取稿酬这已经是较好的出路了。从这个意义上讲，《大清著作权律》对现代作家是延续了古代科举制度对于读书人的部分经济保障功能的。

中国古代的科举制度不仅在维护统治的稳定性方面作用显著，而且更关乎读书人个体的命运。除了经济上丰厚的俸禄外，科举制度对古代读书人的影响主要集中在政治上的特殊身份。通过科举制度入仕做官，不但使读书人免除了经济之忧，而且使他们成为统治阶层中的一员，由

---

① 栾梅健：《二十世纪中国文学发生论》，广西师范大学出版社 2006 年版，第 144 页。

一般人上升为特权阶层，享受政治和法律上的特权，这也就不难理解为什么古代读书人那么热衷科举，甚至科举成了他们的唯一出路。古代读书人通过科举考试取得了政治身份，进而获得国家提供的经济利益，先有了政治身份，然后才有了权力和经济利益，政治身份对于个体来说就显得尤为重要，谋求政治身份也就成了古代读书人不断追求的终极目标，而科举制度刚好是使读书人取得这种政治身份的一个合法途径。在清末废除科举制度之后，这一合法途径实际上是被堵塞了，士大夫就面临着政治身份的转型。而《大清著作权律》的颁布，实际上已经是在国家层面确认了古代的士向包括作家在内的近现代知识分子转化。古代的读书人通过了科举考试入仕之后，享有的特权往往是普通老百姓难以企及的，尽管考取科举的比重小之又小，但科举制度毕竟让读书人在获得政治身份方面有了希望。科举废除之后，宣告了读书人通过科举考试入仕道路的堵塞，但又没有为当时的读书人指出一条切实可行的路来，有不少人甚至还幻想着有朝一日恢复科举。《大清著作权律》的颁布，彻底断了他们在这方面的幻想，《大清著作权律》一方面是保障作者和出版者的权利，另一方面也是对作家身份的一次确认，确认了包括作家在内的现代知识分子作为出卖自己的作品获取经济利益的身份，作家从古代的政治特权阶层转变成了靠卖文获取经济收入的商人，"士农工商"，读书人从四民之首变成了四民之末，失去了任何政治特权。这种差异极大的身份转变对作家的影响无疑是巨大的，在传统的中国，读书人的理想按照儒家的模式是"修身齐家治国平天下"，最看不起的就是商人，而科举的废除，《大清著作权律》的施行，时局塑造了他们的商人身份。这就造成这一批"过渡"时期的作家虽然从事着现代杂志编辑或者是自由作家的工作，但一旦有机会，就会想办法重走仕途。《大清著作权律》从这个意义上也延续了科举制度给予读书人的部分政治身份认定的功能。

如果我们再仔细考察的话，还可以发现，《大清著作权律》不仅仅从读书人经济地位、政治身份层面延续了科举制度，在思想观念层面也是如此。对于统治阶级来说，统治阶级通过科举吸纳读书人参与进国家政治管理的层面，首先考虑到的科举制度是作为维护政权稳定的一种手段，要维护政权的稳定，思想的统一就成了一种必然的要求。在中国古代，儒家思想是科举考试唯一需要遵循的思想，儒家经典科举考试的教材，统治阶级就通过科举考试这一社会机制，将所有的读书人都纳入封建大一统的思想里来。这种大一统的控制思想尽管随着近代文明的不断发展而逐渐走向崩溃，但生产这种大一统思想的机制直到科举制度废除才宣告其形式上的消除。取代这种大一统思想的是近代以来逐渐形成的多元文化思潮的竞争与融合，而多元文化思潮形成的一个很重要的基础就是人的觉醒，个体权利得到尊重。《大清著作权律》的颁布旨在保护作者对自己脑力劳动成果的拥有，就是个人权利得到承认的一种形式，这与近现代"私有财产神圣不可侵犯"的精神是一致的，与中国古代个人财产得不到保护是相背离的。

于是，我们就不难理解，尽管中国早在唐朝就出现了与版权相关的官府文告，注意到了盗版的危害，但一千多年来一直难以出现保护作者和出版者利益的版权相关法律。作家和出版者为了保护自己的利益，只能向官府请求一纸行政告令，寻求官府庇护。而这种保护受制于长官意志和行政效力的发挥，往往是不到位的。这就是为什么近代那么多的版权纠纷中，成功维护自己利益的作家或是出版者并不多见。这种没有主动权利意识和制度性保护规范的缺乏，导致了中国古代并不存在真正的知识产权制度，中国历史上存在的与书籍管制有关的法律，主要是为了禁止思想的传播，维护皇朝的统治秩序，而非为了保护作者、发明者和出版者的私人财产权益。中国古代的出版者和作者也始终未能独立出来，形成一股社会力量，作者对其创造物拥有受到法律保护而可与国家对抗的财产利益的观念也没有形成，于是，直到西方入侵之前，古代中国未曾想过需要制定一部所谓的著作权法律。①

《大清著作权律》的颁布，无论是从观念形式上还是在实际操作中，都与传统形成了一定的背离。《大清著作权律》的出现本身就说明了国家对作家个体的脑力劳动成果这种无形财产的承认，这使中国古代对个体财产权的漠视的观点产生了根本的转变。作家要求自己的作品得到认可，主动要求通过创作得到劳动报酬，反对盗版等侵权活动，显示

① 马晓莉：《中国古代版权保护考》，《法律文化研究》2007 年第 10 期。

着个体的觉醒和对自己权利的追求，也是传统封建大一统控制思想的一种松动。这种个人对个体权利的追求，个体的觉醒在中国现代性的过程中是不可或缺的，因此才有了后来五四运动中提出的"人的解放"，对自己作品合法权益的保护与个人权利的追求，可谓"五四""人的解放"的萌芽。只有这种个体"人的解放"，才真正开始了传统的"士"向现代知识分子的转变，而《大清著作权律》正是这种转变的表现之一。《大清著作权律》的出现，预示着思想解放的到来。

在古代的"士"向现代知识分子转化的过程中，从科举制度到《大清著作权律》刚好形成了在经济、政治身份及思想观念上的某种延续，这种延续当然是仅指两者在社会功能上的作用相似而言的，《大清著作权律》对包括作家在内的现代知识分子所起到的社会作用与科举制度对古代读书人所起到的社会作用是异质性的，并且科举制度这一稳定了封建社会长达千年的社会机制，其影响已经深入社会的方方面面，其功能不可能一下子就被其他机制所能替代，《大清著作权律》所延续的科举制度的功能，仅仅是其功能中很小的一部分。正因为《大清著作权律》对读书人来说不可能完全取代科举制度的作用，成为报纸杂志的编辑或撰稿人在经济和政治上显然不能跟官员相比，而且报纸杂志也不可能解决那么多科举制度遗留下来的读书人的出路问题，而清政府又没有为这群读书人指明去处，于是，这群读书人成了社会上的流动人员，正是这种流动，使这些人得以接受儒家之外的思想，从而为成为现代知识分子做了充分的准备。

正是《大清著作权律》潜在的社会功能，使得清末民初的作家开始具备经济独立和政治独立的可能性，进而形成了思想独立，最终才完成了向现代知识分子转型的过程。

三　现代文学市场形成中的《大清著作权律》

稿酬制度的建立，是作家由古代士大夫向现代知识分子转变过程中的重要一步，它使作家的写作不再因为经济关系而依附于贵族阶层，文学有了摆脱政治控制的可能性，中国文人第一次真正意识到了知识财产的经济价值，但是文学在逐渐摆脱政治的依赖（其实文学一直都没有完全摆脱对政治的依赖）之后，又面临着陷入经济的圈套，这就是现代文学市场的形成。如上文所说，《大清著作权律》的颁布实际上是对读书人身份的一次确认，科举制度的废除将读书人的入仕道路阻断，将读书人从古代的"士"变成了靠出卖作品获取利润的商人。由于稿酬制度的确立，现代文学市场产生了最重要的生产者；而现代传媒技术的急速发展，使得消费文学的成本降低，文学消费出现了一个庞大的群体。在生产、传播、消费的市场化链条中，文学市场已经具备了最基本的要素。

在将作家投放到现代文学市场中去的时候，作为商人的作家和出版者，在生产文学的时候，不得不去面对着整个文学市场，在逐渐培育成熟的文学市场中如何立足成了写作者不得不考虑的问题。于是，跟其他商品一样，在生产文学商品时，作家的创作就得把潜在的读者因素考虑进去。文学的写作已经由过去的阅读对象是某个目的明确的政治对象（帝王、贵族阶层或是士大夫自己）变成了一个个面目逐渐模糊的无名读者。这些众多的无名读者很大程度上关心的不是写作者的政治身份或其他身份，而是其写作风格是否合乎自己的阅读口味。这一个个众多读者的阅读口味成了作者和出版社赖于生存的生命线，在这种情况下，作家写作的动机就不再完全是为了获取政治资本，而是为了行销市场，现代写作者和出版者为了赢取市场利润，不得不去迎合读者口味。在这种迎合写作当中，对作者和出版商而言，他们之间的竞争就是争取市场的竞争。这场越演越烈的竞争中，当一部作品深受读者欢迎时，其他作者或出版商为了不使其独占利益，往往会模仿跟进，甚至采取不顾一切的采取盗版等侵权行为，这种行为发展到一定程度的时候，必然带来的是整个市场的无序竞争，如果没有外在因素的强力约束，无疑只会演化成为一种恶性循环。

晚清文学市场在发展之初，就一直处于盗版的威胁之中，因为之前中国没有一部专门保护作者和出版者的法律，遇到版权之争，作者往往处于一种弱势状态，一度出现了如前"盗版有理"的情形。这种盗版乱象绝非个别，翻开当时的报纸杂志，上面所涉及的广告都是如此之多。一八八七年七月初六，《申报》刊载"新书出售"广告：

启者：本斋所印《淞隐漫录》乃天南遁叟所撰，即味闲庐所

云《后聊斋志异图说·初集》也……①

这里，盗版书籍竟然在正版书籍之前印行出来。1888 年二月初六日《申报》刊载"《聊斋图咏》减价"广告：

> 本号出售《聊斋图咏》，系同文局精校石印，久已脍炙人口。近因别局将原书翻印，鱼目混珠，以书照影，未加描摹。其中率多模糊，亮（谅）高明早已鉴为。今本号存书无多，情愿减价售出。每部码洋四元，惠顾者向本号及同文分局可也。
>
> 新泰启②

其中明确指出，盗版充斥中，鱼目混珠。1888 年四月初六日，《申报》刊载"《廿四史演义》减价"广告：

> 是书近有人翻刻、缩小，希图影射。本斋存书无多，因于四月初五日起减价，每部计码洋一元正。
>
> 同文分局代广百宋斋启③

在这种情况下，《大清著作权律》应时而生。如果我们将《大清著作权律》与之前的版权保护措施相比较的话，就更能看出《大清著作权律》在文学市场形成中的作用。《大清著作权律》颁布以前的版权保护，很大程度上是由官方向出版者提供特许文告，进行个别保护。比如《东都事略》记载的中国最早的版权保护例证：

> 眉山程舍人宅刊行，已申上司，不许覆板。④

---

① 《申报》1887 年 8 月 24 日，转自陈大康《中国近代小说史料——〈申报〉小说史料编年》（三），《文学遗产》2013 年第 1 期。
② 同上。
③ 《申报》1888 年 5 月 16 日，转自陈大康《中国近代小说史料——〈申报〉小说史料编年》（三），《文学遗产》2013 年第 1 期。
④ 周林、李明山：《中国版权史研究文献》，中国方正出版社 1999 年版，第 3 页。

例证中"已申上司"表明该官府文榜完全是根据当事人的"乞给"而发出，如果当事人不主动向官府求乞，该榜文是不会出现的，并且除此之外，当事人没有其他途径可以保护自己的利益。从这个例证中，我们无法寻找到现代观念中所理解的"权利"，就是属于"个人的正当利益"的观念，也无法看出这是一个制度性的规范。而个人平等权利的觉醒，制度性规范的设立是市场成熟至关重要的因素。中国版权保护的官府特许时期一直持续到《大清著作权律》的颁布，《大清著作权律》最为直接的功用就是保护作者和出版者的权利不受侵害，使作者和出版者在起诉侵权的时候有法可依，而不是费劲地去寻求行政庇护。这种保护无疑提高了作者的写作积极性，也给出版业的发展带来了极大的促进。就在《大清著作权律》颁布前后，中国报刊出版业的蓬勃发展，中国现代作家群体的初步形成。法律保障了作品从生产、传播到消费之间的良性循环。这种发展势头一直持续到了民国以后，民国建立之初，仍然将《大清著作权律》作为一种建设性的法律予以保留，后来北洋政府于1915年和民国政府于1928年制定的著作权法都是对《大清著作权律》的继承，在基本框架、主要内容和基本制度方面都没有什么实质性的变化。《大清著作权律》的颁布，也可以说是整个文化市场各种力量之间博弈的结果，它规范了整个市场秩序，同时又培育和促进了文学市场。

四　中国现代性进程中的《大清著作权律》

前面所述的《大清著作权律》在现代知识分子形成中所起到的作用和它在现代文学市场形成中所起到的作用完全是功能性的分析，《大清著作权律》颁布的时候是没有想到的。尽管晚清政府颁布《大清著作权律》来自内外因素的相互作用，但实际上国内当时确实存在着一股呼吁为著作权立法的声音，但是当看到晚清的中国为是否为著作权立法而争论不休的时候，我们就会明白这是一个没有完全为颁行著作权法做好准备的国度，晚清政府颁布《大清著作权律》的动力主要来自欧美列强的压力就是显而易见的了。

早在《大清著作权律》颁布的前200年，欧美诸国已经实行了成熟的著作权制度，在欧美诸国开拓中国市场的过程中，显然意识到了保

护本国公民知识产权不被侵权的重要性。《辛丑条约》第 11 款为外国
出版商乃至外国政府敦促清廷对版权加以制度性保护提供了一个合法性
的理由。条约列强希冀在中国建立一个可以从事国际商务的环境，毕竟
内地税、管理矿业与合营企业法律以及相关知识产权法律的缺乏阻碍了
他们进入中国四亿人口的巨大市场。同时，列强宣布，如果清朝政府作
出这种妥协，他们会同意清廷海关衙门复位关税、再禁鸦片，并且如果
中国的立法与执法状况得到保证的话，他们甚至愿意放弃治外法权。这
一尊重中国主权与国家安全的承诺引起了清廷的兴趣。于是，有关商务
条约的谈判就这样在美、日等列强与清朝政府之间开始了。商约的内容
涉及加税免厘、通商口岸等问题，最令中国谈判人员迷惑不解的是列强
竟然对包括版权在内的知识产权问题表现出了极大的兴趣与热情。对版
权保护要求最切的是美国和日本。中美两国于 1902 年 6 月 27 日始进行
了五次会谈，其间，对版权的保护问题展开了激烈的争论。无论如何，
中美在《续议通商行船条约》第 11 款专列了有关保护版权的内容。为
了履行该条约的条款，清政府开始考虑制定《大清著作权律》。①

　　在这里，《大清著作权律》的颁布显然与构建民族国家产生了联
系。实际上，中国的整个现代性进程都与民族国家的建立产生了关联。
作为晚清"预备立宪"而颁布的一系列法律之一，《大清著作权律》的
颁布无疑也是国家近代性或者现代性的象征之一。中国的悲剧或许正在
于此，颁行的法律并不是从权利人的需求出发，甚至是那些专门针对个
体的私法，而是将属于私法领域的法律比如著作权法作为国家推进近代
化的工具来使用，导致与其原来的目的产生了背离。这种背离所产生的
后果就是著作权法的立法与大众守法之间的某种不适应。尽管《大清
著作权律》颁布之后，在很短的时间内，就办理了大量著作权注册。
比如商务印书馆就是《大清著作权律》最早的受益者之一，到宣统三
年，它已经为其所出版的数百种各类教科书进行了注册，但我们很难发
现以《大清著作权律》为判案依据的官司。这既与中国传统重礼轻法
的传统有关，也与清政府在制定《大清著作权律》时的出发点有关。

---

　　① 　参见李雨峰《枪口下的法律——近代中国版权法的产生》，《北大法律评论》第 6 卷
第 1 辑，法律出版社 2005 年版。

《大清著作权律》的内容，大部分条款都是属于禁止性的，其实行的注册制实际上形成了一种书籍审查制度，《大清著作权律》里面诸多的限制连同其他相关法律一道，对当时的思想自由形成了钳制。这样就形成了《大清著作权律》在保护作者、促进作品的创作与流通方面的功能被减弱，而在其中掺入了维护统治稳定的因素。著作权法原是随着作者个体权利意识的增强、作者群地位的独立以及经济发展水平的提高等引起的社会结构变动的因素而逐渐完善的正常的结果，应该是著作权的保护促进了作品的创作与提高。而《大清著作权律》则刚好相反，由于忽略了法律在中国的信仰程度、民间对著作权法的需要程度、民间对著作权是否应当加以保护等实际情况，《大清著作权律》无法完成对个人权利的完全保护，也无法消除盗版而真正起到促进作品的创作与提高的作用。这无疑是晚清政府颁布的一系列法律的一个写照，晚清政府几乎所有的法律都是作为建设近代化民族国家的工具而颁布的，甚至似乎只要颁布了这么一部法律，就标志着我们已经进入近代化、现代化了，而往往忽视了权利人的实际需要。就这样，出于一种功利主义目的，著作权法在中国现代化的焦虑中诞生了。但它将著作权保护最起码的个体意识的难题留给了后人，或者恰当地说，它将个体权利意识得以孕育的政体机制的改革工作留给了后人，从而注定了中国著作权秩序的任重道远。①

《大清著作权律》作为一个个案，留给我们的是关于法律与文学的思考，在为文学之类的文化思想领域进行立法的时候，什么样的尺度是合适的？特别是当外加的因素多重集中到文学身上的时候，立法如何兼顾到文学自身的发展？那么，将《大清著作权律》放入中国现代性的理路当中去，我们的思考则才刚刚开始。

第三节　政治与作家转型

相对于文化教育类广告和经济类广告来说，《小说月报》中直接反

---

① 李雨峰：《枪口下的法律——近代中国版权法的产生》，载《北大法律评论》第 6 卷第 1 辑，法律出版社 2005 年版。

映政治的广告几乎没有，这种政治广告的缺失，自然与当时的社会背景及商务印书馆的立场有关。

一　商务印书馆的保守与《小说月报》政治广告的稀缺

关于商务印书馆的政治立场，学界一般都用保守中立来形容。这种保守中立自然可以在商务印书馆的发展史上找到相关的证据。但是，仔细梳理商务印书馆早期的历史，可以发现情况要复杂得多。

1902—1917 年，商务印书馆编译所所长一职由张元济担任。在商务内部，张元济一直被认为是制定出版方针的灵魂性人物。刚刚进馆，张元济就与夏瑞芳约定，"吾辈当以扶助教育为己任"，①　形成了商务印书馆以"教育救国"为宗旨的文化倾向。这种以教育为宗旨的文化取向，又要兼顾利润的获得，而商务印书馆作为一家民营企业，要在当时长期生存下去，就必须坚守住中立的立场，这就意味着商务主办的杂志不能卷入任何政治斗争的旋涡，从整体上导致了商务印书馆政治方面的滞后性。但这种政治的滞后性只能说商务印书馆为了保全利益而对当时正在进行的激烈政治斗争采取的避让措施，而不代表其观点的守旧。比如 1919 年 3 月，有俄国人请商务印书馆印书，当时俄国十月革命刚爆发，世界大多数国家都对其抱着怀疑或敌视的态度，中国当时当权的北洋军阀显然也持敌对立场。张元济担心惹上政治麻烦，出于现实考虑，提出了由俄领事馆出函证明此书无过激之处才给予印刷。②　甚至连孙中山的文集，也被张元济婉拒。③　观点激烈的书张元济不给予印刷，同样，观点守旧的张元济也不予通过。1918 年 2 月，康有为希望商务印书馆代售《不忍》杂志和他的著作，由于康和这份杂志都属于保皇派，张元济没有同意他的要求。1918 年 3 月，康有为又要求张元济为他推销刊有他写的《共和评议》的《不忍》杂志，再次遭到张元济拒绝。④这显示出了张元济乃至商务印书馆的政治立场。

---

①　张树年：《张元济年谱》，商务印书馆 1991 年版，第 52 页。
②　同上书，第 166 页。
③　同上书，第 176 页。
④　张元济日记 1918 年 3 月 26 日有记："康长素函询能否代售《不忍》杂志《共和平议》。作函却之"。《张无济全集》（第 6 卷），商务印书馆 2008 年版，第 351 页。

从 1905 年起，严复的《天演论》由商务印书馆发行，之后又再版 20 多次，一时风行全国。它所宣传的"物竞天择，适者生存"的思想引起中国近代史上第一次思想革新，对当时的中国无疑是一种震撼，代表着中国当时的先进思想。此时起至"五四"以后，商务印书馆的出版的书，大都宣扬爱国、进步的思想，可以说站在了时代的前列。早期的商务印书馆"适应了时代潮流的需要，站在资产阶级新文化一边，为提倡新学，兴办新学校，培养新人才，出版了大量适合时代需要的书……最早编印了新式教科书，给开办学校提供了启蒙课本。它大量翻译西方学术著作，打开了人们的眼界，受到了启迪，可以说起到了开拓者的作用"。① 这个时候的商务印书馆，可以说是引领潮流的，锐意进取，丝毫看不出守旧的样子。

就是人们一贯视为改良派守旧的张元济，其思想也不是一成不变的。张元济因为参与戊戌变法而被清廷革职，其内心深处很长一段时间依然对"立宪"抱有幻想。1908 年 8 月清廷开始改革，宣布"预备立宪"，颁布了《钦定宪法大纲》。当时身在日本考察的张元济写信给高梦旦说："在海外闻此消息，不觉欣喜"，"但求上下一心，实力准备，庶免为各国所笑耳"。同时嘱咐，"政法书籍宜亟着手编辑"。甚至到了 1911 年 3 月他在创办《法政杂志》时依然是"以普通政法知识灌输国民"，"冀上助宪政之进行，下为社会谋幸福"。而商务印书馆的一些出版书籍像《汉译日本法规大全》《列国政要》《政法杂志》以及《东方杂志》中的一些文章、社说等依然未摆脱戊戌以来变法维新的立宪意识而受到人们非难。② 但到了 1912 年（民国元年）商务印书馆编印了《共和国教科书》，而且把已经编好的《商务印书馆新字典》也"重加厘定，以求适于民国"。此外，1916 年张元济亲编梁启超的《国民浅训》并且大量发行，用以宣传民主政体，普及自由民主的政治常识。这些都反映着张元济的思想开始倾向于共和的一面。

但思想进步归思想进步，落实到实际行动中又是一方面。且不说在

---

① 李思敬：《百年读史的思绪——商务印书馆的创业与中国近代史上的思想革新》，《出版广角》1998 年第 1 期。
② 同上。

商务印书馆内存在着比张元济更为守旧的一派，而且这一派相对于张元济来说又占着上风。就是在实际的操作中，因言论过于激烈给商务印书馆带来的损失也是惨重的。商务印书馆旗下的《东方杂志》创办于1904年，是夏瑞芳提议"与社会各界通气"而办的信息性杂志。到了1910年代，已经发展成大型的综合性刊物。"凡世界最新政治、经济、社会变象、学术思想潮流，无不在《东方》述译介绍，而对于国际时事论述更力求详备。对于当时两次巴尔干战争和1914年的世界大战，都有最确实、迅速的评述，为当时任何定期刊物所不及"。① 可见商务印书馆的各类杂志不是对政治漠不关心的，在相当长的一段时间内是积极介入的。但1917年1月19日，张元济在日记里记载了这样一件事："因越南及新加坡两处禁制本馆《东方杂志》，牵及他书，并扣查各货。当约杜亚泉及朱赤萌、屏农、铁樵诸人细商。总以不登战事为是。《东方》除去外国大事记及欧战综记，其余译件愈少愈妙，战图亦不登。"② 这次事件对商务印书馆造成的影响波及旗下的其他杂志，导致商务印书馆的杂志对当下政治的言论越来越少，加之各方面的掣肘，《小说月报》上的政治广告不见踪影自然就在情理之中了。甚至到了茅盾革新《小说月报》之后，《小说月报》上直接反应政治的广告依然不见踪影。20世纪前50年中国的政治波动如此剧烈，却很难从《小说月报》中感受到这种波动。1910—1930年，国内外发生了清帝退位、张勋复辟、袁世凯夺权、俄国革命、五四运动、北伐等一系列影响甚大的事件，可《小说月报》很少有特别的反应，许多重大事件都未曾提及。

二　政治广告：在转角处相遇

　　商务印书馆避免和当下的政治直接搅和在一起，并不代表其没有政治立场。《小说月报》的政治意识虽不鲜明，但仔细体察，也不是一点没有。

　　辛亥革命于1911年10月10日（农历辛亥年八月十九日）爆发，这一期的《小说月报》封面上赫然印着：

---

① 陈应年：《涵芬楼的文化名人》，《纵横》1997年第2期。
② 《张元济全集·日记》（第6卷），商务印书馆2008年版，第156页。

第二年第八期 辛亥年八月 上海商务印书馆印行①

这一个月辛亥革命才刚刚打响，国家局势并不明朗，《小说月报》一改用"宣统"的纪年方式，是需要勇气的。与此形成对比的是，1916 年袁世凯登基的时候，许多报纸杂志纷纷采用他的年号"洪宪"为纪年方式，在封面上标出"洪宪元年"的字样以取媚袁政府，《小说月报》却是我行我素，依然是"民国五年"不作变动，这同样是需要勇气的。

《小说月报》对"共和"的态度尤其表现在辛亥革命期间，辛亥革命刚刚爆发不久，《小说月报》第二年第九期就刊登出了关于辛亥革命纪念明信片的广告：

> 单色每张二分 **革命纪念明信片** 彩色每张三分革命军起义人人欲知其真相现觅得武汉照片数十幅特制成明信片以饷海内其中若起事诸首领之肖像民军出征之勇概清军焚烧之残暴民国旗之式样披图阅之情景逼真现出单色彩色各有数十种精印发售定卜阅者欢迎。②

接着又在第十期插画换成"革命女军首领沈素贞"和"红十字会会长张竹君女士"，在该期又刊登出了"大革命写真画"的广告：

> 自武汉起事至各省独立其间若重要之人物战争之状况皆为留心时局者急欲先见为快本馆特请人向各地摄取真相制成铜版彩墨精印每四十幅洋装美制极为适观现先出五集以下当陆续出版③

在袁世凯复辟倒台之后，《小说月报》第八卷第九号在教科书的广告里又出现：

---

① 《小说月报》第二卷第八号。
② 《小说月报》第二卷第九号。
③ 《小说月报》第二卷第十号。

今日维护共和 当注重共和教育 采用共和国教科书

全国教育界诸君公鉴 民国建设六年帝制发生两次共和不能巩固由于真理未明焉根本计全赖教育家握其枢机立其基础敝馆于**民国成立之初**特编**适合共和宗旨**之教科书分国民学校高等小学校中学校师范学校四种学生用书及教师用书均全一律呈经**民国教育部**审定公布并将书名**特定共和国教科书**及**民国新教科书**等名实相符庶几**耳濡目染收效无形**今日教育家欲同心协力盖此维护共和之责则采用**此种教科书最为相宜**各书目录均详载图书汇报谨布区区惟希公鉴

商务印书馆谨启①

通过这些广告中点滴透露出来的信息，厚此薄彼中《小说月报》的政治取向昭然若揭。只是这些政治立场与赤裸裸的政治宣传相比隐秘了许多，这是商务印书馆作为一家民营企业为了求生存所采取的必要措施。商务印书馆的这种政治谨慎性几乎贯穿《小说月报》的始终，特别是 1917 年发生《东方杂志》在越南、新加坡被查禁之后，这种慎言慎行明显，在茅盾革新《小说月报》之后，基本上连在边角处都看不到政治广告了。这也显示出作为一家文化出版企业，商务印书馆首先考虑到的还是利益问题，而不是文化问题。

三　政治：现代作家绕不过去的弯

尽管商务印书馆出于商业利益的考虑，《小说月报》表达政治立场是隐秘的，但这并不妨碍作家们对中国政治的关注，对中国现实社会的思考。中国作家在由古代向现代转型的过程中，现代民族国家建立的紧迫压力与传统士人"修身齐家治国平天下"的政治抱负使现代作家难以与政治决裂，作家对现实的关注成为现代文学最显著的品格。

且不说处于传统向现代转型的过渡作家身上带有的那种古代士大夫心底里的政治情结，中国近现代多事之秋的社会，风云变化的大时代也容不下作家"两耳不闻窗外事"地去远离现实人生去进行创作。晚清宪政、辛亥革命、五四运动、北伐等一系列的政治事件所带来的影响已

---

① 《小说月报》第八卷第九号。

经不是仅仅在某一个阶级或阶层的范围之内了，而是遍及整个社会阶层，触动着整个社会的政治、经济及文化思想了。在这样一种时代背景下，尽管以稳健著称的《小说月报》也不免要打上这种时代的烙印。

　　辛亥革命刚刚结束不久，作为《小说月报》的主编兼作者的恽铁樵的小说创作就开始了对这场重大历史事件从文学角度的描绘和反思。刊登于《小说月报》第三卷第四期的《血花一幕》记录了辛亥革命在一个郡县进行的情形。这是一个短篇小说，却完全展示了辛亥革命的方方面面。在辛亥革命进行之后，局面的混乱使得军政分府长官一职成为各方势力角逐的焦点，胆大妄为的孙羽、别有用心的地方绅士赵先生、政治无赖李不同、缺乏责任感从事军火买卖的周时新、吴养年等各色人物纷纷登场。这篇小说及时反思了辛亥革命的弱点，在那个地方进行的辛亥革命，非但没有得到群众的拥护和支持，反而成了各方投机分子权力争夺契机，这种反应是及时也是清醒的。而在《村老妪》当中，作者更是对辛亥革命之后的"民主"产生了质疑，在开篇之前即说道：

　　　　反映了辛亥革命后的假民主。某村老妪的儿子名阿二，年二十五，尚不能自立生活，欲谋得巡士之职，不惜帮助乡绅操纵选举。①

　　辛亥革命之后，整个社会换汤不换药，所谓的"民主"成了投机者向上爬的工具，阿二受乡绅的利诱，一人就投了十三张选票。恽铁樵在主编《小说月报》期间一直提倡文学反映现实社会，一直有一种对国家、民族非常强烈的责任感和忧患意识，面对现实中的种种混乱和苟且投机之事，一个有良知的作家如何能做到袖手旁观？尽管《小说月报》不能赤裸裸地对现实政治进行抨击，但借助小说，作者表达了对现实的观照和警惕。

　　考察《小说月报》中的小说，不仅可以看到社会政治变革在文学作品中的反映，更重要的是能窥出当时人们对这种社会变革的认识和态度。除了恽铁樵，在许多作家笔下都有着这种反映：

---

　　① 《小说月报》第三卷第十号。

谈到商务出的地方自治章样共有二种，一是城镇乡的，一是府厅州县的。每样只要四十文。……那边魏自治自从到东洋去了六个月回来，便自称"为东洋留学法政科毕业生"。满口都是"经济""法律""立宪""自治"。即有一般男女志士卜自利、卜自爱等，附和于他。①

据我这副冷眼看来，照现在这种情况，凭良心说话，实在不如从先那专制时代，倒还觉得平平整整，干干净净。自从这么一变，竟变成一个鬼鬼魅魅的世界。……革命，革命，革出这种世界来了，这还是人过的日子吗？大家口头上，讲的是公理、义务，心目中所争的，却是私情、权力。文牍上说的是退伍辞职，心目中所为的却是升官发财。明明是个老顽固，他却说他是个老革命；明明是个大土匪，他却说他是个大义侠。明明是寡廉鲜耻，他说他是不拘小节；明明是瞎闹意气，他说他是发挥政见。明明是空谈，他说是实际；明明是破坏，他说是建设。唉！②

幕陶答以未定，忽顾谓静妍曰："今岁社会党为女子开一学堂，专授法政，为女子参政之豫备。"……年长妇人在旁，闻幕陶忽言女子参政，忽言社会党，茫然不解所谓。③

这种对现实政治的反映在早期《小说月报》中已然多见，而到了茅盾革新《小说月报》之后，提倡为人生的文学，直接反映现设社会生活的作品便更普遍了。

第四节　对中国知识分子角色的思考

如果将古代作家向现代作家的转型做一个全面的考察的话，我们会发现，在现代作家身上，还有着许多古代作家的影子。比如中国文学一

---

① 《自治地方》，《小说月报》第一卷第六号。
② 《傅杌鉴》，《小说月报》第四卷第二号。
③ 《妒花风雨》，《小说月报》第五卷第十号。

直以来对政治的恋恋不舍，现代之后，虽然对政治的依附性比古代减弱了，却又产生了对经济的依附，文学的独立似乎依然难以实现。作家，甚至包括整个知识分子群体应该在社会中扮演一个什么样的角色？作家到了该重新认识自己的时候了。

要追究更深原因的话，我们很自然地会转入传统文化上去，尽管传统是令现在许多研究者头疼的领域，但面对沉重的反思，从根源上进行梳理是十分有必要的。正如前文提到过的，法治在中国显然没有良好的传统，无论是对于普通的民众，还是对于知识分子而言，法律都不是调节社会的主要手段，更何况是对于追求权力垄断的统治阶层。中国民众向来没有依靠法律来解决纠纷的习惯，这里面当然有着众多的原因，但农耕文明培养起来的追求稳定、依靠人际关系的习俗是其主要原因之一。这种根深蒂固的观念甚至一直持续到现在，成了一个难以摆脱的顽疾。而对于在儒家经义之下培养起来的士大夫阶层，本身就缺乏法治观念。中国农耕社会寻求稳定的特点，决定了儒家文化对其极强的适应性。儒家在汉代被"独尊"之后，基于其基本的治国理念，比起诸子百家、四书五经，法律一直处于被轻视、受支配的地位。只有依靠礼法行不通了，法律才成为镇压民众的暴力工具。汉代以后的历朝历代，主要靠儒家的礼法、道德伦理、宗法制度来调节社会，并且在其后的漫长岁月里，中国的法律也开始了儒家化，以礼入法。① 这一转变，使得中国在治国方面与西方的法治出现了分野，中国以礼治国，辅之以法，导致了中国社会到处讲究尊卑、阶级、名分，认为这是比法治更为重要的。更为严重的是，通过科举制度，统治阶级将读书人纳入国家体制之内，在给社会各阶层的人才流动提供了空间、稳定统治基础的同时，也在大一统的观念下禁锢了古代士大夫的思想，儒家的学说加上不断成熟的科举制度，禁止了士大夫阶层对儒家之外的学说进行更有理性的思考。士大夫阶层在儒家经义的影响下轻视法律，"学而优则仕"，在中国森严的等级制度下，上层社会的种种特权不断诱惑着读书人，让读书人一生为了权力而钻营，形成了影响极为深远的"官本位"思想，这

① 关于这方面的详细论述可见瞿同祖的《中国法律之儒家化》，载《国立北京大学五十周年纪念论文集》文学院第四种，北京大学出版部1948年版。

样的情况下，古代士大夫要么成为儒家的殉道者，要么成为权谋家，导致法治、权利、民主、共和等观念在中国大地上无法自发产生。

　　而进入近现代以后，中国法制的建设很多时候被当作国家实现现代化的一种工具，而没有从制定法律所需要的权利与义务的根本需求出发，就像李雨峰所评说的《大清著作权律》一样："出于一种功利主义目的，版权法在中国现代化的焦虑中诞生了。但它将版权保护最起码的个体意识的难题留给了后人，或者恰当地说，它将个体权利意识得以生育的政体机制的改革工作留给了后人，从而注定了中国版权秩序的任重道远。无论中国的知识分子赞成还是反对版权保护，他们的理由都是中国的、非西方的。这种将具有自身意义的权利改造为一种实现现代化的工具并对权利现象的语境加以置换的做法，其后果是消解了版权法文本的价值。这就是问题之所在。"① 这种说法也适用于其他法律。在清末和民国，国家法律制定的出发点通常为的是解决统治的危机，作为维护统治的工具来运用的，而不是以保障人民的基本权利为出发点的，这样一来，法律在中国运行失去效用就不足为奇怪了。因此，在近现代的中国，法律对统治阶层而言，无疑起到两个方面的作用，一是被看作推进国家现代化的工具，认为一旦制定了法律，这个国家就从形式上迈进了现代化的门槛，其后果就是尽管从立法上我们已经基本上成了法制健全的国家，但在其实施层面上，法治依然离普通民众很远。二是法律被作为解决统治合法性的理由，成为一种统治的工具，跟专制就绑在了一起。更为严重的问题是，继古代士大夫无法对古代的法治做出理性的思考之后，近现代的知识分子依然不能对法治在中国进行学理性的探索，这其中的原因自然也是多样的，但知识分子自身的原因是无论如何都绕不过去的。

　　在法律对一个政体的运行难以形成有效的制衡时，舆论对政府行为的监督就显得尤为重要了。在西方形成了如哈贝马斯所说的"资产阶级公共领域"，是一个公众们讨论公共问题、自由交往的公共领域，它形成了政治权威重要的合法性基础。公共权力是否合法，是否代表民

---

　　① 李雨峰：《枪口下的法律——近代中国版权法的产生》，载《北大法律评论》第 6 卷第 1 辑，法律出版社 2005 年版。

意，要看是否在公共领域之中得到了经由自由辩论而产生的公众舆论的支持。① 借助这种领域，公众舆论得以对政府行为产生影响。尽管不少学者也指出近现代的中国也存在着公共领域或者是与公共领域类似的"第三领域"②，不过，由于中国的公共领域缺乏欧洲这样的广泛的市民阶层的支持和铺垫，所以，近代中国的公共领域只是狭隘得多的士大夫或知识分子的公共领域③，但中国的这种公共领域一直没有形成西方那样对政府行为产生实际作用的影响。在分析其缺乏市民社会的条件时，我们更应该注意到知识分子自身的原因，中国的读书人，从古代的士大夫到现代的知识分子，特别是在作家身上，似乎更热衷于参政而不仅仅满足于独立性的议政。

在科举时代，读书人可以通过科举考试晋身为士大夫，成为国家统治者阶层的一员。在此过程当中，对读书人影响最大的无疑是科举考试，科举决定了他们在社会中的经济基础与政治地位。通过了科举考试，士大夫享受了国家供给的俸禄，拥有了比大多数人较为优越的经济条件，同时还享受着封建国家特许的种种政治特权。尽管能够通过科举考试成为一名国家官员的概率很小，但这种国家提供的经济基础和政治地位给予了读书人无尽的希望，配合着"独尊儒术"的大一统的观念，实现了国家政体的稳定运行。由此一来，当读书人成为国家官员的时候，就成了当时体制之内的既得利益者。尽管中国历史上不乏冒死进谏士大夫，但他们所进谏的不外乎是统治者对平民剥削太重，影响了政权稳定或是君主德性不检导致政体运行的危机，而难以对政体的结构方式产生质疑以及对背后的文化进行一种理性的反思。一方面国家给予了他们经济保障和政治资本，让他们为稳定国家政治而努力，而另一方面，国家通过这种方式，限制古代士大夫的批判和反思能力，如唐太宗所说的："天下英雄尽入吾彀中矣。"于是，古代读书人终身所追求的就是通过

---

① 参见哈贝马斯《公共领域的结构转型》，曹卫东译，上海学林出版社1999年版。

② 黄宗智：《中国的"公共领域"与"市民社会"？——国家与社会间的第三领域》，邓正来、J. 亚历山大编《国家与社会：一种社会理论的研究路径》，中央编译出版社1999版，第421—443页。

③ 许纪霖：《近代中国的公共领域：形态、功能与自我理解——以上海为例》，转自中国近代史研究所，http://www.zgjds.org/chineseindex.htm。

科举考试、争取成为国家统治阶层的一员，努力维护国家政体的平稳运转。在这个层面上，古代的读书人或是士大夫就成了国家追求统治稳定所利用的一种工具。

古代社会对士大夫的这种控制是行之有效的。它造成了士大夫对政治和主流思想形成某种难以摆脱的依附，他们从儒家那里得到了精神资源，从统治者那里得到了世俗的特权，就算形成某种批判，这种批判也是在统治阶层内部的批判，比如批判统治者对人民的残暴，统治者的腐败，而不会怀疑以这种政体结构方式作为统治基础是否合理，也就不会诞生对君主权力加以制衡的观念。而这种带有强烈政治意识的古代士大夫转化为现代知识分子是较为容易的[1]，特别是在近现代中国面临着内外危机的时候，更容易与现代知识分子的责任意识产生共鸣。同时，这种士大夫天生丧失自身独立性的缺点也很容易就延续到了现代知识分子身上，当然很难形成对现有政治体制进行舆论制衡的作用。中国知识分子群体也很难形成真正意义上的哈贝马斯所说的公共领域。

这种情况一直延续到了近现代甚至当下，中国知识分子一直对政治抱有一种怀旧感。一旦有机会，中国近现代的知识分子就会放弃自己所从事的写作、教员、编辑等工作投身政治活动。《小说月报》的首位主编王蕴章就是一个很好的例子，在当了《小说月报》主编一年之后，国民政府刚成立，他便辞去了编辑之职，到南京国民政府做了议员，后来参政不成功了才又回到了编辑岗位，这在民国之初应该是比较有代表性的。"民初知识分子大体上认同于士这一社会角色，也力图继承士的社会责任；但他们相对要超然一些，多数是像胡适一样倾向于'讲学复议政'，即停止在议政阶段，作'社会的良心'，把直接参政置于第二位。更有人试图将学术与政治分开，干脆钻进象牙塔，像胡适所说的'回到故纸堆中去'，不问世事（这恐怕更多是一种无可奈何的选择）。"[2] 这种对政治的依附关系给知识分子带来的伤害是致命的，导致中国知识分子很难有开阔、公允的视野站在体制之外去进行学理分析，

---

  ① 这种转变的过程分析可参见余英时的《士与中国文化》和罗志田的《近代中国社会权势的转移：知识分子的边缘化与边缘知识分子的兴起》等文。

  ② 罗志田：《近代中国社会权势的转移：知识分子的边缘化与边缘知识分子的兴起》，《开放时代》1999 年第 4 期。

提出自己独立的思想与批判性见解，很多时候知识分子是政治势力的附合者，随着政治变动而不断更改自己的立场。于是，我们便看到，在整个中国现代文学史上，除了鲁迅在对传统进行批判的同时还能对各个政治派别保持着相当的警惕之外，中国的现代作家绝大多数都卷入了党派之争，"左派""右派""海派"甚至时标榜着自由主义的比如胡适、沈从文等人也脱不了政治的干系。从秦始皇的焚书坑儒、汉代的"独尊儒术"、清代的"文字狱"……知识分子和统治者之间一直处于一种很纠结的关系当中。如果我们看到在历代统治者那里，知识分子都成为"工具"，在古代成了维护统治稳定的工具，那么我们就不难理解为什么历代的统治者在给了读书人各种经济和政治的权益的同时，也对知识分子进行无情的打压和利用了，也不难理解中国为什么不能诞生出以法治国和出现利用舆论来制衡权力量。这一方面固然跟政治的残酷有关，另一方面却也跟中国知识分子与生俱来的对政治、对经济的依附有关，没有了独立性的知识分子往往就成了工具性的"附庸"。这就需要我们重新审视知识分子的特质及其在社会中所扮演的相关角色。

尽管我们很难去给知识分子下一个准确的定义，但我们却能从大体上描绘出知识分子的一些基本特征："今天西方人常常称知识分子为'社会的良心'，认为他们是人类的基本价值（如理性、自由、公平等）的维护者。知识分子一方面根据这些基本价值来批判社会上一切不合理的现象，另一方面则努力推动这些价值的充分实现。"[1]"这种特殊含义的'知识分子'首先也必须是以某种知识技能为专业的人，他可以是教师、新闻工作者、律师、艺术家、文学家、工程师、科学家或任何其它行业的脑力劳动者。但是如果他的全部兴趣始终限于职业范围之内，那么他仍然没有具备'知识分子'的充足条件。根据西方学术界的一般理解，所谓'知识分子'，除了献身于专业工作以外，同时还必须深切地关怀着国家、社会，以至世界上一切有关公共利益之事，而且这种关怀又必须是超越于个人（包括个人所属的小团体）的私利之上的。"[2] 在许多对知识分子的描述中，独立性、批判性及对国家的关怀

---

[1] 余英时：《士与中国文化·序》，在上海人民出版社 1987 年版。

[2] 同上。

是绕不过去的几个特质，特别是对人文社会科学的知识分子而言，这是真正知识分子的必备条件。

如果我们把中国近现代缺乏权力监督而归之于没有法治和舆论监督上去的话，那么承担这些思考的无疑就应该是知识分子的使命之一，而中国的知识分子显然没有独立完成这样一种思考。这背后隐含的是知识分子对自己在社会中所扮演的角色还缺乏一个清晰的认识。古代士大夫显然没有把自己始终定位在读书人这一角色之上，对于士大夫而言，出仕为官才是他们给自己的真正定位，读书对于大多数士大夫来说只是其向上攀爬的阶梯，属于一种附带性的角色。这种观念延伸到近现代社会里面，尽管科举体制已经废除了，但"官本位"思想在许多知识分子那里仍然大有市场，知识分子对自己的角色定位往往是错误的。在许多现代知识分子这里，从政、经商才是他们要扮演的社会角色，理性的思考和批判很少会成为他们的毕生追求。为社会贡献思想在中国社会里面还是一种稀缺，许多时候，形成一定的思考只是为了商业或者政治的资历，成为一种谋财或谋政的工具。这样的角色定位的错误自然难以培养出一种自由的思想和独立的人格，也不利于知识分子群体的发展。

知识分子应该在社会中扮演一个什么样的角色？本书坚持认为，知识分子应该摆脱那种工具性的附庸角色，坚持独立性和批判性，知识分子在社会中的角色就是要为大众提供一种精神资源，提供一种理性思考的方式。他们独立于政府的行政权力之外，不掌握政治权力，却能在一定程度上掌握着大众话语权；他与大众相联系，却又给大众提供方向，甚至对大众本身进行批判。这样的一个知识分子群体与大众，才有可能形成哈贝马斯所说的公共领域。这种在独立性基础上的批判，他的力量应该是自发的，批判的锋芒不应该局限于某事某物，更应该是一种体制背后的文化的批判，是一种形而上的思考，最终形成一种思想的力量。"真正的文化批判应具备三个条件：一、文化批判的对象不是体制本身，而是体制借以立足的文化规范；二、文化批判不是指斥规范的弊端，而是对规范作形而上的思辨，也即文化批判的非实践性；三、文化批判应当把自我作为反思的他者之一，保持清醒的自我批判。"① 这种

---

① 赵毅衡：《文化批判是知识分子的职责》，《中国教育报》2007 年 5 月 28 日。

文化批判意识无疑带有着浓厚的精英色彩，"这是一种精英主义的立场。精英这词现在几乎成了一个脏词——势利、狭隘，而且危险……而中国对知识精英的反感，却是既成体制与商业化势力迫使学院知识分子放弃文化批判的责任"，"正是知其不可为而为之，才是真正的文化批判"①。这样一种文化批判，批判的矛头无疑直指现存体制背后的原点，它通过引发公众舆论而去影响文化，利用舆论、思想、文化的影响去促进社会的前进，最后达成对权力的制约。在这一过程中，知识分子自身的角色转变是极为关键的，他应该反思自己对社会贡献的某种思想资源，而不是抱着"士农工商"士为上的观念脱离社会，自我边缘化，也不仅仅是走进象牙塔里做着专门化的研究，而且应该有着对自身命运的思考。如果按此标准衡量的话，中国的知识分子包括作家需要走的道路还很长，任重而道远。

---

① 赵毅衡：《文化批判是知识分子的职责》，《中国教育报》2007 年 5 月 28 日。

第四章 广告视野下的文学传播方式转型

　　按照现代文学理论，文学活动的过程应该包括文学创作、文学传播、文学消费三个重要环节，文学活动的这三个环节应该说古已有之，但是在近现代文学市场形成之前，文学活动的这三个环节显然并不处在相同的地位上。古代的文学活动很大程度上是由作者占主导地位的，写作、传播都由作者自行负责，由于印刷技术和个人传播能力所限，文学消费只能在小众之间进行。以报纸、杂志为代表的大众传媒的出现，使得文学的大众消费成为可能。在文学市场形成的过程中，文学传播、文学消费甚至文学创作都成了一种集体行为。近现代文学传播的集体行为最明显的形式就是企业形式，而企业所具有的功利性必然使其具有追求利益的特征，即使是文学传播也不例外。这样就使得近现代文学传播机构必然要想尽一切手段来追求最大的利润，而广告无疑就是其中的一种。但文学作为商品又跟其他商品不一样，一方面要能利用文学创造利润；另一方面又要能带给读者精神性的享受。近现代出版的传播机构无不在这两者之间摇晃。通过分析《小说月报》的广告，我们很能看出《小说月报》的这种文化与商业的双重性质的。

　　近现代传媒市场的形成，使文学创作、传播、消费的活动变得复杂，文学创作不再是主导文学市场的唯一因素，文学传播、文学消费取得了与文学创作同样重要甚至比文学创作更为重要的地位，这样就催生了编辑、印刷、装订等相关的职业。文学期刊的编辑便成了作者和读者之间的中介，在某种意义上行使着部分作者和读者的权利。一方面，编辑通过各种编辑方法，通过类似于舆程设置的方式引导着读者的阅读，提升着读者的审美能力；另一方面，他又紧贴着文学市场的发展，敏锐地捕着读者的阅读口味，将读者的阅读意见反馈给作者，不断修正着作者的写作风格和写作技巧，使作者的写作尽量贴近于大众，不至于离大众阅读口味太远，从而保证期刊的销量。这样看来，在文学市场中，编辑起到了至关重要的调节作用，某种程度上说是一份期刊中的灵魂人物。而文学市场中期刊的较量，编辑的较量无疑是其中重要的因素。透过《小说月报》上的广告，我们可以窥见其几任编辑的艰难选择，也能在这种选择中见出他们各自的个性。

第一节　前期《小说月报》的两任编辑

一　历史夹缝中的编辑——王蕴章

　　早期《小说月报》作为新旧文学过渡时期的杂志①，这种过渡性质，除了跟当时的社会风气有关，更跟杂志的编辑紧密相连，分析早期《小说月报》的这种性质，编辑首当其冲。特别是王蕴章参与了《小说月报》的创刊和改革前《小说月报》的最后几卷，他的编辑思想直接影响到了早期《小说月报》的性质与风格，《小说月报》的过渡性质，正是在他的手上形成和完成的。通过对王蕴章前后两次任《小说月报》的主编对《小说月报》杂志的定位、内容的取舍、栏目的设置、封面和插画的编辑等的分析，我们可以看到作为一位在新旧历史夹缝中的过渡性编辑，王蕴章为平衡新旧矛盾及其以求跟上时代步伐所做的艰难努力。

　　王蕴章第一次任《小说月报》的主编是从 1910 年 7 月到 1911 年 12 月，共编辑杂志 19 期。王蕴章在《小说月报》创刊时任主编，对这份杂志是充满着憧憬和幻想的，这可以从他对《小说月报》的定位中看出来。《小说月报》创刊时的"编辑大意"说：

　　　　本馆旧有绣像小说之刊欢迎一时嗣响遽寂用广前例，辑成是报。

_____

① 谢晓霞：《过渡时期的杂志：1910—1920 年的〈小说月报〉》，《宁夏大学学报》2002年第 4 期。

从"编辑大意"上看，《小说月报》有着继承《绣像小说》的雄心大志。作为清末四大小说杂志之一的《绣像小说》，以图文并茂的形式表现出了自己的个性和格调，在读者中口碑甚好，是晚清小说期刊中发行时间最长、出版期数最多的一种。《小说月报》创刊伊始便说明自己和《绣像小说》之间的继承关系，显然编辑是对《小说月报》的未来充满了希望。《小说月报》借助《绣像小说》的辉煌抬高自己，对自己的未来充满了期待，但《小说月报》的期刊定位却没有走与《绣像小说》一样的路线。《绣像小说》在其创刊号上刊载《本馆编印〈绣像小说〉缘起》，云：

> 欧美化民多由小说扶桑崛起推波助澜其从事于此者率皆名公巨卿魁儒硕彦察天下之大势洞人类之赜理潜推往古豫揣将来然后抒一己之见著而为书以醒齐民之耳目或对人群之积弊而下砭或为国家之危险而立鉴揆其用意无一非裨国利民支那建国最古作者如林然非怪谬荒诞之言即记秽亵邪淫之事求其稍裨于国稍利于民者几几乎百不获一夫今乐忘倦人情皆同说书唱歌感化尤易本馆有鉴于此于是纠合同志首创此编远摭泰西之良规近把海东之余韵或手著或译本随时甄录月出两期借思开化夫下愚遑计贻讥于大雅呜呼庚子一役近事可稽爱国君子倘或引为同调畅此宗风则请以兹编为之嚆矢著者虽为执鞭亦忻慕焉①

这里，《绣像小说》的期刊定位是相当明确的，"借思开化夫下愚""或对人群之弊而下砭，或为国家之危险而立鉴"的意图相当明显。而在《小说月报》的"编辑大意"上却是"趋译名作，缀述旧闻，灌输新理，增进常识为宗旨"，两相比较，《小说月报》的定位虽然强调教化功能，却平缓了许多，并且突出了"材料丰富，趣味酽深"，强调该杂志的"趣味性"倾向。在紧接着的"征文通告"里，说"现一身、说一法，幻云烟于笔端，涌华严于弹指，小说之功伟矣"②，这里突出了小说的现身说法，有将小说视为"游戏"的味道。对照另外一则广

---

① 《绣像小说》第一卷第一号。
② 《小说月报》第一卷第一号。

告，则《小说月报》当时对小说的心态就可一览无遗了。宣统三年闰六月《小说月报》临时增刊的封底广告：

惟一无二之消夏品

夏日如年闲无事求所以愉悦性情增长闻见莫如小说本馆年来新出小说最多皆情事离奇趣味浓郁大足驱遣睡魔消磨炎暑兹特大减价为诸君消夏之助列目如下……①

虽不能说这则广告出自王蕴章之手，却足以代表《小说月报》的观点，这与王蕴章无疑有着紧密的联系。在这里小说成了驱遣睡魔的消夏品，与中国传统的"饰小说以干县令，其于大达亦远矣"的观点相差无几，小说的教化功能在淡去，而娱乐功能、趣味性在增强。这显示了编辑王蕴章文学观念的传统保守的一面。这种文学观念很明显的体现了王蕴章的过渡性质，而且在其第一次编辑《小说月报》的时候，旧的文学观念远远占着上风，这从在王蕴章第一次主编《小说月报》一年半多的时间中，虽然"编辑大意"上说"文言白话，著作翻译，无美不收"，但1910—1912年，《小说月报》三年间无一篇白话小说，所刊43篇小说全为文言小说，就可以看出其在择稿时以文言小说为重，不大看得起白话小说的文学倾向。

就在上述的"编辑大意"里面说："本报卷首插图数页，选择綦严，不尚俗艳。专取名人书画，以及风景古迹足以唤起特别之观念者"，这里突出了卷首的插图栏，是别有新意的。在1910年前后，大多数刊物，尤其是小说刊物都设有插图栏，这是借鉴西方办刊经验后养成的习惯。可仿效西方的后果之一是许多刊物选取插图不严格，尤喜以美人图像为卷首图，而《小说月报》的卷首插图以花鸟风景为主，追求中国古代文人淡雅空灵的雅趣。这表明了王蕴章编辑《小说月报》一开始坚守雅的一面，但同时，从《小说月报》前两卷的实际插图中，我们又看到王蕴章在当时市场风气影响下俗的一面。在王蕴章编辑的前两卷《小说月报》中，也采用了妓女的照片做插图。如第二卷第三期

---

① 《小说月报》第二卷闰月增刊。

的《北京名妓谢卿卿、李银兰小影》，第二卷第四期图画中的《北京名坛扑朔迷离图》等。除此之外，王蕴章还在《小说月报》中公然征求美人照片："如有将诗词、杂著、游记、随笔以及美人摄影、风景、写真惠寄者，本社无任感动。"① 从王蕴章对《小说月报》封面和插图的设计，我们不难看出，王蕴章在编辑《小说月报》时，基本的编辑风格是介于雅俗之间，在追求雅的情趣时，又不时流露出民初文人常见的趣味化倾向。

从上面我们可以看到王蕴章在第一次编辑《小说月报》时，侧重于旧的文学观念，将杂志定位与雅俗共赏之间，但是，王蕴章又绝非顽固不化的守旧分子。这从王蕴章的栏目调配就可以看出来。王蕴章编辑的《小说月报》的前几卷共设有图画、长篇、短篇、译丛、笔记、文苑、新智识、改良新剧八个栏目。如果我们将这时期《小说月报》的栏目设置与晚清的小说杂志的栏目设置做对比，我们就可以看到王蕴章在这方面的进步。

表4-1　　王蕴章第一次任主编时《小说月报》与其他小说杂志的栏目对比

刊物名称	主要栏目设置	起始时间
新小说	图画、历史小说、政治小说、科学小说、冒险小说、侦探小说、语怪小说、传奇、广东戏本、杂记、杂歌谣	1902.11—1906.1
绣像小说	新编小说文明小史、活地狱、新编弹词醒世缘、历史演义、京话演说、振贝子英轺日记、益智问答、维新梦传奇、新编前本经国美谈、新戏时调唱歌、梦游二十一世纪、理科游戏	1903.5—1906.4
小说林	社会小说、科学小说、侦探小说、写情小说、历史小说、军事小说、文苑、短篇小说、评林丛录	1907.2—1908.10
十日小说	插画、小说、谐谈、余魔	1909.9—1911.1
小说时报	图画、短篇新作、名著杂译、各国时闻、长篇新作、杂记、随笔	1909.10—1917.11
小说月报	图画、长篇、短篇、译丛、笔记、文苑、新智识、改良新剧	1910.8—1921.1

① 《小说月报》第二卷第一号。

除了在小说栏目的编排上形式越来越显得有条理，不再将"短篇小说"与"社会小说""历史小说"并列，显示了编辑对小说文体的特征的清晰认识，分类方法更为科学合理之外，王蕴章在《小说月报》上新设的"改良新剧"一栏意义重大。正是这个栏目以一种近似于现代话剧剧本的创作——改良新剧，为中国现代话剧剧本的走向成熟奠定了基础，因为在《小说月报》刊登白话体的类似于现代话剧剧本的改良新剧时，中国的话剧刚刚起步，还没有成熟意义上的话剧剧本。这是《小说月报》中唯一从一开始就充满新文学意味的栏目。而这两个栏目也使这份杂志与同时期别的杂志相比，一开始就有一种趋新的趋向。①"改良新剧"栏目所刊载的剧本，不乏优秀的翻译作品和自著的话剧创作剧本，如徐卓呆的《遗嘱》《故乡》等，从这些作品中，可以明显看到戏剧的变革：白话的语言，对话的表现形式，新式标点的采用等。这些都是我国现代话剧诞生前很了不起的实验与准备，显示了王蕴章文学思想上进步的一面。

王蕴章第一次编辑《小说月报》的这种守旧的文学观念带来的雅俗共赏的期刊定位、旧中有新的编辑方针，很好地契合了当时一般读者的心理。当时正处于梁启超"小说界革命"的退潮时期，小说界盛行文言小说，小说的功利观减弱，游戏、趣味的兴致加浓，王蕴章的这种编辑方针是受到读者欢迎的，这一点从《小说月报》最初的销售量不断上升就可以看出来。《小说月报》第四卷第三号的广告说：

本社广告

购阅小说月报诸君公鉴本社发行小说月报已历三年而自第一年第一号起至第二年第十二号止陆续售缺不特诸君无从补购即本社亦多缺而不全计第一年（一至六）六册第二年（一至十二）十二册共十八册诸君倘有多余仰愿割爱者或由本社照定价收回或交换价值相当之小说（以商务印书馆出版者为限）或以商务印书馆赠书券相酬悉从尊便倘蒙惠寄以阳历九月底截止特此奉告

小说月报社 恽铁樵谨启②

---

① 谢晓霞：《编辑主张与改革前〈小说月报〉的风格》，《东方论坛》2004 年第 3 期。
② 《小说月报》第四卷第三号。

《小说月报》第一年和第二年售得连报社都没有了底货,希望从读者手中回购,可见其销售势头不错。而这时候正是王蕴章编辑《小说月报》的时候,可见王蕴章的编辑方略是适合当时的文学市场的。

这种状况到王蕴章1918年第二次编辑《小说月报》时就发生了逆转,如果说王蕴章第一次编辑《小说月报》时是带着喜悦的幻想的,到他再次主编《小说月报》时则承受着艰难与失望。《小说月报》的销量在1918年开始下滑,渐渐显现出败象①,这时刚好是王蕴章再次接手《小说月报》,到了茅盾改革《小说月报》时,《小说月报》每期的销量已经降至两三千份了,"销数步步下降,到第十号时,只印二千册"②。为什么《小说月报》的销量会下降呢?时人总结道:

> 小说杂志时起时辍,其原因由于主编者不能随时代而变其取舍之目标;发行者不能就社会群众之心理以使其方术,迄今犹未有措之余裕、立于不败之地者。③

这里明显指出,当时小说杂志纷纷停刊的原因是不能跟随时代变化、不能顺从社会群众的心理。而这里所说的时代与社会群众的心理出现了变化,一个很重要的表征就是新文学的出现与崛起。《小说月报》销量下滑的时候,正是以《新青年》杂志为中心的新文化运动渐入高潮的时候。《新青年》1915年创刊的时候只印了1000册,可到了1917年前后,它的发行量激增到了15000册④,多出来的数量,自然要夺去不少像《小说月报》这样的读者,这只是《新青年》的数量,还有其他如《新潮》《每周评论》等杂志加起来,显然对《小说月报》构成了严重的威胁。

---

① 柳姗:《在历史缝隙间挣扎——1910—1920年间〈小说月报〉研究》,百花洲文艺出版社2004年版,第48页。

② 茅盾:《革新〈小说月报〉的前后》,《茅盾全集》第34卷,人民文学出版社1997年版,第179页。

③ 范烟桥:《中国小说史》,台北汉京文化事业有限公司1983年版,第238页。

④ 柳姗:《在历史缝隙间挣扎——1910—1920年间〈小说月报〉研究》,百花洲文艺出版社2004年版,第52页。

《小说月报》的销量下降，说明《小说月报》此时的文学观念与编辑方针与读者市场不再合拍。王蕴章在第一次主编《小说月报》的时候，持守旧的文学观念带来的雅俗共赏的期刊定位，而在第二次编辑《小说月报》的时候，他这种雅俗共赏的期刊定位很明显地开始向俗的方面倾斜。尽管不能说此时的《小说月报》是鸳鸯蝴蝶派的刊物，① 但这时期《小说月报》刊载鸳鸯蝴蝶派的作品偏多却也是事实，比如第 11 卷第 12 号的作者有：延陵、梁实秋、林纾、毛文钟、瞻庐、瘦娟、蜷庐、苏翘、胡怀琛、梅瘦、况周颐、秀庵、窃九生等。在上述作家中，被认为是鸳鸯蝴蝶派的作家占了一半。周瘦鹃在 1920 年为《小说新潮》栏目翻译了 7 个短篇和 1 个多幕剧（易卜生的《社会柱石》），此剧分 8 次连载完毕。也就是说，在 12 期刊物上，鸳鸯蝴蝶派的作家中光周瘦鹃的名字就出现了 15 次。鸳鸯蝴蝶派就是商业与文学的结合，主张文学游戏人生，娱乐身心，王蕴章作为鸳鸯蝴蝶派其中的成员之一，自然与这种文学观有着相通之处。而我们对比一下当时《新青年》的文学主张，我们不难发现其中的差距。1917 年 1 月 1 日的《新青年》第 2 卷第 5 号刊登了胡适的《文学改良刍议》：

> 今之谈文学改良者众矣，记者末学不文，何足以言此……吾以为今日而言文学改良，须从八事入手。八事者何？一曰，须言之有物。二曰，不摹仿古人。三曰，须讲求文法。四曰，不作无病之呻吟。五曰，务去滥调套语。六曰，不用典。七曰，不讲对仗。八曰，不避俗字俗语……②

紧接着的 1917 年 2 月 1 日的《新青年》刊出了陈独秀的《文学革命论》：

> 今日庄严灿烂之欧洲，何自而来乎？曰，革命之赐也。欧语所

---

　　① 柳姗：《1910—1920 年的〈小说月报〉是"鸳鸯蝴蝶派"的刊物吗?》，《中国现代文学研究丛刊》2000 年第 3 期。
　　② 胡适：《文学改良刍议》，《新青年》第 2 卷第 5 号。

谓革命者，为革故更新之义，与中土所谓朝代鼎革，绝不相类。故
自文艺复兴以来，政治界有革命，宗教界亦有革命，伦理道德亦有
革命，文学艺术亦莫不有革命……旗上大书特书吾革命军三大主
义：曰，推倒雕琢的、阿谀的贵族文学，建设平易的、抒情的国民
文学；曰，推倒陈腐的、铺张的古典文学，建设新鲜的、立诚的写
实文学；曰，推倒迂晦的、艰涩的山林文学，建设明了的、通俗的
社会文学……欧洲文化，受赐于政治科学者固多，受赐于文学者亦
不少……有不顾迂儒之毁誉，明目张胆以与十八妖魔宣战者乎？予
愿拖四十二生的大炮，为之前驱！①

之后，1918 年周作人提出了"人的文学"：

用这人道主义为本，对于人生诸问题，加以记录研究的文字，
便谓之人的文学。其中又可以分作两项，（一）是正面的，写这理
想生活，或人间上达的可能性；（二）是侧面的，写人的平常生
活，或非人的生活，都很可以供研究之用。②

在新文学的倡导者这里，文学不再是作为"游戏人生"的娱乐工
具，而是作为"人的文学"，作为一种改变国家社会的力量提出来的。
这跟王蕴章越来越保守的还视文学为"小道"，提倡文学"趣味性"的
文学观点无疑是有着相当的差距的。有一则例子很能说明王蕴章对新文
学的态度，《小说月报》第十一卷第五号有王蕴章译泰戈尔的《放假的
日子到了》，他在小说序言中写道：

太戈尔是印度的诗圣，又是一位大小说家……名家著作，必须
保罗万象，将社会全副情况，一齐写出，如此篇的主要目的……近
时的小说家，每仅着眼一点，所叙无非此事，即如大名家托尔斯泰
等，亦每犯此病。一读其书，常生一种恶感。其原因约有数端：

---

① 陈独秀：《文学革命论》，《新青年》第 2 卷第 6 号。
② 周作人：《人的文学》，《新青年》第 5 卷第 6 号。

（一）片面的，（二）消极的，（三）太无情节似一篇哲学家言。①

王蕴章用泰戈尔反对托尔斯泰，用一位新文学导师去反对另一位新文学导师，潜意识里还是认为旧式的文学比新文学好，认同的还是中国自身的传统文学。同时，在胡适提出《文学改良刍议》的时候，"务去滥调套语""不用典""不讲对仗""不避俗字俗语"，我们看到其提倡白话文已经呼之欲出了。就在这前后，白话期刊已经蜂拥而起，1918年出版的《新青年》杂志第 4 卷第 1 号完全改用白话，这年 12 月，《每周评论》《新潮》等也改为白话刊物；北京的《国民公报》、上海的《时事新报》也开始出现白话文章，有人估计，在 1919 年一年中，至少出了四百种白话报，② 1920 年 3 月，北洋政府教育部颁布白话为"国语"，通令国民学校采用，至此，白话文成为官方语言。而在王蕴章后期编辑《小说月报》的时候，所用语言依然还是文言文，直到1921 年革新之后，《小说月报》才全部将文言文改成白话文。在语言改革上，《小说月报》还是比新文学慢了半拍。

然而，就像前文提到的那样，王蕴章绝非一位顽固守旧的人，在他的文学观里，本来就是教化与娱乐两面共存的，只是后来越来越倾向于娱乐游戏的一面。他文学观念里面教化的一面承续着李伯元办《绣像小说》时的文学观念，如果我们将陈独秀的《文学革命论》与李伯元的《本馆编印〈绣像小说〉缘起》作对比的话，便会惊人地发现两者有许多的相似之处，这跟王蕴章文学观念中教化的一面是有着某些契合的。而胡适最先提出《文学改良刍议》的时候，是文学提倡"改良"而非"革命"的，与王蕴章编辑实践中旧中有新也有一致的地方。应该说这些都预示着王蕴章有将《小说月报》变革的可能性。

实际上，王蕴章也为了跟上时代潮流在做着努力。《小说月报》从第十一卷开始"改良体例"，添设"小说新潮"一栏"以应文学之潮流，谋说部之改进"，将"小说新潮"栏目交给新文学作家茅盾去编辑，又处心积虑地在《小说月报》上设置了"文学新潮""编辑余谈"

---

① 《小说月报》第十一卷第五号。
② 《新文学史料》，人民文学出版社 1979 年版，第 48—62 页。

等其他带有新文学倾向的文学栏目，前者以刊载新体白话诗为主，后者则以刊登新文学理论批评为主；第十二卷的时候又"大加革新，改变体例，增加材料"，将"定价减为二角"；同时在编辑中，王蕴章还注意与读者沟通，第九卷第四号设了"小说俱乐部"，推出续写小说等形式；第九卷第十一号创办了"寒山社诗钟"，以此将作者、读者联系起来。

但是，他的这些改良都没能挽救《小说月报》销量下降的事实。从他的实际编辑活动来看，文学观念守旧让他希望在新旧文学之间寻求平衡，这时期的《小说月报》既刊登鸳鸯蝴蝶派作家的作品和林纾的译作，也刊登新文学作家的作品。他希望文白并举，而社会的风气也已经不容他这样做了。当时，鸳鸯蝴蝶派和林纾正作为新文学的靶子遭到严厉的批判，新文学正在迫使鸳鸯蝴蝶派和林纾向"俗"和"旧"定位，让他们在读者眼中声名狼藉，这也不能不对《小说月报》的销量构成消极影响。就在这场旧文学与新文学的较量中，王蕴章作为编辑陷入了两难境地："他对新旧文学并无成见，他觉得应该顺应潮流；他又自辩，他不是'礼拜六派'，但因《小说月报》一向是'礼拜六派'的地盘，他亦只好用他们的稿子；他现在这样改革，会惹恼'礼拜六派'，所以他是冒了风险的"，"治新旧于一炉，势必两面不讨好。当时思想斗争之剧烈，不容许有两面派。果然向王莼农自己所说，他得罪了'礼拜六派'，然而亦未能取悦思想觉悟的青年。"① 处于新旧文学的历史夹缝中，作为带有很深旧派色彩的编辑王蕴章，向新文学的方向变革的过程自然艰难而漫长，他的每一次努力，都见证了这种步履维艰，而时代的潮流不允许他的这种犹疑和徘徊改变，不久，茅盾就将他的主编地位取代了，《小说月报》拉开了新的序幕。

王蕴章辞去《小说月报》主编之后，就任了上海沪江大学教授，闲时栽花养草，过起了他这一类过渡性知识分子在新文学兴起之后最普遍也最适意的生活。也许，对处在历史夹缝中的他来说，这是最好的选择了。

---

① 茅盾：《革新〈小说月报〉的前后》，《商务印书馆九十年》，商务印书馆1987年版，第189页。

二　不应该被遗忘的改革——恽铁樵主编时期的《小说月报》

在论述《小说月报》的第二任主编恽铁樵时，论述者经常将他跟王蕴章相提并论，认为他们同属旧文学作家，在他们的主持下，《小说月报》完全显示出旧文学的风格，与茅盾革新后的《小说月报》是格格不入的。这样一种笼统的概述，抹杀了王蕴章与恽铁樵各自的编辑特点，实际上，在恽铁樵主编《小说月报》期间，已经对《小说月报》进行了大幅度的改革，他的改革，虽然不能说完全与王蕴章主编的《小说月报》产生了断裂，但他手上的《小说月报》发生的变化是明显的，为以后茅盾全面革新《小说月报》奠定了良好的基础。

（一）文学观念的更新

在王蕴章主编《小说月报》的时候，还将小说视为业余消闲娱乐品，到了恽铁樵主编《小说月报》的时候，对小说的看法明显有了改变。恽铁樵认为："所贵乎小说者，为其设事惩劝，可以为教育、法律、宗教之补助也。惟如是，必近情着理，所言皆眼前事物。善善恶恶，皆针对社会发挥。"[1] 在这里，恽铁樵明显指出小说创作必须反映社会生活，将其视为反映社会现实的镜子，认为它可以针砭时弊，有教育、法律、宗教难以达到功用。在恽铁樵那里，视"小说之为物，其力量大于学校之课程奚啻十倍。青年脑筋对于国文有如素丝，而小说力量又如此，则某等滥竽小说界中者，执笔为文，宜如何审慎将丧乎?"[2] 这种对小说功能的认识显然突破了王蕴章等人的认识局限。

在这种认识的指导下，在恽铁樵编辑《小说月报》期间，刊登的言情小说数量锐减，到后来甚至完全不用。他承认"小说以言情为要素，否则必不动目"，但同时"吾侪为小说，不能不写情欲，却不可专写情欲"。[3] 这是对当时流行的鸳鸯蝴蝶派小说的一种清醒认识。相应的，恽铁樵在《小说月报》中大量刊登反映社会现实的作品，同时，他们的创作已经突破了传统小说"劝善惩恶"的主题，小说的社会写实

---

① 恽铁樵：《答某君书》，《小说月报》第七卷第二号。
② 恽铁樵：《复陈光辉君函》，《小说月报》第七卷第一号。
③ 许与澄：《本社函件最录》，《小说月报》第六卷第十二号。

性增强,将小说表现的视野导向社会变革的宏大主题。比如恽铁樵的
《工人小史》被认为是中国小说史上第一部描写工人生活的作品,① 这
部作品在反映一个普通工人的生活历程的同时,将笔触伸向了整个上海
广阔的都市文化空间。这种对反映社会现实作品的提倡与身体力行的写
作实践,跟之后茅盾革新《小说月报》所提倡的写实主义产生了呼应,
无疑值得在文学史上书留下一笔。

有了这样对小说观念的认识和提倡,恽铁樵将编辑《小说月报》
作为一件严肃认真的事来做。在他接手《小说月报》不久,就非常明
显地表达了自己的主张:

> 内容侧重文学诗古文词诸体咸备长短篇小说及传奇新剧诸栏皆
> 精心撰选务使清新隽永不落恒蹊间有未安皆从割爱故能雅驯而不艰
> 深浅显而不俚俗可供公暇遣兴之需亦资课余补助之用②

对《小说月报》"清新隽永,不落恒蹊"的定位,使得他的编辑态
度十分认真,真的达到了"间有未安,皆从割爱"的地步。他并不以名
家的文稿为重为偏,即便是像林纾这样当时文界泰斗的稿子,该改动的
地方照改不误。他在写给钱基博的信中说:"近此公有《哀吹录》四篇,
售与敝报。弟以其名足震俗,漫为登录。就中杜撰字不少:'翻筋斗'曰
'翻滚斗','炊烟'曰'丝烟'。弟不自量,妄为窜易。以我见侯官文
字,此为劣矣!"③ 他的严格取稿,在编辑《小说月报》的过程中,的
确以为学生选择国文课本的认真态度和严格标准来编辑④,以致在当时
招来了"大说"之讥,有人嘲笑他以编"大说"的态度编"小说"。

---

① 柳珊、林雪飞等人在著作中均将该文作为是中国第一部描写工人生活的作品。林雪
飞:《晚清描写工人生活的第一部文言短篇小说——论恽铁樵的〈工人小史〉工人小史》,
《辽宁大学学报》(哲学社会科学版) 2007 年第 9 期;柳珊:《在历史缝隙间挣扎——1910—
1920 年间的〈小说月报〉研究》,百花洲文艺出版社 2004 年版。

② 恽铁樵:《本社特别广告》,《小说月报》第三卷第七号。

③ 柳珊:《1910—1920 年的〈小说月报〉是"鸳鸯蝴蝶派"的刊物吗?》,《中国现代
文学研究丛刊》2000 年第 9 期。

④ 谢晓霞:《编辑主张与改革前〈小说月报〉的风格》,载《东方论坛(青岛大学学
报)》2004 年第 6 期。

正因为有了这样的文学观念的转变和严肃认真的编辑，早期《小说月报》在恽铁樵手上产生了质的飞跃，前期《小说月报》在恽铁樵编辑之时，销量达到了一万多册的最高峰。这种与前任编辑王蕴章之间出现的变化，连读者也感受到了："《小说月报》自先生主持笔政后，文调忽然一变。窥先生之意，似欲引观者渐有高尚文学之思想，以救垂到之文风于小说之中。"① 《小说月报》在恽铁樵手上，开始向民国初年文学市场上不多见的纯文学品位的文学大刊发展。

（二）白话文的提倡

虽然《小说月报》在王蕴章主编期间在其"编辑大意"中说"文白兼收"，但实际上恽铁樵主编《小说月报》之前，在每一期的《小说月报》里还是没有白话文。《小说月报》开始刊登白话文直到恽铁樵主编《小说月报》后的 1913 年，这一年《小说月报》所刊白话小说与文言小说的比例是 2∶16；以后逐年增多，至 1918 年恽铁樵辞去《小说月报》主编的时候，二者比例已达 29∶84。恽铁樵对白话文刊登的重视，使得后来大量刊登白话文作品有了良好的基础。到 1920 年，《小说月报》刊登的白话小说与文言小说二者比例逆转为 73∶30。在逐渐发展的过程中，早期《小说月报》共刊载 133 部白话小说，② 其中恽铁樵任主编期间刊登的白话作品占了相当的比重。

对这些白话小说的考察，能帮我们了解当时人们接受白话文的基本情况。早期《小说月报》上刊登的白话文作品大致经历了由文言白话相夹杂、文言与白话分离、纯粹的白话叙事三个发展过程。《小说月报》早期刊登的白话文，经常出现一种文言白话夹杂的情况，比如1913 年第 5 期载焦木的小说《五十年》，文本叙述往事时以白话为主，其中时常会夹进文言词语：

店主人因为那地方没有中国会馆，就将将就就的将棺材寄顿在这个所在，这店主人却是为人忠厚，想着那伙计辛辛苦苦的帮他赚

---

① 陈光辉：《陈光辉先生来函》，《小说月报》第七卷第一号，转自柳珊《1910—1920年的〈小说月报〉是"鸳鸯蝴蝶派"的刊物吗?》，《中国现代文学研究丛刊》2000 年第 9 期。

② 侯运华：《"过渡时代"的文学镜像——论早期〈小说月报〉（1910—1920）刊载的社会小说》，《齐鲁学刊》2010 年第 7 期。

钱，如今却弄得如此下场……

店主人道："我道是你儿子，原来是你丈夫，请问是几时去世的？是什么毛病？缘何这等伤心？可以告诉在下一二么？"①

这样的写法与古代白话文相差不大，文白相间之中，用文言行文使作品简洁不累赘，白话部分又在传统的一般的市民阅读中不会造成太大的阅读障碍，体现出了早期白话小说的共有的特点。这样一种文白夹杂的情况跟恽铁樵对白话的认识有关，恽铁樵认为"小说之正格为白话"，② 他说：

> 此言固颠扑不破，然如水浒红楼之白话，乃可为白话。换言之，必能为真正之文言，然后可为白话，并能读得庄子史记，然后可为白话，若仅仅读水浒红楼，不能为白话也。③

也就是说要真正掌握白话文，首先得熟练掌握文言。这种看法显示出来的无疑是对早期白话文的探索，恽铁樵对白话文的探索是多方面的，他自己曾有这方面的自述："弟久有添用白话文之意，苦于不能京话，抑京话想亦有普通不普通之辨，《石头记》及敝馆从前出《绣像小说》中振贝子英韬日记京话演说皆甚普通，可为白话小说取法，弟既不能京话，此语未必中肯……"④ 在恽铁樵眼里，白话文写作不仅与文言的掌握有关，更与方言有关。在这样的探索当中，《小说月报》上刊登的白话文一步步向前发展。1914 年第 6 期王梦生的《国学阐明会》是白话小说在当时进一步发展的典型文本。此作凡叙述皆用白话，而主人公甄渊阐明国学时则用典雅的文言，白话文言成段相间相映，既增添了叙述情趣，也构成讽刺色彩。但总体看，将文言作为塑造人物的一种

---

① 《小说月报》第四卷第五号。
② 恽铁樵：《小说家言》，《小说月报》第五卷第六号。
③ 恽铁樵：《小说家言》，《小说月报》第五卷第五号。
④ 恽铁樵：《答某君书》，《小说月报》第六卷第二号。

手段运用，叙述情节用流畅的白话，则比文白相糅更为成功①：

> 台下听了这些旧俗套，便有不耐的，有说请先生不必讲经学，倒是讲讲子史罢的。也有说请先生自定次序，本是讲古学，不能不讲经，由先生择精的讲，别人不必挽言的。老儒均闭目不答，等声浪一静，便又讲道："今日断不能讲到专门，只可先说说这四纲的大义。伏生去古未远，师说犹存，康成治礼最精，直登古人之堂而啜其肉，大抵圣贤，授受不外乎礼，以礼经世人，人自有轨物可循，明儒李大经之言曰：'礼有三，周乎人一身之云为动静者为《曲礼》，人与人相交际者为《仪礼》，宰制天下者为《官礼》。'今按曲礼者，个人之伦理也，仪礼者，社会之范围也，官礼者，国家之典则也……"②

与晚清的白话小说相比，民初白话小说在观念上一个最本质的区别在于：白话小说创作对晚清小说批评家而言只是一种工具，用以"改良政治"；而到了民初小说家那里，白话小说创作自身成为一种文学目的，其推动力是遍及整个社会的白话文趋势。话不仅要白，而且要白得有味。③ 这一点很明显的体现在 1915 年第 10 期吴香祖的《孽缘》的创作上，这篇白话小说已较彻底地摆脱了文言文的影响，脱离了文言文的古奥生涩和俗语的粗浅率真，达到了简洁流利、生动优美的境界了④：

> 红尘滚滚，白日匆匆，我们这些人生在宇宙间，就和那一点微尘落在细草上面一般，若是遇着风轻轻一吹，急雨一打，顷刻间便

---

① 侯运华：《"过渡时代"的文学镜像——论早期〈小说月报〉（1910—1920）刊载的社会小说》，《齐鲁学刊》2010 年第 7 期。

② 《小说月报》第五卷第六号。

③ 柳珊：《在历史缝隙间挣扎——1910—1920 年间的〈小说月报〉研究》，百花洲文艺出版社 2004 年版，第 118 页。

④ 侯运华：《"过渡时代"的文学镜像——论早期〈小说月报〉（1910—1920）刊载的社会小说》，《齐鲁学刊》2010 年第 7 期。

消归乌有了。①

这篇白话小说论述了一个叫鲁蕙的女子婚姻的不幸福，在其中表达出了女性在那个时代要求掌握自己命运的愿望："我们中国，自古传来，亲权无限，结婚一事，虽是女子终身所系，也止得随着父母的爱憎，独断专行。认识到此现状的不合理，希望女性觉醒，中国现代思想已经在逐步萌芽了。"② 恽铁樵在作品之后就给出了相当高的评价："叙事明晰，用笔犀利……针砭社会。洵小说之职志，间有力透纸背。"③这些，无疑都与恽铁樵对白话文的提倡与追求有关。

白话文的提倡，对作家来说最重要的是要完成由古代思维向现代思维转变，这是现代作家形成的基础。恽铁樵对白话文的提倡，无疑是顺应时代潮流的，这也是他与王蕴章之间最根本的区别。

（三）编辑风格的转变

与王蕴章主编时候的《小说月报》相比，恽铁樵在插画的选择、栏目的设置上都出现了较大的变化，透过这些变化，可以看出恽铁樵改变旧有《小说月报》的决心。

恽铁樵主编以后，《小说月报》的插图中不再采用当时一般杂志常用的美女照片，更是摒弃了王蕴章当年采用妓女照片的做法。他在其主编之后的《小说月报》第三卷第七期"本社特别广告"中发表了一次声明：

> 本报自本期起封面插图用美人名士风景古迹诸摄影或东西男女文豪小影其妓女照片虽美不录④

用东西方名人或者名胜古迹的照片代替时尚美女的照片，看似是一个不经意的转变，反映出来的恰恰是恽铁樵编辑《小说月报》时候严

---

① 《小说月报》第六卷第十号。
② 侯运华：《"过渡时代"的文学镜像——论早期〈小说月报〉（1910—1920）刊载的社会小说》，《齐鲁学刊》2010 年第 7 期。
③ 《小说月报》第五卷第十号。
④ 《小说月报》第三卷第七号。

肃认真的态度。

　　而在栏目设置上，恽铁樵编辑时期《小说月报》的栏目名称变化频繁，从"译丛"栏目的取消，到对"传奇""附录""轶闻""游记""诗话""杂俎""棋谱""本社来函撮录"等栏目的设置，再到"长篇""短篇"被合并成"琐言"，之后又改为"寓言"，这种栏目名称的不断变化，尽管对于读者阅读而言有着诸多的不便，却反映出了恽铁樵编辑《小说月报》时的开放心态，他的文学观念在不断变化更新，在《小说月报》中增添的栏目，其实都是他心目中的小说栏目，而他删掉的也是他认为不能算是小说的栏目①。尽管从栏目的设置来看，恽铁樵的小说概念在现在看来是非常模糊的，甚至有些看起来是错误的，但是在当时旧文学向新文学艰难的嬗变过程中，他的这些探索是非常必要的，为小说在之后的文学之林中真正树立起自己的文体地位是非常有益的。

　　（四）公共空间的初步形成

　　在恽铁樵编辑《小说月报》期间，与王蕴章时期的另一个显著区别是他对编辑与读者之间相互交流的重视。在他对《小说月报》的各个栏目增添删改的时候，一个栏目从始至终给予了保留下来，那就是编辑与读者互动的"本社来函撮录"。这是一个专门刊登读者意见的栏目。在之前的商务印书馆旗下的期刊中，甚至中国当时的所有期刊中，刊物的编辑、运行情况都是由出资方或者编辑发行方独自掌握，读者对期刊只能接受，而不能影响期刊的基本编辑方针。恽铁樵的这个"本社来函撮要"栏目的设置，使得《小说月报》成为中国杂志上最早注重读者接受的一家杂志。这一个栏目的设置，可谓意义重大。现代报纸杂志的出现，从某种程度上来讲就是文化大众化的产物，报纸杂志的运营就应该是一个融合作者、编辑、出资方、读者等众多意见的集体性活动。而在《小说月报》之前的所有期刊，几乎都是编辑在掌管，体现的仅仅是编辑一方或者是主编一人的观念或意见，读者处于盲从的地位。恽铁樵这个栏目的设置，真正将杂志的创办形成了一个集体的活

---

　　①　谢晓霞：《编辑主张与改革前〈小说月报〉的风格》，《东方论坛（青岛大学学报）》2004 年第 6 期。

动，读者的意见开始得到重视。当然，这不仅仅对期刊发展本身有利，对读者意见的重视，体现出的更是一种对观念的交流与碰撞的重视，从恽铁樵与读者之间的来信交流看，尽管他们涉及的话题只是文学方面的，比如对言情小说的讨论、对科学小说的讨论等，这些讨论，是对正处于转型状态中的中国文学的一种砥砺，对之后现代文学的健康发展是必不可少的。更重要的是，运用这种形式，开创了读者与编者之间交流的公共空间，在这里，各种意见得到交会，正是在这种交流碰撞中，最终才形成了对某个问题较一致的看法，从而推动文学的整体向前发展。在后来的期刊中，不管是《新青年》也好，《新潮》也好，对读者意见的重视都成为办刊的一个传统被保留了下来。后来的讨论就不仅仅涉及文学，更多的涉及政治、思想、文化等方面，正是在这些读者与编者、读者与读者的交流讨论中，形成了中国初步的舆论公共空间。五四新文学得以发生，很大程度上是借助这种形式实现的。而这种交流形式的发端，就始于恽铁樵的"本社来函撮录"。

恽铁樵对《小说月报》的这种改革，当时对《小说月报》看似无关紧要，对整个中国文学影响甚微，但我们细细考察中国文学从古代文学向现代文学嬗变的过程，便不难发现，文学的转型不是一蹴而就的，它必须有一定的准备和积累才得以实现，而恽铁樵对《小说月报》的这种改革，刚好就是对后来"五四"文学革命的一种准备和积累。就在恽铁樵改革《小说月报》期间，中国文学已经处于"五四"新文学的前夜了，不少后来登上文坛的改革健将此时都正处于一种朦胧的探索阶段。而恽铁樵的这种大胆开放的文学编辑探索，刚好给他们的实践提供了一个比较好的平台。比如，鲁迅先生在此时的《小说月报》上发表的《怀旧》和在恽铁樵提携下不断成长的"问题小说家"张舍我，而"问题小说"刚好是后来"社会小说"的演练。这些都是新文学之所以爆发不可缺少的演练，在整个文学发展的链条中是不能忽视的。

与茅盾对《小说月报》的革新相比，恽铁樵的这些改革无疑是不彻底的，与新文学革命也还有相当的距离，但与民初的文学界相比，这些改革已是走在时代前列了。正是在恽铁樵手上，《小说月报》的销量持续上升，使《小说月报》成为一份具有全国影响力的大型文学期刊。恽铁樵对小说写实观念的提倡、对白话文的提倡、对建立与读者的互动的提倡，都在以后茅盾革新《小说月报》时得到了更为全面、彻底的实现。可以想见的是，如果没有恽铁樵的这些改革尝试，茅盾之后革新《小说月报》断然不会那么顺利。我们在回顾《小说月报》的改革历程时，恽铁樵的这份改革之功是不应该被忘记的。

第二节 后期《小说月报》的三任编辑

一 启蒙者的声音：茅盾编辑之下的《小说月报》

在革新后的《小说月报》第十二卷第三号上，刊登着这样一则广告：

> 《小说月报》特刊号外"俄国文学号"预告
>
> 本年五月底出书！全书共有五六百页！
>
> 定价约在一元左右！凡订购小说月报全年者得享特价之权！
>
> 本月刊今年改革，原欲系统的介绍西洋文学，以厌海内读者之责望；故早有专号之预备，原拟以四五两期为俄国文学号专号，业已第二号特别启事中声明。兹因俄国文学号佳稿太多，两期尚不能容，且因此而压搁其它佳篇，亦深为遗憾，故决定改为号外，成为一本独立的，系统介绍的，有永久性的俄国文学研究之专书，兹特先将要目披露于后。①

这是一则关于《小说月报》发行"俄国文学专号"的广告，旨在系统地介绍俄国文学，开启了《小说月报》介绍西方文学专号的先河。之后还先后出现"被损民族文学专号""太戈尔专号""文学创作专号"等，这些系统地介绍某一方面文学的形式，另一方面显示了编辑者出色的策划能力，一段时间里突出讨论某个问题，通过话题设置，形成一个话题核心，引起读者持续关注，从而引导文化舆论的走向。而这样做的最终原因还在于茅盾作为新文学的主编对《小说月报》的定位上。

---

① 《小说月报》第十二卷第三号。

　　茅盾自 1921 年主编《小说月报》，开始《小说月报》的革新，将《小说月报》分为前后两段，尽管茅盾革新后的《小说月报》在许多地方也继承了前期《小说月报》的一些做法，但前后期《小说月报》一相比，断裂还是最主要的。① 这种断裂，首先从编者的编辑方针上就可以看出来，革新后的《小说月报》第一期就刊登《改革宣言》所写："将于译述西洋名家小说而外，兼介绍世界文学潮流之趋向，讨论中国文学革进之方法。"比起王蕴章的"趁译名作，缀述旧闻，灌输新理，增进常识"和恽铁樵的"诸体咸备""清新隽永，不落恒蹊"来，革新后的《小说月报》宣言眼界无疑要宽得多，也要现实得多。更重要的是，通过《改革宣言》我们明显感到革新后的《小说月报》对读者定位的变化，如果说前期《小说月报》是将杂志办为读者的娱乐品，那么，革新后的《小说月报》却始终将读者定位于"被启蒙者"。这一点也可根据茅盾对《小说月报》的栏目设置看出来，《小说月报》改革之初，将基本栏目分为六类：一评论，二研究，三译丛，四创作，五特载，六杂载。编者的启蒙意识从上述栏目设置中可见一斑：着力于以研究评论对新文学进行阐释与指导，通过翻译导入西方现代思想观念，在此指导下鼓励中国本土的新文学创作。② 茅盾在第十三卷第一号致梁绳祎的信中明确表达了他的启蒙立场：

　　　　我以为最大的困难尚不在"新式白话文"看了不能懂，而在"新式白话文"内的意思看了不能懂。……民众对于艺术鉴赏的能力太低弱……鉴赏能力是要靠教育的力量来提高，不能使艺术本身降低了去适应。③

　　基于这种为了启蒙大众的办刊立场，我们发现在茅盾主编时期的

---

① 关于传承与断裂可参见谢晓霞的《〈小说月报〉1910—1920：商业、文化与未完成的现代性》一书的第六章："1910—1920 年的《小说月报》的影响及余韵"，上海三联书店 2006 年版。

② 李秀萍：《文学研究会与中国现代文学制度》，中国传媒大学出版社 2010 年版，第 104 页。

③ 《小说月报》第十三卷第一号。

《小说月报》的办刊，基本上都是围绕着"启蒙"来进行的。

　　与前述茅盾通过一段时间内设置话题来对某一文学专题进行讨论相关的是革新后的《小说月报》对西方文学的译介。基于启蒙的立场，我们看到《小说月报》译介外国文学作品明显的出现了偏好。在革新后的《小说月报》上刊登的翻译作品，主要译自俄语、英语和法语创作，翻译最多的原作者是：托尔斯泰，25 种；太戈尔（今译为泰戈尔），19 种；屠格涅夫，19 种；莫泊桑，17 种；安德莱耶夫（今译安德列夫），16 种；契诃夫，15 种；雨果，14 种；王尔德，13 种；易卜生，12 种，莎士比亚，11 种。与创作社热衷于浪漫主义作家不同，在文学研究会主编下的《小说月报》更倾向于具有现实主义精神的作家，特别是俄国文学专号和"被损害民族文学"专号，显然更注重所译介文学的社会文化启蒙功效。① 与这种文化启蒙相关的是茅盾通过各种栏目的设置和更新来突出启蒙者的声音。

　　在革新后的《小说月报》中，读者随时能听到来自作者或编者的声音。这种声音既有对创作的评价、对插画的评价、跟读者的书信往来交流，还有通过各种特设的形式反映出来的编者对读者的引导。

　　茅盾革新后的《小说月报》，在第一期里就出现了对作家创作的评价：

　　　　叶绍钧《母》之后插入的点评：
　　　　叶圣陶兄这篇创作何等地动人，那是不用我来多说，读者自能看得出。我现在是要介绍圣陶兄的另一篇小说，名为《伊和他》的（登在《新潮》），请读者参看。从这两篇很可以看见圣陶兄的著作都有他的个性存在着。

　　　　　　　　　　　　　　　　　　　　　　　　　　　雁冰注②

　　许地山《命命鸟》之后插入的点评：

---

　　① 李秀萍：《略论文学研究会对编辑体制规范化的影响》，《商丘师范学院学报》2009年第 7 期。

　　② 《小说月报》第十二卷第一号。

我的许哥哥少时就在缅甸念书，对于缅甸的风土，非常的熟悉。这篇小说是写他在那里的时候亲见的一段故事。命命鸟是《阿弥陀经》上的话，玄奘译为同命之鸟。

铎附注①

这些点评，与其说是作家之间的相互欣赏，不如说是引导读者进行的解读。对于介绍的外国作家，编者更是从最基本的作家生平介绍开始，沈泽民译安得列夫的《邻人之爱》其后插入：

这一篇《邻人之爱》是安得列夫一九一一年的作品；一九一一年安得列夫发表剧本四篇，一是《海》；二是《标志的萨宾女子》；三是《容名》四就是这篇《邻人之爱》了。

关于安得列夫的思想，泽民曾做过一篇很长的，在学生杂志上登过，（彼时用名明心），我也译过一篇，登在东方杂志，把这两篇合看起来，大概也可算得过去。

此间更想加说一二句，简单地解释安得列夫。托尔斯泰的目光只在原始的人类，高尔基只在下级社会，乞呵甫只在上中级社会，安得列夫却是范围很广，不只限于一阶级，而且狂的与非狂的人们，都被他包罗进了。他自然只好算是写实主义的作家，然而他的作品中含神秘气味与象征色彩的也很多。如《蓝沙勒司》和本篇，都很有象征的色彩了。

他生年是一八七一年，死年是一九一九年。

雁冰②

这种将读者立于"被启蒙"的位置突出地表现在对插画的介绍与点评上，在之前的《小说月报》上，只是标明插画的名字，并无太多的点评，而在茅盾革新的《小说月报》上，经常出现了对插画的欣赏、点评的大篇文字：

---

① 《小说月报》第十二卷第一号。
② 同上。

本号内插画的说明 徐敦谷
黄泉之岛 欢乐之岛

　　本号内的两幅插画，是很有趣的特地相反的，一是德国 Bocklin 书的"黄泉之岛"，一是法国 Besnard 书的"欢乐之岛"，前者是古人，后者是现代的，研究这两个极相反的画家的艺术是一件很有味的事，所以写一些放在下面：

　　很骚动性的国内竟能产出像 Bocklin 这样的大艺术家来，这是出人意外的，他作品中的单纯性，与憧憬的表现，是德国精神所不能产出来的。他虽借古代人物风俗来作主题，但他的气氛是拉丁的，他是取古代的事来作主题罢了，其实他的作品有一亲密丰饶的自然颂歌，由欢乐的人生观生出来的。

　　Bocklin 是古代的，但不是古典主义的，他的作品是由自然主义产出来的，他的手腕所介绍古代的秘密，和泛神的思想，是透过他的热情和他的美感而显出自然的荣光来，所以 Bocklin 可以说是"古代的"的画家，绝对不能说他是古典派的，古代的和古典派，话是极其相似的，但中间很有大大的差别。Bocklin 的艺术受巴黎、罗马、巴尔的影响。巴尔是 Holbein 的故乡，他在这地方，接近着 Holbein 的作品就受一种沈沉的幻想和温和的感应，他到巴黎的时候，适遇着很恐怖的年度，看命运大悲剧的遗迹。他游罗马虽然领略着南欧明媚的风光，但是古代的废址，也给了他不少的感慨，他受了这几处地方的刺激，就自然而然的发露在绘画上了。Bocklin 是忠实于自然的画家。

　　"黄泉之岛"是 Bocklin 想象中的死人所住之岛，现在陈列在莱布支的市立美术馆及特殊搜集家的手中，何默罗士曾说，看他这张画，不像世间所知的景色，壁立着白色的岩石，清净的海，和高耸摩天的松柏，由那峙立的石壁，看着几个地下葬廊的门，岩石的隙，好像夹着一种花开着，由那无波的海到暗青色的天空，全体都是表现广大沉默和死的，惟独一小舟载着白的影，远远地近着这岛来，划破这海的平静而已。

　　总之，Bocklin 的作品是自然永久的颂歌，把自然变为单纯化，用极柔美的线画树木和草原，其清净之处和 Chavannes 同，他们两个人都是受希腊系的影响。

Bocklin 用写实主义去统一他的作品，虽然是写古代的物，他却借着感情之缘，用极单纯与调和的线表现出来，又有人说他离现实神话的主题，变为象征化，但这象征化就是希腊的。Bocklin 的才能就是用美丽的色彩来统一他的作品，是人本的，也是现世的。

Besnard 的"欢乐之岛"现在藏于巴里狼留的装饰美术馆里。他这作品，用豁达的手腕和鲜明的色彩见称于世人，近来他自印度旅行后的作品于色彩上变一转化。巴里乐学校里有笔画数种，也是出于他才能的笔，其色彩之淡薄，好像东洋的画，但其趣味重在运笔一方面，所以对于自然的色的分解不甚用意。这"欢乐之岛"莲瓣之小舟连续向这岛来，树木受春风飘着，示一种欢喜的摇动，在这岛上，除芳醇的酒，鲜丽的果品，充满幸福和欢乐之外，没有别的东西了。恰好像东洋传说的蓬莱山，不过蓬莱山是仙人所居，凡人不能到的地方。这"欢乐之岛"则不然，是要聚集多数的人群。试人生的快乐，青的天，苍的海，和新萌芽的绿草，青春的人群聚集在这岛里，岂不是登仙人的乐境吗？[1]

这长长的一大篇欣赏文字，作者无疑将读者视为对西方绘画作品缺乏相当的了解基础上，引导着读者一步步地去欣赏这两幅画。

如果顺着革新后的《小说月报》启蒙读者去思考的话，我们可以看到，《小说月报》的编者们在引导大众读者方面可谓煞费苦心。从第十二卷第六号开始，《小说月报》设立"最后一页"：

本刊今年抱定两个方针：一是欲使本刊全体精神一致，始终保守一贯的主张，一是欲使一期有一期的特别色彩，没有雷同……我们屡接读者的信，希望我们能登长篇小说……[2]

----

① 《小说月报》第十二卷第三号。
② 《小说月报》第十二卷第六号，转引自胡明宇《预告、呈现、揭示》，苏州大学 2012年博士学位论文。

从上面可以看出，"最后一页"一般是编者对当前办刊现状及趋势的一个评价，表明自己的办刊立场，其观点往往带有强烈的指导性，不仅是刊物发展走向的风向标，更是指引读者阅读的风向标。

除了这种直接的对读者进行启蒙之外，革新后的《小说月报》也努力推出新文学新人和新文学创作的典范来指引读者与作者。最明显的是对冰心的推出。在革新后的第一期的封面上刊有：

本号要目：
圣书与中国文学 周作人
创作：
笑 冰心女士
命命鸟 许地山
荷瓣 瞿世英
译丛：
疯人日记 耿济之
乡愁 周作人
熊猎 孙伏园
农夫 王统照
新结婚的一对（剧本） 冬芬
译太戈儿诗 郑振铎
脑威写实主义前驱般生 沈雁冰
海外文坛消息 沈雁冰
十月一日发行

将登上文坛不久的冰心与周作人等人同列为主要作者出现在封面的醒目位置上，很显然是编者对冰心的认可。在之后的《小说月报》中，冰心的作品更是保持着很高的上版率：从 1921 年《小说月报》第十二卷第一号发表她的小说《笑》开始，到 1930 年的第二十一卷第一号的《三年》，冰心在《小说月报》上共发表了 20 多篇小说、散文和杂谈。同时，编者还不断地通过各种方法使冰心引起读者关注，如在"最后一页"中进行重点介绍。在冰心作品发表的前一期"最后一页"上，往往将其冠以"重点篇目"或"值得注意"的文章向读者预先告知，如第十二卷第三号、第六号、第十号"最后一页"对《超人》《爱的实现》《最后的实现》都有预告。十四卷七号"最后一页"说：

> 　　上月出版的文学作品，比较重要的只有冰心女士的小说集《超人》（文学研究会丛书）和她的诗集《春水》（北京大学新潮社）。①

这种突出性的介绍，编者的用意就凸显出来了。除了这种介绍，还有关于对冰心作品讨论的征稿启事：

> 　　　　　　　本社第一次特别征文
> 　题目：
> 　（一）对于本刊创作《超人》（本刊第四号）、《命命鸟》（本刊第一号）、《低能儿》（本刊第二号）的批评（字数限二千至三千）
> 　（二）短篇小说或长诗（新体）：风雨之下（短篇小说字数限二千至三千）（长诗字数限一千）
> 　期限：以本年七月十号为收稿截止期
> 　发表：在本月刊第十二卷第八号择优登载
> 　报酬：甲名十五元　乙名十元　丙名五元　丁名酬本馆书券②

编者种种努力，使冰心的知名度远远超过了同时期的其他作家，树立了《小说月报》所认为的新文学优秀作品，为写作者树立了典范，为读者起到启蒙的效果。《小说月报》的这种做法显然是起到了效果的，比如在第十二卷第十二期就有读者来信谈道：

> 　　……读了冰心女士的《寂寞》后，不知怎么就有许多话待说

---

① 《小说月报》第十四卷第七号。
② 《小说月报》第十二卷第三号。

出来？……这篇系描写"爱的实现"和"失爱悲哀"。……这篇背景的逼真和艺术的高妙，实在可惊！①

这无疑正是编者所需要的，通过这种树立典范，引导读者的审美能力逐步提高。

如果仔细考察的话，我们发现在茅盾革新《小说月报》的时间里，启蒙的对象不仅仅是一般的读者，还有可能是当时的文学创作者，这从《小说月报》的《改革宣言》就可以见出：

> 西洋文艺之兴，盖与文学上之批评主义（Criticism）相辅而进，批评主义在文艺上有极大之威权，能左右一时代之文艺思想。新进文家初发表其创作，老批评家持批评主义以相绳，初无丝毫之容情，一言之毁誉，舆论翕然从之；如是，故能相互激励而不至于至善。我国素无所谓批评主义，月旦既无不易之标准，故好恶多成于一人之私见；"必先有批评家，然后有真文学家"，此亦为同人坚信之一端；同人不敏，将先介绍西洋之批评主义以为之导。②

上述宣言中，显然是有将批评视为创作之先的意思，用文学批评来指导文学创作，于是，在革新后的《小说月报》中，西方文学理论被大量地介绍进来。茅盾开辟了评论、研究、特载、创作讨论等理论研究栏目，将其与创作、译丛、杂载等置于同等地位。在引进理论研究的过程中涉及思潮、流派、文学史研究、作家评传等，视野极为开阔。在西方现代文学理论的引导下，茅盾在编辑《小说月报》的过程中对新文学的理解和理论建设不断进行修订，逐步发展完善，新文学的理论建设在《小说月报》这里得到了极大的巩固。

《小说月报》在茅盾革新后的短短几年内在新文学阵营中赢得了极大的声誉，与茅盾坚持的将编者视为精英、启蒙大众立场不无关

---

① 《小说月报》第十二卷第十二号。
② 《小说月报》第十二卷第一号。

系，将《小说月报》的办刊提到了新的高度。当然这与茅盾在该时期的极大的独立编审权相关。早在《小说月报》革新之初，茅盾就曾专门向商务印书馆提出了刊物主编的编辑全权，明确了编辑方针不容干涉，获得了馆方的认可。此举虽然主要出发点在于维护新文学的发表阵地，抵制旧文学势力的反攻，但客观上在一定程度上保障了《小说月报》主编享有的更多自主编辑的空间。而《小说月报》的成功运作，也为日后现代文学刊物的编辑运行提供了值得效仿的范本，如《文学旬刊》的创办，很重要的原因就在于对这种编辑自主权的追求。

纵观茅盾这一时期的编辑业绩，诚如叶圣陶的评价："雁冰兄接办《小说月报》了，理论与作品并重，对于文学，认认真真做一番启蒙工作……我不说革新以后的《小说月报》怎样了不起，我只说自从《小说月报》革新以后，我国才有正式的文学杂志，而《小说月报》的革新是雁冰兄的劳绩。"① 在现代文学的期刊编辑上，茅盾无疑留下了浓墨重彩的一笔。

二 启蒙的转向——郑振铎主编下的《小说月报》

在《小说月报》第十三卷第十二号的"最后一页"里，编者留下这样的话：

> 本刊来年体裁稍有变动，请看我们的特别启事，此处不另赘述，本刊自明年起，改由郑振铎君编辑；并此附告。②

没有特别的说明，留下短短的一则启事，宣告了《小说月报》的再易主编。尽管其中可能牵涉《小说月报》的销量问题，正如前文所述的，《小说月报》在茅盾的主编时，销量其实不是很可观，但这也仅限于推测。《小说月报》在这里所说的"体裁稍有变动"，倒也是事实。

---

① 孙中田、查国华编：《茅盾研究资料》，中国社会科学出版社 1983 年版，第 459 页。
② 《小说月报》第十三卷第十二号。

郑振铎编辑之后的《小说月报》从总体上来说依然沿着茅盾编辑时期的"启蒙"立场前进，这从设置的栏目可以看得出来，郑振铎编辑时期的《小说月报》与茅盾编辑时期的设置变化不大，甚至还增添了卷首语和介绍国内文学发展状态的"国内文坛消息"一栏以补充之前《小说月报》的不足：

卷首语

如果诗人的热情，希望与恐怖，

如果诗人的胜利与他的悲泣，

不和民众相呼应，

那末，他怎么能超越伟大呢？

——Lowell，Commemoration Ode.①

国内文坛消息

本月内所得到的文坛消息似乎较为寂寞，文学团体的成立除了在朋友的来信里听到一二外，竟丝毫没有得到别的正式的消息。

关于杂志，则本月内新出版者颇多，文学研究会上海分会所出版的文学旬刊现已改为周刊，定名《文学》。上月成立的火焰文学社，现已有文学周刊一种火焰出版，我们已见到他的第一二期；他的编辑部通信处在汕头商业街五十二号，曦社的成立消息我们前已报告过，他们的杂志炬火现在已经出版到第二期。天津的绿波社出版的东西很多，前次有诗坛的出版，现在我们又接到他们的杂志两种，一为绿波旬刊，一为小说，二者的通讯处俱为天津南开松盛里十号。无锡的湖波社最近出版杂志一种，第一期我们已经看见，她的发行处在无锡北塘洪泰烛号。②

无论是卷首语热情的呼唤还是"国内文坛"点滴的介绍，都表明了郑振铎编辑之后的《小说月报》将沿着茅盾革新的启蒙路线走下去。

---

① 《小说月报》第十四卷第七期。

② 《小说月报》第十四卷第九号。

但尽管同为启蒙立场，郑振铎与茅盾还是有差别的。与茅盾编辑时期的《小说月报》相比，在郑振铎编辑时期出现的最大改变就是"整理国故"内容的增加。

（一）返回"整理国故"

尽管在《小说月报》的改革宣言里面，茅盾也提出了对中国古代文学的态度：

> （六）中国旧有文学不仅在过去时代有相当之地位而已，即对于将来亦有几分之贡献，此则同人所敢确信者，故愿发表治旧文学者研究所得之见，俾得与国人相讨论。惟平常诗赋等项，恕不能收。①

这里明显说出愿意收录有关中国就有文学的论文，但在实际的编辑实践过程中，在茅盾主编《小说月报》的两年间里，《小说月报》根本没有发表过一篇"整理中国旧文学"的论文，而是把主要精力放在了"介绍世界文学"上②，这与早期王蕴章编辑《小说月报》时的情况形成鲜明对照，王蕴章编辑《小说月报》的第一个时期里，虽然提出"文白照收"，却没有一篇白话文刊登。革新后的《小说月报》似乎从一个极端走向了另外一个极端。

对整理国故的态度，沈雁冰的态度非常鲜明：

> 研究中国文学当然是极重要的一件事，我们亦极想做，可是这件事情我们不能逼出来的。我的偏见，以为现在这种时局，是出产悲壮慷慨或是颓废失望的创作的适宜时候，有热血的并且受生活压迫的人，谁有耐烦坐下来翻旧书呵，我是一个迷信"文学者社会之反影"的人；我爱听现代人的呼痛声诉冤声，不大爱听古代人的假笑伴啼，无病呻吟，烟视媚行的不自然动作；不幸中国旧文学

---

① 《小说月报》第十二卷第一号。
② 参见秦弓《论五四时期的传统文学观》，《中国社会科学》2001 年第 11 期；董丽敏《现代性的异响——重识郑振铎与〈小说月报〉的关系》，《南京师范大学文学院学报》2002年第 3 期。

里充满了这些声音。①

　　茅盾的这种态度，明显带有"五四"激进知识分子对待中国传统文学的特征。而到了郑振铎主编的时候，对待传统文学的态度有了微妙的转变，特别增设了"整理国故与新文化运动"一栏，对于开"整理国故与新文化运动"栏目，郑振铎自己解释说：

　　　　我主张在新文学运动的热潮里，应有整理国故的一种举动。
　　　　我所持的理由有二：第一，我觉得新文学的运动，不仅要在创作与翻译方面努力，而对于一般的社会的文艺观念，尤须彻底地把他们改革过。
　　　　第二，我以为我们所谓的新文学运动，并不是要完全推翻一切中国的固有的文艺作品。这种运动的真意义，一方面在建设我们的新文学观，创作新的作品，一方面却要重新估定或发现中国文学的价值，把金石从瓦砾堆里搜找出来，把传统的灰尘，从光润的镜子上拂拭下去。②

　　在这里，郑振铎对于国故的态度显然与"五四"激进知识分子"打倒传统"有明显差别，他站在更为理性的角度上看待中国传统，将"整理国故"与新文学运动联系了起来，从而也为整理国故找到了一个较好的突破口。从《读毛诗序》开始，对中国古典文学研究的论文就不断地出现在《小说月报》的各期里，内容涉及中国古代神话研究、古代作家作品研究，古代文学与新文学的关系等方面，还特别开设了"整理国故与新文学运动"专栏和"读书札记"专栏，有时候，"整理国故"所占的篇幅甚至到了一半左右，这样一种编辑方式，不但实现了《小说月报》在"改革宣言"里所说的对中国古典文学的介绍，还将《小说月报》突破了仅仅刊载"小说"的局限，赋予了《小说月报》文学研究的功能，从而使《小说月报》成为20世纪的中国古典文

---

　　①　《小说月报》第十三卷第六号。
　　②　郑振铎：《新文学之建设与国故之新研究》，《小说月报》第十四卷第一号。

学研究史的重要一页。

郑振铎对"整理国故"的重视，在当时不仅没有受到读者的指摘，大家反而希望它能够持续下去。这一方面由于茅盾改革《小说月报》时，出于启蒙大众的思考，所刊载的文章都是具有开启民智的意味，但由于过分强调启蒙，刊载的论文要么是格调太高，一般读者无法企及；要么是过于偏冷，比如"被损害民族专号"等，当时在国内知晓者寥寥无几，这必然导致读者的反应冷淡。从当时国内读者的阅读水平来考虑，大家无疑更偏爱对中国文学著作的研读，这是郑振铎提出"整理国故"的基础。另一方面，在郑振铎主编《小说月报》期间，新文化运动的主潮已经过去，新文学建设日趋冷静、理性。"五四"期间那种对中国传统彻底否定的偏颇态度越来越引起人们的思考，对中国古典文学的重视又开始在学者中间有所回归。在这个时候，重新打量中国传统文化，向中国传统文学寻找可资汲取的资源成为新文学运动者们的追求之一。像胡适等人，甚至已经开始整理古籍了，从中国传统文学自身的角度来启蒙大众，大众应该说更具有可操作性。所以，"整理国故"在某种程度上也是对这一趋势的一种呼应。

（二）面向世界文学

另外一个与茅盾的启蒙路线的差别表现在郑振铎任编辑期间对外国作家作品的译介上。郑振铎时期的《小说月报》一方面延续着茅盾时期对被损害民族文学和现实主义文学介绍的译介重点，但在另一方面也表现出对当时世界文坛异乎寻常的关注。这种热情突出地表现在对诺贝尔文学奖获得者和获奖情形的大力介绍。1922—1931年，介绍诺贝尔文学奖获得者的论文大增，1923年的《一九二三年得诺贝尔奖金者夏芝评传》，1924年的《本年度诺贝尔文学奖金的得者——〈乡民〉的著者莱芒氏》，1926年的《戴丽黛——1926年诺贝尔奖金的得者》，1929年的《托马斯·曼——1929年诺贝尔奖金的得者》，1930年的《1930年的诺贝尔奖金》，1931年的《1931年的诺贝尔奖金》等，基本上每年的诺贝尔文学奖都不放过，既有对获奖人及其获奖作品的介绍，也有对获奖情况及其获奖细节的介绍，甚至还在刊物的最后一页、卷头语、讨论栏中进行热情地推介和讨论。《小说月报》对诺贝尔文学奖的介绍，体现出了郑振铎立足中国现实，着眼中国文学的发展方向的启蒙立场。作为在世界上声誉巨大的诺贝尔文学奖，每一年的颁奖都会引起全世界的关注，而每一年的获奖作品，在某种程度上也代表着当时世界文学创作的主要潮流和趋势。中国文学当时正在不遗余力地引进西方学说，各种西方的创作方法被不断地引入国内，整个中国文学正处于不断向西方追赶的进程中，在这个进程中，中国文学应该向西方文学学习什么？郑振铎对诺贝尔文学的大力介绍，无疑为当时的中国文学创作立下了标杆，指明了基本的前进方向。比起那些对离时代稍远的西方著名作家作品的介绍来，获得诺贝尔文学奖的作家无疑对中国作家具有更大的现实意义和启蒙意义。

　　这说明了尽管同为启蒙，郑振铎选择的方式与茅盾选择的方式出现的细微差别。从"整理国故"到对诺贝尔文学奖的介绍，郑振铎一方面立足国内，另一方面放眼世界，就从他当时编辑《小说月报》的基本情况来看，当时《小说月报》刊载的内容既有中国古典文学的研读，也有中国新文学的创作，还有世界古典文学的译介，更有世界最新文坛的消息，刊载了这些内容的《小说月报》，无疑内容是全面的，也更利于读者整体把握的。从这个意义上来说，郑振铎的这种启蒙方式的转变，无疑更具有现实性。

三　回归文学本身的编辑：叶圣陶主编下的《小说月报》

　　郑振铎 1927 年 5 月 21 日因为避难，出走欧洲游学，叶圣陶受托代编《小说月报》。尽管同时作为《小说月报》主编，也同为新文学的提倡者，在编辑方针上，叶圣陶与茅盾、郑振铎两人既有相当程度的延续，又不乏自己的独特个性。最明显的编辑方针区别可能在于，茅盾以一个启蒙者的姿态在"呐喊"，郑振铎则以一个学者的身份在编辑，叶圣陶则纯粹是以一个作家的视角和标准在编辑《小说月报》。

　　在叶圣陶任主编期间，相比茅盾和郑振铎主编时期，《小说月报》刊登的现代文学作品大大增多了起来，相应的，其他研究性质的理论性论文减少了。如果说之前的《小说月报》是带有文学理论、文学欣赏的综合性文艺期刊，那么，叶圣陶主编时期的《小说月报》则显然在向纯文学期刊靠拢。这时候的《小说月报》文学性显著增强。叶圣陶主编《小说月报》带来的这种变化，我们可以简单地抽取茅盾、郑振铎、叶圣陶主编时期的《小说月报》各一期的目录就可以明显的看出来，比如叶圣陶主编时期《小说月报》第十九卷第一号的目录：

落红（水彩）　　　　　　　　　　　陶元庆

新年（屏画）　　　　　　　　　　　丰子恺

动摇（一至五）　　　　　　　　　　茅盾

修佩尔德像

"歌曲之王"修佩尔德　　　　　　　丰子恺

爱犬故事（加藤武雄著）　　　　　　谢六逸

烦躁　　　　　　　　　　　　　　　罗黑芷

绢子　　　　　　　　　　　　　　　施蛰存

卢勃克和伊里纳的后来（有岛武郎著）鲁迅

古尔达（普鲁士著）　　　　　　　　鲁彦

在私塾　　　　　　　　　　　　　　沈从文

罗亭（一至三）　　　　　　　　　　赵景深

中国文学批评史上之"神""气"说　郭绍虞

桃园　　　　　　　　　　　　　　　废名

茸芷缭衡室读诗杂说——邶风谷风　　俞平伯

奔丧　　　　　　　　　　　　　　　彭家煌

骑卫兵曲韦里（杜哈梅尔著）　　　　济之

王鲁彦论　　　　　　　　　　　　　方璧

归后　　　　　　　　　　　　　　　景廉

塞外（摄影）　　　　　　　　　　　陈万里

菊影（摄影）　　　　　　　　　　　陈万里

雨前　　　　　　　　　　　　　　　罗黑芷

猫的墓（夏目漱石著）　　　　　　　谢六逸

火钵（夏目漱石著）　　　　　　　　谢六逸

俄罗斯文学漫评　　　　　　　　　　钱兴邨

现代文坛杂话　　　　　　　　　　　赵景深

对比茅盾任主编时的《小说月报》第十二卷第三号目录：

一 译文学书的三个问题	郑振铎
二 谚语的研究（续）	郭绍虞
三 创作	
恐怖的夜	叶绍钧
遗音	王统照
萌芽	叶绍钧
新诗	叶圣陶
四 译丛	
猎人日记	耿济之
一个英雄的死	沈雁冰
婀拉亭与巴罗米德	怆叟
新结婚的一对	冬芬
五 西班牙写实文学的代表者伊本讷兹	沈雁冰
六 史蒂芬孙评传	郑振铎
七 海外文坛消息	沈雁冰
八 文艺谈丛	百里 振铎
九 本号内插画的说明	徐敦谷

郑振铎主编的第十六卷第一号的目录：

天上最美丽的岛（三色版）	Warwlok Goble 作
小主妇	A. Toblas 作
清晨	Luigl Mion 作
歌里的慰安（屏画）	Caspar Ritter 作
卷首语	记者
幽亭秀水	汪朴作
洛神	沈宗塞作
中国神话的研究	沈雁冰
亚里斯多德像	一幅

诗学（希腊　亚里斯多德　著）　　　　傅东华译

亚里斯多德　　　　　　　　　　　　　调孚

潘先生在难中　　　　　　　　　　　　叶绍钧

致辞　　　　　　　　　　　　　　　　梁宗岱

丹麦的民歌（饰画六幅）　　　　　　　郑振铎

古董的自杀　　　　　　　　　　　　　滕固

小鸟儿说些什么（英国　丁尼生　著）　调孚译

父亲　　　　　　　　　　　　　　　　庐隐女士

太戈尔书简零拾　　　　　　　　　　　顾均正译

前途　　　　　　　　　　　　　　　　李勖刚

石川啄木底歌　　　　　　　　　　　　汪馥泉译

文艺底研究和鉴赏　　　　　　　　　　任白涛

旧痕　　　　　　　　　　　　　　　　蹇先艾

雷峰塔（单色画）　　　　　　　　　　一幅

宝节印经图　　　　　　　　　　　　　五幅

记西湖雷峰塔发见的塔砖与藏经　　　　俞平伯

黄妃辨　　　　　　　　　　　　　　　陈乃干

感伤之梦　　　　　　　　　　　　　　梁宗岱

西万提斯评传　　　　　　　　　　　　傅东华

魔侠传（选录）　　　　　　　　　　　周作人

西班牙剧坛的将星（日本　厨川百村　著）鲁迅译

最近的西班牙剧坛　　　　　　　　　　严敦易

病中夜起登楼　　　　　　　　　　　　燕志侨

落魄　　　　　　　　　　　　　　　　王以仁

小泉八云论诗　　　　　　　　　　　　从予

醉人的湖风　　　　　　　　　　　　　许杰

麻雀（俄国　屠格涅夫　著）　　　　　西谛译

伯奶特保母（法国　巴赞　著）　　　　金满成着

无情的女郎（英国　济慈　著）　　　　朱湘译

李俐特的女儿（法国　法郎士　著）　　敬隐渔译

虫（法国　马尔格利特　著）　　　　　李劼人译

小仲马的祖宗　　　　　　　　　　　　　从予

小孩们（俄国 柴霍甫 著）　　　　　　陈敔译

啼　　　　　　　　　　　　　　　　　黄运初

小泉八云像　　　　　　　　　　　　　一幅

小泉八云像与他的日本妻　　　　　　　一幅

小泉八云　　　　　　　　　　　　　　樊仲云

小泉八云逸闻　　　　　　　　　　　　从予

儿童文学

纺纱者　　　　　　　　　　　　　　　Mlle. Dlaoa cooinaos 作

蜗牛与蔷薇从（丹麦 安徒生 著）　　　桂裕译

奇异的礼物　　　　　　　　　　　　　高君箴译

教师与儿童（日本 小川未明 著）　　　晓天译

春天的归去　　　　　　　　　　　　　严既澄

现代德奥文学者略传　　　　　　　　　沈雁冰

往昔之歌（英国 费尔基洛 著）　　　　朱湘译

罗曼罗兰给敬隐渔手迹

前信译文　　　　　　　　　　　　　　敬隐渔

各国文学史介绍　　　　　　　　　　　郑振铎

文学大纲　　　　　　　　　　　　　　郑振铎

文坛杂讯　　　　　　　　　　　　　　记者

最后一页

本报十五卷总目录

　　相比较之下，我们明显可以感受到在叶圣陶主编的第十九卷第一号中，除了几篇文学理论之外都是文学创作，文学创作在期刊中的比例远远高于茅盾和郑振铎主编时期。

　　对创作的注重在叶圣陶主编《小说月报》期间，几乎随处可见，就在其主编的第一期的"最后一页"中，他号召作家们"提起你的笔，来写这个不同寻常的时代里的生活"。这种情况显然与叶圣陶对文学的认识有关。《小说月报》第十八卷第七号是叶圣陶接手后的第一期，在该期的"卷首语"中，叶圣陶了强调文学创作需要认真的态度：

创作，创作，岂是随便弄着玩玩的事物，该有它的深的根柢吧。

……但是，如其我是个作者，尤重要的乃在我自有我的深的根柢。枝叶繁滋，华实荣貌，只有联着在自己的根柢上才可能。

这不定要组成有秩序的言辞表白出来，甚至不定要自觉地存在意念里。有莫从指点而又无乎不在的这么一种——一种什么呢，却无以名之——渗透全生活，正是最深最深的根柢呢。①

这样一种对创作细腻的表白，与之前茅盾、郑振铎编辑时期的那种从社会外部来看待文学、强调文学思路有明显的不同。这样一种对创作的感性认识，显然是一个作家对文学创作的认识，而不是一个文学理论家或者是文学批评家的认识。该期的《小说月报》收入的文章全部是新文学的文学创作，可谓名副其实的"创作专号"，这种没有一篇理论研究方面的论文，也没有翻译作品的状况在《小说月报》的历史上是前所未有的，表明《小说月报》在叶圣陶主编下出现了新的面貌，而叶圣陶的这种编辑方针，表现出的是一种新文学回归文学自身创作的态度。

同时，对照上述三期的目录，我们还可以发现，在叶圣陶主编期间，文学作品的风格呈现出多样化的倾向，不再只是现实主义或自然主义的作品。在上述目录中，既有鲁迅、鲁彦等倾向于现实主义的作品，也有沈从文、废名等偏向于文化写作的作品，还有施蛰存等偏向于心理分析的作品。不仅创作如此，理论文章也表现出多样化的风格，在这一时期《小说月报》刊登的理论性文章中，我们不仅能看到茅盾、钱杏邨等人的意识形态、阶级分析较为突出的作家论、作品论，还能看到俞平伯、丰子恺等人注重艺术感受作品赏析，这种不同的论述共聚一堂的场景，在当时文学派别林立、文学理论争此起彼伏的时期是相当难能可贵的。同时，叶圣陶在选择作品刊发的时候又不拘泥于名家名作，不带有年龄、名声偏见，在他接手后的第一期里，

---

① 《小说月报》第十八卷第七号。

就差不多清一色全是新人的作品，包括胡也频、徐元度、刘一梦、何燕、高歌、戴菊农、梁州、刘枝等十余位新人新作。这些作家当时刚在文坛上崭露头角，表明了对当时已经是文学界名刊的《小说月报》的胸襟与气度。说明叶圣陶在编辑《小说月报》的时候，能够真正做到兼收并蓄。其实，在他接手后的第一期里，他就明确地表明了自己的编辑态度：

> 编者决不是一架天平。天平能把东西称量得一丝一毫没有差错，而编者岂其伦呢。但编者对于惠示的许多文章，除了不能解悟的及质料同技术很次的，也曾勉力减轻关于习染、癖好等种种障蔽，只求它完成或接近完成就行。所以，这一本里所收各篇，态度同情调几乎各色各样，殊不同趋。好在《小说月报》本来是个"杂志"。①

这种宽容的编辑态度，比起之前新文学运动初期对其不同意见的观点给予彻底的打压，以及文学研究会和创造社之间充满火药味的论争来，对于功利性过强的新文学建设无疑是弥足珍贵的。

叶圣陶这种注重刊物的艺术性、趣味性的编辑方针，也明显地表现在他对刊物装帧的态度上。作为主编，叶圣陶比起茅盾和郑振铎来，更注重在刊物上营造亲切、优美的风格。在他接手后《小说月报》的封面上，几乎都选择带有意境的山水画面或者是带有情趣的艺术构思，这些选择灵活多变，几乎每期都以新的面孔出现在读者面前。他选择插画的时候，大多选用丰子恺的国画，林风眠、徐悲鸿、陶元庆等人的油画，比较起茅盾、叶圣陶主编时期偏爱西方绘画的倾向，叶圣陶的这种选择形成了独特的风格，使读者有清新、秀美的感觉。在装帧设计上，有些地方也是他首创的，比如在封面的要目上加上版画，在文章的标题上加上题头画，在目录上方加上插画等。这些画一般都选择或者与刊内作品相关，或者体现出大自然、动植物界的清新，或者体现出儿童的天真烂漫，有时候这些画面的选择还配合着自然的季节：春天选择人们拉

---

① 《小说月报》第十八卷第七号。

线放风筝，夏天则是游泳，秋天落叶萧萧，冬天白雪纷飞。这些画面的选择，一方面表现出编辑对刊物装帧艺术的重视，另一方面也与《小说月报》开始注重文学创作本身息息相关。

叶圣陶编辑风格的这种转变，表明新文学在该时期已真正进入了平稳的发展时期，文学创作已经进入了一个较为理性的成长阶段，像叶圣陶这样注重创作的杂志编辑出现，为文学在 20 世纪 30 年代的繁荣特别是小说的丰收奠定了良好的基础。

第三节　广告与《小说月报》的创刊

《小说月报》在 1913 年前后形成了一个广泛的读者群，这一个巨大的读者群覆盖了从中小学少年、识字的妇女、关心时局者到各类专业学者，从一般的居民到懂英语的知识分子都有，这是一个跨度很大的群体，这表明《小说月报》在当时有很强的影响力，这一点在当时人的回忆中有直接的证明：

> 一时作家，如琴南、指严、瘦鹃、瞻卢、卓呆、枕亚、瘿安、仲可、诗卢、洪深、宣樊等，珠玉纷投，在当时为杂志界的权威者。①

从前文对《小说月报》读者群的分析和当时人的证明来看，《小说月报》在当时确有很强的号召力。一份杂志的影响力的形成应该是由多种因素构成的，既有杂志本身的原因，也有社会的原因。具体到《小说月报》，如同前文所说的那样，它之所以能够吸引一大群读者，主要在于它所持有的文学观念与社会群体所持有的社会观念是暗合的，除了本身的原因之外，《小说月报》形成强大的影响力还有着其他社会外部的原因，特别是经济因素。本书重点考察在形成《小说月报》诸多的因素中，经济因素从哪些方面，多大程度上推动了《小说月报》影响力的形成。

---

① 秋翁：《三十年前之期刊》，《万象》1944 年第 3 期。

在考察早期《小说月报》的影响力的时候，有必要厘清《小说月报》创刊时的情况。《小说月报》创刊时，正值商务印书馆事业蒸蒸日上的时候。从资本上看，商务印书馆最初的资本为"三千七百五十元大洋，包括大股东天主教徒沈伯芬（电报总局人员）投资两股共一千元，张蟾芬（电报总局学堂电报兼英文教席）投资半股二百五十元，鲍咸恩一股五百元，夏瑞芳一股五百元，鲍咸昌一股五百元，徐桂生一股五百元，高翰卿半股二百五十元，郁厚坤半股二百五十元"①，"资金凑齐后，开始购买机器。当时只买了三号摇架三部，脚踏架三部，自来墨手板架三部、手揿架一部和一些中英文子器具等，钱都花光了"②，"夏瑞芳是一个能干的企业家。商务印书馆开办后，他广泛联络，招揽生意，热情接待顾客，营业额逐年上升。他又精打细算，管理得法，盈利成倍增长。如以1897年该馆资本额4000元为基数，到1901年变成5万元，增长11.5倍；1903年为20万元，增长49倍；1905年为100万元，增长249倍；1913年为150万元，增长374倍；1914年为200万元，增长499倍。十七年工夫，资本额平均每年增长29倍多。这样的高速度发展，实属罕见，因此被认为其历年进展之速，为国人经营事业中之最尖端者。"③

在商务印书馆的这种惊人发展中，其社会影响力、社会知名度也在不断地扩大。商务印书馆成立的第二年（1898），编印了《华英初阶》，初版印了两千本，夏瑞芳亲自向各学校推销，上市20天，全部卖光。这本书到1917年10年间，已经印了63版。江南商务总局还特地在1899年11月通令，禁止坊间翻印商务印书馆编辑出版的书，显然商务印书馆出版的书，已经受到市场的注意并被翻印。④ 1902年张元济加入商务印书馆，创办编译所，邀请了许多学者专家前来助阵，为商务印书馆编印了许多教科书、参考书、工具书、翻译书，使

---

① 王学哲、方鹏程：《商务印书馆百年经营史》，华中师范大学出版社2010年6月版，第9页。

② 同上。

③ 贾平安：《记商务印书馆创始人夏瑞芳》，《1897—1992商务印书馆九十五年——我和商务印书馆》，商务印书馆1992年版，第543—544页。

④ 王学哲、方鹏程：《商务印书馆百年经营史》，华中师范大学出版社2010年版，第10页。

商务印书馆成为当时全中国最大、最有影响力的出版社。学者名流纷纷加入编译所，到 1910 年《小说月报》创刊时，陆续加入编译所工作的有①：

1902 年蔡元培担任编译所所长，到次年 6 月，因"苏报案"离职，前往青岛，张元济亲自接任编译所所长。

1902 年高凤岐进馆。

1903 年进馆的有：高凤谦、蒋维乔、庄俞。

1904 年进馆的有：杜亚泉、郁厚培。

1905 年陆尔奎进馆。

1906 年蔡元培应聘为商务印书馆编译书籍。

1908 年进馆的有：邝富灼、孟森、陆费逵（后来另办中华书局）。

1909 年进馆的有：孙毓修、傅运森。

1910 年方毅进馆。

参加当年商务印编译所的人，大多是著名而有成就、有贡献的学者，这使得商务印书馆编译所成为学者贡献力量的地方。比如张元济编《百衲本二十四史》至今来看仍是一项了不起的文化成就；杜亚泉是中国科学界的先驱，编者过《动物学大辞典》《植物学大辞典》等巨著；孙毓修是中国童话的创始人，同时又是一位版本目录学家，是版本目录学家缪荃孙大师的弟子。商务印书馆得有这些人物加入，其在学界的权威性及影响力自是非同一般。

同时商务印书馆还广出杂志，在《小说月报》创刊时，出版的杂志包括：

1902 年张元济与蔡元培筹划出版《开先报》，后来改名为《外交报》，商务印书馆代印，共出版三百期，第二十九期以后由商务印书馆发行。

1903 年创办李元伯主编的半月刊《绣像小说》。

1904 年创刊杜亚泉等主编的《东方杂志》，到 1948 年才停刊，是中国杂志史上重要的一页。

1909 年《教育杂志》创刊。

---

① 王学哲、方鹏程：《商务印书馆百年经营史》，华中师范大学出版社 2010 年版，第 21—22 页。

1910 年《图书汇报》创刊。

商务印书馆发行的这些杂志，销量均不错，受到社会的普遍欢迎，《东方杂志》的销量曾经达到 15000 份，为当时杂志销售之冠①。这些杂志的创办与良好的销量，无疑将商务印书馆的社会影响力大大提高，为商务印书馆赢得了良好的社会声望，为《小说月报》的创刊奠定了极为良好的社会基础。

而《绣像小说》，让商务印书馆尝到了通过小说来获取利润的甜头，由于主编李伯元的去世，《绣像小说》半途停刊。而在这期间，商务印书馆渐渐形成了两方面的角色，一种是作为出版企业追逐商业利润的角色，另一种是作为文化传播者的角色。这样的角色扮演，使商务印书馆在《绣像小说》停刊后，希望创办另外一种杂志来延续《绣像小说》的光辉，《小说月报》正是在商务印书馆的这种理想中创刊的。正如谢晓霞所说的："1910 年阴历 7 月创刊的大型小说杂志——《小说月报》，它更是商务出于商业利润和文化追求双重考虑而创办杂志的一个典型的范例。"②

在这样一种期待中诞生的《小说月报》，不难想象商务印书馆最初对它的期望值。而在《小说月报》创刊之时，商务印书馆经过之前的努力，已经具备了雄厚的资产和相当的知名度，在这样一种良好的情况下，商务印书馆对新创刊的《小说月报》给予的支持应该是足够的，使得《小说月报》创刊时不用担心拉不到广告而面临资金困难，避免了像许多杂志那样一创刊就面临停刊的危险。同时，商务印书馆雄厚的资金支持还让《小说月报》从一开始就能重金聘请到名家，《小说月报》的作者，正如它自己所说的那样：

> 本报各种小说，皆敦请名士，分门担任。③

很难想象，没有商务印书馆的全力支持，《小说月报》能从一开始聘

---

① 李欧梵：《上海摩登》（修订版），毛尖译，人民文学出版社 2010 年版，第 57 页。

② 谢晓霞：《商业与文化的同构——〈小说月报〉创刊的前前后后》，《中国现代文学研究丛刊》2002 年第 4 期。

③ 《小说月报》第一卷第一号：编辑大意。

请到当时的著名作家。何况，凭借商务印书馆的声望，人们对商务印书馆旗下的杂志原本就有一份期待，可以说《小说月报》还没有开始创刊，人们对其就充满的想象。商务印书馆的社会知名度、雄厚的资金支持、著名作家的加入，让《小说月报》从创刊开始就具备了一定的影响力。

商务印书馆雄厚的资金，不仅为《小说月报》的创刊提供的有力的支持，也为《小说月报》的发行奠定了良好的基础。从商务印书馆的发展来看，随着其资本越来越雄厚，其发行的网店、分馆也越来越多：

1897 年商务印书馆创馆于上海宝山路。

1903 年设汉口分馆。

1905 年设北京分馆。

1906 年设沈阳、福州、开封、潮州、重庆、安庆等分馆。

1907 年设广州、长沙、成都、济南、太原等分馆。

1909 年设杭州、芜湖、南昌、黑龙江等分馆。

1910 年设西安分馆。

这些分馆的建立，扩大了商务印书馆的经营范围，也为创刊后的《小说月报》良好的发行途径给予了充分保障。

在每一期的《小说月报》封底上，几乎都有这样的说明：

THE SHORT STORY MAGAZINE
(Issued Monthly)

不许转载

宣统三年正/八月二十五日三/出版

编辑者 无锡王蕴章

发行者 小说月报社

印刷所 上海北河南路北首宝山路商务印书馆

总发行所 上海四马路中市商务印书馆 京师 奉天 龙江 天津 济南 开封 太原 西安 成都 重庆

分售处 商务印书分馆 泸州 长沙 常德 汉口 南昌 芜湖 杭州 福州 广州 潮州

表 4-2　　　　　　　　　　《小说月报》上的广告价目

广告					邮费			定价			定价表费须先惠逢闰照加
普通		上等	特等	等第	外国	日本	本国	邮政票以一二分及一角者为限	现款及兑票	项目	
半面	一面	一面	一面	地位							
七元	十二元	二十元	三十元	一期	六分	三分	三分	一角六分	一角五分	一册	
三十五元	六十元	一百元	一百五十元	半年	三角六分	一角八分	一角八分	八角四分	八角	半年六册	
六十元	一百元	一百六十元	二百五十元	全年	七角二分	三角六分	三角六分	一元五角七分	一元五角	全年十二册	

除了日期和编辑者有变动之外，其余的完全相同。从上面的说明我们不难看出：《小说月报》的总发行处有 11 处，分售处有 10 处，这些总发行所和分售处北到奉天，南至广东，东至上海，西至成都，这些地方覆盖了当时交通便利的绝大部分中国地区，加上还在日本及其外国发行，《小说月报》的发行地域是相当宽广的。到了 1917 年前后，《小说月报》发行的地域更有所扩大，在第八卷第九号封底里面所刊登出来的发行点有：

　　总发行所：上海棋盘街中市商务印书馆 北京 天津 保定 奉天吉林 长春 龙江 济南 东昌 太原 开封 洛阳 西安 南京 杭州 兰溪 吴兴 安庆 芜湖 南昌 袁州 九江 汉口 武昌
　　分售处：商务印书馆分馆：长沙 宝庆 常德 衡州 成都 重庆 福州 厦门 广州 潮州 韶州 汕头 澳门 香港 桂林 梧州 云南 贵阳 石家庄 哈尔滨 新嘉坡

总发行所有 25 处，分售处达到 21 处，北边已到哈尔滨，西边达到西安，连偏远的云南都有了分售处，中国香港、澳门甚至新加坡都有了分售处。发行的地域之广，在当时国内是独一无二的。

上文分析到，《小说月报》的读者群是一个从小学生、初识字的妇女到精通英语的、拥有深厚古文基础跨度很大的读者群体，这一个很大的读者群体跟《小说月报》极为宽广的发行地域相结合，形成了《小说月报》极为庞大的立体的受众网络。就是这样一个网络保证了《小说月报》不断提高的销售量和极强的影响力。

如果说发行地域之广依靠的是商务印书馆雄厚资金支撑起来的发行点，那么，读者之众除了《小说月报》本身的因素之外，还有一个重要的因素就是读者自身的因素，影响《小说月报》销量的因素除了读者本身的欣赏口味之外，读者的经济因素也应该考虑在内。

基于《小说月报》读者群跨度甚大，读者群体的经济因素可参照当时的收入状况进行考虑。民国名记包天笑在其自传《钏影楼回忆录》中说，1906 年他到上海租房子，开始在帕克路、白克路（现南京西路、凤阳路）找，连找几天都无结果，后来他发现一张招租，说在北面一点的爱文义路（现北京西路）胜业里一幢石库门有空房。贴招租的房东当时讲清住一间厢房，每月房租 7 元（以下均指银元）。当时上海一家大面粉厂的工人，一个月的收入也不过 7—10 元①。

上海市 1911—1919 年基本的物价为②：

米价恒定为每旧石（177.7 市斤）6 银圆，也就是每斤米 3.4 分钱，一银圆可买 30 斤上等大米。

猪肉每斤平均 1 角 2 分—1 角 3 分，1 银圆可以买 8 斤猪肉。

棉布每市尺 1 角钱，1 银圆可以买 10 尺棉布。

白糖每斤六分钱。

植物油每斤 7—9 分钱。

食盐每斤 1—2 分钱。

而《小说月报》每期的定价为 1 角 5 分到 2 角，比每斤的猪肉稍高，这样的价格，是大多数市民可以承担起的。在《小说月报》的读者群中，恽铁樵认为："弟思一小说出版，读者为何种人乎？如来教所谓林下诸公，其一也；世家子女之通文理者，其二也；男女学校青年，其三也。商界、农界读者，必非新小说，借曰其然恐今犹非其时。是故《月报》文稍艰深，则阅者为上三种人之少数。《月报》而稍浅易，则

---

① 金满楼：《民国上海生活成本：一月四次荤菜 房租占支出主体》，凤凰网历史频道。

② 陈明远：《文化人的经济生活》，陕西人民出版社 2010 年版，第 304 页。

阅者为三种人多数。"① 在这些人当中，多半为有闲阶层或者学生，每月负担一本《小说月报》的价钱应该不成问题。

而对于学校的学生来说，他们凭借现代图书馆的建立，也能够读到《小说月报》。除了新式学校之外，对《小说月报》新型读者的培养作用最大的就是现代图书馆。大量的学生和逐渐兴起的市民读者除了订购《小说月报》之外，他们接触《小说月报》主要通过新兴的公共图书馆完成的。在 20 世纪初的中国，随着经济和文化的发展，藏书机构由以前的私人或官方藏书楼转化为公共图书馆，使得一大批市民和学生能够通过图书馆这个渠道学习文化知识，从而成为许多正在发行中的书籍、杂志和报纸的读者。《小说月报》创办之时，当时全国18 个行省之中，除了江西、四川、新疆外，其他各省都建立了图书馆。上海、北京和江苏等地还建立了许多所学院图书馆。这些图书馆"多储经史，以培根本；广置图书，以拓心胸；旁及各报，以广见闻"。② 这些图书馆的建立加上商务遍及全国的发行网，不仅使全国订购者可以读到《小说月报》，而且为大量没有经济实力的读者提供了阅读的机会。各地图书馆的建立，间接地为扩大《小说月报》的影响力发挥了作用。

《小说月报》这些"硬件"的设立，对于早期《小说月报》影响力的形成是必不可少的。在这些经济因素的影响下，《小说月报》的文学观念适应了社会观念，《小说月报》在当时形成了"权威"就不难理解了。

第四节　广告与《小说月报》的赢利

对于一份文学杂志来说，赢利的途径主要依靠销量和广告，通常这两者之间是互动的，好的销量往往能够吸引来更多的广告，众多的广告能为杂志带来丰厚的资金，为再次扩大销量奠定基础。许多文学杂志就因为缺乏广告的投入而从中夭折，往往只能办短短的几期甚至

---

① 《本社函件摘录》，《小说月报》第七卷第二号。
② 苏玉娜：《接受视野中的〈小说月报〉》，山东师范大学硕士学位论文，2010 年。

一期就办不下去。《小说月报》作为商务印书馆旗下的一份杂志，存在时间长达 22 年之久，赢利是其存在的基础，如果《小说月报》只发行不赢利，商务印书馆肯定会让其停刊。作为一份文学杂志，《小说月报》是如何赢利的呢？这里试作一浅要分析。

对于一般的杂志，广告为其主要的收入来源，我们可以先来考察一下早期《小说月报》广告刊登的情况，看广告对早期《小说月报》的赢利起到多大作用。《小说月报》第一年第一期的全部广告如表 1-1 所示该期《小说月报》正文共 70 页，广告占了 22 页，足见《小说月报》对广告的重视，在该期封底里的广告价目表标明了当时广告的价目。

从前列表 4-2 我们不难看出，该表详细列出了广告的等级，不同版面的广告给予不同的待遇，所收取的费用也各不相同，表明当时的广告业已经很成熟并且形成了一定的常规。

但是，当纵观《小说月报》第一年第一期的所有广告时，我们不难发现，该期刊登的所有广告几乎全部是与商务印书馆自己相关的广告，没有刊登一则其他广告商的广告。也就是说，该期的《小说月报》并没有从广告中赢利。《小说月报》作为商务印书馆主办的一份杂志，刊登商务印书馆的广告当然是理所当然的，第二期、第三期的广告也同样如此。

第一年前三期所刊登的广告全部是商务印书馆自己的广告，属于自己给自己打广告，《小说月报》没有从其他广告商那里赚到钱。这种状况一直持续到了第二年，比如第二年第四期的广告共有 34 页，对并不算太厚的《小说月报》而言，这几乎是达到了广告投放量的极限了。这么多的广告里面，与商务印无关的广告仅有一则，即《刍言报》广告。按照《小说月报》的广告价目表，该期《刍言》报在《小说月报》上刊登广告应属于一面普通广告，支付 12 元，这对于整个《小说月报》运行的所有成本而言，仅仅是个很小的数字。

其他广告商在前期《小说月报》刊登广告最多的应该是在 1914 年左右。

表 4 - 3　　　　　　　　　　　　第五卷第五号的广告

广告商	广告内容	广告性质	其他
利华英行	利华日光肥皂	日用品	
中国图书公司和记	国学扶轮社原版香艳丛书十八册	书籍	
亚东公司	中将汤	药品	
上海亨达利有限公司	亨达利手表	奢侈品	一页
商务印书馆	《学校游戏书》、学校成绩写真	文化用品	
商务印书馆	《单级教授讲义》	书籍	
商务印书馆	《东方杂志》十一卷一号二号目录	杂志	
商务印书馆	《政法杂志》第四卷一号二号目录	杂志	
商务印书馆	《教育杂志》第六卷第六号目录	杂志	
商务印书馆	《学生杂志》第一卷第二号目录	杂志	
商务印书馆	《新字典》《英华大辞典》	书籍	
商务印书馆	商务印书馆自制信笺信封发行（1）	文化用品	
商务印书馆	商务印书馆自制信笺信封发行（2）	文化用品	
商务印书馆	商务印书馆自制信笺信封发行（3）	文化用品	
商务印书馆	商务印书馆自制信笺信封发行（4）	文化用品	
商务印书馆	商务印书馆发行日用须知等	须知	
商务印书馆	《师范学校新教科书》	书籍	
和盛外国金银首饰号	和盛外国金银首饰号广告	首饰	
商务印书馆	《世界大事年表》	书籍	
商务印书馆	《关系战事图书》	书籍	
商务印书馆	五彩地图	地图	
商务印书馆	《英文会话》；翻译、文牍丛书	书籍	
缄三庄蕴宽	葵丑涂月缄三庄蕴宽代定：介绍书画家	人物	
商务印书馆	最为新奇最有趣味之小本小说	书籍	
商务印书馆	商务印书馆印刷广告	启事	
商务印书馆	商务印书馆发行：体操用书 体操用具	文化用品	

广告商	广告内容	广告性质	其他
商务印书馆	商务印书馆发行：《公文程序举例》《司法公文式例解》	书籍	
商务印书馆	上海商务印书馆谨启：林译小说丛书	书籍	
商务印书馆	上海商务印书馆谨启：旧小说	书籍	
商务印书馆	《小说月报》社投稿通告、广告价目表等	简章	
威廉士医药局	威廉士红色补丸	药品	封底

本期 33 页的广告，共有 7 则非商务印书馆的广告，这在众多的广告里面仍然只占了很小的比例，按照《小说月报》提供的广告价目表，我们不难算出这些广告所应该支付的费用。了解在广告价目表里面，编者为我们提供的什么样的广告算是上等的广告，什么样的广告算是普通广告。比如编者在第八卷第九号的广告价位表特别注明：

> 注意特等（底面外）上等（封面里底封面里征文前及图画前图画中）其余均为普通地位

按照这则提示，在上述的七则非商务印书馆的广告里，利华英行的"利华日光肥皂"的广告属于上等一面广告，该期应支付 20 元；"中国图书公司和记发售《国学扶轮社原版香艳丛书》十八册"的广告属于上等一面广告，该期应该支付 20 元；亚东公司的"中将汤"广告属于上等一面广告，支付 20 元；上海亨达利有限公司的"亨达利手表"广告属于上等半面，支付 10 元左右；和盛外国金银首饰号广告属于普通半面广告，支付 7 元；葵丑涂月缄三庄蕴宽代定的"介绍书画家"广告属于普通一面广告，支付 12 元；韦廉士医药局的"韦廉士红色补丸"广告属于特等一面广告，支付 30 元。按照这样的算法，该期七则商务印书馆的广告应该向《小说月报》支付 119 元。前文说过，《小说月报》的主编月薪大抵不低于 150 元，120 元对于《小说月报》的开支来说，肯定是远远不够的。也就是说，差不多该时期《小说月报》主要不是靠广告来赢利的，当然，《小说月报》为商务印书馆打广告，其有形或无形的价值又另算。

该时期的《小说月报》不靠广告来赢利，那么要赢得利润，便只有通过销量来实现了。《小说月报》前期的销量如何呢？《小说月报》自己给自己做的广告给我们提供了某些线索。

宣统三年二月二十六日（1911 年 3 月 28 日）《时报》刊载《小说月报》第二年第一期出版广告：

> 出版以来甫及半年销数已达六千以上其价值可知①

宣统闰六月初三日（1911 年 9 月 24 日）《神州日报》刊载《小说月报》临时增刊广告：

> 出版以来未及一年销数已达八千以上其价值可知②

《小说月报》第三卷第十二号（1912 年）的广告：

> 本社所出《小说月报》已阅三载发行以来颇蒙各界欢迎迩来销数日增每期达一万以上

这些信息都表明，前期《小说月报》的销量是不错的，至少在王蕴章第二次接任主编时《小说月报》的销量是不错的，并且在 1913 年前后达到了 1 万份。如果《小说月报》销量达到 1 万份的话，按照广告价目表里所提供的价格，假定每个读者都在国内，那么《小说月报》单价现款为 1 角 5 分，1 万份当为 1500 元，折合 2009 年人民币 15 万元左右。编辑人员里面主编 150 元左右，付给作者的稿酬最高像林纾每期可达 120 元左右，这样估算的话，《小说月报》每期的支出应该不会超过 750 元，也就是至少有一半的利润。这对一个杂志社来说，应该是很

---

① 《时报》1911 年 3 月 28 日。
② 《神州日报》1911 年 9 月 24 日。

好的经营状况了。《小说月报》靠销量来赚钱也就弥补了其刊登其他广告商不足的一面，靠销量就可以很好地生存下去，广告就在可以刊登也可以不刊登之间了。

商务印书馆作为一家企业，完全可以刊登相当数量的广告来获取利润最大化，为什么其旗下的刊物《小说月报》刊登其他广告商的广告如此之少呢？《小说月报》的销量如此之大，刚出时就名噪一时，"为杂志界的权威"，这样的一份杂志，吸引广告商应该不是很难的事。我们再回过头去看看在《小说月报》上刊登广告的那几家广告商吧。

利华英行是英国和荷兰最大的公司和世界最大的食品和日化产品公司之一，早在20世纪20年代初就以制皂业为先驱，开拓其在中国的事业。1910年成立中国肥皂有限公司后，又于1920年在黄浦江畔建大型工厂生产洗衣皂。直到1925年开始生产肥皂，公司当时最著名的品牌就是"日光"牌。1926年中国肥皂有限公司在南京设立专职销售肥皂的办事处。1927年在天津建立分公司，经销样茂等牌号的洗衣皂。公司一直发展到现在，成了联合利华，联合利华在中国总投资额现已超过8亿美元，是欧洲在华投资最多的企业之一。[①]

"中国图书公司和记"原为"中国图书公司"。中国图书公司是清末废科举后由张容牵头集资开办的最大出版社，出版课本品种仅次于商务印书馆。虽然以取代商务为目的，资本超过商务，但最终失败，被商务并吞。[②] "戊申间（1908），席子佩、傅子濂等发起创办完全中国人资本经营的中国图书公司。邀请张季直、曾少卿领衔招股百万元，先招五十万开办。选举结果，张季直一派人物如林康侯、叶鸿英等四人负责总务、编辑、印刷、发行职务。设办事处于南京路，发行所于河南路商务印书馆对门，建印刷厂于小南门陆家洪，铅、石、彩色等印机齐备。惜负责人一派官僚作风，致营业不振，发行所收歇，印刷厂改组为民立图书公司，后盘并给中华书局。"[③] "中国图书公司"于1913年全部以八万元盘给商务印书馆，改名"中国图书公司和记"。[④] 中国图书公司和记其实已属于商

---

① 联合利华官网：www. unilever. com. cn。
② 子治：关于中国图书公司的材料（三），《出版史料》2002年第4期。
③ 同上。
④ 同上。

务印书馆，如不视为商务印书馆的机构，其在当初的实力也相当可观。

亚东公司则为一家日资企业。资本雄厚，专卖日产妇科药品"中将汤"。

亨达利公司为一家钟表公司。清同治三年（1864），法国人霍普在洋泾浜三茅阁桥（今延安东路江西中路口）设一店，英文名称为霍普兄弟公司（Hope Brother's & Co），中文招牌为"亨达利"，含义是亨通、发达、盈利。以经营钟表为主，兼营欧美侨民的日用生活必需品。19 世纪末，"亨达利"易主，由德商礼和洋行经营，迁到英租界繁华的南京路抛球场（今南京东路河南路口）营业。民国三年（1914），商店又转让给礼和洋行买办虞乡山等经营，改名为"亨达利钟表总公司"。民国六年，虞再将"亨达利"转让给"美华利"的孙梅堂。孙买进后将业务并入"美华利"，对外仍沿用"亨达利"的店名，取消洋酒杂货，专营高级钟表。亨达利与洋商关系密切，货源充足，生意十分兴隆。第一次世界大战结束时，德国马克和法国法朗贬值，亨达利趁机低价购进手表数十万只，在上海销售，获利数倍，资本实力更加雄厚。以后又在全国各地开设 23 家分店，成为首屈一指的"钟表大王"。①

从和盛号的广告来看：

> 金银珠宝制为首饰礼品最为世界所欢迎本号精制各种均仿照西国新奇特别久已驰名各埠如蒙定造奖品银杯银牌等件自必格外克己并备各色样本以便惠顾诸君阅看特此广告。
>
> 和盛号启

和盛外国金银首饰号仿制欧美首饰，定制奖杯、银牌等，其经济实力定然雄厚。

庄蕴宽，曾用名惜抱，字缄三，1914 年袁世凯召开约法会议，炮

---

① 文新传媒—长三角城市群，http://www.news365.cn。

制新约法，庄蕴宽为议员①，为一时名人，其推荐的作品，自有分量。

清光绪三十四年（1908），加拿大韦廉士药局富尔福公司在上海江西路451号开设韦廉士医生药局上海分公司，经营新药制造。是为加商在上海最早的投资企业，也是新中国成立前最大的加商企业。从表4-5就可以看出该公司的实力。

表4-4　　　　　　1908—1949年加拿大商投资企业一览②

企业名称	创建年份	经营范围	投资方式	职工数	企业地址
韦廉士医生药局上海分公司	1908	制药	公司	54	江西路451号
基督福音书局	1924	售书	独资	4	北京西路1381号
铝业有限公司	1928	进口	公司	8	福州路30号
亚洲电器公司	1929	工业	公司		
美康公司	1933	戏院	公司	16	复兴中路323号

上述均为在当时有一定实力或者是名望的广告商，而且多为外资企业，《小说月报》选择这样的广告商，一方面表明《小说月报》当时确有很大的影响力，能够吸引来资金较为雄厚的广告商；另一方面也是《小说月报》借刊登这样的广告来标明自己的品位，扩大自己的影响。反映了《小说月报》在刊登广告时是有所选择的，并不完全是以营利为目的。《小说月报》刊登的商务印书馆的广告主要部分是各类教科书、翻译和创作的著作及其相关的文化用品，《小说月报》放弃能让其带来更大利润的广告而刊登此类广告，恰好表明了当时《小说月报》甚至商务印书馆发展的基本思路：在保证利益的前提下，努力地进行文化传播。关于这一点，众多的研究者已经多有论述，本书不再赘述。

早期的《小说月报》主要不是靠广告收入来赢利，而是靠销量来赢利，这样，销量对《小说月报》的生存就显得极为重要。而一个基

---

① 庄小虎：《新编庄蕴宽先生年谱——纪念辛亥革命一百周年》，http：//blog. sina. com. cn/xhzhanghttp：//blog. sina. com. cn/xhzhuang。

② 上海市地方志办公室：《上海经济贸易志·第九卷·外国投资》，上海市地方志办公室网站。

本的情况是，当王蕴章第二次做《小说月报》的主编时，《小说月报》的销量已经在下降了，到了茅盾改革《小说月报》时，《小说月报》每期的销量已经降至2000—3000册了，"销数步步下降，到第十号时，只印二千册"①，2000册，只有1万册的1/5，如果收入也只有1/5的话，就只有300元左右，而主编每月的月薪即在150元左右，而林纾等人的稿酬在120元左右，仅只两项，就差不多占据了《小说月报》靠销量带来的总收入，《小说月报》自然是入不敷出了。面对着这种销量，《小说月报》有着怎样的对策呢？

前面提到的《小说月报》第十一卷第一号登过讲述广告妙处的广告：

明显表现出对广告商的拉拢之意，相同的广告在《小说月报》出现在好几期上，通过刊登广告来寻求广告商，这是《小说月报》之前从来没有过的。再看《小说月报》那一时期所刊登的广告，见表4-5。

表4-5　　　　　　　第十一卷第十二号主要刊登的广告

广告商	广告内容	广告性质	其他
小说月报社	本月刊特别启事一	启事	占2页
小说月报社	本月刊特别启事二	启事	
小说月报社	本月刊特别启事三	启事	
小说月报社	本月刊特别启事四	启事	
小说月报社	本月刊特别启事五	启事	
商务印书馆	商务印书馆出版 新体写生水彩画	绘画	占1页
万国储蓄会	能力者金钱也 万国储蓄会启	储蓄	
英国圣海冷丕朕氏补丸驻华总经理处	上海江西路七号丕朕氏大药行披露	药品	
北京中华储蓄银行	特别奖励储蓄	储蓄	
上海华罗公司	威古龙丸	药品	
商务印书馆	商务印书馆发行：言情小说《玫瑰花》	书籍	占半页

---

①　茅盾：《革新〈小说月报〉的前后》，《茅盾全集》第34卷，人民文学出版社1997年版，第179页。

广告商	广告内容	广告性质	其他
上海商务印书馆	上海商务印书馆发行 小楷《心经》十四种	书籍	
国货马玉山糖果饼干公司	国货马玉山糖果饼干公司广告	食品	占一页
上海贸勒洋行	美国芝加哥斯台恩总公司中国经理 上海贸勒洋行 巴黎吊袜带 威廉修面皂	衣物、装饰	
贸勒洋行	固龄玉牙膏	日用品	占一页
贸勒洋行	博士登补品	药品	
美国芝加哥高罗仑氏公司	鸡眼之消除法 加斯血药水独一无二	药品	
贸勒洋行	LAVOLHO 眼药水	药品	
商务印书馆	商务印书馆发行 张子祥花卉镜屏	家居用品	
商务印书馆	商务印书馆发行《然脂余韵》	书籍	占一面
贸勒洋行	LAVOL 拄福录 医治皮痒诸症	药品	占一页
商务印书馆	世界最新地图、精制信笺信封	文化用品	
商务印书馆	《教育杂志》《学生杂志》《少年杂志》《英语周刊》目录	杂志	
商务印书馆	《东方杂志》《学艺杂志》要目	杂志	
商务印书馆	《世界丛书》	书籍	
《小说月报》社	《小说月报》自第十二卷第一号起刷新内容	杂志	
《妇女杂志》	民国十年《妇女杂志》刷新内容 减少定价广告	杂志	
《英文杂志》	《英文杂志》第七卷第一号大刷新	杂志	
商务印书馆	商务印书馆发售：新到大批美国照相器具	文化器材	
商务印书馆	上海商务印书馆中国独家经理美国斯宾塞芯片公司	文化器材	
唐拾义	专门治咳大医生唐拾义发明 久咳丸 哮喘丸	药品	
商务印书馆	商务印书馆发行：新法教科书	书籍	
商务印书馆	商务印书馆精印：各种贺年卡片	文化用品	封底

从上面广告不难看出，在该期的《小说月报》广告中，非商务印

书馆的广告明显增多，达到 13 则之多。联想前面提到的《小说月报》通过刊登广告来寻求广告商，我们不难看出在销量日益下降的情况之下，《小说月报》要继续赢利，就得转变赢利方式，由以前的靠销量来获取利润转变为依靠广告收入来获取利润，而且《小说月报》也试图这样做的。但是，吸引广告商来投放广告的能力往往又是与杂志的销量相连的，《小说月报》要想长期吸引广告商，就必须想办法扩大销量，而要扩大销量，针对当时的《小说月报》，就必须对其内容进行改革。从《小说月报》的广告中，我们已经看到了改革的信号，就在该期的上述广告中，《小说月报》发出了启事：

小说月报启事

　　小说月报自第十二卷第一号起刷新内容减少定价并特约新文学名家多人任长期撰者已见本杂志第十一卷十二号特别启事中今特约言其内容则有 [一] 论评 [二] 创作 [三] 译丛 [四] 特载 [五] 杂载五大门除介绍西洋最新名家文学发表国人创作佳篇外兼讨论同人对于革新文学之意见及研究西洋文学之材料每期并附精印西洋名家画多幅特请对于绘画艺术极有研究之人拣选材料详加说明以为详细介绍西洋美术之初步出版期提前为每月十号定价减为二角页数仍旧材料加多以副爱读本刊诸君惠顾之雅意

　　　　　　　　　上海商务印书馆编译所小说月报社谨启①

就在该期广告，透露出内容革新的杂志还有：

妇女杂志刷新内容减少定价广告

　　本杂志出版已届七年销行之数日益增多第六卷改良以后尤蒙当世贤淑交相称许同人愧感之余益自奋励爱自**第七卷第一号起**更将**门类酌量增删**多收**趣味浓郁**简明切要之文字务使读之者只觉**新颖可喜**既足**增进智识**而**无普通书报沉闷枯燥之弊**又**为减轻读者负担起见**特将**定价大加减削**并改用五号字排印每期字数较前益加增多兹将定价

---

① 《小说月报》第十一卷第十二号。

及邮费列表如左

册数	定价		邮费	
	原定	现改	本国及日本	外国
每月一册	三角	二角	一分半	六分
半年六册	一元六角	一元一角	九分	三角六分
全年十二册	三元	二元	一角八分	七角二分

上海商务印书馆妇女杂志社谨启①

《英文杂志》七卷一号大刷新 教员参考 学生自修 必备之书

本杂志自明年第一号起，一切大加改良：小号字都改用大号，以省读者诸君目力，且多插图画，多添注解，使初学者读之如得良师亲授，至于内容，本社更新添多种，都请名人编述。兹将要目列左：

（一）成功者小传 邝富灼博士编 叙述一切世界上出身微贱而刻苦自励终成大事业之人。

（二）中国名人英文实验谈 谢福生编 叙述中国名人深通英文者学英文之经验。

（三）谦屈拉 吴康硕士译 此为印度诗家泰果尔所著名剧之一。

（四）近代短篇小说 刘颐年学士译 译述各种名人小说，如毛柏霜乞呵甫皮龙生开泼林等。

（五）美风谈屑 李骏惠博士编 叙述一切美国之服式及用于日常会话之俗语，可为有志留美者之准备。

（六）通信 登载一切与本社之通信，或为学英文之心得，或为教授英文之方法。或为有兴味之记载。

其余如冠词之用法、文学谈丛、广告文之研究、应用化学、新书介绍、西笑林以及旧时所有各门，名目繁多，不及备载。

---

① 《小说月报》第十一卷第十二号。

定价 每册二角 半年一元一角 全年二元

上海商务印书馆《英文杂志》社谨启①

在同一份杂志的同一期广告上，商务印书馆下的三大杂志同时宣告了内容革新的宣言，颇有"山雨欲来风满楼"的气势，表明这不仅仅是哪一份杂志自身的问题，而且到了整个社会大变动、全社会思想观念发生改变的时候了。而《小说月报》也面临着要么停刊，要么改革的关头。要继续赢利生存下去，就必须改革，不久，茅盾接任《小说月报》的主编，《小说月报》的改革正式拉开了序幕。

第五节　广告视野中的《小说月报》革新

茅盾革新《小说月报》通常被看作新文学战胜旧文学的一个例证，这种较量首先表现在销量的起伏之中，《小说月报》据说在王蕴章编辑的最后几期达到了新低 2000 册，而茅盾革新后不久就达到了 1 万册，在这场此消彼长的争夺读者市场的较量中，除了不同文学观的较量之外，其他外部的因素经常被忽略。《小说月报》最早透露出要革新是在 1917 年 10 月张元济在日记里提到的"不适宜，应变通"，而败象则是在 1918 年之后才渐渐显露出来的。② 衰败的原因自然是新文学的崛起带来的冲击，但销量达万余册的《小说月报》在两三年内销量就大减为 2000 册，"衰败"的速度还是颇令人吃惊的。如果我们考虑到文学观念的改变是一个漫长的过程，新文学战胜旧文学绝非一朝一夕的事情，那么，促成《小说月报》销量快速下降的就应该还有另外一些因素掺杂其中。仔细考察，隐形或显性的广告宣传无疑在其中起到推波助澜的作用。这里，我们将各种论争也视为广告活动之一，有许多论争，本来就是为了起到广而告之的效果的。

对于一份刊物来说，想要迅速被读者接受，广告是必不可少的，但

---

① 《小说月报》第十一卷第十二号。

② 柳珊：《在历史缝隙间挣扎——1910—1920 年间的〈小说月报〉研究》，百花洲文艺出版社 2004 年版，第 48 页。

是，广告的手法众多，并不是所有的广告都能见效，特别是在大众媒体单一的时代，信息传播很大程度上还依赖人力的时候，广告的效果依然还是长期才能见效的。何况对于业内的行家来说，要引起业内的认可，一般的广告宣传是一时难以奏效的，对文学期刊这类带有文化性质的宣传来说更是如此。似乎从文学期刊诞生的时候开始，文学活动家们就找到一条能让文学期刊宣传快速奏效的方法，那就是与已经成名的其他期刊或者名家论争。闻一多就曾在给友人的信中这样描述了一个社团或一个杂志如何崛起的一系列策略：

> 我们若有创办杂志之胆量，即当亲身赤手空拳打出招牌来。要打出招牌，非挑衅不可。故你的"批评之批评"非做不可。用意在将国内之文艺批评一笔抹杀而代之一正当之观念与标准。……要想一鸣惊人则当挑战，否则包罗各派人物亦足轰动一时。①

"挑衅"或"挑战"无疑可以看作一种广告宣传，主要目的在于还没有成名之前引起读者的注意，特别是对名家或者具有权威性的报刊的挑战，其起到的效果就不仅仅是迅速提高在读者中的知名度的广而告之了，往往还能在专业领域奠定相当的影响力，获得成名人士的关注。《新青年》创刊的时候，提倡白话文，利用各种机会与文坛的宿将诸如林纾论争都为其争取了不少读者。

从广告的角度来看，《新青年》无疑是运用得极为成功的。在提倡白话文、举起"科学""民主"大旗的基础上，《新青年》还善于利用名人来为自已进行推广。比如，将胡适与陈独秀之间的通信刊登在刊物上，特意突出了胡适留学美国的身份，用胡适留学的特殊身份来为自己进行宣传；尤其是与林纾的论战，极大地提升了《新青年》及白话文的影响力。就《新青年》当时的情形而言，林纾的出现，为《新青年》提高影响力创造了条件：一是林纾已经对他们有所反应，就在胡适发表《文学改良刍议》不久，林纾已经注意到了他们，发表了《论古文之不当废》来反驳他们的观点；二是林纾此时已经成名，是古文界的大家

---

① 《新文学史料》1984 年第 1 期。

了，是《小说月报》的一块"金字招牌"，翻开当时《小说月报》的广告，只要是提及林纾的，都是将其重点突出：

社会小说《金陵秋》冷红生著 定价四角

　　闽林琴南先生以小说得名，即自称冷洪生者也。先生著作等身，惟小说以译述为多，此书乃其自撰，以燃犀之笔，描写近时社会，述两军战争，则慷慨激昂，叙才士美人，则风情旖旎，尤为情文兼茂之作。①

　　"林纾小说""名家小说"在当时《小说月报》上的广告随处可见，反映出林纾在当时读者中的影响力。新文学的倡导者们借与林纾论战的机会，乘势提高新文学的地位。《新青年》也随着这场论战，一路销量上涨，达到了提高影响力的目的，促使新文学站稳了脚跟。

　　与林纾同时受到新文化运动的先行者们猛烈攻击的还有鸳鸯蝴蝶派的旧文学。在《新青年》的销量才有两三千的时候，《礼拜六》等鸳鸯蝴蝶派的杂志销量已达万余，新文学倡导者们采取了论战形式，先后有钱玄同的《"黑幕"书》、鲁迅的《有无相通》、周作人的《论"黑幕》和《再论"黑幕》等向旧文学发起攻击。通过这一场批驳，一方面逼迫鸳鸯蝴蝶派等文学向"俗"定位；另一方面也打击了这一派文学在读者中的良好形象，从而提升了新文学自身的影响力。《新潮》《新青年》这类新文学期刊新起时，攻击旧文学及其刊物就是其大造声势的一个做法，在这种广告宣传的影响下，受之影响的青年学子们，转移读者阵地就是十分自然的事了。

　　在这场宣传的较量中，起决定作用的是双方的文学观念。如何让读者接受新文学的观念？从广告技巧来看，新文学的提倡者们是运用得相当娴熟的。新文学的这种宣传对鸳鸯蝴蝶派的影响是明显的，周瘦鹃主编的《礼拜六》1916年停刊，徐枕亚主编的《小说丛报》1919年停刊，李定夷主编的《小说新报》1920年停刊一年。于是，我们看到，就在《新青年》等刊物的销量节节攀升的时候，老牌期刊《小说月报》

_____

①《小说月报》第五卷第十号。

的销量则不断下滑。《新青年》的销量由 1915 年的 2000 多册上升到了 1917 年的 10000 多册，而《小说月报》则在 1917 年后销量不断下降，到 1920 年就只有 2000 册了。正是这种销量的下降，促使商务印书馆最终决定对《小说月报》进行革新。

尽管在革新之前，茅盾对革新后的《小说月报》作了大量的宣传，比如在第十一卷第十二期的《小说月报》上，连续的广告让读者感受到了革新《小说月报》的声势：

本月刊特别启事一

爱读本月刊诸君子！本月刊自与诸君子相见，凡十一年矣；此十一年中，国内思想界屡呈变换，本月刊亦常顺应环境，步步改革，冀为我国文学界尽一分之力，此固常读本刊诸君子所稔知者也。

近年以来，新思想东渐，新文学已过其建设之第一幕而方谋充量发展，本月刊鉴于时机之既至，亦愿本介绍介绍西洋文学之素志，勉为新文学前途尽提倡鼓吹之一分天职。自明年十二卷第一期起，本月刊将尽其能力，介绍西洋之新文学，并输进研究新文学应有之常识；面目既已一新，精神当亦不同，旧有门类，略有更改，兹分条具举如下：

（甲）论评　发表个人对于新文学之主张。

（乙）研究　介绍西洋文学思潮，输进文学常识。

（丙）译丛　本刊前此所译，以西洋名家小说居多，今年已译剧本，自明年起，拟加译诗。三者皆选西洋最新派之名著迻译。

（丁）创作　国人自作之新文学作品，不论长篇短着，择尤汇集于此栏。

（戊）特载　此门所收，皆最新之文艺思想及文艺作品，从此可以窥见西洋文艺将来之趋势。

（己）史传　文学家传及西洋各国文学史均入此门，读者从此可以上窥西洋文艺发达之来源。

（子）文艺丛谈，此为小品。

（丑）海外文坛消息。

（寅）书报评论。

（庚）杂载　此栏又分为三：

以上各门之中，将来仍拟多载（丙）（丁）两门材料，而以渐输进文学常识，以避过形枯索之感。尚祈海内研究文学之君子有以教之。

本月刊特别启事二

本月刊自明年起加大刷新，改变体例，增加材料，已见特别启事一。兹本刊本年所登各长篇尚有不能遽完者，均已于此期内登完，以作一结束。

本月刊特别启事三

本月刊自明年起改变体例，增多材料，添立门类，参用五号字印，以期多容材料，并为增加读者购买力起见，减定报价为二角。

本月刊特别启事四

本月刊明年起更改体例，（请查照启事一所开各门），并改定报酬为：

一、撰稿　每篇送酬自五元至三十元

二、译稿　每千字送酬自二元至五元

三、小品　文艺丛谭内小品酌送报酬

如蒙海内君子，惠以佳篇，不胜欢迎。

本月刊特别启事五

本刊明年起更改体例，文学研究会诸先生允担任撰着，敬列诸先生之台名如下：

周作人　瞿世英　叶绍钧

耿济之　蒋百里　郭梦良

许地山　郭绍虞　冰心女士

郑振铎　明　心　卢隐女士

孙伏园　王统照　沈雁冰①

---

① 均见于《小说月报》第十一卷第十二号。

　　连续的五则启事，可谓为《小说月报》的革新做足了宣传造势，这些广告宣传无疑在为扭转前期《小说月报》的形象，期望为革新《小说月报》奠定良好的基础，但由于之前新文学阵营对保持《小说月报》对保持其销量的林纾、鸳鸯蝴蝶派的批驳大大降低了《小说月报》在读者群中的影响力，茅盾的这番广告宣传，显然在短时间难以奏效，要恢复《小说月报》在读者心中的良好印象需要一个长久时期，这也是茅盾革新初期《小说月报》销量并没有一下子上去的原因之一。

　　从这个意义上看，《小说月报》的革新，其实也是各个阵营之间不断宣传广告博弈的结果。当然，支撑起这个广告博弈的背后，还是各方面文学观念的较量。

第六节　关于文学边缘化的思考

　　从商务印书馆的角度来看，《小说月报》的改革可谓围绕着销量进行的，是因销量不好才进行改革的，而销量则意味着杂志在文学市场的占有率，《小说月报》的销量下降，必然有新的销量好的期刊取而代之。这就是说，销量背后的较量，其实是文学期刊边缘化与防止被边缘化的较量。如果说文学的边缘化指涉文学在整个社会结构中的地位或是文学在人们心目中的重要性，那么，对于一份文学期刊来说，边缘化意味着期刊影响力的减弱，在文学市场中的弱势，读者的流失，最主要的表征就是期刊销量的减少。从这个意义上来说，近代以报纸杂志为主的大众媒介出现以来，文学期刊兴起的同时也拉开了期刊之间边缘化与防止被边缘化之间较量的序幕。《小说月报》与《新青年》之间销量的此起彼伏的竞争，正好是文学期刊边缘化与防止被边缘化最佳例证。

一　文学期刊边缘化：从销量到观念

　　早期《小说月报》的销量大幅上升，时人对这个时期《小说月报》的评价也是"当时为杂志界的权威者"。[①]"权威者"的评价表明了早

―――――――――

① 秋翁：《三十年前之期刊》，《万象》1944 年第 3 期。

期《小说月报》在当时巨大的影响力，作为文学界的中心，处于主流的文学地位。一定程度表明了早期《小说月报》持有的文学的娱乐观是与当时的读者市场一致的。从当时那么多小说作家除了有名的几位，要么是不署名，要么是署别号就可以看出来其实在当时文人的心里，仍然轻视小说。这是典型的古典文学时代的文学观念。与当时读者的文学观念相符合的《小说月报》在民初的文学杂志中独放异彩。然而，任何一种观念都会随着时代的变迁而发生改变，特别是读者的漫不经心的阅读态度极易随着外部条件的变化而变化，到了"救亡"与"启蒙"相继诞生的"五四"时代，文学成了一种革命的工具，陈独秀在《新青年》发出"三大革命"的呼声，胡适提出"文学革命"的主张，在那个充满激情与青春的激进时代，面临着"救亡"的现实，读者的观念一夜之间从文学消遣人生转变为文学救国救民。在这场观念大转变中，《小说月报》的观念显然落后于时代的观念，于是，在"五四"的大潮中，我们看到发出时代强音的不是老牌的《小说月报》，而是后起的《新青年》，《小说月报》的大量读者纷纷被《新青年》《新潮》等杂志抢走，在 20 世纪 20 年代初期，《小说月报》的销量一度跌至 2000 册，面临着被商务印书馆撤销的危险。这表明《新青年》等杂志的兴起，夺去了大部分以《小说月报》为首的杂志的读者。之前居于文学界中心地位的《小说月报》受到了《新青年》等杂志的挑战，挑战的实质就是在文学市场中争夺读者，而争夺读者，很大程度上就需要文学杂志去迎合读者的文学观念。在这里，文学杂志随时代而变，文学杂志能不能把握读者的阅读心理成了杂志生存与否的主因，文学市场中边缘化与防止被边缘化的较量就变成了文学观念的较量。在"山雨欲来风满楼"的时代面前，商务印书馆对其旗下包括《小说月报》在内的杂志进行了大刀阔斧的改革，从主编、编辑理念到发行模式进行了全面革新，茅盾主编《小说月报》，将被讥为是"鸳鸯蝴蝶派"大本营的《小说月报》改头换面，将其带回了为人生而艺术的新文学轨道上来，使其成为文学研究会的主要阵地。经过一段时间的整改，《小说月报》的销量一度又飙升至每期上万册。在这一场争夺读者的无声的战斗中，背后隐藏的是文学观念的较量。

回顾这场 90 年前的文学事件，我们不难发现文学就是这样在各种观念的较量中发展过来的，民国时期革命文学与三民主义文学之间的较量，在这种对抗中，各方都在巩固自己的实力，都在争取"话语权"，防止被边缘化。如果我们将这个观念延伸，不难发现，几乎在人类的所有思想文化的进程中，都是各种观念的较量，都是一场边缘化与防止被边缘化的较量。任何一种商品的开发，包括一份杂志的发行，都是对其潜在的目标公众的争取，为了防止被市场边缘化，其设计其发行都必须把好目标公众的脉。"物以类聚，人以群分"，就是在这样的边缘化与对抗边缘化的过程中，产生了这样那样观念的对抗，在这样的对抗中，人类的观念包括文学观念得以演进。

二　大众媒介之于文学：一把双刃剑

上述《小说月报》与《新青年》等杂志之间的边缘化与防止被边缘化之间的较量，是近现代大众传媒兴起之后对文学的发展带来的影响所产生的。如果这种观念的较量以销量为表征的话，这种较量早在近代大众媒体的兴起时就开始了。沿着大众媒介兴起的历史线索，我们很容易就能发现大众媒介对于文学而言就是一把双刃剑，一方面它促进了文学的繁荣，另一方面它也是造成文学边缘化的原因之一。从近代兴起的报纸杂志、广播到当前的电影、电视和网络，每一次大众媒介的变革，带给文学的影响都是巨大的。正是以报纸杂志为代表的近代大众媒介的出现，彻底改变了古典时代文学的地位。

加拿大传播学家麦克卢汉曾说过："媒体会改变一切。不管你是否愿意，它会消灭一种文化，引进另一种文化。"①根据这种说法来观照中国古典文学向现代文学的嬗变虽然有些耸人听闻，但大众传媒的出现在现代文学形成过程中所起的巨大作用却是显而易见的。"可以毫不夸张地说，如果没有近代传播媒介的变革，就根本不可能有二十世纪中国文学的兴盛，也就无从形成二十世纪中国文学如此庞大的体系与格局。"②按照栾梅健先生的说法，近代大众传媒对中国文学的影响主要集中在

---

① ［加］马歇尔·麦克卢汉：《理解媒介——论人的延伸》，商务印书馆 2001 年版，第 33 页。

② 栾梅健：《二十世纪中国文学发生论》，广西师范大学出版社 2006 年版，第 3—4 页。

"促使了现代文化市场的发育，使文学成为一种公众的事业"和促使新的文学样式的出现、文体内部结构产生变化两个方面①。近代大众媒介对现代文学的影响当然不局限于这两个方面，包括白话文的推广、新文学话语权的取得、文学流派的形成等，报纸杂志的出现几乎影响到了现代文学的方方面面。在这些诸多的影响中，报纸杂志的出现导致了中国文学面向大众，"改变了以往文学为少数人垄断的局面，使文学最终告别了文人自娱或藏之名山的时代"，② 是报纸杂志出现后对现代文学影响最明显的一个方面。

　　大众传媒的每一次进步似乎都向着文学大众化普及的方向迈进，报纸杂志的出现，隐去了作者头上神圣的光环，标志着一个以读者为中心的时代已经到来。于是，从一份杂志诞生开始，它便在自觉地抵抗着被边缘化，这就必须要考虑读者市场，保证所持有的文学观念与读者的文学观念相一致。文学杂志之间销量的竞争就表现为文学观念是否与读者文学观念贴近的竞争。电视电影特别是网络的出现，让读者变成了作者，使文学真正可以普及到每个个体身上，但大众传媒这把双刃剑的出现，犹如一头怪兽，打破的了艺术森林自身的宁静。报刊时代，因一味追求销量的增长，作家们、出版家们不顾艺术的基本法则，创造了大量粗制滥造的文学作品；图像化时代的到来，打破了"审美需要距离"的常规，使大众与审美之间的距离变成零，图像化的定格，电视电影直接告诉你审美的结果，让人们省略了想象中的那个缤纷世界，而那些个性化的想象世界，正是包括文学在内的艺术得以精彩呈现的生命线。视频技术在现实生活中的大量充斥，审美过程的大量省略，使得人们思考、审美的惰性大增，人们不再依靠自己独立的思考，不再相信自己的审美判断，因为电视电影早已把结果给你准备好了。当人们把思考、审美的功能全部交给图像之后，严重依赖图像艺术的时候，一个拟象的世界开始形成，最终反控了现实世界，现实与拟象发生了严重的错位，人成了一个苍白的单向度的人。在这样一个世界里面，人们在极度追求高

---

① 参见栾梅健《二十世纪中国文学发生论》，广西师范大学出版社 2006 年版，第 1 章。
② 路善全：《中国传媒与文学互动研究》，中国社会科学出版社 2007 年 12 月版，第 65 页。

物质的同时，心智极端萎缩，审美、情感越来越苍白，冷漠随之增加。看看今天依靠暴力、情色来刺激人的眼球的节目，除了感官刺激，没有任何审美可言，我们便可以发现这些技术对艺术带来的伤害。

大众传媒对文学的影响是如此之巨大，或许我们应该放开来思考，对于文学艺术而言，那些喧嚣一时的并非代表着文学真正的发展方向，那些不大引人注目的，也并非就会从文学史上消失，或许对于文学本身而言，边缘化往往是颠倒的，那些现下被边缘化的文学，多年之后回头看，居于主流的正是它们。

三 文学是如何"中心化"的？

从文学市场上看，边缘化与防止被边缘化的较量是文学观念的较量，然而这种较量许多时候并不是依靠文学本身所完成的。在文学观念的较量中，在文学与其他领域的较量中，边缘化与防止被边缘化通常掺杂了其他的因素。如果我们以处于社会中的地位为标准为中国文学的发展进程画一条曲线图的话，我们肯定能发现在近代以前，曲线几乎一直处于上升阶段，而进入近代以后，文学的发展曲线则是波浪形的前行，一段时间处于社会的边缘，一段时间处于社会思想舆论的中心。如果我们再仔细考察处于风口浪尖上的文学的话，我们又可以发现，文学想处于社会思想舆论中心，往往要借助外部力量特别是政治力量才能实现的。

至少在近代以前，文学从来没有考虑过自己神圣的光环会有黯淡的一天。从孔子的"不学诗，无以言"到曹丕喊出"盛世之文章，经国之大业"，文学的地位就不断攀升。进入科举之后，文学在政治的庇护之下，与官员的仕途扭结在了一起，诗词成为士子应举的中心，从庙堂之上的鸿儒到青楼之中的女子，"出口成章"使文学一派欣欣向荣。在政治权力的干预下，文学从来不用担心读者，实际上，那个时代的文学也不需要太多的读者。在文学成为晋身的阶梯的时候，人们更看重的是什么人在读文学，而不在乎有多少人在读。从某种意义上，文学的边缘化实际上从科举废除，报纸杂志的兴起之后就开始了。科举的废除，传统的读书人失去了晋身之路，诗词不再与政治前途相关，文学家逐渐远离了社会思想的中心，文学的神圣光环便在一点一点地褪色。报纸杂志的兴起，让从政治战场上退下来的文学家真正找到了舞文弄墨的场域。在这一场域里，文学与政治的联系减弱了，在某种宽松的环境之下，政治对文学甚至是放任自流的，文学家由古典时代的入仕者实现了向以卖文为生的商人的转变。这一转变本身就意味着文学的某种溃败，从此以后，文学家所面对的不再是政治的前程，而首先是经济的效益。文学的阅读者不再是某个目的明确的政治对象，而是一个个面目逐渐模糊的无名读者。正是这一个个的无名读者，变成了报纸杂志的生命线，也变成了文学家的生命线。在封建大一统时代，作为官员的文学家，国家的俸禄解决了他们的后顾之忧，以卖文为生以后，报纸杂志的销售量就直接影响到需要直接面对经济生活的文学家，报纸杂志的销量成了杂志社的头等大事，如何面对读者就成了文学家不得不考虑的问题。曾几何时，从报纸杂志的兴起开始，多少满怀着政治豪情的人折戟在杂志的销量不好上，因为销量不好而被迫倒闭的报纸杂志比比皆是。

　　曾几何时，当现代海派作家借助现代传媒大发"文学财"时，身处北京的沈从文正做着他供奉人性的希腊小庙的梦，鲁迅批评"北京是明清的帝都，上海乃各国之租界，帝都多官，租界多商，所以文人之在京者近官，沿海者近商，近官者在使官得名，近商者在使商获利，而自己也赖以糊口。要而言之，不过'京派'是官的帮闲，'海派'则是商的帮忙而已"，当时文人的牢骚在于文学的附加功能太多，处在众人注目下的当时的文学家似乎不曾担心过文学边缘化的问题，反而担心的是文学太过引人注目而丧失了其文学性的问题，寻求的是一种主动边缘化。

　　半个多世纪之后，文学的发展迎来了一个180°的大转弯，当下的文学家更担心的是文学没有人关注，更担心的是文学成了文学家关起门来的自说自话。让今天的文学家或文学研究者感到触目惊心的是当下人们对文学敏感度的飞流直下，在充满物质欲望与功名欲望的世界里，文学显示出了她的软弱性，人们发现了她无用的一面，文学本身不具有的功利性让人们一夜之间抛弃了她，转变的速度之快，离弃的程度之深让文学本身惊悸不已，文学自身没有一点准备就完全被抛弃了。当下的文学进不想去过多地承担原本不属于她自身的重担，退又不甘心在一隅默默地哭泣，在冷寂孤清中枯死去，犹如一位怨妇，刚刚度完蜜月就遭抛弃，惊恐不安地面对着这个世界，回去不是，离开也不是，尴尬地站在路中央。

文学有自身发展的轨迹吗？按照文学的自身审美性来说，文学无疑有其固有的发展规律，而且这种规律是不受外界影响的。遗憾的是，中国文学在其前行的过程中，背负了太多本不属于它自身的责任，承担着原本属于政治、思想、哲学、新闻的重担。每当文学成为社会思想的中心的时候，我们很容易发现附着在她身上的多功能化特征，政治宣传、党派斗争、经济利益，集多种关系于一身。文学恰似一位多变的"魔鬼"，时而是一位正派的君子，时而是一位冲锋陷阵的壮士；时而又被经济拉下海成为一位放荡的风尘女子，她的姣好面貌，总是"犹抱琵琶半遮面"。文学，那位超尘脱俗的西施，她弱小的双肩，如何承担得起吴越两国的江山！

文学似乎是神圣的又是低俗的，她应该是人性异化的矫正者，是人心的抚慰者，又时时刻刻要迎合着大众的口味。作家作为知识分子的一分子，既要有着为大众提供精神动力和智力资源的高傲姿态，又要时刻警惕自己离开大众独自前行。文学的边缘化与防止被边缘化在当前技术与人性变异的夹攻下显得那样的孱弱，与文学相携蹒跚的是人精神中的那些心灵情感需要。在漫长艰难的旅程中，那些内心的渴望必将与文学择其善者而行之，那些不能与心灵前行的，就让他们边缘化或者被边缘化甚至是终结吧！当沉溺于灯红酒绿的世界中过于嘈杂的时候，蓦然回头，或许文学正在不远处等着我们。

第五章　广告视野中的读者转型

读者因素是近现代文学市场中的一个至关重要的因素，文学创作与文学传播都不能不考虑到读者。现代文学的建立，除了作者实现转型之外，很大程度上也依赖于读者的转型，没有了大量读者的拥护，现代文学的发展是难以想象的。《小说月报》作为贯穿近现代文学的一份文学期刊，其实现成功革新，无疑也显示着新旧读者之间的转型。通过透视《小说月报》前后期的广告，我们可以看出读者是如何一步步完成从旧式读者向现代文学读者的艰难转型，又是如何影响到现代文学的整体发展的。

第一节　前期《小说月报》的读者分析

一份杂志的读者群体往往是量大的、零散的，一般只能从整体上模糊把握，而难以做到精准的考察。在以往对文学杂志的研究中，我们往往忽略了对广告的研究，其实广告所反映社会状况的丰富性和直观性，有时可能比杂志本身的内容更为有效，通过对文学杂志上广告的分析，我们很可能发现一些以往被遮蔽了的内容，比如读者群体的分析。要分析一份报纸或杂志一定时期内的读者群体，从广告的角度切入无疑是一个独特而有效的办法，本节以早期的《小说月报》（主要是王蕴章第一次担任主编时）为例，试做这方面的尝试。

《小说月报》创刊于1910年7月，创刊号正文共有70页，其中广告刊登了22页，将近1/3（见表1-1）。从表中我们可以看出，第一期的广告主要为商务印书馆出版的各类图书和商务印书馆旗下的各类杂志

及其相关的各类文化用品。从广告来看作为读者的受众群体，第一则
广告：

南洋劝业会游记

附游览须知 定价五角

南洋劝业会为我国数千年来未有之盛举无论士农工商男女老幼游览一次可增无限智识此书详载**各馆内容**为游览诸君之先导首附**南京地图**及**会场全图**按图索骥异常便利后**附游览须知**凡**三十四章**自**抵宁情形起**举凡会场内外**食宿游戏**及**卫生交通**各事无不记述甚详并附会场内**各种章程**及**轮船火车**各种**时刻价目表**洋装一册诚游览劝业会诸君不可不备之书也

南洋劝业会于宣统二年四月二十八日（1910 年 6 月 5 日）在南京开幕，十月二十八日（11 月 29 日）闭幕，全国 22 个行业、省份等分别设馆参展，南洋群岛一些国家也组织参展，第一、展二、展三展馆展出欧美、东洋等地产品。展项主要涉及教育、图书，科学学艺、器械、经济、交通、采矿冶金、化学工业、土木及建筑工业、染织工业、制作工艺、机械、电气、农桑、丝业及蚕桑、茶业、园艺、林业之经营、狩猎、水产、饮食品、美术、卫生及医药附救济、陆海军及其用具与战品、统计等领域，累计 24 部 86 门 442 类，约百万种展品（项目），几乎涵盖了当时社会生活的各个方面。与此后国内其他一些博览会相比，该会无论从历史地位还是作用影响来看，均堪称华夏"第一"。① 是当时海内外的一件盛事。《小说月报》创刊时，南洋劝业会正在如火如荼地举行，《小说月报》第一则广告就是《南洋劝业会游记》，它的受众面极广，广告中的"南洋劝业会为我国数千年来未有之盛举，无论士农工商、男女老幼游览一次，可增无限智识"，增强了人们的民族自豪之感，同时又自然引出《南洋劝业会游记》，凡对南洋劝业会有所耳闻的人都会对该则广告感兴趣，而南洋劝业会是整个国家的一件大事，犹如 2011 年上海世博会，国家对它的宣传无疑是不遗余力的。《小说月

---

① 《史海回眸：上个世纪初的中国博览会"南洋劝业会"》，http：//culture. china。

报》宣传南洋劝业会，也乘机宣传了自己。这从一个侧面表明了当时《小说月报》敏锐的目光，紧紧抓住时事，给人耳目一新的感觉，乘机扩大影响，也是渴求一个最大的读者受众群。

接下来的几则广告从钦定大清会典到日本教育法令都是跟法律有关，其受众无疑是关心法学的人。而在1910年，经过戊戌变法、清末立宪等的大肆宣传，立法、变法已经在整个社会群体中有了相当广泛的影响，正如广告所说：

汉译日本法规大全
减价十五元预约八元

本馆译印日本法规大全风行一时其价值不待赘述现当预备立宪时代法官考试文官考试逐渐举行研究政法者日益多则需用此书者自日益众惟原印系用连史纸成本较巨每部定价二十五元寒素之士颇以为不便①屡承各处移书以酌减卖价为言本馆特改用有光纸重印字迹大小与原版一律分订八十册另附解字一册准十一月出版每部定价十五元如预订定者只收工本八元比原价不及三分之一现已发售预约券诸君欲购者请先付四元即交预约券一纸出版时续交四元凭券取书该券售至十一月底为之印刷无多购者从速迟恐不及特此广告另印样本一册欲阅者函示即当寄赠

谈论法律者日益见多，一般寒素之士都在关注，表明了在国家危亡之际，当时关注时局的人之多，同时也显示了这类广告的受众群体之广。关心时局的人、研究法学的人都是此类广告的受众群体。

《五彩精图方字》《看图识字》《九九指数牌》《儿童教育书》《童话（孙毓修编）》《少年丛书》等这些广告无疑是针对儿童、小学生和一般的识字妇女的。其广告里已有明言：

五彩精图方字

本编采取日用切要之字每字一方楷书端整纸张坚白绘画鲜明计

---

① 着重号为引者所加，下同。

一千字字之先后以笔画之繁简意义之深浅音调之难易为准教授法详
言读法写法及联句造句之法特制纸盘石笔以供学者习写学部评语云
极便初学可为初等小学之用

童话（孙毓修编）

本书以浅明之文字叙奇诡之情节多附图画以助兴虽语多滑稽然
寓意所在必轨于正使略识文字之童子时时观览足以增长德智妇女之
识字者亦可藉为谈助讲说事迹指点图画兴趣无穷

师范讲习社、师范讲义的广告是针师范对教员的，在师范讲习社
的广告里有："宣统元年奏定《小学教员检定章程》：凡二年以下之
简易师范生及举贡生监文理明通者，均须受检定试验，得有文凭，方
准充当教员。本社根据此章刊行讲义预备检定试验之用。"科举考试
于 1905 年废除，之前准备参加科举考试的人员无疑是一个巨大的群
体，广大科举考试留下的士子须经过考试检验方能充当教员，该两则
广告的受众面也就可想而知。

《涵芬楼古今文钞》（侯官吴曾祺编）、林纾小说广告、《说部丛
书》等主要针对的是有一定古文基础的人：

林纾小说

林先生专治古文名满海内其小说尤脍炙人口盖不徒作小说观直
可为古文读本也（该页共计林纾小说 47 种）

这则广告也表明当时的文化人阅读群体仍以古文为主，虽然白话文已经
兴起，但占主流的仍是古文。读者仍然属于传统的读者。

《世界新舆图》《大清帝国全图》《大清帝国总图》《各省折图》
《各省挂图》等主要针对学者及其学堂之用：

世界新舆图

是图采用中日英法德五国图集二十余种精绘详校迥非直译一家
者可比译名则据学部审定与地学会之本增译新名约有三分之一内容
分天文地文人文图八幅六州总图各国分图三十八幅城市图百余幅附

记铁路航路运河海电及图例分率以便推算末附统计表胪列各国政体教育财政国防交通商务以便学者参启

大清帝国总图

是图调查确实印刷鲜明各省分别颜色所有府厅州县地名均照最新分合者更改并详加注明取便学堂讲学之用

地图作为作为一种兴起之物，主要作为学者研究，学校教学之用，反映了那个时代人们打量时局的风气之先。学者主要为知识精英分子，而学校联系着广大的教师群体和学生群体，数量仍然是可观的。

《教育杂志》《东方杂志》等刊登在《小说月报》上的广告，一方面是《小说月报》在为其他杂志打广告的，另一方面《小说月报》也在为自己打广告，努力使《教育杂志》《东方杂志》的读者也变为自己的读者。

其余如中国风景画、西湖风景画、学校游艺画、美术明信片《怀中记事册》《交通必携》等则受众面为普通人，几乎可以涵盖所有人。

从第一期的广告受众群体来看，《小说月报》的广告受众群体主要集中在以下几类：关心时局者、中小学生、法学研究者、粗通文字的妇女及古文爱好者。

第二期的《小说月报》共有正文 88 页，广告刊登 20 页，广告为正文的四分之一。

该期广告也主要为商务印书馆的各类图书，其中教科书广告占了相当大的比重，这与科举废除之后，各地广建学校，而商务印书馆又在之前的教科书印刷中大获其利是分不开的。以后直到第二年第四期，广告的比重和广告的内容都大抵相似，比重维持在正文的四分之一到三分之一。从《小说月报》第一、二期的广告可以看出，刊登的广告主要是书籍方面的，而且书籍都为商务印自己出版发行的书籍，这样的广告一直在《小说月报》中占主流，《小说月报》长时间的刊登这类广告，历久而不衰，说明这类广告在实际生活中起到了作用，这也从一个侧面告诉我们《小说月报》的读者主要是学生和一般的知识分子。

而从第一、二期的广告来看，有关小说的广告仅有两则，在众多的广告之中只占了小小的一部分，这或许跟《小说月报》最初的办刊方针分不开，第一期《编辑大意》：

> 题材则长篇短篇文言白话著作翻译无美不搜，其内容则侦探言情政治历史科学社会各种皆备，末更附以译丛杂纂笔记文苑新智识传奇改良新剧诸门类广说部之范围助报余之采撷，每期限于篇幅虽不能一一登载，至少必在八种以上。①

1910年9月28日《时报》刊载《小说月报》第一期出版广告说：

> 插图华美，装订精良，体裁则长篇、短篇、文言、白话、著作、翻译，无美不搜；内容则侦探、言情、政治、历史、科学、社会，各种皆备。末更附以译丛、杂纂、笔记、文苑、新智识、传奇、改良新剧诸门类。

这些消息都透露出编者是希望把《小说月报》办成一份综合性的期刊，而不仅仅是小说。其实际运营也如此，从期刊的目录可以看出：

第一年第一期目录：

长篇小说：
双雄较剑录（1—6）闽县林纾、静海陈家麟同译
合欢草（1—8）舒阁卫听涛译述 文彬朱炳勋润词
短篇小说：
钻石案 王蕴章
碧玉环 王蕴章
译丛：
英美报纸之发达
英皇爱德华之遗闻片片

------

① 《小说月报》第一卷第一号。

谐史二则

谐谈二则

笔记：

百文敏公轶事

湛若水钤山堂序

金瓶梅

查小山

某守备

巧对

九数最奇

文苑：

西湖游记 我一

渔洋山人佚诗

江忠愍公遗诗

倚虹园壁间无名氏诗

余澹心词

新智识：

理科游戏 日本坂下龟太郎著

强声器

变色蜥蜴

人造之星

卖酒之妙法

神之答问

大力之杯

旋风试验

改良新剧：

遗嘱 第一幕 卓呆

上述目录涉及了 7 个门类。按照其编辑大意所说："本报月出一册，每册以八十页至一百页为率，装订华美，印刷精良，字数约在六万左右"。《小说月报》每期字数在 6 万左右，看第一期的字数，长篇小说在 4 万字左右，两个短篇在 7 千字左右，小说仍占了《小说月报》的主要部分。也就是说，初期的《小说月报》是一份以小说为主的综合性期刊。编者的这种办刊思路也许影响到了广告的投放，其刊登的广告也不仅仅以小说为主，而且是以文化类广告为主的多种产品的投放。一方面保证了刊物的文化品位，另一方面又争取得到读者的支持。从上面的广告读者受众群来看，《小说月报》广告的读者群下至小学生、儿童、初识字的妇女，上至关心时局、有深厚古文基础的读者，这样一个覆盖面很广的读者受众群，刚好显示了《小说月报》早期雅俗共赏、俗而有雅的文化品位。从接下来的广告我们更能清楚地看到这一点。

到了第二年第四期，《小说月报》的广告量骤然增多，该期共刊登了 34 页广告，与第二年第二期 20 页广告、第三期 22 页广告相比，增加的幅度无疑是很大的，该期所有的广告内容见表 5 - 1。

表 5 - 1　　　　　　　《小说月报》第二年第四期广告内容

广告商	广告内容	广告性质	其他
《小说月报》	蝶恋花图案	插画	封面
商务印书馆	原版：《钦定大清会典》《会典事例》《会典图》；缩版：《钦定大清会典》《会典事例》；大字：《钦定大清会典》	书籍	
《刍言报》	《刍言报》发行广告	杂志	
商务印书馆	简易数学课本、中学计学教科书	书籍	
商务印书馆	京师优级师范国文讲义、黎选《续古文辞类纂》	书籍	封面后，正文前
商务印书馆	大清帝国暗射图、东西两半球暗射图、世界暗射图	文化用品	
商务印书馆	坤舆东西两半球图、坤舆方图	文化用品	
商务印书馆	世界新舆图	文化用品	
商务印书馆	新撰商业尺牍、新撰普通尺牍	文化用品	

续表

广告商	广告内容	广告性质	其他
商务印书馆	商务印书馆发行白话小说：侦探小说《寒桃记》；理想小说《回头看》、冒险小说《旧金山》、道德小说《一束缘》、异侠小说《侠黑奴》	书籍	
商务印书馆	商务印书馆印行：义侠小说《遮那德自伐前》（后八事）；名家小说：神怪小说《三千年艳尸记》、社会小说《亚媚女士别传》	书籍	
商务印书馆	商务印书馆发行、林琴南先生译：社会小说《橡湖仙影》、神怪小说《蛮荒志异》、寓言小说《海外轩渠录》	书籍	
商务印书馆	商务印书馆印行、林琴南先生译：言情小说《迦因小传》、言情小说《红礁画桨录》、言情小说《洪罕女郎传》、言情小说《玉雪留痕》	书籍	插入中长篇小说《薄幸郎》后，共16页
商务印书馆	商务印书馆发行、小本小说：侦探小说《桑伯勒包探案》、侦探小说《多那文包探案》、侦探小说《圆室案》、侦探小说《三人影》、侦探小说《华生包探案》、言情小说《鸳盟离合记》、言情小说《情侠》、言情小说《血泊鸳鸯》、言情小说《双乔记》、言情小说《空谷佳人》	书籍	
商务印书馆	商务印书馆出版袖珍小说20种	书籍	
商务印书馆	商务印书馆发行英文文学丛书7种	书籍	
商务印书馆	法政学堂教科用书一览表（上）	书籍	
商务印书馆	法政学堂教科用书一览表（中）	书籍	
商务印书馆	法政学堂教科用书一览表（下）	书籍	
商务印书馆	《南洋劝业会得奖名册》、商务印书馆出版 孙毓修编《童话》二册	书籍	
商务印书馆	《简易修身课本》《简易国文课本》《简易历史课本》《简易地理课本》《简易算学课本》《简易格致课本》（专供半日学堂、夜学堂、星期学堂、徒弟学堂、私塾改良之用）	书籍	
商务印书馆	《简易识字学塾》《心算课本》《珠算课本》		插入中长篇小说《薄幸郎》后，共16页
商务印书馆	《小学唱歌》、习画明信片	文化用品	
商务印书馆	《中国历史读本》《最新中国历史教科书》《中国历史教科书》《东洋历史教科书》《西洋历史教科书》	书籍	
商务印书馆	商务印书馆初等小学堂图书：《毛笔习画帖》《毛笔习画范本》《铅笔习画帖》《画学教科书》	书籍	
商务印书馆	《教育杂志》第三年第四期目录	杂志	

续表

广告商	广告内容	广告性质	其他
商务印书馆	《东方杂志》第八卷第一号目录	杂志	
商务印书馆	《师范讲义》	书籍	
商务印书馆	《政法杂志》广告	杂志	
商务印书馆	《涵芬楼古今文钞》	书籍	
商务印书馆	《东洋历史教科书》二册	书籍	
《小说月报》	本社通告	启事	
商务印书馆	《儿童教育书》《少年杂志》	书籍	封底

从增加的广告内容来看，小说类的广告变多了，人们对小说的需求量增大，从一个侧面反映出了当时小说市场的兴旺，读者群体在增多。从该期开始，《小说月报》的广告分量就一直维持在 30 页以上，广告的分量增多了，广告的内容门类也增多了。

第二年的第六期第一次出现了英文广告：

BEST   ENGLISH   TEXT = BOOKS

COMPILED TO SUIT

The age, thought, and environment of Chinese students

New Excellent books received from England and America

We can fill an order as promptly, cheaply, and satisfactorily, as any bookstore in Shanghai

Special discount on large orders

Inspection of our Foreign Book Department which is also open on Sundays Cordially invited

Catalogue on application

The COMMERCIAL PRESS, Ltd.

119 Foochow Road

SHANGHAI

该期共刊登英文书籍 53 种。

从上面《小说月报》刊登的英文广告来看，《小说月报》的影响力无疑在扩大，有着较高语言素质的知识分子在关注《小说月报》。不仅如此，刊登英文广告的还不仅限于书籍。

第三年第三期的三等告白：

WOULD　YOU　LIKE?

A RESPONSIBLE WELL = PAID POSITION

If you can read simple English , you can qualify for any position in the list below. These are only a part of the courses of training offered by the International Correspondence Schools. By our method you can prepare yourself for promotion and a better salary by systematic study in your spare time. Or you can be trained to enter a more profitable occupation. We have hundreds of successful students in China. We have trained teachers to be better teachers; teachers and clerks to be engineers or well prepared business men. Ambitions men of any age and in any occupation can improve their position in life with the help of I. C. S.

HELP YOUR COUNTRY

Develop her magnificent natural resources, when she is ready for you. Get ready NOW, so that when you are needed, YOU will be prepared. Utilize these spare hours, which would otherwise go to waste, by investing them in profitable study. Hundreds are now doing so.

You can succeed in doing what others are doing. There is no reason why you should be content with a poor position and a low salary. If you can read this advertisement you can begin the study of any our technical courses. Just write on a post card.

"Send me your Free Catalogue No. 5"

| Electrical Engineering | Architecture |
| English Branches | Civil Engineering |

Stenography

Commercial law

Telephone Engineering

Railroad Engineering

Navigation

Mining Engineering

Illustrating

Textile Manufacture

Automobile Running

Bookkeeping

Banking

Agriculture

Complete Commercial

Advertising

Chemistry

Telegraph Engineering

Surveying and Mapping

Mechanical Engineering

Poultry Farming

Marine Engineering

Teaching

Refrigeration

Concrete Engineering

Languages

Address – – To – day – The

CHINA AGENCY, I. C. S.

11C Nanking Road, Shanghai,

OFFICE No. 5.

紧接着这一则广告，其后又有一则：

China   Needs

Your   Help

to develope her resources. There are railroads to be built and mines to be opened and developed. There are men – of – war and merchant ships to be commanded and navigated. Modern banks will be needed to carry though currency reform. Cotton mills and other factories will be started in scores in the next ten years.

You   Can   Serve

Your country and yourself by preparing to take a leading part in this up – building of China. Every technical and commercial enterprise in China to – day is in need of trained Chinese young men. Hundreds are now preparing, with the help of the International Correspondence

Schools. Why not you?

Electrical Engineering	Agriculture
English Branches	Architecture
Stenography	Civil Engineering
Commercial Law	Complete Commercial
Telephone Engineering	Advertising
Railroad Engineering	Chemistry
Navigation	Telegraph Engineering
Mining Engineering	Surveying and Mapping
Illustrating	Mechanical Engineering
Textile Manufacture	Poultry Farming
Automobile Running	Marine Engineering
Bookkeeping	Teaching
Banking	Refrigeration
Languages	Concrete Engineering

Mail a post = card to = day, writing your address plainly, for full particulars regarding any of the above. The I. C. S. can help you qualify for advancement in any of these course, by mail, without leaving your present work. We will show you how to use an hour a day of your spare time to the best possible advantage in systematic technical training. —— Address

CHINA　AGENCY, I. C. S.,

11c NANKING ROAD, SHANGHAI,

OFFICE No. 3.

类似的英文广告在以后的几期中连接出现，这表明在《小说月报》上英文广告已逐渐成为常态，通过《小说月报》来刊登英文书籍和刊登招聘广告，这是社会上对《小说月报》读者群的一个认可，认为在《小说月报》的读者群里存在着一群素质较高的读者，懂英文的知识分子。

同样，中文广告也出现了多元化，不再局限于文化方面，第二年第七期封底有一则广告：

威廉士医药局

北京耆年君脑筋衰残头痛健忘服威廉士大医生红色补丸而获全愈

北京官界极赞威廉士大医生红色补丸之功更胜参茸

花翎三品衔北京陆军部优先补用郎中理学家耆年君函云 余十余年来专心用功汉文及格致理化等学以致脑筋衰残脑虚头痛作事健忘后服威廉士大医生红色补丸顿觉脑力强健思机灵敏身体大获裨益是丸之功非参茸诸品所可比拟也

威廉士大医生红色补丸中国各处药局凡经售西药者均有出售如疑假冒可直向上海四川路八十四号威廉士医生药局中国总发行函购或向重庆白象街分行函购亦可 价银每一瓶大洋一元五角每六瓶大洋八元远近邮费一律免计（威廉士大医生红色补丸 切须细认真样）。

这则威廉士红色补丸的广告是《小说月报》上刊登的第一则药物广告，这意味着与文学并不相干的企业开始关注《小说月报》，《小说月报》在当时的知名度可见一斑。接下来《小说月报》几乎期期都有威廉士红色补丸的广告，表明威廉士补丸广告在《小说月报》上已起作用。服用威廉士红色补丸的人群主要是体弱、脑虚、精力不足者及各种妇科疾病者，这当然并不意味《小说月报》的读者都患有上述症状，却能表明《小说月报》已有了相当的市场，已传播到普通人手中。在这则广告之后，越来越多的与文学甚至是文化不相关的广告在《小说月报》上投放，比如，第三年第十期的一则广告：

华产之修饰用品

兹将双妹牌各种理发用品胪列于左

大号瓶庄生发蜡	每樽二角半	二号瓶庄生发蜡	每樽一角半
大号金招发蜡羔	每瓶五角	金鸡纳霜固发	每瓶五角
二号金招发蜡羔	每瓶三角	保脑洁发水	每瓶五角

磁盎生发蜡羔	每瓶二角	卑林生发水	每瓶七角半
大号生发香油	每瓶五角	大号生发水	每瓶五角
二号生发香油	每瓶二角	二号生发水	每瓶二角半
三号生发香油	每瓶一角	大号洗头水	每瓶五角
洋庄润发头油	每瓶五角	二号洗头水	每瓶二角半

双妹牌玫瑰香蜜秋冬时风雨寒冻头面手足爆拆用此蜜涂之自然油润生香妇女开粉涂面其色娇艳可爱并与肉相食不至爆拆也如男人用皮皂洗面或剃头剃发后其面皮绉拆用此蜜涂之自然宽爽如常请为试之 大瓶二角 小瓶一角四 安庄每瓶四角 玫瑰润面爆拆香羔大盒二角半 小盒一角半

扫身粉盒此粉乃泰西各国男女及小孩日用必需之品且有名人医士考验许为最合卫生之香粉小儿胎毒火疮每由污秽触发其症甚顽宜用此粉常时搽之则皮肤爽洁垢秽自除热痱多生皮肤痕痒甚至汗渍手足蓬间烂痛等症若常以此粉多搽患处无不痊愈且男妇老幼常用之扫身涂面能令肌肤柔软洁体留香且此粉滑腻而爽功用无匹谓予不信盍当试焉 每包价银一角 球盒粉盒四角

总行香港 德辅道中二百四十八

分行总发行所 南京下关 天津法界四号路 汉口小董家巷

上海南京路 杭州太平坊 广生行有限公司启

紧接着这则广告还有一则牙科广告：

徐景明先生不愧新世界之第一牙科

春申江中西牙科不下百余家而海内名公巨卿莫不首推徐景明先生为巨擘赐额赞许登报颂扬指不胜届无待鄙人等赘颂然先生之技独能超神入化高出侪辈固矣他如性情之豪爽器具之精良洋房之宽敞而精美招待之周洽而恳挚亦均非各家可及以故请求者因在别家镶补旋即脱落而转求先生者踵趾相接门限为穿甚至泰西之显宦巨商及一切体面洋人之有牙患者均诣先生求治夫西人之对华人无论何业往往不能深信而于先生之牙科独趋之若鹜是泰西牙医亦不及先生矣鄙人患牙均蒙先生镶补故耳闻不如身受者言之确切也先生价值较别家为昂

亦固其所然社会之贫富不齐常有欲求先生因不能勉强偿先生之价而中止者已成司空见惯鄙人深以先生之道不能普及为惜请少减其价免叹向隅幸先生家素丰裕商业亦广不在计较区区且又济世为心俯如所请谨撰数言愿介绍我同胞之有牙患者先生另制有漱口药精擦牙药粉每朝用少许牙齿至老不脱落诚保护牙齿之圣品也先生总医药局在上海英界四川路十号洋房分医局在四马路岭南楼隔壁余无分支别处欲求治牙者请认明庶不致误

伍廷芳 徐绍桢 王人文 王芝祥 温宗尧 谨启

　　这些本是与日常生活相关的细小商品，从这一期起便越来越多地出现在《小说月报》的各个版面上，显然是这些药品、洗发水、牙科的广告起到了相应的作用，也见证了《小说月报》"飞入了寻常百姓家"，当时的《小说月报》成了大众化的杂志。

　　如果我们对照《小说月报》的销量，也许可以看出广告在《小说月报》的投放与《小说月报》传播的关系。

　　宣统三年二月二十六日（1911 年 3 月 28 日）《时报》刊载《小说月报》第二年第一期出版广告：

　　　　本报宗旨正大，材料丰富，趣味渊永，定价低廉，久为各界所欢迎。出版以来，甫及半年，销数已达六千以上，其价值可知。本年第一期更增彩色图三幅，美丽悦目。长篇短篇，均力求新颖。短篇若《香囊记》之侠气挚情，《狱卒泪》之哀惨动人，长篇若林译《薄幸郎》之情文并美，皆小说中无上上品。其它无不选择精当，足以解颐，家庭新智识尤切日用，为居家者所必读。价目：每册洋一角五分，外埠加邮费二分，半年六册洋八角，全年十二册洋一元五角，邮费在外，遇闰照加。上海商务印书馆发行。①

　　宣统闰六月初三日（1911 年 9 月 24 日）《神州日报》刊载《小说

---

　　①　1911 年 3 月 28 日《时报》，转自陈大康《〈民立报〉与小说有关编年》，《明清小说研究》2010 年第 1 期。

月报》临时增刊广告：

> 本报宗旨正大材料丰富趣味渊永定价低廉久为各界所欢迎出版以来未及一年销数已达八千以上其价值可知本年每期又增加彩色图三四幅美丽悦目闰月更出临时增刊一册所载各篇皆当期登完文言则情文并美白话则诙谐入妙页数增多图画精美仍售大洋一角五分外埠加邮费四分定阅者一律照加不惠报价恕不寄上上海商务印书馆发行①

《小说月报》第三卷第十二号（1912）的广告：

本社特别广告

> 本社所出小说月报已阅三载发行以来颇蒙各界欢迎迩来销数日增每期达一万以上同人欣幸之余益加奋勉兹从四卷一号起凡长篇小说每四期作一结束短篇每期四篇以上情节则择其最离奇而最有趣味者材料则特别丰富文字力求妩媚文言白话兼擅其长读者鉴之

本社谨启

上面的几则广告传递出一种信息，《小说月报》的销量一直在增长，而随着《小说月报》的销量增长，《小说月报》上刊登的广告也在多样化，广告的内容也越来越丰富多彩。当然，不能说《小说月报》的销量跟广告完全成正比，但是可以确定广告的受众肯定是《小说月报》的潜在读者。《小说月报》的销量肯定可以通过广告反映出来。杂志的销量一方面吸引着广告的投放，而广告的投放量又反过来带动杂志的销量，《小说月报》在1913年前后达到销量1万份的时候，正值其广告投放量最大，品种也最多样化的时候，广告与杂志销量之间形成了良性的互动。

《小说月报》的销量不断增长，表明《小说月报》的读者群越来越

---

① 《神州日报》1911年9月24日。

大，而《小说月报》真正吸引广大读者的，肯定不是广告，而是《小
说月报》里面的长短篇小说、传奇、文苑等各门正文，广告只是读者
的一个附加消费品。《小说月报》吸引着这么一个庞大的读者群，说明
《小说月报》的各种文学观与一般读者的观念暗合。如前所述，《小说
月报》的读者群是一个跨度很大的群体，表明当时的《小说月报》的
确是雅俗共赏，正如其第三卷第十号中所说的："雅驯而不艰深，浅显
而不俚俗，可供公暇遣兴之需，亦资课余补助之用。"这么一个雅俗并
举的《小说月报》的文学观念，很能代表当时的社会对文学的看法，
而当时的文学创作者的文学观念，还是传统观念，视小说为小道，甚至
是驱遣睡魔的消夏品，宣统三年闰月《小说月报》临时增刊的封底广
告中说：《小说月报》拥有广大的作者群和读者群，从作者到读者，甚
至是整个社会对文学还持这种看法，足可见当时文学改革之难。

第二节　后期《小说月报》的读者分析

　　从《小说月报》的前后期广告来看，革新后的《小说月报》广告
中少了革新之前的侦探小说、言情小说、科学小说等通俗文学广告。这
固然是由于茅盾革新《小说月报》将这类文学作品"革出"《小说月
报》，而在另一方面也预示着革新后的《小说月报》面临着旧式通俗读
者的减少。当然，减少并不意味着没有，在革新后的《小说月报》广
告中，偶尔还能见到商务印书馆为林译小说所做的广告，比如第十二卷
第六号刊登的：

　　　　　林译小说·第二集发售预约！！！
　　林琴南先生所译小说，久为阅者所欢迎，本馆前将先生译本五
十种汇为一集，廉价发售不久即罄。兹复续出第二集，集中各体具
备，不拘一格，先生之译笔亦能随意境为转移，阅之足以增长智
识，非徒为消遣之物品，而此仍特定廉价发售预约，以副爱读者之
雅意。
　　种数：五十种
　　册数：六开本八十九册

定价：零售念五元九角半

预约：七元

商务印书馆发行①

从广告的内容可以看出来，林译小说在当时仍然具有很大的市场号召力，尽管《小说月报》不再刊登其他种类的旧式小说，却依然用林纾的名义来招徕读者。当然，这类旧式读者在《小说月报》革新之后渐渐少了，更多的是新式的读者。随着《小说月报》的革新，西方文学翻译被系统地介绍进来和新文学作品创作的增多，特别是茅盾革新时期的《小说月报》重点关注被损害民族的文学和俄罗斯文学，这在某种程度上缩小了《小说月报》的阅读面，这点从上述《小说月报》的销量分析可以看出来，使得《小说月报》的读者向着专业化方向发展。《小说月报》的读者向着专业化的方向发展，这一发展趋势可以从编辑与读者在"通讯"栏的讨论和读者对"整理国故"栏目设置的影响两方面看出来。

茅盾在第十三卷第一号致梁绳祎的信中说：

> 我以为最大的困难尚不在"新式白话文"看了不能懂，而在"新式白话文"内的意思看了不能懂。……民众对于艺术鉴赏的能力太低弱……鉴赏能力是要靠教育的力量来提高，不能使艺术本身降低了去适应。②

且不说这里编辑心目中的"理想读者"与现实读者之间的差距，茅盾抱怨当时的民众艺术鉴赏力太低下，表明了当时编辑所期望的读者应该是具有一定鉴赏能力的读者，也就是说，当时《小说月报》的读者是具有一定文学修养的读者，这一点从读者的反映中可以看出来：

> 曾有数友谓如今《月报》虽不能说高深，然已不是对于西洋

---

① 《小说月报》第十二卷第六号。

② 《小说月报》第十三卷第一号。

文学一无研究者所能看懂；譬如一篇论文，讲到某文学家某文学
派，使读者全然不知什么人是某文学家，什么是某文派，则无论如
何愿意之人不能不弃书长叹；而中国现在不知所谓派……以及某某
某某文学之阅《小说月报》者，必在数千之多也。①

　　据实说，《小说月报》读者一千人中至少有九百人不欲看论文
（他们来信骂的也骂论文，说不能供他们消遣了）。②

　　从上面的来信可以看出，一般读者对西洋文学、文学流派、对文学
论文是不感兴趣的，要看懂《小说月报》，就需要对西洋文学有着相关
的研究，这无疑显示了革新后的《小说月报》由于内容品位的提高导
致了读者必须要向专业化方向发展。这相当于传播学上所说的议程设
置，传播者通过一定的话题设置，使读者在一定时期内形成对某个话题
的强烈关注，我们从《小说月报》的实际看来，茅盾正是通过在《小
说月报》上设置关于西洋文学的话题，从而引起读者的讨论，在这种
讨论之中，无形中提高了读者对西方文学的鉴赏能力。

　　更能显示革新后的《小说月报》读者比前期《小说月报》的读者
专业化的地方是编者和读者之间的"通信"栏目。在主编《小说月报》
的时间里，茅盾开设了"通信"栏目，这是一个专门刊登读者来信和
编辑回信的栏目，通过这个栏目，茅盾与读者展开了一系列有效的交
流，这些交流的问题涉及《小说月报》的办刊方针及实际运作，以及
有关文学问题的讨论。最能显示读者向专业化方向发展的是读者与编者
之间关于文学问题的讨论，这些论题有：语体文的欧化、文学作品的主
义之争、自然主义等，其中有关自然主义的讨论进行得较为深入。

　　《小说月报》在茅盾革新后成为与文学研究会关系密切的刊物，由
于文学研究会对自然主义的倡导，在茅盾任主编时的《小说月报》上，
相当数量的西方自然主义作家被系统地介绍进来，他们的作品被不断地
翻译过来，在国内形成了一股自然主义热潮。在自然主义被介绍到中国
来的同时，新文学创作也开始了对西方自然主义的模仿，许多自然主义

---

① 《沈雁冰（茅盾）同志书信十六封》，载《鲁迅研究动态》1981 年第 4 期。
② 同上。

的文学创作开始见诸报刊。读者在不断了解、接受自然主义的的过程中，必然要提出各种各样关于自然主义的看法，从读者在"通信"栏目中与编者对自然主义的讨论来看，读者对这个问题的思考已经达到了相当深入的地步，许多地方不在文学研究会诸作家甚至不在沈雁冰本人之下。在《小说月报》第十三卷第三号上刊登了一位名叫汪敬熙的读者从美国寄来的信，他在这封以"为什么中国没有好小说"为题的来信中对中国当时的新文学创作提出了批评。他认为当时的新文学创作中因为各种观点、派别太多，导致了种种规定妨碍着作家的创作实践，没有让作家放开手脚的创作实践是导致中国出不了好的小说的原因，他在讨论中写道："文学革命给现在的小说家加了些手铐脚镣。锈了的旧镣铐固然是断去，明亮好看的新镣铐却比旧的扎得更紧。这种新镣铐有三个：一是写实主义或新浪漫主义，一是'人的文学'，一是重短篇小说……新文学应抛去一切的主义，一切的技术上的信条，而去描写自己对于生活之真挚的感触。"① 从他的这些话语可以看出，这位美国读者对当时中国文坛的主要动态的把握是相当准确的，而且从他所提的建议来看，这无疑是一位对文学创作有所感觉甚至是有过文学创作实践的读者。还有读者对当时文坛上所提倡的自然主义提出了质疑："这种主义的作品给我感受的只是黑色的悲哀，只有唤起我忘却而不得的悲哀……自然主义者描写了人间的悲哀，不会给人间解决悲哀，不会把人间悲哀化吗？"② 这种质疑在现在看来是十分必要而且合理的，还有读者对独尊自然主义提出了明确反对："先生们所提倡的写实主义，我以为是改革中国文学矫枉必过正的过渡时代的手段——必需的而又是暂时的——却不能永远是这样。并且写实主义的提倡，是加中国蹈空的滥调的旧文学界以一种极猛烈的激刺和反动，是破坏旧文学的手段；至于新文学建设，却不可使文学界畸形的发展，凡有文学价值的作品，（不论属于哪一种主义的）都应该扶养他，培植他，而不能以他非写实主义，就一概抹杀。"③ 从上述这些读者的来信中我们不难感受到他们对当时中国文

---

① 《小说月报》第十三卷第三号。

② 《小说月报》第十三卷第五号。

③ 《小说月报》第十三卷第五号，关于读者对自然主义的论述可参见刘庆元《革新时期〈小说月报〉读者对自然主义译介的接受研究》，《山东外语教学》2008 年第 8 期。

学的关注，这些问题也正是茅盾及其文学研究会当时所重点关注的问题，应该说，读者要参与类似话题的讨论必然要有一定的文学功底，对当时的文坛和外国文学有所了解才能实质性地提出这些问题来，这些读者已经由业余读者逐渐变成了专业读者，甚至成了研究者，表明的是《小说月报》读者群的窄化及其专业化。

　　《小说月报》这种读者专业化的趋势甚至影响到了它的编辑的方针，最为明显的就是郑振铎主编时"整理国故"栏目的设置。革新后的《小说月报》对整理中国文学不怎么重视，外国文学的译介才是革新后《小说月报》真正的重头戏，很早就有读者对这一编辑方针提出了疑问："贵志改革宣言见十二卷一号里说……中国文学变迁之过程有急待整理之必要……何以年来没有这种文字的发表？我很爱读这种文字，故有这样要求"①，"先生辈所组织之文学研究会，章程上所定宗旨，谓创造新文学，介绍西洋文学，整理中国固有文学；两年来贵会对于宗旨之实行如前两项，可谓尽创造与介绍之能事，此可于《小说月报》中觇之，至于整理中国固有文学一项，迄未见有何表现，想尚在考虑中，不欲遽行发表，否则章程等于具文，贤者决不为也。"② 显然，《小说月报》的读者们对这份杂志动辄出现法国文学专号、俄国文学专号的做法表现出了不满，这样，重视中国文学，"整理国故"的呼声随着《小说月报》的革新而不断增多，在《小说月报》的"俄国文学研究"专号上就有读者提出："我很希望你们在出外国文学研究号的行有余力的时候，不妨也出一本中国文学研究的特号。我想这也不见得是我个人的无理的要求，或者还有与我抱同一希望的读者"③，"我读小说月报已经二年，其中介绍的书籍，大都是欧美文学。除此以外，可否再介绍些中国文学书籍（由明清至周秦），加以说明，使读者易于选择，或者再批评一下，那是更好了。如此我们尚不懂外国文学的青年，可以先得些国故知识——况且国故也有好的，也亟应整理，先生以为然否？"④ 读者这里所谈及的中国文学，很大程度上是指中国古典文学，这些读者

---

① 《小说月报》第十三卷第八号。
② 《小说月报》第十三卷第七号。
③ 《小说月报》第十三卷第十号"通信"。
④ 《小说月报》第十四卷第十二号。

大多数在晚清接受过中国传统古典知识的熏陶，在经过一段时间对西洋文学的接受之后，《新青年》《新潮》《小说月报》等新文学刊物的读者开始思考如何将西洋文学知识与自身的中国文学知识进行整合，从而更新自我知识体系，他们对"整理国故"的这种呼声，很显然有来自自身现实需要的考虑，也显示出了他们具有一定专业化知识。这种"整理国故"的声音在茅盾主编时期并没有得到多大的改善，其中自然有茅盾出于时代、个人编辑兴趣等的考虑。到郑振铎主编《小说月报》时期，"整理国故"一栏的设置开始满足了这部分读者的诉求，在一定程度上弥补了《小说月报》对中国文学缺少关注的缺陷。这种弥补无疑将会再次扩大《小说月报》的阅读面，吸引一部分对中国传统文学感兴趣的读者，特别是革新前《小说月报》的部分旧式读者，这一点从郑振铎主编《小说月报》之后销量的上升就可以看出。当然，这种读者的增多绝非新文学读者与旧式读者的简单相加，更可能的是，通过这种刊物的文学资源整合，带动了读者自身知识结构的整合，在某种程度上提升了读者的综合素质。在此意义上，认为郑振铎主编时期的《小说月报》是读者与编辑者之间的互动产物或许并不为过。

综上所述，茅盾对《小说月报》的革新，带来的是对读者某种程度的启蒙，一方面使《小说月报》的读者部分流失，另一方面也使得《小说月报》剩下的读者开始向专业化的方向发展，这种发展，对提高《小说月报》读者素质无疑使及其重要的。而郑振铎对"整理国故"一栏的设置，在将《小说月报》读者面扩大的同时，也无形中将原有读者的知识结构进行了整合，从而使这些读者的文学素质得到提升。

第三节　从通俗小说广告到新文学广告看阅读空气的转换

一　泾渭分明的小说广告

作为以刊登小说为主的《小说月报》，刊登有关小说的广告应是题中之义。纵观前后期《小说月报》的小说广告，不难发现前后有着明显的区别。大致来看，前期《小说月报》刊登的小说主要以林译小说、言情小说、侦探小说、科学小说等通俗小说为主，比如：

　　侦探小说双指印 降妖记 指环党 车中毒针

　　言情小说阱中花 忏情记 侦探小说：帘外人 白巾人

　　林琴南先生译神怪小说鬼山狼侠传 冒险小说斐洲烟水愁城录

神怪小说埃及金字塔剖尸记 国民小说撒克逊劫后英雄略

　　侦探小说黄金血 铁锚手 二俑案 香囊记①

　　这类小说广告在前期的《小说月报》中比比皆是；而后期刊登的主要是文学研究会等新文学作家的作品：

　　文学研究会丛书出版预告

　　（一）遗产 法国莫泊桑著 耿济之译

　　（二）莫泊桑短篇小说集 李青崖译

　　（三）梅脱灵戏曲集 汤澄波译

　　（四）芝兰与茉莉 顾一樵译

　　（五）路曼尼亚民歌一斑 朱湘译

　　（六）狗的跳舞 俄国安特列夫著 张闻天译

　　（以上各书均在印刷中）②

　　在后期《小说月报》广告中前期的林译小说、言情小说、侦探小说、科学小说广告则几乎不见了踪影。从表面上来看，这两类俨然不同的广告似乎是其各个时期不同的文学观念影响所带来的。尽管如此，一个有趣的现象是，前后期《小说月报》刊登的小说广告明显不同，但在某些情况下，文学广告表现出来的文学观却是类似的。比如，在前期的《小说月报》上提倡小说是消遣品曾多次出现：

　　惟一无二之消夏品夏日如年闲无事求所以愉悦性情增长闻见莫如小说本馆年来新出小说最多皆情事离奇趣味浓郁大足驱遣睡魔消

---

　　① 《小说月报》第一卷第三号。

　　② 《小说月报》第十四卷第十号。

磨炎暑兹特大减价为诸君消夏之助列目如下①

每集两角 陆续出版

小说月报出版以来蒙大雅不弃风行一时其中短篇小说标新领异尤承社会欢迎兹特将一二三年月报中短篇一百余种汇刻成集名为说林以便爱读诸君之流览凡茶余饭后家居旅行极良好之消遣品也②

而在革新后的《小说月报》上，相似的广告我们时不时也能见到：

商务印出版小说 消遣的妙品

洋装精印

绣像 三国志演义

绣像 五才子

绘像 荡寇志

增图 七侠五义传

增图 忠烈小侠五义传

增图 续小侠五义传

绣像 隋唐演义

绣像 聊斋志异新评③

商务印书馆出版 小说及戏剧乃消闲妙品

笔记 已出七十三种

平话 已出五种

演义 已出二十七种

传奇 已出五种

弹词 已出十一种

新撰小说 已出六十余种

---

① 《小说月报》第二卷闰月增刊。
② 《小说月报》第五卷第十号。
③ 《小说月报》第十二卷第七号。

> 新译小说 已出八十余种
>
> ……
>
> 小说月报丛刊 一集五十种 二集五十种
>
> 弥撒社创作集 第一二集①

通过这些广告对比，不难发现这些小说广告所带来的文学观念一致性。于是我们就在革新后的《小说月报》上看到奇特的一景：在《小说月报》的正文里，各种宣言中，新文学的作家们在大力宣传"文学属于人（即著作家）的观念，现在是成过去的了；文学不是作者主观的东西，不是一个人的，不是高兴时的游戏或失意时的消遣。……文学的目的是综合地表现人生，不论是用写实的方法，是用象征譬喻的方法，其目的总是表现人生，扩大人类的喜悦和同情，有时代的特色做他的背景"②，"今日底文学底功用是什么呢？是为人生的，为民众的，使人哭和怒的，支配社会的，决不是供少数人赏玩的，娱乐的"③，而在《小说月报》的广告中，小说却是消遣、消闲的妙品。这样一种貌似悖论的现象出现在革新后的《小说月报》上，很好地说明了《小说月报》的双重性，即其文化教育的一面与商业利益的一面。在文学研究会的各个新文学作家大力宣传自己的文学主张的时候，商务印书馆立足于市场，宣传符合一般读者的文学观念，反映出了《小说月报》的编辑内容与市场运营之间的分歧，同时也表明了即使在《小说月报》革新之后，传统观念的依然强大，由此也可见文学革新的阻力之大。

二 晚清民初通俗小说读者急剧扩张的原因分析

从前期的《小说月报》上的广告可以看出清末民初通俗小说的繁荣景象，在这段时间内，通俗小说不但作者队伍迅速扩大，读者队伍也急剧扩张，这种数量的大幅度上升，使致力于严肃文学的人大为惊叹。《小说林发刊词》的作者说："今之时代，文明交通之时代也，抑亦小

---

① 《小说月报》第十九卷第十号。

② 沈雁冰：《文学和人的关系及中国古来对于文学者身份的误认》，《小说月报》第十二卷第一号。

③ 李之长：《支配社会底文学论》，《时事新报·文学旬刊》1922 年 4 月。

说交通之时代乎！……茧发学僮，蛾眉居士，上自建牙张翼之尊严，下迄雕面糊容之琐贱，视沫一卷，而不忍遽置者，小说也；小说之风行于社会者如是"，① 面对着这样一种景象，梁启超也感叹道："举国士大夫不悦学之结果，《三传》束阁，《论语》当薪，欧美新学，仅浅尝为口耳之具，其偶有执卷，舍小说外殆无良伴。"② 梁启超将通俗小说兴旺发达的原因归为人们对传统经学和西学的不感兴趣，背后隐藏的原因很显然是近现代阅读空气的变化，作者、读者对小说的认知与之前几乎有了天壤之别。

（一）文人阶层文学观念的转变。从文学接受的角度来看，在古典文学时代，由于受到经济、政治、教育等条件的限制，文人阶层几乎是文学最主要的接受者。到了晚清民初，文人阶层一方面是最大的作者群体，另一方面也是最主要的接受群体之一。文人阶层作为通俗小说的接受者，具备几方面的优势：第一，文人阶层大多经过一定的文学训练，要么接受过古典文学的熏陶，要么接受过西方文学的洗礼，更有可能是传统文学与西方文学的相互结合，受过一定的文学训练，使他们在最基本的层面上扫除了阅读障碍，甚至具备一定的赏析能力；第二，晚清民初的文人阶层要么还是属于士大夫阶层，要么从事报纸、杂志、教馆的经营，无论从事哪种职业，一般在社会上还属于收入较高的人群，具有一定的购买能力。第三，文人阶层还属于有闲阶层，有较多的闲暇进行文学阅读。第四，文人阶层人数众多，具有相当大的规模。光绪三十年（1904）在学堂学习的学生总数为 92169 人，到光绪三十三年（1907），总数为 1024988 人。到宣统元年，学生总数已经达到 1653881 人，这还不包括各级官吏、士绅等。③ 这么一个庞大的群体，阅读通俗小说的人数必然不少。第五，最主要的是，到了清末民初，人们对小说的看法发生了革命性的变化，在"小说界革命"的影响下，小说在受众眼中从之前的"小道"变成了启迪民智的工具，受"小说界革命"之启蒙，人们看重的不再仅仅是那些具有启蒙意义的政治小说，也开始重视对言情、侦探、

---

① 1907 年 2 月《小说林》第一期。
② 郭志强：《晚清通俗小说读者急剧扩张的原因研究》，《编辑之友》2009 年第 12 期。
③ 同上。

军事等通俗小说，看重的既是这些小说劝善教化功能，也开始重视小说的娱乐性和趣味性。文人阶层的这些特点，几乎是接受通俗小说的主要条件，有了这些条件，清末民初，文人阶层阅读小说蔚然成风。

（二）市民阶层数量的扩大，读者数量增多。晚清民初，在外国资本和本国资本的冲击下，中国传统自给自足的自然经济进一步瓦解，商品经济初步形成。与此相伴的还有城市化进程的进一步加快，上海、广州等沿海城市已经逐步成了远东著名的大城市。城市规模的扩大，必然带来市民人数的增加。这些新形成的市民阶层，在观念形态和消费形态上都与过去的市民有一定的区别，很大一部分市民从传统勤俭节约的观念中走出来，形成了消费奢华的风气，在这种消费观念中，有较多闲暇的市民更需要这种符合消费娱乐的通俗小说来消遣。于是，这个庞大的市民群体，客观上刺激了通俗小说的兴盛。

（三）报纸杂志等新兴大众传媒的加速发展，使通俗小说的传播面加广。到了晚清民初，印刷业的发达，报纸杂志的兴起，使在古代只能在士大夫阶层中传播的书籍得以在大众中普及，"自有《申报》以来，市肆佣之夥，多于执业之暇，手执一纸读之。中国就贾之童，大都识字无多，文义未达。得《申报》而读之，日积月累，文义自然粗通，其高者兼可稍知世界各国之近事。乡曲上人，未必能举世界各国之名号；而上海商店佣夥，则类能言之，不诧为海外奇谈。是以《申报》之效，远胜于《神童诗》《百家姓》及高等汉文诸书，已是明验"。① 同时，近现代交通运输业的初步发达，大大拓宽了报纸杂志等大众媒体的传播地域，使文化不再局限于一小部分地区，客观上促进了通俗文学的阅读范围。看到《小说月报》的发行网点，我们就明显能感受到近现代通俗小说的传播之广。

（四）低廉的书报价格，使通俗小说真正的大众化。在晚清民初，报纸杂志蜂拥而起，各种报纸杂志之间相互竞争激烈，这种激烈的商业竞争，无疑导致报纸杂志价格的降低，使这些刊载着通俗小说的报刊成为普通民众能够消费得起的精神食粮。低廉的通俗小说杂志真正让略有余钱的市民阶层成为通俗小说的主要的接受群体。同时，对于那些购买

---

① 　郭志强：《晚清通俗小说读者急剧扩张的原因研究》，《编辑之友》2009 年第 12 期。

不起小说杂志的人，晚清民初公共图书馆的兴起和小说阅报社等公共文化机构的增多，也可以使他们凭借租借小说或者免费获得杂志来满足相关的阅读需要。比如《时报》上曾经刊载过的"出租小说"广告：

> 选备各种小说贱价出租取租费仅十成之一从此诸君出一书之资即能获十书之益天下便利孰逾于此谨告英界中泥城桥沿滨珊家圈咸德里三弄内文远里孙字一百四十五号门牌
>
> 小说贳阅社启①

以上种种原因的相互促进，使得晚清民初的通俗小说阅读流行一时，尽管此时的通俗小说质量参差不齐，但整个社会对小说的看法已有改观，客观上提高了普通大众的文化水平。这种通俗小说的阅读风气一直延续到民国之后，从早期《小说月报》上众多的通俗广告可见一斑。

尽管从整体上看，通俗小说在清末民初占据了主要的文学市场，但是在诸多的通俗小说门类中，并不是所有的通俗小说门类都同样受欢迎，据徐念慈的《丁未年小说界发行书目调查表》：记侦探者最佳，十之七八；记艳情者次之，十之五六；记社会态度、记滑稽事实者又次之，约十之三四；而专写军事、冒险、科学、立志诸书为最下，十仅得一二也。② 从他的调查表可以看出，侦探小说与言情小说是当时最热门的小说门类。

对当时的侦探小说热，郭延礼在他的《中国近代翻译文学概论》曾有过描述："近代后期，各种侦探小说铺天盖地而来，其数量之大、品种之多，不胜记述，整个译坛简直成了侦探小说的世界。"③ 由于中国近代科技的长时期落后于西方，从洋务运动起科学救国的呼声一直持续不断，学习西方先进的科学技术成为当时的迫切需要。对于当时的中国人来说，科学发展的滞后，使作家们比其他任何国家的文人都更迫切地感受到将此科学知识介绍给国人的重要。通俗小说尽管以娱乐性和趣

---

① 《时报》光绪三十三年正月二十三日。
② 孙文杰：《晚清小说出版述略》，《编辑之友》2008 年第 9 期。
③ 姜颖：《清末民初域外侦探小说译作研究》，上海师范大学 2011 年硕士学位论文。

味性见长，但中国传统文人感世忧国的情怀让这类作家不自禁地将救国理想融入小说中，这就导致侦探、科幻这类题材的小说，继西方政治小说之后，成为最受中国翻译界重视的题材。中国文人迫切需要以西方的科学知识来启迪蒙昧，改变中国的落后局面。这些侦探小说、科学小说基本上集中了当时人们关于科学的一切想象。可以说，声光电化是最能代表晚清以来的中国人对于现代科学和现代世界的想象的现代科技。①而侦探小说、科幻小说又与科学技术的发展有着千丝万缕的联系，在这些小说中全部存有现实科学的影子。比如，近代翻译进来的福尔摩斯侦探系列小说，书中除了将英国工业革命时期的社会画面展现出来之外，还借助福尔摩斯侦探的过程，将地质、化学、物理、解剖、心理学等知识融入其中。而通过小说这种形式，将原本枯燥无味的科学知识与娱乐、趣味和悬疑等结合，满足了人们的好奇心，从而迎合了普通人的阅读需求。这样，一方面出于启迪民智的需要，当时的中国需要向人们介绍西方科学知识；另一方面侦探小说、科幻小说等形式既能向民众普及粗浅的科学知识，又能得到大众的普遍接受，因此，侦探小说、科幻小说在晚清民初大受欢迎也就不足为奇了。

晚清侦探小说的繁荣，到了民初则让位给了言情小说。当时曾有人统计，言情小说要占民初所有小说的十之八九，尽管这一估计很可能是夸大的，不过即使把它降至十之六七，数字也相当惊人。②导致言情小说泛滥的主要原因是在中国传统的社会里，由于封建礼教的束缚，人的正常情欲在一般情况下难以得到表达，而到了晚清民初，随着中国传统的价值观念的开始解体，人们对情欲的看法逐步开放，此时由西方传进来的关于感情的观念远比中国要开放得多，于是，被压抑了几千年的情欲表达犹如决堤之河，借助小说这种形式得以淋漓尽致地宣泄。其中哀叹婚姻的不自由、反抗婚姻的不自由、追求自由恋爱与婚姻自主成为当时言情小说的主要模式。民国建立后，西方恋爱自由、婚姻自主的思想已经深入多数青少年之心，而西方言情小说中对唯情主义的极度描写，

---

①　谢晓霞：《〈小说月报〉1910—1920：商业、文化与未完成的现代性》，上海三联书店2006年版，第144—145页。

②　柳珊：《在历史缝隙间挣扎——1910—1920年间的〈小说月报〉研究》，百花洲文艺出版社2004年版，第184页。

让中国年轻男女对爱情充满了向往。可在现实社会中，中国传统的"父母之命，媒妁之言"依然是婚姻的主要方式。于是，在中西价值观矛盾冲突的时代转折点上，情与礼的冲突必然要上演一幕幕凄惨的悲剧。整个社会在感情方面处于一种哀怨的氛围之中。而清末民初的言情小说主要叙述封建包办婚姻和封建礼教与青年男女间自然感情之间的矛盾，与当时的社会现实不谋而合。因此，言情小说在当时受欢迎也就在情理之中了。

如果从读者的角度来看晚清通俗小说的繁荣，我们不难看到这些通俗小说对当时的读者在知识结构和想象力方面的建构。在这些通俗小说中，翻译的小说远比中国作家当时创作的小说要多，西方的思想观念、科学知识甚至生活习性就以这些通俗小说为依托传到中国来，这在某种程度上打开了当时人们的眼界甚至是思维结构。侦探、科学等门类的小说给从古老的中国传统中转换过来的人们对科学的向往提供了想象的凭据，原来科学可以如此神奇，世界原来是这样的。这些新的想象与刺激，在一定程度上改变了当时人们的知识结构和世界观，这种知识结构和世界观的转变，在传统中国人向现代中国人的转变中是必不可少的一环。言情小说则无疑符合从情感长期压抑状态中一下子得到解放的人所产生的宣泄欲望，这种情感的爆发，对中国长期以来由于礼教桎梏下失去生命力的中国人来说无疑是一次生命力的释放，为之后新文学中的唯情主义的接受做好了必要的阅读准备。总地说来，正是由于通俗小说的出现，当时读者的知识结构和心理状况都与传统的读者产生了巨大的差异，而这些知识结构的转变和情感的解放无疑为新式的读者的出现打下了良好的基础。

三　20 年代小说读者队伍的分化

如同新文学的出现导致传统作家队伍出现分化一样，《小说月报》读者的队伍在 20 世纪 20 年代同样也出现了分化。这种分化确切地说从王蕴章第二次主编《小说月报》时就出现了，一部分读者流向了新文学阵营，一部分读者却依然坚守着传统的阅读模式，习惯于阅读旧式文学；而到了茅盾革新《小说月报》之后，这种状况又逐渐发生了转变，之前习惯阅读旧式文学的读者又逐渐流失到阅读鸳鸯蝴蝶派文学或者

《小说世界》的文学阵营中去了，而坚持阅读的新文学读者则逐渐走向专业化或精英化。到了郑振铎主编《小说月报》的时候，由于对国学的重新重视，可能重新拉回了一部分旧式读者，回归后的旧式读者与之前阅读旧文学的读者已经有了很大的变化，因为郑振铎主编《小说月报》的时候，对中国古典文学是带有研究性质的，而不是之前的运用文言写作，这样对古典文学带有研究性质的提倡，无疑需要其读者具备一定的专业素养，因此，这个时候，这部分旧式读者无疑也具有一定的专业水准。这样，从总体上来说，从茅盾革新《小说月报》开始，《小说月报》读者素质就开始有了整体的提高，在茅盾主编期间，新文学读者开始具有专业化倾向，到了郑振铎主编的时候，一部分旧式读者也具有了专业化倾向。这种读者在新文学和旧文学都有了较大的提高的情况，无疑是有利于现代文学稳步发展的。现代文学整体向前推进，除了依靠作者、编辑的启蒙之外，归根到底还是需要读者的整体推动，这种推动的前提是：读者与作者、编辑队伍的前进方向必须是一致的。在这个意义上，我们甚至可以大胆猜测，茅盾、郑振铎主编时期的《小说月报》读者队伍素质的提高，刚好为叶圣陶主编《小说月报》时大力提倡文学创作奠定了基础，有了新旧文学两方面知识的准备、融合，这些储备积淀在读者心中，整体上提高了他们的文学鉴赏能力，必然对文学创作提出新的要求，可以说，叶圣陶主编《小说月报》时对文学创作的鼓励，也是来自读者的需要。这种作者、编辑、读者三方面的相互配合，恰好为20世纪30年代现代文学的成熟打下了坚实的基础。

　　这种读者队伍的分化从某种角度上来说左右着当时文学市场的基本格局，决定着文学市场基本资源的配置与流动趋向。由于这种读者队伍的分化，中国现代文学格局基本上一直存在着严肃的新文学与消遣的通俗文学两大文学流向，尽管有时候这两大流向互相冲突，但更多的时候，除了坚定的新文学读者和坚定的通俗文学读者之外，更多的读者与新旧文学都存在着分散聚合的关系，他们一段时间内可能成为新文学的读者，在另外一段时间内有可能成为旧文学的读者，这一部分中间读者的存在，让文学的雅俗之间不再那么壁垒森严，更多的时候是让它们能够相互交集、彼此包容。

第四节 教育与文学读者的培养

——以商务印书馆的小学教科书为例

《小说月报》前后期作者与读者的转变，与他们的知识结构的转变有相当大的关系，这种大范围内的知识结构产生的变动，又与教育的转变息息相关，特别是不同教育体系下培养出来的不同读者，对文学市场有着决定性的作用。"'文学教育'作为一种知识生产途径，或直接或间接地影响了一时代的文学走向。教育理念变了，知识体系不能不变；知识体系变了，文学史图景也不可能依然故我。学校里的课堂讲授，与社会上的文学潮流，并非互不相干：对文学史的叙述与建构，往往直接介入当下的文学创造。从一代人'文学常识'的改变，到一次'文学革命'的诞生，其间有许多值得大书特书的曲折与艰难。"① 要分析不同教育对读者的培养，从教材入手无疑是一个非常好的角度。在《小说月报》各类教科书广告中，国文教科书的广告占了相当的比重，而这些教科书，无疑对学生的审美思维及阅读口味产生着极大的影响。本节将通过各个时期不同小学教科书的内容分析，来分析这些教科书给当时的读者带来了怎样的阅读口味。

传统四书五经教育给读者所带来的消极影响，很早就有人意识到了。这种对传统教育的反思，首先是从蒙学教育开始的。1897 年，接受过传统私塾教育又游历西方的梁启超发表了《论幼学》，直批"近世通行之书，若《三字经》《千字文》，事物不备，义理亦少"，所以要编写一种"歌诀书"："多为歌诀，易于上口也。多为俗语，易于索解也。"② 戊戌变法之后，随着中国社会危机的加深，八股取士的缺陷越来越明显，传统教育的弊端愈加显现，改革教育的呼声越来越多。1901 年，一位名叫"黄海锋郎"的作者在《论今日最重要的两种教育》中对传统启蒙学教材提出了批评："现在所读的《三字经》、《百家姓》、《千字文》，究竟何用？究竟能够增进知识么？……儿童终日呆读，也

---

① 陈平原：《中国大学十讲》，复旦大学出版社 2008 年版，第 102 页。
② 汤志钧等：《中国近代教育史资料汇编》，上海教育出版社 2007 年版，第 90—91 页。

不晓得书中所讲的是甚么东西，积久生厌，哪能够提起他读书的乐趣呢？"他还主张改变学校课程的内容："今日儿童教育，第一要输进普通智识。输进普通智识，要改良学科。儿童教育的学科，大约六种：一修身；二历史；三舆地；四博物；五国文；六算学。其余还有习字诗歌图画体操，都是儿童教授的材料。"① 这无疑代表了当时一位民间人士对废除传统蒙学读物，改进儿童教育的呼声。

1897 年，盛宣怀奏请并获准在上海创办南洋公学，南洋公学创办当年，其校学生陈懋治、杜嗣程、沈庆鸿等人编写了《蒙学课本》，这被认为是"我国人自编教科书之始"，根据舒新城编的《近代中国教育史料》可知该教科书第一编第一课为：

燕，雀，鸡，鹅之属曰禽。牛，羊，犬，豕之属曰兽。禽善飞，兽善走。禽有两翼，故善飞。兽有四足，故善走。②

其第二编第 1 课《四季及二分二至说》内容如下：

一岁十二月，平分四季，春夏秋冬是也。每季每三月，分为孟仲季，如正月为孟春，二月为仲春，三月为季春。春季风和日暖，鸟语花香，景物之佳，为四时之冠。夏季日光直射地面，溽暑逼人，以农夫为最苦，然非此麦不能熟，稷稻亦不能发生。秋季多风雨，草木黄落，气象愁惨，远逊春季，惟获稻则在此时，即葡萄、苹果等果，亦此时成熟。冬季冰雪凛冽，百虫蛰藏，气象尤为愁惨，然植物以秋季下种者，其萌芽正在此时；且寒气之烈，可以杀害物之虫，而灭空气中流行之毒气，则冬季之益也。春分、秋分、夏至、冬至为二分二至四节，以日照地面之时刻长短而分。春分恒在仲春之某一日，此时昼夜各十二小时，过此则昼渐长。至仲夏之某一日，昼十四小时三刻有奇，为极长之日，

---

① 张心科：《清末民国儿童文学教育发展史论》，北京师范大学出版社 2011 年版，第27—28 页。

② 舒新城：《近代中国教育史料》（中），人民教育出版社 1979 年版，第 250 页。

即夏至也。过夏至则昼渐短，至仲秋之某一日为秋分，昼夜又各十二小时与春风同日，过秋分则昼又渐短。至仲冬之某一日，昼仅九小时有奇，为极短之日，即冬至也。过冬至则昼渐长，至春风而昼夜均平矣。西国一岁，亦分四季，唯彼则以春分至夏至为春，夏至至秋分为夏，秋分至冬至为秋，冬至至春分为冬，此其异于中国也。①

我们可将其与传统的《三字经》《百家姓》《千字文》相比。《三字经》的开头一段：

人之初 性本善 性相近 习相远 苟不教 性乃迁 教之道 贵以专 昔孟母 择邻处 子不学 断机杼 窦燕山 有义方 教五子 名俱扬 养不教 父之过 教不严 师之惰 子不学 非所宜 幼不学 老何为……

《百家姓》的开头：

赵钱孙李 周吴郑王 冯陈褚卫 蒋沈韩杨 朱秦尤许 何吕施张 孔曹严华 金魏陶姜 戚谢邹喻 柏水窦章 云苏潘葛 奚范彭郎 鲁韦昌马 苗……

《千字文》开头：

天地玄黄 宇宙洪荒 日月盈昃 辰宿列张 寒来暑往 秋收冬藏 闰余成岁 律吕调阳 云腾致雨 露结为霜 金生丽水 玉出昆冈 剑号巨阙 珠称夜光 果珍李柰 菜重芥姜 海咸河淡……

两相对照，传统的蒙学读物主要以识字为主，所认之字简繁杂处，并没有体现出一个渐进的过程，且内容之间并无多少逻辑联系，更多隐含着当时的伦理思想。而《蒙学课本》的两篇课文一是写家禽家畜，

① 舒新城：《近代中国教育史料》（中），人民教育出版社 1979 年版，第 251 页。

二是写四季及二分二至，隐含在传统蒙学读物中的那种封建伦理关系不见了，当时各种启蒙的思想在书中亦难以看到。内容都是日常生活中所见之物或是需要掌握的日用常识，而不再是传统空洞的姓氏等内容，这本教科书标志着教材的内容已从古人的生活转向今人的生活，从空洞转向了实用。

教育改革的步伐在清朝末年最后的十年开始加速，禁八股（1901年）、兴学堂（1901年）、建学制（1902—1904年）和停科举（1905年）等一系列重大改革措施不断跟进。随着新学制的建立和相应教科书的编订，现代"语文"学科逐渐从旧时的蒙学状态中独立出来。1902年和1904年，《钦定学堂章程》和《奏定学堂章程》相继颁布，以国家法律的形式规定了各级学堂的课程目的、学科门类、学业年限、课程内容以及实施方法等，在《奏定学堂章程》里面，明确了开设文学课程的目的、内容：

> 外国中小学堂皆有唱歌音乐一门功课，本固人弦歌学道之意；惟中国雅乐久微，势难仿照。然考王文成《训蒙教约》，以歌诗为涵养之方，学中每日轮班歌诗；吕新吾《社学要略》，每日遇童子倦怠之时歌诗一章，择浅近能感发者令歌之。今师其义，以读有益风化之古诗歌，列入功课。
>
> 初等小学堂读古诗歌，须择古歌谣及古人五言绝句之理正词婉能感发人者；惟只可读三四五言，句法万不可长，每首字数尤不可多。遇闲暇放学时，即令其吟诵以养其性情，舒其肺气，但万不可读律诗。
>
> 高等小学堂中学堂读古诗歌，五七言均可。高等小学仍宜短篇，中学篇幅长短不拘，宜须择词旨雅正而音节谐和者，其有益于学生与小学同，但万不可读律诗。学堂内万不宜作诗，以免多占时刻，诵读既多，必然能作，遏之不可，不待教也。
>
> 小学中学所读之诗歌，可相学生之年齿，选取通行之《古诗源》《古谚谣》两书，并郭茂倩《乐府诗集》中之雅正铿锵者（其轻佻不庄者勿读），及李白、孟郊、白居易、张籍、杨维桢、李东阳、尤侗诸人之乐府，暨其它名家集中之乐府有益风化者读

之。又如唐宋人之绝句词义兼美者，皆谐律可歌，亦可受读，皆合于古人诗言志、律和声之旨，即可通于外国学堂歌唱作乐、和性忘劳之用。①

此时，小学教育的目的是"养其性情""舒其肺气"和"和性忘劳"，小学语文教育不再是为了政治教化服务，而主要是为了培养儿童的审美情趣。学界一般将这两份课程文件的颁布视为近现代语文学科从综合科目状态中独立成科的标志，语文学科的出现，本身也就意味着对传统教育中的综合知识进行了分类，也开始了独立的中小学文学教育，这对系统培养儿童的审美能力来说是至关重要的。

而1904年2月商务印书馆就已经编成并准备出版了《最新初等小学国文教科书》，在"编辑缘起"中编者谈到了对"内容"的选择：

> 自初等小学堂到高等小学堂，计九年，为书十八册，以供七八岁至十五六岁之用。凡关于立身（如私德、公德，及饮食衣服、言语动作、卫生体操等）、居家（如孝亲、敬长、慈幼及洒扫应对等）、处世（如交友、待人接物及爱国等）以至事物浅近之理由（如天文、地理、地文、动物、植物、矿物、生理、化学及历史、政法、武备等）与治生不可缺者（如农业、工业、商业及书信、账簿、契约、钱币等）皆萃于此书。②

从上述的"编辑缘起"即可看出，这套教科书涉及内容极广，与之前的各种蒙学读物相比，更贴近现代人的生活，做到了"杂采各种材料"，但"以有兴味之文字记述之"。我们选取第2册的篇目及其体裁来进行对比分析。③

---

① 课程教材研究所编：《20世纪中国中小学课程标准》（语文卷），人民教育出版社2001年版，第8页。

② 《最新初等小说国文教科书》，商务印书馆1904年版，"编辑缘起"。

③ 本表的编制参见张心科《清末民国儿童文学教育发展史论》，北京师范大学出版社2011年版，第44页。

表 5 - 2   《最新初等小学国文教科书》第 2 册篇目、体裁

第 1—15 课		第 16—30 课		第 31—45 课		第 46—50 课	
课题	体裁	课题	体裁	课题	体裁	课题	体裁
学堂	记叙文	牛	说明文	菊花	说明文	归家遇雨	记叙文
笔	说明文	口	说明文	米	说明文	职业	说明文
荷	说明文	猫斗	记叙文	日时	说明文	父母之恩	议论文
孔融	故事	体操歌	儿歌	洗衣	记叙文	雪	写景文
孝子	故事	公园	写景文	钱	说明文	方位	记叙文
晓日	写景文	杨布	故事	鸭与鸦	寓言	姊妹	记叙文
衣服	说明文	蚁	说明文	文彦博	故事	卫生	记叙文
蜻蜓	写景文	勿贪多	记叙文	枭	说明文	年月	记叙文
采菱歌	儿歌	训犬	记叙文	兵队之戏	记叙文	冬季	说明文
灯花	记叙文	猴戏	记叙文	犬衔肉	寓言	烹饪	说明文
读书	记叙文	中秋	记叙文	守株待兔	寓言	松竹海	说明文
司马温公	故事	鸡	说明文	居室	说明文	冰	说明文
诳语	记叙文	器具	说明文	火	记叙文	不倒翁	故事
食瓜	记叙文	洁净	记叙文	朋友相助	记叙文	考试	记叙文
游戏	记叙文	蟋蟀	记叙文	狮	说明文	放假歌	儿歌

从表 5 - 2 看来，课文的体裁多为记叙、议论、说明和应用文等文体，内容依然以实用知识为主，描写的多为日常生活中的所见所闻。在每一个时期，语文教科书都要求迅速反映时代特征，社会的变迁也要求语文教科书引进新鲜内容。《最新国文教科书》在一定程度上摒弃了封建的纲常礼教，从居家、处世、治事等方面取材，注重农业、工业、商业等实用知识及尺牍、账册、契约等日常应用知识①，之前的传统蒙学读物、《蒙学课本》相比，显然更贴近生活。

陈荣衮曾主张，仿效国外教科书应"只仿其大纲而已，至于物理

---

① 李良品：《论中国语文教科书的近代化》，《学术论坛》2005 年第 3 期。

制度，则又当变通为之"。① 但是，南洋公学的《蒙学课本》不但在形式上直接照搬了西方教科书，而且内容也多直接译自西方教科书，在其课文中就出现了许多西方现代器物，如"时钟""留声器"等，课文虽不取古代的事、物，但其内容远离了中国人的现实生活，所以编者在《最新初等小学国文教科书》的"编辑大意"中特别标明"本编不采古事及外国事"。后来曾有人说："从前有一种叫《蒙学课本》的国文读本，内容完全是各种科学常识，读起来。儿童不易感到兴味。"② 与《蒙学课本》相比，《最新初等小学国文教科书》的文学色彩大为加强。比如，作为识字之用的第 1 册有："庭外海棠，窗前牡丹，先后开花；雨初晴，池水清。游鱼逐水，时上时下；荷花初开，乘小舟入湖中，晚风吹来，四面清香"，等等。到了第 2 册，这类文学色彩越来越浓厚的课文多了起来，如《采菱歌》：

> 青菱小，红菱老，不问红与青，直觉菱儿好。好哥哥，去采菱，菱塘浅，坐小盆。哥哥采盈盆，弟弟妹妹共欢欣。③

这首儿歌描写的是江南水乡儿童采菱的欢乐场景，杂用歌词体例，便于儿童唱和，富有生活情致，不但与传统的蒙学读物有根本区别，就是与之前的《蒙学课本》相比，也去掉了生硬的科学知识灌输，更贴近现实生活，易于接受。

商务印书馆的这套《最新初等小学国文教科书》确立了 20 世纪 20 年代白话文教科书出现之前国文教科书的基本体例，蒋维乔认为，"教科书之形式内容，渐臻完善者，当推商务印书馆之《最新教科书》"，④ 所以，"此书第一册出版，不及两周，销出五千余册，可知当时之需要

---

① 陈子褒：《论训蒙宜用浅白读本》，收《教育遗训》，台北文海出版社 1973 年版，第 39 页。

② 朱晸暘、俞子夷：《新小学教材研究》，儿童书局 1935 年版，第 136 页。

③ 《最新初等小学国文教科书》，商务印书馆 1904 年版，第 35 页。

④ 王丽平：《商务版近代中小学语文教科书探究（1904 年—1937 年）》，河北师范大学 2009 年硕士论文。

矣"。① 吴研因、翁之达称："在初兴学堂以后，白话教科书未出世以前，此书固盛行十余年，行销至数百万册。此书出版之后，其他书局之儿童读本，即渐渐不复流行，如南洋之《蒙学课本》、文明书局发行之，实学堂《蒙学读本》，渐渐淘汰"，② 可见《最新初等小学国文教科书》在当时的影响之巨。

不难看出，晚清的教科书的内容与传统蒙学发生了某种断裂，这种断裂是沿着两个维度进行的，一方面是少了传统的道德劝诫，更多了对生活情趣、审美初步感受的教育；另一方面是少了传统空洞的知识论说，更多的是对实用知识的介绍。这种从小学起步就建立起来的教育体系，与传统的蒙学教育相比，无疑是一种全新的思维模式，更易为学生接受，也更接近于现代文学。更重要的是，在这种教科书中熏陶出来的读者，一方面少了陷入传统伦理的窠臼，不再为伦理教条所束缚；另一方面将读者的视线引向现实，有了更多的现实观照，有了更多发展的可能性。

1912 年，清廷被推翻，民国建立，随着政体的更替，新的教育思想逐渐改变，南京临时政府刚一成立，即通令各地各学校所用的教科书，内容应该符合民主共和的宗旨，之前清朝所颁行的各类教科书，一律停止使用，但在实际上，由于新的教科书尚未来得及编印，各地仍多用旧式教科书。直到 1912 年 9 月，《审定教科用图书规程》开始实行，允许中小学和师范学校所使用的教科书，可以民间自行编印，但必须提交教育部的审定。在这种宽松的环境中，各大书馆、出版企业纷纷编印教科书，商务印书馆、中华书局、中国图书公司、神州图书局、会文堂书局等都纷纷编写了新的教科书。这时候的教科书编写，都沿着"民主共和"的大方针进行，具有强烈的时代特色。

在《最新初等小学国文教科书》的基础上，商务印书馆根据共和国新的时代要求重新编著了《共和国教科书新国文》（小学用书），这套教材最显著的特点就是紧贴时代，加入了大量反映民主、共和、自

---

① 蒋维乔：《编辑小学教科书之回忆》，《商务印书馆出版周刊》1935 年版，第 10—11 页。

② 商务印书馆：《最近三十五年之中国教育》（上），商务印书馆 1931 年版，第 2 页。

由、平等的新思想，将之前教科书中含有的歌颂清廷和封建时代的忠君观念予以删除。商务印书馆旗下的《教育杂志》曾经刊登过《编辑共和国小学教科书的缘起》的说明："注意于实际上之改革，非仅仅更张面目，以求适合于政体而已……注重国体、政体及一切政治常识，以普及参政之能力。"① 从这种编辑方针出发，《共和国教科书新国文》在课文中大量引入西方的自由民主思想，政治内容大幅增加，既有自由、民主、专制、共和、博爱、平等等属于现代观念的东西，也有政府、政党、国会、议院、议员、竞选、选举、否决等属于政治范畴的概念，还有一些属于现代社会应具备的属于基本常识的东西：国债、合同、银行、金融等。这些新名词、新观念充斥在教材之中，让人目不暇接，既反映了那个时代观念的急遽变化，也让人感受到了那是一个充满活力，是一个革新除旧的时代。比如：

第十三课　爱国

国以民立，民以国存。无民则国何由成？无国则民何所庇？故国民必爱国。

舟行大海中，卒遇风涛，则举舟之人，不问种族，不问职业，其相救也，如左右手，何者？舟为众人所托命，死生共之也。

国者，载民之舟也。国之厉害，即民之休戚。若人人各顾其私，不以国事为重。或且从而破坏之，其国鲜有能幸存者。西谚曰："叛祖国者，犹舟人自穴其舟也"，可不戒哉？②

第十五课　选举权

国家有国会，地方有议会。其议员皆由人民选举。

有普通选举，有制限选举。普通选举之制，全国人民俱有选举权；制限选举之制，则以地望、资力之殊，选举权从而异之。

有直接选举，有间接选举。由普通人民径选议员，曰直接选

① 《教育杂志》第四卷第一期。
② 《共和国教科书新国文》第八册，邓康延《老课本 新阅读》，香港天地图书 2012 年版，第 104 页。

举；由普通人民先举选举人，由选举人更举议员，曰间接选举。

人贵自主，故财产我自理，职业我自择。选举权亦然。欲举何人，惟意所欲，不受人干涉者也。①

第二十八课　通商

一地之物产，不能无赢绌，彼此交易，以有余补不足，两利之术也。

我国地在东亚，昔时以为四邻小邦文化皆不及我。故守闭关之策，而谓外人为夷狄。自外交失败，始订通商条约，出入口税，则既为彼所限制，各国领事又庇护其商民及其雇佣之华人。论者遂以权利丧失，谓为通商之害。虽然外人所不服我法律者，亦借口政俗之不同耳。我苟改良政治，增进民德，护以海陆军实力。安见通商之危害乎？②

第四十五课　法律

凡众人集合之团体，必预定规则，以为行事之范，乃可保秩序而增利益。

故学校有学校之规则，商肆有商肆之规则。至于国家，其人益众，则关系益大，其规则自必益详。所谓国家之规则，法律是也。

太古人民，未成社会，争夺贼杀，所恃者，强权而已。后世社会成立，渐演进而为国家，于是法律亦渐备。

共和国之法律，由国会制定之。国会议员，为人民之代表。故国会之所定，无异人民之自定。吾人民对于自定之法律，必不可不护守之也。③

第十七课　自由

所谓自由者，即天赋之人权是耳。凡人之身体、财产、名誉、

---

① 《共和国教科书新国文》第八册，邓康延《老课本　新阅读》，香港天地图书 2012 年版，第 105 页。

② 同上书，第 111 页。

③ 同上。

信教、言论、著作、出版、集会、结社、营业、家宅、书信等，苟非依法律，皆不得干涉其自由。此人民固有之权利也。

虽然自由者，以不侵犯他人自由为原则，若任情放恣，借口自由，非特有损道德，抑亦违背法律。人苟以自由为贵，宜知自处之道矣。①

上述五课内容，涉及爱国、选举、通商、法律、自由等各方面，这些内容都是当时中国人甚至是当下中国人所追求的目标，正是当时社会风气的体现。如果仔细考察的话，我们不难发现民主共和的知识主要集中在小学高年级的课程里。民国初年进入学校学习的小学生，出生大多19世纪的最后十年或者20世纪最初的十年间，在清政府还没有被推翻前，这批学生大多还接受过传统的私塾教育，有过一段时间传统的文化教育，进入高小的时候，已经具备了一定的运用语言文字和进行新的文化学习的能力。正值十几岁的他们，世界观和思想意识正处于初步形成过程中，这时候他们接受民主共和的思想，一方面是易于接受，另一方面形成之后又可能根深蒂固。加之他们对传统文化有一定的了解，更加深了他们对于民主自由的对比感受。在20世纪前半期的中国历史舞台上，这群人无疑扮演着社会中坚力量的角色，他们中间的许多人，就是此时接受这些共和国教科书的侵染下成长起来的。这些思想观念的灌入，使他们与他们的上一辈的知识结构、思想观念产生了明显的更新。如果说他们的上一辈代表的是已经远去了的清朝背影，而这批人代表的无疑就是新生共和国的未来。教育在构建民主共和中的作用，在当时已被广为人知，如当时《小说月报》上的广告标题：

今日维护共和 当注重共和教育 采用共和国教科书

这则广告在宣传教科书的同时，将民主共和与教育紧密联系在一起，在教材拥有大量读者的基础上，民主共和通过教材宣传，其广泛程度可想

---

① 《共和国教科书新修身》第八册，收邓康延《老课本 新阅读》，香港天地图书2012年版，第147页。

而知。中国现代文学发端之初的许多作者，就是在这种教科书的熏陶下成长起来的。这些作家后来走出具有反叛传统的现代文学道路，包括商务印书馆发行在内的一些列教材其作用不可低估。

在北洋军阀政府统治时期，1915 年颁布的《特定教育纲要》中公开提出：“各学校均应崇奉古圣贤以为法师；宜尊孔以端其基，尚孟以致其用。”① 之后虽然删去“读经”一项，但国文教学内容以传统内容为主没有发生变化。在这种历史空气中，1915 年商务印书馆出版的《实用国文教科书》以及中华书局出版发行的《新制单级国文教科书》等教科书的编写，“民主”“共和”等新思想在教科书中隐匿不见，这些教科书都受制于当时的政治时代背景，被打上了特殊的时代烙印。

1917 年，以胡适的《文学改良刍议》和陈独秀的《文学革命论》的发表为发端，一场具有彻底性的文学革命开始。出于启蒙国民的现实需要和吸取清末文学革命的经验，文学革命的倡导者们意识到文学革命与白话文运动二者相互促进的关系，胡适在 1918 年发表的《建设的文学革命论》一文中认为，“我们所提倡的文学革命，只是要替中国创造一种国语的文学。有了国语的文学，方才可有文学的国语。有了文学的国语，我们的国语才可算真正的国语。”② 而无论要实现这种“文学的国语”还是“国语的文学”，教育都是其中重中之重，因此，1919 年刘半农、周作人、胡适等人在国语统一筹备会第一次大会提出了《国语统一进行方案》，其中提到：

> 统一国语既然要从小学校入手，就应当把小学校所用的各种课本看作传布国语的大本营；其中国文一项，尤为重要。如今打算把“国文读本”改作“国语读本”，国民学校全用国语，不杂文言；高等小学酌加文言，仍以国语为主体，“国语科”以外，别种科目的课文，也该一致用国语编辑。③

---

① 胡虹丽：《坚守与创新：百年中小学文言诗文教学研究》，湖南师范大学 2010 年博士学位论文。

② 1918 年 4 月《新青年》。

③ 张心科、郑国民：《20 世纪二三十年代儿童文学教育兴起的原因探析》，《河北师范大学学报》（教育科学版）2010 年第 3 期。

　　大会通过了这份提案，并于 1920 年 1 月得到教育部的批准。同时，教育部训令全国国民学校（初等小学）"一二年级先改国文为语体文"，已审定的小学一、二年级文言教科书作废，三、四年级的逐年废止。教育部在修正的《国民学校令》《国民学校令实施细则》中将"国文"都改成了"国语"。所以，黎锦熙认为正其科目名称为"国语"，就在民九（1920 年）完全定局了。① 改文言为白话文，在中国文化发展史上揭开了新的一页，其中影响最大的，恐怕要数教科书的编写了。

　　在白话文成为教科书用语的空气中，商务印书馆 1923 年出版的《新学制国语教科书》（初级小学用），1924 年出版的《新学制国语教科书》（高级小学用），跟以往的的教科书相比，这两套教科书又呈现出不同的风貌来：

表 5 - 3　　　　初小国语第 3 册与高小国语第 3 册的区别

课数	初小国语第 3 册		高小国语第 3 册	
	篇名	体裁	篇名	体裁
1	爱群的喇叭	故事	游恒山记	游记
2	喇叭歌	儿歌	希望	诗歌
3	老虎捉虾	物话	墨子止楚攻宋（一）	传记
4	小蟹生气	故事诗	墨子止楚攻宋（二）	传记
5	老蚌和水鸟	故事诗	鲁仲连（一）	传记
6	青蛙的肚皮破了	寓言	鲁仲连（二）	传记
7	兔儿躲在山沿里	物语	义怜	传记
8	不做工的没得吃	物语	八力士和狮子角力（一）	小说
9	果园里的大红楼	儿歌	八力士和狮子角力（二）	小说
10	人到底聪明	物语	鸟	诗歌
11	金蛋	寓言	诸葛亮	传记
12	聪明的小麻雀	故事诗	草船借箭（一）	小说
13	换	故事	草船借箭（二）	小说

---

　　① 张心科、郑国民：《20 世纪二三十年代儿童文学教育兴起的原因探析》，《河北师范大学学报》（教育科学版）2010 年第 3 期。

续表

课数	初小国语第 3 册			高小国语第 3 册	
	篇名	体裁		篇名	体裁
14	记好	故事		四时田家乐	诗歌
15	时辰钟	会话		淝水之战（一）	小说
16	十六耳朵没有睡	笑语		淝水之战（二）	小说
17	戴眼镜	笑语		空城计（一）（文言）	小说
18	跛子和瞎子	寓言		空城计（二）（文言）	小说
19	月亮白光光	儿歌		别弟（一）	戏剧
20	风是那里来的	笑话		别弟（二）	戏剧
21	风呀（一）	新诗		别弟（三）	戏剧
22	风呀（二）	新诗		大明湖（一）	小说
23	雨是那里来的	笑话		大明湖（二）	小说
24	雨	对唱歌		晚霞	诗歌
25	乌鸦洗澡	寓言		游吴淞望江海记	游记
26	打破水缸	传记		铁达尼邮船遇险	小说
27	司马光剥胡桃	传记		最得意的人（一）	小说
28	替姐姐吃药	笑话		最得意的人（二）	小说
29	肚子痛	会话		陶潜	传记
30	母鸡孵蛋	寓言		陶渊明杂诗	诗歌
31	蛋和石子	寓言		急流拯溺（一）	小说
32	分成两段	寓言		急流拯溺（二）	小说
33	黑羊和白羊	物话		急流拯溺（三）	小说
34	草儿	儿歌		古山歌六首	山歌
35	独角牛	童话		姚崇灭蝗（一）	传记
36	蛇吞象	寓言		姚崇灭蝗（二）	传记
37	狼跳下井去	寓言		救沉船将身补漏洞	小说
38	四种动物	谜语		天象四咏	诗歌
39	老鼠变老鼠	寓言		李愬雪夜下蔡州（一）	传记
40	老鼠的尾巴（一）	童话		李愬雪夜下蔡州（二）	传记

续表

课数	初小国语第3册		高小国语第3册	
	篇名	体裁	篇名	体裁
41	老鼠的尾巴（二）	童话	塞翁之得失（文言）	寓言
42	拉大萝卜	童话	保太监下西洋	传记
43	小松树	物话	黄石公园	游记
44	昨天去	儿歌	自由的责任	散文诗
45	葡萄和篱笆	寓言	陈际泰的好学	传记
46	不认识	会话	苏秦求官（一）	戏剧
47	妙妙妙	儿歌	苏秦求官（二）	戏剧
48	为了一块肉	物话	苏秦求官（三）	戏剧
49	树林里一壶酒	儿歌	蔡锷护国（一）	传记
50	小孩和麻雀	对唱歌	蔡锷护国（二）	传记

从表5-3所列的课文题目就可以看出，这些课文中白话文占了大部分，往高年级以上，文言的成分增多。从文言文改为白话文，转变的不仅仅是语言形式的变化，更影响到使用者思维方式的变化。作为一种运用了几千年已进入僵化阶段的文言文，在表达现代观念、现代思想和现代新生事物方面，其局限是相当明显的。相比较之下，文言更不利于发散性思维的培养，而白话由于其简洁易懂的特点，在加快人们信息交流的同时，也培养起了人们新的思维方式。而从体裁来看，这些课文几乎没有一篇是实用文章，初小的课文内容不再是突出知识、暗含成人劝谕了，而是充满着儿童的情趣，培养他们自然的审美能力量。比如初小国语教科书的第6课：

雨停了，天还没有晴。许多青蛙，都跳出来游戏。大家在池边乱叫。一只小青蛙，要胜过别的青蛙，挺起肚皮，越叫越响，不想用力太过，把肚皮挺破了。

其语言生动活泼、情节简单但饶有趣味，跟现代的白话文已经没有什么区别了。

高小国语的课文则还文白兼有。1923 年，张东荪致信李石岑称：文言难以也不可能完全被白话所取代，"至于白话诗，完全在尝试时代，是一个未确定的东西。若目的在教学生以韵文，陶冶情绪，则宜先选读旧诗……新诗尚未成熟，不宜取作教本"①。特别值得一提的是，被认为"不宜取作教本"的新诗却被编者大胆地收入教科书作为课文，如陈衡哲的《鸟》和胡适的《希望》。不过，可能编者觉得新诗还不成熟，所以在将其选入教科书时对其作了改编，比如胡适的《希望》：

> 我从山中来 / 带着兰花草 / 种在小园中 / 希望开花好 / 一日望三回 / 望到花时过 / 急坏看花人 / 苞也无一个 / 眼见秋天到 / 移花供在家 / 明年春风回 / 祝汝满盆花。

改编后的课文《希望》：

> 我从山中来，带得山中草；其名曰蕙兰，叶叶常倒垂。移兰入小园，掬土栽培好。日夕往视之，希望花开早。一日望三回，望望花时过：桃李绿成阴，南风忽时播；兰草独依然，苞也无一个。徒令看花人，汲汲如饥饿。眼见秋风到，移兰入暖房。朝朝仍顾惜，夜夜不相忘。但愿春风发，能将素愿偿。满盆花簇簇，添得许多香。

改编之后，尽管夹杂了个别文言词语，但并不影响其为白话诗的特色，反而增添了典雅的韵味。

白话新诗进入教科书，标志着国文教育进入了一个全新的阶段。受教育者无论是思维的培养，还是阅读的口味，都产生了巨大的变化。由于教科书其受众广的特殊性，教科书对塑造学生的重要性不言而喻。据有关资料载，1902 年全国小学生仅 6493 人，到 1912 年全国小学生已

---

① 转自胡虹丽《坚守与创新：百年中小学文言诗文教学研究》，湖南师范大学 2010 年博士论文。

2795475 人，1931 年达 11683826 人，占入学儿童的 36. 53%。① 可以想象，这么多的学生接受了新式教育之后，其思维方式、世界观、审美情趣随着他们逐渐成长走向社会，足以改变一个社会的风气，旧式的思维习惯、世界观和审美情趣逐渐的淡化了。白话文运动的结果，促进了教育的普及；而教育的普及，又推动了近代语文教科书变革的进程；近代语体文教科书的出版与发行，又积极推动了义务教育的发展。其直接效用正如吴研因所言："小学教科书改用白话的结果，小学儿童读书的能力，确实增进了许多，低年级六七岁的小孩也居然会自动地看起各种补充读物来，高小毕业生虽然没有读过文言，可是用浅近文字写作的书报，他们也粗枝大叶能够阅读了。"② 这种转变，可以从他们当时的习作中看出来：

专制政治将见绝于二十世纪中说

潘焕奎（兴化县立第一高等小学校三年级生）

今何时乎？非二十世纪开幕之时乎？一开幕而已有数共和国现，则此幕中所演出之共和国，殆不可思议，意将使世界所有之国尽趋于共和，以臻于大同之盛轨。吾虽不敢谓其必然，夫固有不得不然之势矣。闲尝就其已然之迹以测将来，大同虽未可预期，专制政治必将见绝于二十世纪中已无可疑。不见我中国乎？在二十世纪之十一年前固专制国也，今则改为共和矣。不见俄罗斯乎？在二十世纪十六年前，亦专制国也，今则变为共和矣。是何也？天赋人权之说兴，人皆知有所谓平等，有所谓自由。在上者虽欲遏抑之、壅塞之，势必有不能。譬如防川，川壅而溃，伤人必多。远而征诸法兰西之革命，美利坚之独立，及意大利与墨西哥等国，故无不然。近而征诸我中国及俄罗斯亦犹是耳。且夫我中国为亚洲最大之国，自秦始皇专制迄清末已两千余年。俄罗斯为欧洲最大之国，自大彼得专制迄往岁亦数百十年，积威不可谓不厚，压力不可谓不强，一旦人民反抗，如拉朽摧枯，曾不中朝而飘零殆尽矣。专制政治不见

---

① 李良品：《论中国语文教科书的近代化》，《学术论坛》2005 年第 3 期。
② 同上。

容于此十余年中也如是，况此后八十余年之间哉？犹可惊者，德意志本位欧洲强国，其陆军之强冠于全球，其政体非君主专制，乃君主立宪耳。今与协约国战败，国人亦起而逐其君，以组织民主政治，甚矣哉，民权之发达可畏也。

[原评] 洞达时事，故能畅所欲言。①

蚁掠螳螂

李芳春（辽阳县高等第十二级学生）

庭前有梧桐一株，雨初霁，树下殒蝉一，觅食之蚁，共携之返。中途遇螳螂，羡此美食，恃己之勇，径前相夺，而争端启矣。时螳螂沾沾自喜，意谓功可立成，不知蚁之特性，奋不顾身，不胜不已。惟时蚁少力弱，螳螂一兴则蚁之仆者，如玑珠之落。再兴，则蚁之殒者不可数计。然蚁虽遭此残暴，并无败态，更有一蚁急驰返穴召集救兵。益蚁数次弗济，最后乃起倾穴之众，出如潮涌，奔往战地。时前所益者，已杀害几尽。群蚁复拥而上，或噬其胸或刺其目，或撕其肢或登其背，但见地表皆蚁，而弗能辨螳螂之所在矣。少顷，视之则螳螂奄奄一息，若胸若目若肢若背无一完者，遂与蝉并为蚁之物入穴，而争事乃终。嗟乎，以蚁之弱而卒能败螳螂之强者，蚁能用其众也，蚁能用其众则螳螂无所施其勇，诚哉众怒难犯也。然则世之掷众而不用者，闻蚁之胜能无惭乎。

[原评] 叙述有情有景有声有势，写生之妙笔也，论也精警。②

上述两篇习作，一篇是论专制，另一篇是叙动物场景，无论是议论当时政治，还是描写场景，显然都与传统拉开了距离。在传统的教育熏陶下，是不可能发出对专制的非议的；同样在传统教育的培养下，传统的习俗已不能激起人们对习以为常的生活场景的好奇心了。两篇习作都

---

① 《共和国教科书新修身》第八册，邓康延《老课本 新阅读》，香港天地图书 2012 年版，第 239 页。

② 同上书，第 245 页。

表明，新式教育在培养读者思维、世界观与阅读口味上产生着显著的作用。随着这种接受新式教育的读者日益增多，自然整体社会的阅读风气发生了转变，对读物的选择自然产生了变化，《小说月报》前后期销量的不同正是这种选择的明证。

第六章　文学广告作为一种文体

将广告文本作为一种文体，很多时候是不纳入文学体裁里面的，而是将其作为亚文学的一种存在。但是文学广告作为一种文体，明显与其他文体不同，特别是处于现代广告刚刚兴起不久的中国近现代社会，物质欲望初开，又面临着国家民族的危机和启蒙的压力，可以说，当时的文学广告与之后的文学广告有许多不一样的地方。

一　从文言广告到白话广告

恐怕后来再也不会出现像清末民初这样奇特的广告景象了，广告本来作为一种"广而告之"的宣传工具，其最大的功用无疑在于让更多的人知道产品的信息从而产生某种想象或者欲望，就其表达特点而言，无疑是要通俗明了的，相比之下，白话文必文言文在这方面显然更有优势。但由于处于近现代转型时期，而撰写广告的文人大多又是接受了传统的文言训练，清末民初出现了许多用文言文撰写的广告，这类广告在早期《小说月报》中就出现了不少。比如关于林纾作品的广告：

名家小说 **离恨天** 林纾 王庆骥译 三角五分
著者为庐骚之友森彼得森氏此书不为男女爱情言也实将发宣其胸中无数之哲理特借人间至悲至痛之事曲为阐明读之令人增无穷之阅历

社会小说 金陵秋 冷红生著 定价四角
闽林琴南先生以小说得名。即自称冷洪生者也，先生著作等

身，惟小说以译述为多，此书乃其自撰，以燃犀之笔，描写近时社
会，述两军战争，则慷慨激昂，叙才士美人，则风情旖旎，尤为情
文兼茂之作。

商务印书馆出版①

也许是考虑到文学广告作品的受众多为普通人甚至是识字不多的妇
女，一般文言广告相对于古文来说简单明了了许多，除了古人常用的
"之""也""乎""惟"等词之外，拗口的文言词语已不多见，用文言
句式表达出来，给读者一种雅洁简练的感觉。这其实也表现出广告作为
一种通俗文体，本来就不宜于用小圈子内过分狭窄的文言来表达的，也
从一个侧面反映出古文向白话过渡的状况。到了革新后的《小说月
报》，这种带有文言色彩的广告就几乎看不到了，绝大多数是一种明畅
的白话文了：

商务印书馆出版 超人 文学研究会丛书 一册 四角半

冰心女士的著作，散见在各种定期刊物者甚多，此册是她的第
一次汇刊的创作小说集，共载创作十篇。爱好文艺者，定必先睹
为快。②

侨踪萍合记

谢直君编。书为言情小说，著者生长南洋，于华侨工商业状况
及各埠风俗社会，烂熟胸中，设事书写，情致绵密，欲知海外同胞
详情者，非读不可。

商务印书馆③

两相对比之下，革新后的《小说月报》文学广告脱离了前期《小
说月报》文学广告的文言句式，通俗易懂又简练精干。

---

① 《小说月报》第五卷第十号。
② 《小说月报》第十四卷第十期。
③ 《小说月报》第十二卷第二号。

从广告的主要功用来看，白话广告代替文言广告是必然的。一方面广告的"广而告之"功能要求广告能最大范围地涵盖潜在消费者，自然要能让大多数人看懂，符合当时人们的口语习惯，另一方面中国传统的口语交流是白话，注定了广告必然向白话靠拢。新文化运动的兴起，白话文在全国范围内的提倡，宣告了文言广告消亡在即。

二 作为消费的文学广告

文学广告作为近现代商品经济中形成的产物，其本身就属于消费文化的一个组成部分，尽管其宣传的作品是带给读者精神享受的，但广告本身的主要作用还是在于引起读者的购买欲望。在这一点上，《小说月报》可谓手法众多。

> 丕朕氏补丸 黄种补王
> 您不要自杀 不要自弃
>
> 爱读书和爱看小说的先生们，一天公事之间，少有闲空，绝不愿糊里糊涂的抛弃光阴，必定将有益处有根底的小说来增进他们所已有的才学。这些先生们岂不是在造就他们个人为社会上有益的人吗？可是许多人当他们在看小说到有味儿的当口，吃也可以不吃，睡也可以不睡，反而变成了一个书迷，不是自杀自弃吗？那真正可惜到底因为了什么变成这个样子呢？这是他们脑力亏损，神经消耗，体质衰弱的证据罢了。这些身体上的缺点，人们经常看他，由他生根发芽，变成更剧烈的病症，至于不可收拾。丕朕氏补丸，黄种补王，经美国名医的考验，为壮脑添精益髓的神品，能使精神活泼，饮食增加，并善治血薄气衰，精神消耗，肝经失调，肝火上升，舌起厚苔，口味恶劣，种种病症，实重身体的先生们，快服这种神品补丸。①

在这则广告里，广告商将药品广告与读小说联系在一起，读小说成了购买药品的主要理由，从一个侧面表明了当时阅读小说成为一时

---

① 《小说月报》第十二卷第二号。

之风。

在广告的宣传策略中，利用名家的声望来推销产品成为常见的手法，文学广告的宣传也不例外。林纾是清末民初风行海内的文学家，他与《小说月报》密切关系，自然成了早期《小说月报》广告宣传的一大卖点，在有关林纾作品的广告中，"名家小说""林译小说"几乎是早期《小说月报》广告宣传的招牌，在与其他文学广告一起推出时，"林译小说"往往被特别标出：

　　商务印书馆印行：林琴南先生译 言情小说迦茵小传 言情小说红礁书桨录 言情小说洪罕女郎传 言情小说玉雪留痕①

上述模式几乎成为所有林译小说广告的模式，表明了林纾在当时极大的市场号召力与广告商刺激消费者购买欲望的欲图。而革新之后的《小说月报》在这方面也极力借助"名人效应"来推出自己：

　　　　　　　本月刊特别启事五
　　本刊明年起更改体例，文学研究会诸先生允担任撰著，敬列诸先生之台名如下：
　　　　周作人 瞿世英 叶绍钧
　　　　耿济之 蒋百里 郭梦良
　　　　许地山 郭绍虞 冰心女士
　　　　郑振铎 明　心 卢隐女士
　　　　孙伏园 王统照 沈雁冰②

在上述广告中，周作人、耿济之、蒋百里等人都是当时社会的一时名望，革新时的《小说月报》将他们一一点出，自然有希望借助他们抬高自己之意。

在为商务印书馆函授学社国语科所做的广告中：

----

① 《小说月报》第三卷第十一号。
② 《小说月报》第十一卷第十二期。

蔡孑民博士说：

我们生在一个国家里面，除了求知识，谋职业，服务社会三件事外，几乎想不起别的重要事来。这三件事，都有应用国语的必要，我们还能够不赶快去学国语吗？

郭秉文博士说：

到南洋去演说非常困难，有什么三菩萨的名号。这三菩萨是什么呢？就是演讲坛上立着三个人，一是演说的，一是翻福建话，一是翻广东话的。可见语言不通一，真是困难。

有志研究国语的，请入**商务印书馆函授学社国语科**①

文学广告作为消费品中之一种，最大限度地吸引消费者眼球成为文学广告的追求之一。在早期《小说月报》的广告中，为吸引消费者眼球而将文学作品夸大的事例比比皆是：

最为新奇　最有趣味之小本小说……

最有兴趣之小说　说林

本社特别广告

本社所出小说月报已阅三载发行以来颇蒙各界欢迎迩来销数日增每期达一万以上同人欣幸之余益加奋勉兹从四卷一号起凡长篇小说每四期作一结束短篇每期四篇以上情节则择其最离奇而最有趣味者材料则特别丰富文字力求妩媚文言白话兼擅其长读者鉴之

本社谨启②

从上述的"最为新奇""最有趣味""最有兴趣"等广告词我们不难看出广告商用这些偏激的词语来博取读者眼球的做法，却明显有着夸大之嫌，这种宣传策略，在革新后的《小说月报》那里隐含得多了，

---

① 《小说月报》第十四卷第十二期。

② 《小说月报》第三卷第十二号。

很多时候，革新后的《小说月报》对作品的介绍都趋于平实：

　　　　文学研究会丛书　波华荔夫人传　一册一元二

　　李青崖译　本书系法国自然派作家弗罗贝尔的最伟大的著作，写外省的绅士生活，非常的真实，波华荔夫人是一个不安于平庸生活的妇人，她梦想着那浪漫的时代，于是背叛了丈夫，沉浸于浪荡不羁的情爱之中，结果以她的自杀为了结。

　　　　　弥撒社丛书　风尘三侠　一册　四角半

　　胡山源著　此剧共分五幕，首述李靖见杨素　次红拂奔李靖　次虬髯客与李靖红拂相遇　次诸人同晤李世民　末虬髯客辞别李靖红拂　全剧描写豪侠精神阔之鼓舞。①

　　从革新后的《小说月报》上刊登的对文学作品平实的介绍中，我们能感受到茅盾等新文学作家们切实对新文学的提倡，正因为有了这份平实的提倡，新文学才在一点一滴的积累中逐渐成长。

三　作为文学批评的文学广告

　　文学广告虽然作为消费文化中的一种，但毕竟文学属于精神产品，与一般的商品广告许多的不同，它承载着作者、编辑者、读者的各种期待。文学广告的撰写，在某种程度上就是对文学作品的一种批评，尽管这种文学批评掺杂着商业的因素，但文学广告作为一种文学批评却也是其最基本的功能之一。比如前期《小说月报》对林译小说的介绍：

　　　　林纾小说林先生专治古文名满海内其小说尤脍炙人口盖不徒作小说观直可为古文读本也……②

---

① 《小说月报》第二十二卷第十号。
② 《小说月报》第一卷第一号。

这则广告点明了林纾小说的主要特点，"不徒作小说观，直可为古文读本也"，更多的时候，文学广告是对作品的一个价值评价或情节的介绍：

商务印书馆发行 **新撰绿波传** 洋装一册 二角五分

本书兼贞姬美人侠女合一炉而治之言情则矢志不二言侠则视死如归言武艺则巾帼而英雄言意气则胡越而肝胆读之觉可泣可悲亦复可喜可慕新著小说中希见之书也

新译娜兰小传 洋装二册 定价八角

言情小说动辄近于诲淫导婚姻自由之说于吾国乃为近日男女关系决其横流良可慨也本书述一极贫爵邸却富女婚贫女阅尽艰难终成美满良缘种种阻力不期均为种种助力原著体物绘情纯用白描其负有盛名也固宜译笔亦能斟酌尽善①

科学小说 **洪荒岛兽记** 李薇香译 二册五角 完全华商商务印书馆出版

书言南美腹地人迹不到处有灵境上古生物久绝迹于人世者咸窟宅其中更有两种蛮人聚族而居入其中者为英国探险远征队计四人皆博学取所见飞潜动植一一讨论其说理之明了引证之瞻博可以益人神智全书八万字而维以爱情点染生动能令读者百回不厌译笔亦雅驯畅达洵为情文并茂之作②

这些文学广告，涉及文学作品的方方面面，本身就是一篇篇精制短小的文学评论，从中不难看出撰写者的文学水平和鉴赏水平。

文学广告既是商品营销的手段，又是一种文学批评，这就导致了它既跟一般的商品广告不同，又跟一般的文学批评不同。这些不同，使它形成了自身的一些特点，大致看来，简短性、趣味性、通俗易懂，大概

---

① 《小说月报》第六卷第六号。
② 同上。

可算是文学广告的特性了。之所以从一般的文学批评简化为文学广告这种特殊的批评，其背后的原因还在于文学广告必须是一种面向大众的消费品。只有简短、有趣、易懂，文学广告才能被大受所接受，长文、专业性、理论性固然能够构成一篇文学批评，但对于普通读者来说，显然是不受欢迎的，是不利于刺激读者的购买欲望的。从这个意义上讲，文学广告，首先是商业的，然后才是文学的。

结　语

　　通过对《小说月报》前后期的广告透视，不禁感慨良多。在文学发展的每一步道路中，制约与反制约的因素是如此之多，文学的每一步发展，都可谓步履维艰。中国古代文学向现代文学的转换是由多重因素决定的，经济从最基本的层面决定着整个文学市场的基本动向，而文学市场的形成无疑是古代文学转向现代文学标志之一，不仅出版者围绕着经济利益而出现，作家因商业利益倾向于市场还是坚守文学自身的立场，很大程度上也成为雅俗文学之间的分界线；政治与法律不仅成为制约文学发展的因素，很多时候也培养了现代文学关注现实的品格，培养了作家独立的品格；教育的熏陶改变了作者与读者的知识结构，学校教育制度从古代向现代的整体转型，文学教材的变动，内容的更新，与传统完全不同的文学教育预示着新文学的即将来临。可以说，中国传统文学向现代文学的转变，是多种社会因素因缘际会的"合力"促成的。而这种合力，通过《小说月报》上的广告完全可以生动地反映出来。

　　这种既有经济政治因素的制约，也有各种文化氛围的营造的相互纠缠的局面，既影响着作家精神气质，也影响传播者、读者的各种状况，这种合力是如此丰富，并且动态地影响着文学的转换，这些文学机制错综复杂地交织在一起又因缘际会地促使着中国文学的前进。每一种文学机制都不是单一地在起作用，在同一时期里，众多的文学机制相互影响，甚至相互交叉，你中有我我中有你，经济与政治相互勾连又有形无形地决定着文学的走向。这并不是简单的"决定"与"反映"，我们看到这些作家、编辑家、出版家、读者在文学活动中与"历史时空"产生着的非常丰富的联系，每当转折的重要关头，这些文学活动家们总能灵活地运用这种机制，或者在受到任何一种文学机制制约的时候，他们都发挥出了其自身独有的"主体性"，甚至表现出了对每一种文学机制局限的突破与抗争，《小说月报》上的广告反映出来的，不仅仅是作家、出版家、读者被动地被这些社会力量"决定"着，更多的时候，我们看到的是作家、出版家甚至读者都在努力地挣脱这种约束，通过各种努力去实现自己的目标。在这种摆脱制约的过程中，我们看到了作家、出版家乃至读者的一副副充满着个性的面孔，而正是这些面目迥异的个性，推动着古代文学向现代文学转型，丰富着现代文学的面貌。也许正是因为这些独特的个性存在，现代文学才展示出其独具特色的魅力。

参 考 文 献

一　基本史料

《小说月报》（1910—1932）

《新青年》（1915—1926）

《绣像小说》（1903—1906）

《妇女杂志》（1915—1930）

《新潮》（1919—1922）

《申报》（1872—1930）

二　论著：

1. 阿英：《晚清文艺报刊述略》，古典文学出版社 1958 年版。

2. 陈明远：《文化人的经济生活》，陕西人民出版社 2010 年版。

3. 陈培爱《中外广告史》，中国物价出版社 1997 年版。

4. 陈平原：《中国大学十讲》，复旦大学出版社 2008 年版。

5. 程丽红：《清代报人研究》，社会科学文献出版社 2008 年版。

6. ［美］D. 布迪 、C. 莫里斯著：《中华帝国的法律》，朱勇译，江苏
   人民出版社 1995 年版。

7. 邓康延：《老课本 新阅读》，香港天地图书 2012 年版。

8. 丁淦林：《中国新闻事业史》，高等教育出版社 2002 年版。

9. 董丽敏：《想象现代性——革新时期的〈小说月报〉研究》，广西师
   范大学出版社 2006 年版。

10. 范烟桥：《中国小说史》，台北汉京文化事业有限公司 1983 年版。

11. 范用：《爱看书的广告》，生活·读书·新知三联书店 2004 年版。

12. 范志国：《中外广告比较研究》，中国社会科学出版社 2008 年版。

13. 方汉奇：《中国近代报刊史》，山西人民出版社 1981 年版。

14. 费孝通：《乡土中国与生育制度》，北京大学出版社 1998 年版。

15. 戈公振，《中国报学史》，上海古籍出版社 2003 年版。

16. 哈贝马斯：《公共领域的结构转型》，曹卫东译，上海学林出版社 1999 年版。

17. 何勤华、贺卫方、田涛：《法律文化三人谈》，北京大学出版社 2010 年版。

18. 何修猛：《现代广告学》，复旦大学出版社 2002 年版。

19. 瞿同祖：《中国法律与中国社会》，中华书局 1981 年版。

20. 柯文：《在传统与现代性之间》，雷颐等译，江苏人民出版社 1994 年版。

21. 孔庆茂：《林纾传》，团结出版社 1998 年版。

22. 李家驹：《商务印书馆与近代知识文化的传播》，中文大学出版社 2007 年版。

23. 李欧梵：《上海摩登》，毛尖译，牛津大学出版社 2000 年版。

24. 李秀萍：《文学研究会与中国现代文学制度》，中国传媒大学出版社 2010 年版，第 104 页。

25. 李雨峰：《权利是如何实现的》，法律出版社 2009 年 6 月版。

26. 梁启超：《二十世纪之巨灵托辣斯》，《饮冰室合集》第二册，中华书局 1989 年版。

27. 刘泓：《广告社会学》，武汉大学出版社 2006 年版。

28. 柳姗的《在历史缝隙间挣扎——1910—1920 年间的〈小说月报〉研究》序，百花洲文艺出版社 2004 年版。

29. 路善全：《中国传媒与文学互动研究》，中国社会科学出版社 2007 年版。

30. 栾梅健：《二十世纪中国文学发生论》，广西师范大学出版社 2006 年版。

31. ［加拿大］马歇尔·麦克卢汉：《理解媒介——论人的延伸》，商务印书馆 2001 年版。

32. 钱理群等：《中国现代文学三十年》，北京大学出版社 1999 年版。

33. 秦其文：《中国近代企业广告研究》，知识产权出版社 2010 年版。

34. 芮和师、范伯群等编：《鸳鸯蝴蝶派文学资料》，福建人民出版社 1984 年版。

35. 桑兵：《晚晴民国的学人与学术》，中华书局 2008 年版。

36. 《商务印书馆九十年》，商务印书馆 1987 年版。

37. 《商务印书馆九十五年》，商务印书馆 1992 年版。

38. 邵伯周着：《中国现代文学思潮研究》，学林出版社 1993 年版。

39. 苏士梅：《中国近代商业广告史》，河南大学出版社 2006 年版。

40. 孙文清：《广告张爱玲》，中国传媒大学出版社 2009 年版。

41. 孙中田、查国华编：《茅盾研究资料》，中国社会科学出版社 1983 年版。

42. 汤志钧等：《中国近代教育史资料汇编》，上海教育出版社 2007 年版。

43. 唐弢主编：《中国现代文学史》，人民文学出版社 1979 年版。

44. 王儒年：《欲望的想象——1920—1930 年代〈申报〉广告的文化史研究》，上海人民出版社 2007 年版。

45. 吴景平、陈雁：《近代中国的经济与社会》，上海古籍出版社 2002 年版。

46. 谢晓霞：《〈小说月报〉1910—1920：商业、文化与未完成的现代性》，上海三联书店 2006 年版。

47. 谢菊曾：《十里洋场的侧影》，花城出版社 1983 年版。

48. 徐建生：《民族工业发展史话》，社会科学文献出版社 2011 年版。

49. 徐松荣：《维新派与近代报刊》，山西古籍出版社 1998 年版。

50. 虞宝棠：《国民政府与民国经济》，华东师范大学出版社 1998 年版。

51. 张功臣：《民国报人——新闻史上的隐秘一页》，山东画报出版社 2010 年版。

52. 张晋潘：《中国法律的传统与近代转型》，法律出版社 1997 年版。

53. 张静庐辑注：《中国现代出版史料》（甲乙丙丁编），中华书局 1957 年版。

54. 张心科：《清末民国儿童文学教育发展史论》，北京师范大学出版社 2011 年版。

55. 赵琛：《中国广告史》，高等教育出版社 2005 年版。

56. 赵琛：《中国近代广告文化》，吉林科学技术出版社 2001 年版。

57. 中国广告协会：《中国广告年鉴》，新华出版社 1988 年版。

58. 周海波、杨庆东：《传媒与现代文学之间》，中国社会科学出版社 2004 年版。

59. 周林、李明山：《中国版权史研究文献》中国方正出版社 1999 年版。

60. 周伟：《工商侧影——一个世纪的广告经典》，光明日报出版社 2003 年版。

61. 朱汉国、杨群等：《中华民国史》第五册，四川出版集团四川人民出版社 2006 年版。

三　论文：

1. 曹小娟：《〈小说月报〉与中国现代文学批评》，《山西师范大学学报》（社会科学版）2006 年第 4 期。

2. 查国华：《谈谈"五四"前后的〈小说月报〉》，《山东师院学报》（哲学社会科学版）1979 年第 3 期。

3. 戴景素：《商务印书馆前期的推广和宣传》，《出版史料》1987 年第 4 期。

4. 丁帆：《关于建构百年文学史的几点意见和设想》，《文学评论》2010 年第 1 期。

5. 丁文：《〈小说月报〉的"国故"研究与新文学刊物的重心转移》，《学术探索》2006 年第 4 期。

6. 丁文：《新文学读者眼中的"〈小说月报〉革新"》，《云梦学刊》2006 年第 3 期。

7. 董瑾：《沈雁冰改革〈小说月报〉的编辑思想与编辑实践》，《编辑之友》2006 年第 4 期。

8. 董丽敏：《〈小说月报〉1923：被遮蔽的另一种现代性建构——重识沈雁冰被郑振铎取代事件》，《当代作家评论》2002 年第 6 期。

9. 陈福康：《郑振铎与〈小说月报〉》，《编辑学刊》1989 年第 2 期。

10. 董丽敏：《〈小说月报〉革新：断裂还是拼合？——重识商务印书馆和〈小说月报〉的关系》，《社会科学》2003 年第 10 期。

11. 董丽敏：《翻译现代性：剔除、强化与妥协——对革新时期〈小说月报〉英、法文学译介的跨文化解读》，《学术月刊》2006 年第 6 期。

12. 董丽敏：《翻译现代性：在悬置与聚焦之间——论革新时期〈小说月报〉对于俄国及弱小民族文学的译介》，《文艺争鸣》2006 年第 3 期。

13. 徐柏容：《回眸〈小说月报〉的创刊》，《中国编辑》2006 年第 5 期。

14. 段从学：《〈小说月报〉改版旁证》，《新文学史料》2005 年第 3 期。

15. 顾智敏：《〈小说月报〉不是"文学研究会"的机关刊》，《上海师范大学学报》（哲学社会科学版）1983 年第 2 期。

16. 郭瑾：《近二十年民国广告研究述评》，《广告大观》2007 年第 2 期。

17. 郭彩侠、刘成才：《观念、限度与认识性装置——从"知识考古学"角度看现当代文学研究的范式转换》，《东方论坛》2010 年第 6 期。

18. 寒冰：《中国近代民法原则研究》，中国政法大学 2007 年博士学位论文。

19. 甲鲁平：《从文学广告看中国现代文学期刊》，《山东师范大学学报》（人文社会科学版）2003 年第 2 期。

20. 林贤治：《一种文学告白》，《当代作家评论》2004 年第 2 期。

21. 《彭林祥：《论新文学广告对文学传播的作用》，《湖南文理学院学报》（社会科学版）2008 年第 3 期。

22. 彭林祥、金宏宇：《新文学广告的价值》，《北京社会科学》2009 年第 3 期。

23. 彭林祥：《新文学广告作为版本研究的资源》，《郧阳师范高等专科学校学报》2008 年第 2 期。

24. 彭林祥：《新文学广告与作家佚文》，《读书》2007 年第 1 期。

25. 彭林祥：《新文学广告与文学传播》，《书城》2007 年第 11 期。

26. 孙文清：《中国现代作家的广告实践》，《新闻界》2008 年第 6 期。

27. 姜振昌、王良海：《文学广告与广告文学——中国现代文学作品广告一瞥》，《山东师大学报》（社会科学版）1992 年第 2 期。

28. 李辉：《现代文学广告录》，《中国现代文学研究丛刊》1986 年第

1 期。

29. 王泽庆：《多媒介的文学传播与互文阅读》，《内蒙古社会科学》
　　（汉文版）2011 年第 2 期。

30. 金宏宇、彭林祥：《新文学广告的史料价值——以 30 年代的三个广
　　告事件为例》，《中国现代文学研究丛刊》2007 年第 4 期。

31. 黄林非：《2002—2003 年中国现代文学报刊研究述评》，《湖南大众
　　传媒职业技术学院学报》2011 年第 2 期。

32. 张天星：《晚清报载小说广告和小说界革命的兴起与发展》，《华南
　　农业大学学报》（社会科学版）2010 年第 4 期。

33. 郑惠生：《"经济"是"文学的品格"吗？——对曹路先生〈文学
　　的经济品格〉的学术批评》，《汕头大学学报》2003 年第 1 期。

34. 韩彬：《二十世纪九十年代以来中国现代文学期刊杂志研究综述》，
　　《德州学院学报》（哲学社会科学版）2004 年第 5 期。

35. 钱理群、国家玮：《生命意识烛照下的文学史书写——北京大学教
　　授、博士生导师钱理群先生访谈》，《东岳论丛》2008 年第 5 期。

36. 白巧燕：《谈广告修辞中的语境意识》，《双语学习》2007 年第
　　9 期。

37. 蒋文琴：《张爱玲作品中的广告艺术》，《市场观察》2010 年第 9 期。

38. 金宏宇：《中国现代文学的副文本》，《中国社会科学》2012 年第
　　6 期。

39. 金美福：《编辑大师茅盾与〈小说月报〉改革》，《锦州师院学报》
　　（哲学社会科学版）1992 年第 3 期。

40. 金石：《"广告"一词考略》，《文史杂志》1993 年第 3 期。

41. 李红秀：《〈小说月报〉的改革与五四新文学的发展》，《重庆交通
　　大学学报》（社会科学版）2007 年第 3 期。

42. 李曙豪：《现代稿酬制度的建立与对发表权的保护》，《出版发行研
　　究》2003 年第 5 期。

43. 李文权：《告白学》，《中国实业杂志》第 3 年（1912 年）第 2 期。

44. 李怡：《"五四"与现代文学"民国机制"的形成》，《郑州大学学
　　报》2009 年第 4 期。

45. 李怡：《从历史命名的辨正到文化机制的发掘——我们怎样讨论中

国现代文学的"民国"意义》,《文艺争鸣》2011 年第 7 期。

46. 李怡:《谁的五四?——论"五四文化圈"》,《中国现代文学研究丛刊》2009 年第 3 期。

47. 李子干:《红杏出墙赖春风——〈小说月报〉漫议》,《编辑之友》1992 年第 2 期。

48. 刘庆元:《〈小说月报〉(1921—1931)翻译小说的现代性研究》,华东师范大学 2009 年博士学位论文。

49. 刘增杰:《中国现代文学期刊研究的综合考察》,《河北学刊》2011 年第 6 期。

50. 柳珊:《1910—1920 年的〈小说月报〉是"鸳鸯蝴蝶派"的刊物吗?》,《中国现代文学研究丛刊》2000 年第 3 期。

51. 马林靖:《沈雁冰与〈小说月报〉》,《新闻爱好者》2007 年第 8 期。

52. 马寿:《一个不懂外文的小说翻译家》,《福建师范大学学报》(哲学社会科学版)1989 年第 4 期。

53. 茅盾:《影印本〈小说月报〉序》,《文献》1981 年第 1 期。

54. 钱理群:《重视史料的"独立准备"》,《中国现代文学研究丛刊》2004 年第 3 期。

55. 邱焕星:《中国现代文学研究范式的内在统一性及其问题》,《文艺争鸣》2007 年第 9 期。

56. 邱培成:《前期〈小说月报〉与清末民初上海都市文化》,复旦大学 2004 年博士学位论文。

57. 石晓岩:《现代文学期刊研究的新思路——评〈想象现代性:革新时期的〈小说月报〉研究〉》,《中国图书评论》2007 年第 5 期。

58. 苏玉娜:《接受视野中的〈小说月报〉》,山东师范大学硕士论文。

59. 孙国钰、于春生:《叶圣陶主编〈小说月报〉的编辑宗旨》,《编辑之友》2008 年第 1 期。

60. 孙文清:《张爱玲作品中的广告解读》,《新闻界》2009 年第 1 期。

61. 孙中田:《茅盾着译年表》,《吉林师范大学学报》1978 年第 1 期。

62. 王萍:《从〈小说月报〉的改革看茅盾的办刊宗旨》,《时代文学》(双月版)2007 年第 4 期。

63. 汪家熔:《茅盾在商务印书馆》,《出版史料》2006 年第 2 期。

64. 王醒：《编辑大师茅盾（一）》，《编辑之友》1990 年第 5 期。

65. 文春英、李世琳、刘小晔、周杨、温晓薇：《"广告"一词在近代中国的流变》，《当代传播》2011 年第 2 期。

66. 谢晓霞：《"林译"与〈小说月报〉》，《广西社会科学》2003 年第 8 期。

67. 谢晓霞：《编辑主张与改革前〈小说月报〉的风格》，《东方论坛》2004 年第 3 期。

68. 谢晓霞：《过渡时期的杂志：1910—1920 年的〈小说月报〉》，《宁夏大学学报》2002 年第 4 期。

69. 谢泳：《建立中国现代文学史料学的构想》，《文艺争鸣》2008 年第 7 期。

70. 杨庆东：《〈小说月报〉与中国小说现代化的转型》，山东师范大学硕士学位论文。

71. 杨扬：《持重中的流变——1921 年后〈小说月报〉》研究》，华东师范大学 2007 年硕士学位论文。

72. 杨义：《流派研究的方法论及其当代价值》，《海南师范学院学报》2001 年第 5 期。

73. 殷克勤：《简论〈小说月报〉在中国现代文学史上的地位和作用》，《扬州师院学报》（社会科学版）1994 年第 4 期。

74. 张旭东：《直面现实人生的文学精神——论茅盾主编时期的〈小说月报〉》，《文艺理论与批评》2007 年第 6 期。

75. 赵毅衡：《文化批判是知识分子的职责》，《中国教育报》2007 年 5 月 28 日。

76. 朱荣：《〈小说月报〉（1923—1931）对中国古典戏曲的整理与传播》，《苏州教育学院学报》2010 年第 1 期。

四　翻译文献

1. ［美］埃弗里特·E. 丹尼斯：《图书出版面面观》，张志强译，河北教育出版社 2003 年版。

2. ［美］本尼迪克特·安德森：《想象的共同体——民族主义的起源与散布》，吴叡人译，上海人民出版社 2003 年版。

3. ［法］布尔迪厄:《艺术的法则——文学场的生成与结构》,刘晖译,中央编译出版社 2001 年版。

4. ［美］费正清主编:《剑桥中华民国史》,杨品泉等译,中国社会科学出版社 1994 年版。

5. ［美］格里德:《胡适与中国的文艺复兴——中国革命中的自由主义(1917—1937)》,鲁奇译,江苏人民出版社 1993 年版。

6. ［美］郭颖颐:《中国现代思想中的唯科学主义 (1900—1950)》,江苏人民出版社 1990 年版。

7. ［德］尤尔根·哈贝马斯:《公共领域的结构转型》,曹卫东等译,学林出版社 1999 年版。

8. ［美］海登·怀特:《后现代历史叙事学》,陈永图,张万娟译,中国科学出版社 2003 年版。

9. ［美］柯文:《在传统与现代性之间——王韬与晚清改革》,雷颐、罗检秋译,江苏人民出版社 2003 年版。

10. ［英］埃里克·霍布斯鲍姆:《民族与民族主义》,李金梅译,上海人民出版社 2000 年版。

11. ［美］李欧梵:《现代性的追求——李欧梵文化评论精选集》,生活·读书·新知三联书店 2000 年版。

12. ［美］李欧梵:《上海摩登——一种新都市文化在中国》,毛尖译,北京大学出版社 2001 年版。

13. ［美］李普曼:《公众舆论》,阎克文译,上海人民出版社 2002 年版。

14. ［美］刘易斯·科塞:《理念人——一项社会学的考察》,郭方等译,中央编译出版社 2001 年版。

15. ［加］马歇尔·麦克卢汉:《理解媒介》,何道宽译,商务印书馆 2000 年版。

16. ［美］沃纳·赛佛林,［美］小詹姆斯·坦卡德:《传播理论:起源、方法与应用》,郭镇之、孟颖等译,华夏出版社 2000 年版。

17. ［日］清水英夫:《现代出版学》,沈洵澧译,中国书籍出版社 1991 年版。

18. ［英］汤林森:《文化帝国主义》,冯建三译,上海人民出版社 1999 年版。

19. ［美］韦尔伯·斯拉姆等着：《报刊的四种理论》，新华出版社 1980 年版。

20. ［美］微拉·施瓦支：《中国的启蒙运动——知识分子与五四遗产》，李国英、陈琼译，山西人民出版社 1989 年版。

21. ［日］佐藤卓己：《现代传媒史》，诸葛蔚东译，北京大学出版社 2004 年版。

22. ［英］尼克·史蒂文森：《认识媒介文化——社会理论与大众传播》，王文斌译，商务印书馆 2001 年版。

23. ［法］加布里埃尔·塔尔德，［美］特里·N. 克拉克编：《传播与社会影响》，何道宽译，中国人民大学出版社 2005 年版。

24. ［法］让·波德里亚：《消费社会》，刘成富、全志钢译，南京大学出版社 2001 年版。

25. ［美］约翰·费斯克：《理解大众文化》，王晓珏、宋伟杰译，中央编译出版社 2001 年版。

26. ［美］斯蒂文·小约翰：《传播理论》，陈德民、叶晓辉译，中国社会科学出版社 1999 年版。

27. ［美］张灏：《梁启超与中国思想的过渡（1890～1907）》，崔志海、葛夫平译，江苏人民出版社 1995 年版。

28. ［美］黛安娜·克兰：《文化生产：媒体与都市艺术》，赵国新译，译林出版社 2001 年版。

29. ［英］迈克·费瑟斯通：《消费文化与后现代主义》，刘精明译，译林出版社 2000 年版。

30. ［英］多米尼克·斯特里纳蒂：《通俗文化理论导论》，阎嘉译，商务印书馆 2001 年版。

31. ［加］埃里克·麦克卢汉、［加］弗兰克·秦格龙编：《麦克卢汉精粹》，南京大学出版社 2000 年版。

32. ［美］马克·波斯特：《第二媒介时代》，范静晔译，南京大学出版社 2000 年版。

33. ［美］约翰·菲斯克：《解读大众文化》，杨全强译，南京大学出版社 2001 年版。

34. ［美］阿瑟·阿萨·伯格：《通俗文化、媒介和日常生活中的叙事》，姚媛译，南京大学出版社 2000 年版。

35．［德］E. 卡西勒：《启蒙哲学》，顾伟铭、杨光仲等译，山东人民
出版社 1996 年版。

36．［法］托多罗夫：《巴赫金、对话理论及其它》，蒋子华，张萍译，
百花文艺出版社 2001 年版。

37．［美］爱德华·W. 萨义德：《知识分子论》，单德兴译，生活·读
书·新知三联书店 2002 年版。

38．［美］丹尼斯·K. 姆贝：《组织中的传播和权力：话语、意识形态
和统治》，陈德民、陶庆等译，中国社会科学出版社 2000 年版。

39．［德］本雅明：《发达资本主义时代的抒情诗人》，张旭东译，生
活·读书·新知三联书店 1989 年版。

40．［美］丹尼尔·贝尔：《资本主义文化矛盾》，赵一凡等译，生活·
读书·新知三联书店 1989 年版。

41．［美］韦勒克·沃伦：《文学理论》，刘象愚、邢培明、陈圣生、李
哲明等，生活·读书·新知三联书店 1984 年版。

42．［美］周策纵：《五四运动史》，陈永明等译，岳麓书社 1999 年版。

43．［美］周策纵：《五四运动——现代中国的思想革命》，周子平等
译，江苏人民出版社 1999 年版。

后　记

　　本书是在我的博士论文的基础上修改而成的。记得刚读博士不久，李怡先生就曾对我们说过，博士阶段的学习决定着我们将来学术弹跳的高度，如今，草草写完本书，发现自己并没有走很远，诚惶诚恐，心有愧意，既感辜负了老师对自己的期待，又感到学术的浩瀚无边，学无止境，匆匆三年的时光之后，觉得自己依然只是站在海边玩耍。

　　博士毕业，不是一个结束，而仅仅是一个开始，对于刚刚走到学术研究门边的我们，在今后前进的道路上，将以一个什么样的姿态去面对自己即将面临的一切？在这里，自己身边的师长、同学、亲友给予了我莫大的启示，在我前进的每一步中，都有着他们的提携和支持，这些我将永生难忘。

　　收我入读博士的是陈方竞先生，尽管与先生仅见过几次面，然而先生深厚的学识，严谨的学风依然让我钦慕不已，写与广告相关的博士论文，也是受先生的启发，虽先生最后离开川大，但这份提携之恩，当铭记于心。

　　李怡老师在读博期间对我的影响之深是难以用笔墨书写的，其学术其人品，都令学生感动不已。老师特有的诗人激情，学术睿智，在我的求学道路上影响巨深。本书文字初浅、幼稚，几乎谈不上什么创见，每每回首，心中忐忑，总觉愧对老师的教导。

　　该感谢的人还很多，没有陈思广、段从学、周维东、马睿、赵毅衡、冯宪光等诸位先生的教导，没有家人从经济的照顾到精神的鼓励，没有同学之间的相互磨砺，没有周围朋友日常间的温馨关怀和相互鼓舞，我的读博士之路会更加艰辛。

　　感谢云南师范大学文学院、科研处的领导和老师，谢谢你们的支持和帮助。

　　特别感谢中国社会科学出版社的李炳青老师，她对本书的修改、校对极为细致，从观点到符号，她几乎字斟句酌，改正了书中大量错误，令我感到惭愧之余，也对其深深地敬佩。

　　感愧与感恩之间，新的旅途又将来临。谢谢一路上有你们。

李直飞

2017 年 2 月